FEDERHERZ
VERLAG

KYLIE
BELLEROSE

Creswell Legacy

VERFÜHRT MICH

CRESWELL LEGACY
Verführt mich

ISBN: 978-3-98942-009-0

Copyright: Kylie Bellerose, 2024, Deutschland
Bildmaterial: Shutterstock, Freepik, Rawpixel
Korrektorat: Julia Kuhlmann
Druck und Bindung: Smilkov Print Ltd, Blagoevgrad
Bestellung und Vertrieb: Nova MD GmbH, Vachendorf

Federherz Verlag
Bergmannsweg 7
31867 Lauenau
www.federherzshop.de
Instagram: @federherz.verlag

Triggerwarnung

Liebe Leser:innen,
dieses Buch enthält Elemente, die potenziell triggern können.
Eine konkrete Auflistung der Triggerthemen befindet sich im
Anhang des Buches. Achtung: Diese können unter Umständen
Spoiler für das gesamte Buch enthalten.
Kylie Bellerose und das gesamte Federherz Team wünschen
euch viel Lesevergnügen.

Für jeden, der sich verführen lassen will.

Cian

PROLOG

vor 4 Jahren

Es war ein schöner Tag.

Orange-rote Blätter fielen gen Boden. Die goldene, tiefstehende Sonne trug nur noch wenig Kraft in sich und lud einen damit ein, sich abends vor ein Kaminfeuer zu setzen.

Der Herbst hatte Nordschottland eingenommen. Ein anziehendes Bild.

Diese Jahreszeit war meine liebste.

Dennoch konnte ich mich nicht auf die Natur um mich herum konzentrieren, sondern richtete meine Aufmerksamkeit auf die einsame Straße vor mir, die von Bäumen flankiert wurde. Dabei glitt mein Blick immer wieder auf den Beifahrersitz meines Wagens, auf dem ein Strauß weißer Rosen lag.

Ein Lächeln zuckte über mein Gesicht.

Leandras Lieblingsblumen.

Ich hatte die Frau seit einem Monat nicht mehr gesehen. Doch endlich war sie wieder hier. Bei mir. In dem Haus, in dem ich aufgewachsen war. Die Vorstellung, dass sie sich heute Nacht für wenige Momente an meine Seite schmiegen würde, machte mein Herz schwer.

Länger als das würde es leider nicht sein.

Leandra war niemand, die nach dem Sex bei einem blieb. Niemals. Außer bei Acair ... mit ihm nutzte sie jede Sekunde, die sie bekam. Selbst Alec bekam diese Behandlung nicht von ihr. Und er war derjenige, der ihr förmlich zu Füßen lag.

Letztendlich war es egal.

Sie hatte jeden von uns in der Hand. Sie schlief, mit wem sie es gerade wollte. Und wir? Wir machten ihre Spielchen mit. Obwohl wir Brüder waren.

Ich fuhr mir über das Gesicht; bemerkte erst jetzt, dass mein zu Hause schon in Sichtweite war. Je näher ich kam, desto mehr beschlich mich ein ungutes Gefühl. Dieses bestätigte sich, als die Reifen die Auffahrt hinaufrollten und ich zwei Autos erkannte.

Das Blut gefror in meinen Adern.

Ein Kranken- und ein Leichenwagen.

Der Motor verstummte, während ich mit ohrenbetäubenden Gedanken ausstieg.

Sonst war es ruhig.

Es waren von hier aus keine Stimmen zu hören. Nichts außer das Heulen des Windes erfüllte die Luft. Dieses Geräusch kratzte an meiner Seele und hinterließ tiefe Spuren.

Meine Beine trugen mich die wenigen Stufen der Treppe zur Eingangstür hinauf. Und ehe ich mich versah, hatte ich den Schlüssel in der Hand und sperrte auf. Vor mir eröffnete sich die riesige Halle mit dem hellen Marmorboden, die ich nur zu gut kannte. Sie war mit einem Meer aus Menschen gefüllt, die sich am Absatz der beiden Treppen, die sich wie Flügel eines Engels nach oben wanden, sammelten.

Keiner von ihnen beachtete mich.

Es waren einige Angestellte unter ihnen, die in kleinen Gruppen miteinander tuschelten. Die Gesprächsfetzen vermischten sich miteinander und machten es unmöglich, klare Worte herauszufiltern.

Meine Hände ballten sich zu Fäusten – mit der Hoffnung, dass etwas Gefühl in meine Gliedmaßen zurückkehrte. Es gelang mir nur bedingt, sodass es letztendlich ein bestimmter Mann war, der mir Klarheit verlieh.

Er hatte längeres, goldenes Haar, das zu einem Zopf zusammengebunden war. Dunkle, bernsteinfarbene Augen sahen mir ernst entgegen. Sie wirkten matt; fast leblos. Er war normalerweise niemand, der viele Emotionen zeigte, aber auch in ihm steckte Rastlosigkeit.

»Acair«, sagte ich und kam ihm entgegen. »Was ist hier los?«

»Cian –«

»Das war eine einfache Frage. Beantworte sie mir also.« Jemand trat durch eine Tür, die tiefer ins Haus führte und schob vor sich eine Liege her. Darauf lag ein schwarzer Sack. Einer, in den ein Mensch hineinpasste ... Ich konnte auf eine Antwort meines Bruders verzichten. Ein Fragezeichen blieb jedoch. »Wer?«

Acair schluckte.

Er konnte mich nicht darauf vorbereiten, was nun kommen würde. Nichts in der Welt hätte das getan. Auch er wusste das, weshalb er mich nicht länger im Dunkeln ließ.

»Leandra. Sie ist die Treppe hinabgestürzt und hat sich dabei das Genick gebrochen.«

Ich nahm seine Worte nur aus weiter Entfernung wahr.

Neue Taubheit überzog meine Nerven. Um mein Blickfeld legte sich ein undurchdringbarer Schleier, sodass ich erst wusste, wo ich war, als meine Hand sich auf den Leichensack legte.

Darunter spürte ich etwas Festes.

Einen hageren Körper.

Leandra.

Ohne nachzudenken – ohne die Stimmen um mich herum zu hören – riss ich den Reisverschluss auf.

Der Atem blieb mir in der Lunge stecken.

Acair hatte recht gehabt.

Ich schaute auf Leandra hinab.

Ihr blondes Haar war mit Blut getränkt, ihre Augen mit den vertrauten, dunkelbraunen Iriden waren geschlossen. Es sah aus, als würde sie schlafen – als könnte sie binnen weniger Sekunden wieder aufwachen. Die aschige Farbe ihrer Haut verriet mir allerdings, dass das nicht passieren würde.

Nie wieder.

»Nein«, flüsterte ich und schüttelte vehement den Kopf. »Das kann nicht wahr sein.«

Meine Fingerknöchel strichen über ihre hohen Wangenknochen. All ihre Wärme war verschwunden.

Sie war die schönste Frau, die mir jemals begegnet war. Ihr Lachen, ihre Berührungen, ihre Art, wie sie mich in den Wahnsinn trieb ... nichts davon würde je wieder da sein.

Ich rang nach Luft, wobei mich jemand bei der Schulter ergriff.

Nein.

Meine Hände legten sich um ihren Hals, strichen dabei durch ihr seidenes Haar. Sie hatte keinen Puls mehr. Kein Anzeichen von Leben steckte in ihr.

Ich musste mich in einem Albtraum befinden. Nichts anderes ergab Sinn. Leandra war *nicht* tot. Sie konnte nicht unsere Treppe hinabgestürzt sein. Davon starb man nicht. Das war nicht –

»Cian.« Sein Druck wurde fordernder, sodass ich von dem leblosen Leib gezerrt wurde. »Reiß dich zusammen.«

Es war die Stimme meines Vaters.

Er führte mich beiseite, damit ein Mann den Reißverschluss des Sacks wieder zuzog und die Liege nach draußen schob.

Ich konnte mich nicht von ihnen lösen. Selbst, als ich sie nicht mehr ausmachen konnte, wandte ich mich nicht von der Stelle ab. Vor meinem inneren Auge zeichnete sich weiterhin Leandras vertrautes Gesicht ab.

Ihr lebendiges.

Das wunderschöne Abbild meiner Geliebten, die ich nun nie wieder sehen würde.

»Wie ist es passiert?«

»Sie war schon immer ein ungeschicktes Ding gewesen. Das weißt du. Sie ist unglücklich aufgeschlagen.«

Callum Creswell war ein eiskalter Bastard, was in mir brennende Wut entfachte, die sich tief in mein Inneres fraß. Er sah mich aus seinen dunklen Augen an und strich sich eine perfekte, schwarze Strähne hinters Ohr.

Leute sagten, dass ich ihm ähnlichsah. Es stimmte auch, bis auf die Augen. Die hatte ich von meiner Mutter geerbt.

Ich hätte einen Streit vom Zaun brechen können, doch schluckte ich die sich zusammenbrauenden Worte hinunter. Möglicherweise fehlte mir auch die Kraft, um mich auf eine Diskussion mit ihm einzulassen, die sowieso zu nichts geführt hätte.

Denn meine Begierde war tot. Der einzige Wunsch in mir war *sie* mit schlagendem Herzen in meinen Armen zu halten. Doch selbst er – einer der reichsten Männer Schottlands – konnte mir diesen nicht erfüllen.

»Wo ist Gracy? Sie wollten doch heute zusammen hierherkommen?« Leandra war die beste Freundin meiner kleinen Schwester. Schon seitdem sie klein waren.

»In ihrem Zimmer. Magdalena ist bei ihr.« Mutter ...

»Und Alec?«

Er schnaubte und deutete um sich herum. »Wahrscheinlich irgendwo im Haus. Woher soll ich das wissen? Jetzt entschuldige mich. Ich muss mich um andere Angelegenheiten kümmern. Diese tote Göre hat mich schon viel zu viel Zeit meines Tages gekostet.«

Vater folgte den Männern und einigen von unseren Angestellten nach draußen. Neugier und Entsetzen lagen in ihren Mienen.

Die einzigen, die in der Halle blieben, waren Acair und ich.

»Such Alec nicht auf«, sagte er ruhig, während ich gerade nichts lieber täte, als gegen die Wand zu schlagen. »Er braucht jetzt seinen Freiraum.«

»Sag mir, dass das alles nicht wahr ist.«

Er brauchte mir nicht antworten, um auch den letzten Funken Hoffnung in mir zu ersticken. Dafür reichten auch seine Augen, die starr auf mich gerichtet waren. Sie unterschieden sich von denen unseres Vaters. Acair wirkte nicht genervt oder gelangweilt. Hinter seiner Fassade *musste* auch ein Sturm toben. Denn obwohl er nicht so besessen von Leandra war wie sie von ihm, war auch er ihr verfallen. Sonst hätte er sie nicht bei jeder ihm sich dargebotenen Möglichkeit gefickt. Jedoch schien er seine Klarheit zu behalten.

»Geh nach oben. Ich sage einer Angestellten Bescheid, dass sie dir einen Tee machen soll.«

So einfach konnte ich nicht gehen.

»Hat jemand gesehen, wie sie gestürzt ist?«

»Nein. Jetzt verschwinde. Sonst fängst du hier noch an Wurzeln zu schlagen.«

Er war jünger als ich, doch hörte ich aus einem dummen Grund auf ihn. Ich kannte ihn selbst nicht mal. In einer anderen Welt wäre ich dem Leichenwagen hinterhergefahren.

Dazu hatte ich kein Recht, denn Leandra Lennox gehörte mir nicht.

Sie liebte mich nicht. Hatte es nie getan.

Mit einem Kopf voller Gedanken ging ich durch Gänge, stieg Treppen hinauf, bis ich mich plötzlich innerhalb der Wände meines Schlafzimmers wiederfand.

Ein Blick auf das breite Bett mit den Holzpfosten reichte aus, dass mein Herz einen Schlag aussetzte. In meiner Vorstellung hätte ich heute meine Nacht – auch wenn sie nur wenige Stunden gedauert hätte – hier mit ihr verbracht.

Nun war ich allein.

Obwohl in diesem Haus unzählige Seelen umherwanderten.

Manche friedvoll.

Manche mit Hass erfüllt.

Manche gebrochen.

Ich starrte aus dem Fenster auf meinen Wagen.

Die weißen Rosen kamen mir wieder in den Sinn. Sie lagen immer noch auf dem Beifahrersitz. Am liebsten würde ich sie dort verrotten lassen. Denn ich hatte keine Ahnung, ob ich die Kraft besaß, sie wegzuwerfen.

Nicht Leandras Lieblingsblumen.

Die Herbstsonne wärmte mein Gesicht; hielt mich, da es sonst niemand tat. Vor wenigen Minuten hatte ich es noch als schön beschrieben. Nun sah ich nichts mehr als die modrigen Blätter, die langsam gen Boden segelten.

Ich sah auf nichts mehr; nur die sterbende Natur.

Den Tod.

KAPITEL 1

Darcy

Dumpfer Schmerz lähmte meinen gesamten Körper. Ich konnte mich nicht bewegen, stand stattdessen regungslos da und starrte auf das kleine Steinhaus vor mir.

Es war an einigen Stellen mit Moos und an der Westseite mit Blättern bewachsen, die durch den Herbst bereits verfärbt waren. Der kühle Wind heulte durch die Äste einer alten, knorrigen Buche, sodass mir ein Schauer über die Wirbelsäule fuhr.

Er katapultierte mich in die Wirklichkeit zurück, sodass ich einen Schritt von meinem weißen Pick-up auf die Eingangstür zuging. Sie war mit einer roten Farbe überzogen, die an einigen Stellen aufgrund der Witterung bereits weggeplatzt war.

Ich konnte mich noch genau an den Tag erinnern, als *Athair* und ich sie gestrichen hatten. Es war Sommer gewesen. Die Sonne hatte uns den Nacken verbrannt, dennoch überwiegten die guten Momente. Sein Lachen. Die Witze. Die frische Zitronenlimonade, die Mutter uns gebracht hatte.

Das war schon zwölf Jahre her.

Eine Zeitspanne, die sich wie eine Ewigkeit anfühlte.

Nun war ich kein Kind mehr, sondern eine zweiundzwanzigjährige Frau, die sich nach den unbekümmerten Augenblicken der Vergangenheit sehnte. Denn die Realität war eine brutale Welt, vor der ich am liebsten flüchten würde.

Dieses Privileg stand mir nicht zu.

Nicht, wenn mein Vater todkrank in seinem Bett lag.

Ich kramte in meiner Jackentasche nach dem Schlüssel und sperrte das Schloss meines Zuhauses auf.

Es war ruhig, dennoch wusste ich, dass meine Eltern hier waren. Das verriet mir der Geruch nach frischer Suppe, die wahrscheinlich auf dem Herd in der Küche köchelte. Zudem war es warm; ein schöner Kontrast zu dem kalten Herbst, der Nordschottland seit wenigen Wochen eingenommen hatte.

Ich fand mich in einem kleinen Raum wieder, in dem ich die Straßenschuhe von meinen Füßen streifte und in bequeme Pantoffeln schlüpfte. Allein hier zu sein erfüllte mich mit neuer Stärke, die ich in den kommenden Wochen brauchen würde.

Normalerweise hätte ich nach meiner Mutter gerufen, aber vermutlich schlief Papa, weshalb ich mir lautlos einen Weg ins Innere suchte. Ich wollte ihn nicht aufwecken. Außerdem konnte ich ahnen, wo Lina McAllister war – im angebauten Wintergarten, der einen wunderschönen Blick auf freie Felder und einen Teich bot, der einem nahgelegenen Bauern gehörte.

Genau dort saß sie auch; inmitten von grünen Pflanzen auf einer gepolsterten Bank mit einer Strickdecke über dem Schoß. Auf einem Beistelltisch stand eine Tasse mit dampfendem Tee. Pfefferminz, das roch ich selbst von hier.

»Du bist ja schon da«, sagte sie und drehte sich zu mir. Sie musste mich in der Spiegelung der Glasscheiben entdeckt haben. Ihr dunkelbraunes, langes Haar glich dem meinen, während ihre Haselnussfarbenen Augen sich von meinen hellblauen nicht mehr unterscheiden könnten. Sie war eine Erscheinung und zog jegliche Aufmerksamkeit auf sich, sobald sie einen Raum betrat. Heute jedoch wirkte sie müde. Erschlagen. Und ich konnte es ihr nicht verübeln. »Du wolltest doch erst heute Abend kommen. Joe schläft gerade.«

Ich nickte und setzte mich neben sie. Sofort nahm mich Mutter in den Arm, was mir brennende Tränen in die Augen trieb. Keine davon rann meine Wangen hinab. »Ich bin in der Nacht losgefahren. So habe ich wenigstens ein bisschen mehr Zeit mit euch.«

Ihr Mund verwandelte sich zu einer dünnen Linie, wobei sie mir gedankenverloren über den Kopf strich. Ich wusste jedoch auch so, an was sie dachte. An meine unwiderrufliche Entscheidung, für die sie sich verantwortlich machte.

»Mach dir keine Sorgen«, flüsterte ich und schmiegte mich an ihre Seite. Dabei richtete sich mein Blick aus der großen Fensterfront, durch die kraftlose Sonnenstrahlen fielen. »Ich habe mir das gut überlegt.«

»Nein, hast du nicht. Du solltest gerade in London in einer Vorlesung sitzen. Das war alles nicht in deinem Plan, Darcy.«

»So ist das Leben nun mal. Nichts läuft so, wie man es sich wünscht. Denn sonst hätte Vater keine schwere chronische obstruktive Lungenerkrankung und du würdest nicht gezwungen sein, deine Arbeit aufzugeben, damit du dich um ihn kümmern kannst.«

Sie schwieg, damit gab sie mir jedoch recht. Meine Worte waren schmerzhaft, ich war es aber leid, die Wahrheit in Schweigen zu verschleiern. Denn mehr war es nicht. Es war die Realität, egal, ob ich sie aussprach oder nicht. Sein Gesundheitszustand hatte sich innerhalb weniger Wochen rapide verschlechtert.

»Ich weiß nicht, ob ich dir jemals dafür danken kann.«

»Das musst du nicht. Wir sind eine Familie. In guten wie in schlechten Zeiten. Glaub mir, ich habe es mir gut überlegt, mein Studium abzubrechen.«

Meine Mutter war eine Haushälterin der Familie Creswell – eine der reichsten in ganz Schottland. Sie besaßen Land und eine Whisky Destillerie, die schon seit Generationen in ihrem Besitz war.

Sie bezahlten zudem gut. Leider fehlte uns dadurch viel Geld, weshalb ich ihren Job bis auf unbestimmte Zeit übernehmen würde. Ich hatte meine Arbeitspapiere bereits unterschrieben und sie per Post zurückgeschickt.

Es gab kein Zurück mehr.

Und es war egal, ob ich mir das wünschte oder nicht.

»Es wird alles wieder besser«, murmelte meine Mutter und drückte mir einen Kuss auf den Scheitel. »Das verspreche ich dir.«

Ich war mir nicht sicher, ob ihre Worte für mich oder eher für sie bestimmt waren. Am liebsten hätte ich ihr gut zugeredet, in diesem Augenblick fehlte mir dazu aber die Kraft. Deshalb schlang ich meine Arme um sie und schwieg.

Zusammen hielten wir uns, bis sich eine Wolke vor die Sonne schob und mir eine Gänsehaut über die Arme lief.

»Willst du etwas essen, Darcy?«

»Was gibt es denn?« Ich setzte mich auf und streckte meine verspannten Beine von mir. Die Autofahrt hatte mir mehr zugesetzt, als ich gedacht hatte.

»Suppe – die mit den Leberknödeln, die du so gerne magst.«

Ein Lächeln zupfte an meinen Mundwinkeln. »Dann –«

»Lina?« Mein Herz setzte aus, als ich träge Schritte aus der Richtung des Flurs hörte. Es war eine mir bekannte Stimme.

Mir kam wieder sein Lachen vor 12 Jahren in Erinnerung, was mein Herz schwerer machte. »Wo bist du?«

Einen Moment später stand mein Vater im Türrahmen. Um seinen schmalen Körper war ein flauschiger Bademantel gewickelt, unter dem eine weite Stoffhose hervorlugte. Meine Aufmerksamkeit blieb aber nicht lange darauf hängen, denn sie richtete sich sogleich auf sein Gesicht.

Seine Wangen waren eingefallen.

Die wasserblauen Augen waren glasig, wobei sich dunkle Ringe darunter abzeichneten, als hätte er schon seit Wochen keinen tiefen Schlaf mehr gefunden.

Sein helles Haar war unordentlich; länger, als ich es von meinem letzten Besuch kannte.

Athair sah krank aus.

Ich stellte mich auf die Füße und stakste auf ihn zu. Nun rann dennoch eine Träne hinab, all die Ketten der Zurückhaltung in mir brachen, sodass ich die restliche Distanz zwischen uns überbrückte und meine Arme um seinen Hals schlang.

Sein Herz klopfte wild, während er mit den Fingern durch mein Haar fuhr. »Darcy. Wie lange bist du schon hier, Schatz?«

»Ich weiß nicht«, sagte ich mit belegter Stimme und zog tief seinen Geruch ein. Wenn ich die Augen schloss, *konnte* ich die Lüge spinnen, dass alles in Ordnung war. Trotzdem tat ich es nicht. Es war sinnlos. »Noch nicht allzu lange.«

»Wieso hast du mich nicht aufgeweckt?«

Vorsichtig löste ich mich aus seinem Griff und blickte ihn an. »Ich wollte dich schlafen lassen.«

»Das musst du nicht. Ich hätte mich gefreut, wenn ich dein Gesicht beim Aufwachen gesehen hätte.« Er drückte meine Schultern, ehe er sich meiner Mutter zuwandte. »Wollen wir in die Küche?«

»Ja«, sagte sie, womit wir gemeinsam in den kleinen Raum gingen, der ausschließlich aus einem runden Tisch und ein paar Geräten bestand. Mehr brauchte es aber auch nicht. Meist waren es nur Papa und ich gewesen, die sie benutzt hatten.

Mehr oder weniger.

Der Tisch war bereits gedeckt, daher musste nur noch der Topf vom Herd genommen werden, was ich gerne übernahm.

»Wie geht es dir?«, fragte ich, während ich Suppe in *Athairs* Teller füllte.

»Es könnte schlechter sein.«

Nickend wiederholte ich es, bis jeder etwas auf seinem Teller hatte. Mein Vater war der erste, der sich einen Löffel in den Mund schob. Er schluckte die Brühe hinunter und behielt sie in sich. Erst dann konnten auch *Màthair* und ich mit dem Essen beginnen.

»Wie viel Gepäck hast du mitgebracht?«, fragte sie mich; versuchte etwas Lockerheit in die gedrückte Stimmung zu bringen.

»Meine Klamotten habe ich im Auto verstaut und die Bücher werden in den kommenden Tagen mit einer Spedition hierhergeschickt. Die Möbel konnte ich zum Großteil verkaufen. Viel werde ich aber nicht nach Nordschottland mitnehmen.«

»Das musst du auch nicht. Die Creswells haben eine riesige Bibliothek. Du darfst dir bestimmt ein paar ausleihen.«

Sie sprach nicht viel über ihre Arbeit, geschweige denn hatte sie mich einmal mitgenommen. Ich hinterfragte es nie, heute aber ...

»Wie sind die Creswells so?«

Meinem Blick wich sie aus, antwortete mir aber trotzdem. »Callum sieht man nicht oft. Er verbringt viel Zeit im Büro, wenn er nicht gerade auf Reisen ist. Magdalena hingegen ist viel zu Hause. Sie haben eine Tochter, die im Ausland studiert. Und ihre drei Söhne.« Sie schluckte, schüttelte dabei den Kopf. »Halte dich am besten von ihnen fern. Sie bringen nichts als Ärger mit sich. Vor allem die Zwillinge. Mach einfach deine Arbeit.«

Es war eine Warnung. Etwas, das mich stutzig machte.

Ich wusste nicht viel über diese Familie. Möglicherweise sollte ich es auch dabei belassen. Dennoch regte sich die Neugier in mir, die sich durch die Worte meiner Mutter nur verstärkte.

Athair legte eine Hand auf meine. »Wann fängst du an? Ich habe es vergessen.«

»Nächste Woche Freitag.«

»Eine Freundin von mir wird dort ein Auge auf sie haben«, sagte Lina, womit sie das Thema beendete.

Niemand von uns nahm den Namen Creswell in den kommenden Stunden noch einmal in den Mund. Es war ihre Anspannung, die Vater und mich davon abhielt. Dafür redeten wir über andere Dinge.

Die Leute im Dorf.

London.

Wir saßen nach dem Essen vor dem Fernseher, sahen uns die Nachrichten und einen Film an.

Eins ging mir dabei jedoch nicht aus dem Kopf.

Mutters Worte bezogen sich auf die drei Creswell-Brüder.

Halte dich am besten von ihnen fern. Sie bringen nichts als Ärger mit sich.

KAPITEL 2
Darcy

usschließlich das monotone Geräusch des Motors begleitete mich. Kein Radio. Keine zwitschernden Vögel. Nichts, außer das Brummen, das schon seit einer halben Ewigkeit zur Normalität geworden war.

Fast eine Stunde fuhr ich bereits eine einsame Straße entlang, hatte seitdem weder eine Ortschaft noch ein Haus gesehen. Vor mir erstreckten sich nichts außer ein paar Bäume, an denen Blätter in den verschiedensten Rottönen hingen, und endlos scheinende Felder, auf denen eine dünne Schicht Nebel lag.

Die Natur der Highlands war atemberaubend.

Es war noch früh; die Herbstsonne war noch nicht stark genug, um die dicken, grauen Wolken am Himmel zu durchbrechen.

Mit jeder verstrichenen Sekunde nistete sich das Gefühl in mir ein, dass ich mich verfahren haben musste. Aber meine Mutter hatte mir den Weg geschildert. Außerdem sagte mir das Navi meines alten Pick-ups, dass ich hier richtig war.

Als die dünnen Konturen des Creswell-Anwesens

erkennbar waren, wurden die Zweifel weggewischt. Je näher ich meinem Ziel kam, desto schwerer wurde meine Brust.

Vielleicht lag es am Anblick. Das riesige Haus. Die mit Efeuranken überzogene Fassade.

Vielleicht an dem Kies der Auffahrt, der unter den Rädern meines Wagens knirschte und die Rastlosigkeit in meinen Adern verstärkte.

Vielleicht auch an dem Wissen, dass der Weg meines bisherigen Lebens eine neue Abzweigung nahm, die ich vor wenigen Tagen noch nicht so erwartet hatte. Von einer Geschichtsstudentin zum Hausmädchen einer der reichsten Dynastien des Landes ...

Mir blieb keine Wahl. Meine Familie hatte Vorrang. Das würde sie immer haben.

»Sie haben Ihr Ziel erreicht«, sagte die weibliche Stimme des Navigationsgeräts als ich den Motor abschaltete. Ich parkte unter einer großen Eiche, doch blieb mein Blick nicht lange an der Natur hängen. Stattdessen wanderte er zu einer kurzen Treppe, die zu einer hölzernen Eingangstür führte.

Davor standen zwei Autos – ein schwarzer Rolls Royce und ein dunkelgrüner Bentley. Sündhaft teuer; gleichzeitig vor Eleganz strotzend. Wem von ihnen sie wohl gehörten? Ich hatte noch keinen im realen Leben gesehen, allerdings einige Bilder im Internet. Auf jedem von ihnen hatten diese Menschen eine kalte Maske auf ihren Mienen getragen.

Ob das der Normalzustand war, würde ich in den nächsten Wochen sicher herausfinden.

In diesem Gedankenspiel konnte ich mich nicht verlieren, denn eine Regung zog meine Aufmerksamkeit auf sich.

Jemand stand in der Tür.

Eher gesagt zwei Personen.

Eine kleine Frau mit lockigem, rotem Haar und ein schlaksiger, großer Mann, der nicht älter als ich sein konnte. Ihre

Kleidung war einfach. Sie trug ein grünes, wadenlanges Kleid, während er eine schwarze Stoffhose und ein gleichfarbiges Hemd anhatte.

Sie waren keine Creswells, trotzdem kannte ich *ihren* Namen.

Pernille Fraser – *Màthairs* besagte Freundin.

Sie hatte von ihr erzählt; mich mehrmals in den vergangenen Tagen angewiesen, mich an sie zu richten, wenn ich Hilfe benötigte.

Ich riss die Autotür auf, stieg aus und ging auf die beiden zu. Dabei saugte ich jedes Detail meiner Umgebung gierig auf.

Der modrige Geruch der sterbenden Natur.

Die Laute, die meine Schritte verursachten.

Das leise Pfeifen des Windes, der durch die Baumkronen rauschte und einzelne Blätter mit sich riss.

»Kann ich hier parken?«, fragte ich, um das Schweigen zu brechen. Meine Hand umklammerte den Schlüssel, sodass sich das Metall tief in meine Haut schnitt.

Die Frau löste sich und kam auf mich zu. Sie war im Alter meiner Mutter.

Ein leichtes Lächeln legte sich um ihre Mundwinkel, als sie mich ins Auge fasste. »Darcy, nicht wahr?« Ich nickte, wobei sie eine kleine Handbewegung machte; sofort setzte sich der junge Mann in Bewegung. »Jason wird dein Auto umparken, wo es näher am Dienstboteneingang liegt. Dein Gepäck?«

»Auf der Rückbank«, murmelte ich und versuchte die Anspannung aus meinen Schultern zu lösen. Ohne Erfolg.

Jason trat mir gegenüber. Seine Mundwinkel waren gehoben, seine grünen Augen funkelten mir entgegen. »Ich bräuchte deine Schlüssel. Deinen Wagen mache ich nicht kaputt, versprochen.«

Etwas in seiner Stimme löste die Knoten in meinen Muskeln und schenkte mir Vertrauen ihm gegenüber.

Wortlos überreichte ich sie ihm und beobachtete, wie er davonfuhr. Erst als ich ihn nicht mehr sehen konnte, wandte ich mich erneut der Frau zu.

»Mein Name ist übrigens Pernille Fraser. Nenn mich beim Vornamen. So ist es einfacher.«

»Meine Mutter hat ein bisschen von Ihnen erzählt.«

»Hoffentlich nicht zu viel.« Der verhaltene Ausdruck in ihrem Gesicht wurde offener. »Komm mit rein. Ich kann mir vorstellen, dass du müde bist. Es war eine lange Fahrt.«

»Es ging«, murmelte ich und folgte ihr die wenigen Treppenstufen zur zweiflügligen Eingangstür hinauf. Von Nahem erkannte ich Schnitzereien. Sie stellten Efeuranken dar.

Unheimlich, da sowieso bereits das gesamte Haus damit bedeckt war.

»Wir hatten dich eigentlich erst heute Nachmittag erwartet. Daher hat mich dein Anruf vorhin, dass du schon früher als geplant eintriffst, überrascht.«

»Der Vorteil, in der Nacht zu fahren, ist der wenige Verkehr. Ich musste mich ausschließlich stumpf nach meinem Navigationsgerät richten. Es –«

Die Worte versiegten auf meiner Zunge, als ich über die Türschwelle trat. Vor uns eröffnete sich eine riesige Eingangshalle, die um einiges größer war als meine alte Wohnung in London. Der Fußboden war aus blütenweißem Marmor, der mit pechschwarzen Adern durchzogen war. Die Wände waren mit einer hellen Tapete bedeckt. Überall waren kleine goldene Details eingearbeitet. Selbst an der hölzernen Decke. In der Mitte stand eine Skulptur von einem scheuenden Pferd und dahinter lagen zwei Treppen, die eine Etage nach oben führten. Unterstrichen wurde dieser Raum mit einem Kronleuchter, der goldenes Licht auf uns warf.

Gerade kam ich mir klein vor. Wie ein winziger Stern im Universum.

»Du warst noch nicht hier, oder?«, fragte Pernille und sah mich interessiert an.

Kopfschüttelnd wagte ich mich nach vorn, konnte mich nicht entscheiden, welche Details ich zuerst in mich aufnehmen sollte. »Mutter hat ihre Arbeit und ihr Privatleben immer getrennt. Als würde sie nicht wollen, dass ich jemals einen Fuß in dieses Haus setze.«

»Sie hat mir einmal ein Foto von dir und deinem Vater gezeigt.«

Mein Blick schnellte zu der Frau, die mir ein mildes Lächeln schenkte. »Wirklich?«

»Ja. Wie geht es Joe?«

Papas Name brannte sich wie Säure in mein Herz. Die gesamte Autofahrt hatte ich versucht, nicht an ihn zu denken. Es war nicht oft erfolgreich gewesen. Und jetzt ... jetzt blitzten die Erinnerungen an ihn vor meinem inneren Auge auf.

Die blassen Lippen.

Die matten, doch so vertrauten Iriden.

Seine Hand, die meine ergriff, während er mir zuversichtliche Worte zugeflüstert hatte.

Ich wollte mich daran klammern, seine Hoffnung teilen; gerade trieb es mir aber Tränen in die Augen. Mir war bewusst, dass das wahrscheinlich kein gutes Ende nehmen würde.

Kopfschüttelnd vertrieb ich die trüben Gedanken und setzte mich wieder in Bewegung. »Meinem Vater geht es den Umständen entsprechend. Da aber meine Mutter jetzt bei ihm ist, hat er wenigstens eine Person, die sich um ihn kümmert.«

Meine Stimme war belegt, was Pernille wahrnahm und – zum Glück – richtig deutete und das Thema wechselte.

»Es hat seinen Grund, wieso dich Lina nicht hier haben wollte.«

Sie führte mich aus der Halle in einen schmalen Gang. Er

gehörte sicher nicht zum offiziellen Teil des Hauses, denn die Wände waren ungeschmückt und der Boden aus altem, abgewetztem Holz. Selbst das goldene Deckenlicht flackerte.

Dienstbotengänge.

»Dieser wäre?«

»Im Creswell-Anwesen sind schon schlimme Dinge passiert. Diese Familie zieht das Chaos förmlich an. Über Generationen hinweg.«

»Ist das nicht ein wenig ... lächerlich?« Gleichzeitig überkam mich ein Schauer, der meinen gesamten Leib erzittern ließ. Ich schlang die Arme um meine Mitte und blickte um mich. Es musste an meiner Umgebung liegen, nicht an ihrer Erzählung. »Überall auf der Welt passieren schlimme Dinge. Ist es nicht gut, dass dieses Schicksal selbst an den reichsten Menschen nicht vorbeigeht?«

Ihre grünen Augen streiften mich. Etwas Nachdenkliches lag in ihrer Miene. »Ja, möglicherweise hast du Recht. Aber lass uns abwarten, wie du das in ein paar Monaten siehst.«

Monaten.

Dieses kleine Wort kratzte an meiner Seele. Ich hatte anscheinend doch noch nicht realisiert, dass ich heute Nacht nicht einfach in mein eigentliches Leben zurückschlüpfen konnte.

»Wohin gehen wir?«, fragte ich, da wir an unzähligen Türen und selbst an einer Treppe, die nach unten führte, vorbeiliefen.

»In die Küche für das Personal. Du musst bestimmt Hunger nach der langen Fahrt haben.« An Essen hatte ich bis eben nicht gedacht. Aber eine Tasse Tee würde jetzt guttun. »Danach zeige ich dir dein Zimmer.«

Ich hüllte mich in Schweigen, bis wir an unserem Ziel ausgespuckt wurden. Die Küche war altmodisch, besaß aber durch das rötliche Holz einen Charme, der mich an zu Hause erinnerte. Die spärliche Beleuchtung wurde von Tageslicht abgelöst, das von einem großen Sprossenfenster stammte. Draußen erkannte man Bäume, Sträucher und eine weite Wiese, die in einem Wald endete.

Auf einer Seite des Raums war ein langer Tisch mit einer Bank und Stühlen. Ein paar leere Gläser standen noch darauf, was Pernille mit einem Schnauben wahrnahm.

»Setz dich.«

Ich ging ihrer Forderung nach und beobachtete, wie sie zwei Pfannen aus einem Schrank hervorholte. »Du musst nicht. Mir genügt –«

Pernille schüttelte den Kopf und holte Speck, Eier, Bohnen und Gemüse hervor, ehe sie zwei Scheiben Brot in einen Toaster steckte. Mir war sofort bewusst, was sie mir machte.

Ein *Full English Breakfast.*

Beim alleinigen Gedanken daran lief mir das Wasser im Mund zusammen. Und als sie den Speck anbriet, sog ich den Geruch gierig ein.

Himmlisch.

»Tee oder Kaffee?«

»Tee, bitte.«

Es juckte mich in den Fingern ihr zu helfen. Bevor ich aber danach fragen konnte, kam Jason durch die Tür, die nach draußen führte. In seiner Hand baumelte mein Autoschlüssel, den er vor mich auf den Tisch warf. Im selben Moment setzte er sich auf einen Stuhl mir gegenüber.

»Was hast du zu Mutter gesagt, dass sie dir essen macht?«

Mutter?

Mein Blick glitt zwischen Pernille und Jason hin und her.

Sie hatten in der Tat äußerliche Ähnlichkeiten miteinander. Die Sommersprossen auf ihren Nasenrücken. Die grünen Augen. Das rötliche Haar, das beim Sohn ausgebleichter war.

»Du tust so, als würde ich dich verhungern lassen.«

»Ich bekomme jeden Morgen ausschließlich Porridge von dir.«

»Nie im Leben würde ich dich abhalten, dir selbst was zum Essen zu machen, Jason.«

Er murrte, sodass sich meine Mundwinkel hoben. Ich hatte keine Ahnung, was mich in den kommenden Tagen – geschweige denn Stunden – erwarten würde. Diese beiden nahmen mir jedoch die Sorge darüber.

»Dein linkes Vorderrad hat übrigens zu wenig Luftdruck«, sagte Jason, dessen Aufmerksamkeit nun wieder auf mir lag. »Das solltest du überprüfen lassen.«

»Ähm ... Danke. Ich schreib es mir auf die Liste.«

»Alec hat eine kleine Werkstatt. Ich kann sie bestimmt für 10 Minuten benutzen.«

Alec Creswell. Er war der jüngste der drei Creswell-Brüder, obwohl er und Acair Creswell Zwillinge waren. Ich hatte ihn bisher nur auf wenigen Fotos im Internet gesehen. Allgemein gab es von dieser Familie nicht viele.

»Du musst nicht.«

Er zuckte mit den Schultern. »Für mich ist das kein Problem.«

»Wenn das so ist ...« Mein Blick wanderte im Raum umher, bis er an den leeren Stühlen um mich herum kleben blieb. »Wie viele Angestellte gibt es hier überhaupt?«

»Mit dir und meiner Mutter sieben Haushälterinnen und einen Haustechniker. Die Gärtner kommen nur zwei Mal wöchentlich vorbei.«

Beeindruckend und irgendwie beängstigend, wenn es so viele Menschen bedurfte, um ein Haus instand zu halten. Wahrscheinlich brauchte man das auch, immerhin konnte ich mir noch kein Bild von der Größe des Anwesens machen.

»Und du?«

»Er ist meine kleine Fee, die mir unter die Arme greift«, sagte Pernille mit einem vollbeladenen Teller und einem Becher Tee in der Hand. Jason verdrehte die Augen, während sie das Essen vor mir abstellte. »Milch oder Zucker?«

»Milch.«

»Ich mache alles ein wenig. Eben da, wo ich gebraucht werde. Im Winter komme ich aber endlich von hier weg.«

»Wohin gehst du denn?«, fragte ich und nahm seiner Mutter Besteck und eine kleine Karaffe ab. Erst jetzt – der Anblick des dampfenden Essens vor mir – machte sich mein leerer Magen bemerkbar. Mit purer Vorfreude spießte ich einen Streifen Speck auf und schob ihn mir in den Mund.

Ich musste mir das Stöhnen förmlich verkneifen.

Jasons Iriden begannen zu funkeln. »Studieren. Callum Creswell hat mir einen Platz an der Cambridge University besorgt.«

Meine Augenbrauen schossen in die Höhe. Es war eine Eliteuniversität. Die meisten von uns konnten von einem Platz dort nur träumen. Auch er, hätte es Callum Creswell nicht gegeben. »Wow.«

Ehe er etwas darauf sagen konnte, klatschte Pernille in die Hände. »Bis dahin musst du aber noch ein bisschen Arbeiten. Alec kommt heute aus der Schweiz nach Hause. Zuvor wolltest du aber noch die kaputte Deckenbeleuchtung in seinem Wohnzimmer reparieren. Das macht sich nicht von selbst, meine kleine Fee.«

»Hör auf, mich so zu nennen.« Mit einem lauten Kratzen schob er den Stuhl zurück und stand auf. Dabei warf er mir ein dünnes Lächeln zu. »Man sieht sich.«

Damit verschwand er, ließ mich mit seiner Mutter allein.

»Wohnbereich?«, fragte ich und nahm einen Schluck.

»Die Brüder haben jeweils einen Teil des Hauses für sich. Sie liegen im Nord-Ost-, ihre Eltern hingegen im Süd-West

Flügel. Wo die Zimmer sich befinden, erkläre ich dir später, wenn ich dich umherführe.«

»Kann ich dir eine Frage stellen?«

»Natürlich.«

»Wieso leben die Söhne noch hier? Die Zwillinge sind doch schon 25 Jahre alt, oder nicht?«

»Es ist ein riesiges Anwesen. Alec kommt und geht. Acair liebt Ruhe und Cian –« Sie kam nicht mehr dazu, ihren Gedanken auszusprechen, da wurde die Tür aufgerissen, die nach draußen führte. In den kleinen Raum trat der Mann, von dem Pernille gerade sprach.

Cian Creswell. Der Älteste der Creswell-Brüder.

Sein dunkelbraunes Haar war unordentlich; an seinem Körper hing eine graue Jogginghose und ein schwarzes T-Shirt. Er musste gerade Laufen gewesen sein. Das verrieten mir seine Sportschuhe und dunkle Schweißflecken, die sich am Saum des Stoffes abzeichneten.

Seine Aufmerksamkeit schnellte sofort zu mir, was mich schlucken ließ. Die bernsteinfarbenen Augen nahmen mich in Beschlag; ließen es nicht zu, dass ich mich abwendete.

Er musterte mich.

Von oben bis unten.

Strich sich über seinen Dreitagebart, wobei sich sein Kopf schräg legte. Dabei entblößte sich mir sein markanter Kiefer, der mich noch mehr an ihn fesselte. Seine gesamte Erscheinung machte Dinge mit mir, die ich nicht beschreiben konnte.

»Wer bist du?«

Seine tiefe Stimme holte mich in die Realität zurück, dennoch blieb ein seichter Schleier über meinen Gedanken zurück. Es musste an seiner Gegenwart liegen.

Ein komisches Gefühl. Eines, das mich verwirrte.

Zu meinem Glück war es Pernille, die ihm antwortete.

Denn ich wusste nicht, ob ich meine Stimme rechtzeitig gefunden hätte, ohne, dass es komisch gewirkt hätte.

»Eine neue Angestellte.«

»Wieso wusste ich davon nichts?« Cian sah mich immer noch an. Währenddessen faltete ich meine Hände in meinem Schoß, um sie still zu halten.

Das Bedürfnis war riesig, eine meiner langen Strähnen zu nehmen und sie zu drehen. Doch blieb ich wie versteinert sitzen.

»Dein Vater hat ihren Arbeitsvertrag unterschrieben, bevor er mit deiner Mutter in den Urlaub geflogen ist. Ich wusste nicht, dass dich das interessiert.« Ihr Gesicht war ihm zugewandt, trotzdem sah ich, wie eine ihrer hellroten Augenbrauen nach oben schnellte.

Seine Miene wurde weicher, er setzte sich aber nicht. »Ich könnte sie für einen Einbrecher halten, obwohl sie vielleicht nur mein Zimmer putzen möchte.«

»Kennst du denn wirklich jedes Gesicht meiner Mädchen?«

Er schnaubte und nahm mich wieder ins Visier. Erneut taxierte er mich. Nun war sein Ausdruck aber nicht hart. Eher interessiert.

Keine Sekunde später streckte er mir die Hand entgegen, die ich automatisch ergriff. Sie war warm, der Druck fest.

»Cian Creswell.«

»Darcy.«

Meine Stimme war nicht mehr als ein Hauch. Genau das war verantwortlich, dass seine Mundwinkel nach oben zuckten. Nur für einen kleinen Moment.

»Schön, dich kennenzulernen.« Cian ließ von mir ab, doch ein Kribbeln blieb unter meiner Haut. Diese Wirkung schien aber nur einseitig, denn er drehte sich sichtlich unbeeindruckt

Pernille zu. »Kannst du heute Abend für Acair, Alec und mich kochen? Wir würden im kleinen Salon essen.«

»Weiß Alec denn davon? Er hasst deine ständigen Förmlichkeiten.«

Er zuckte mit den Schultern, wobei sich ein schelmischer Ausdruck über seine Züge legte. »Er war drei Monate in der Schweiz bei unserer Schwester. Da kann er mir wohl den Gefallen eines gemeinsamen Abendessens erfüllen. Alec hat sicher viel zu erzählen. Außerdem ist es ausschließlich ein Essen mit seinen Brüdern.«

»Wenn du das meinst.«

Er nickte ihr ein letztes Mal zu. Ehe er ging, drehte er sich nochmal zu mir um. Wieder spannte sich jeder Nerv in meinem Körper.

»Man sieht sich, *Darcy*.«

KAPITEL 3

Darcy

M ein Zimmer war klein.
Ein schmales Bett. Eine alte Kommode. Ein
Schreibtisch.

Mehr nicht, dennoch reichte es aus. Außerdem hatte es ein
großes Fenster, das Licht hereinließ, womit der Raum größer
wirkte, als er tatsächlich war. Es bot die Aussicht auf ein in der
Ferne gelegenes Gebäude; es bestand aus Glas und schraubte
sich in die Höhe.

»Wenn du telefonieren willst, rate ich dir, es über das Fest-
netz zu tun. Der Empfang hier ist miserabel«, sagte Pernille,
die mit einem Korb Wäsche zu mir kam. »Deine Arbeitskleidung.«

Der Großteil war schwarz und der andere ... »Dunkelgrün?« Das war auch die Farbe ihres Kleides.

»Tradition. Schon meine Mutter hat diese Farben getragen, als sie hier gearbeitet hat. Genauso wie meine
Großmutter.«

»Bist du hier aufgewachsen?«

Sie stellte die Wäsche auf die Matratze, sodass ich sie

näher in Betracht nehmen konnte. Sie war aus festem Stoff. Manche Stücke dicker als andere. Und ganz unten lagen Lackschuhe, die nicht sonderlich bequem aussahen.

»Ja.«

»Hast du nie überlegt, etwas anderes zu machen?«

Pernille wich meinem Blick aus. »Als ich jung war. Aber ich habe schnell gemerkt, dass hier mein Platz ist.«

Weitere Fragen über sie lagen mir auf der Zunge. Ich schluckte sie herunter. Stattdessen stellte ich eine andere. »Wie geht es jetzt weiter?«

»Zieh dich um und dann zeige ich dir das Haus. Du wirst vielleicht ein wenig Zeit brauchen, um die ganzen Räume zu kennen, aber es ist nicht so kompliziert, wie es vielleicht zu Beginn den Anschein hat.«

Damit ließ sie mich allein. Viel Zeit in Gedanken zu verfallen hatte ich jedoch nicht, da ich mir einen Rock, der mir bis über die Knie reichte, und eine Bluse überwarf. Zu meinem Glück waren die Schuhe bequemer, als es von außen wirkte.

Ein letztes Mal sah ich in den Spiegel, der über der Kommode hing. Mein Blick war matt; die dunklen Ringe unter meinen Augen stachen hervor. Mein Abbild hatte schon bessere Tage gesehen.

»Du weißt, für wen du das machst«, flüsterte ich und strich zum letzten Mal den Stoff an meinem Körper glatt, ehe ich aus meinem Zimmer trat.

Dort wartete die Hausdame geduldig auf mich.

Wir waren in einem Trakt, der ausschließlich für die Angestellten gedacht war. Die Küche und mehrere Bade- und Schlafzimmer lagen hinter den restlichen Türen des Gangs. Irgendwo befand sich sogar ein Aufenthaltsraum.

»Sieht ein wenig groß aus«, sagte Pernille und fuhr mir über die Oberarme. »Ich lasse dir die Sachen anpassen.«

»Ich mag es so.«

Sie legte den Kopf schräg, wobei ihre Stirn Fältchen warf. »Wenn du meinst.«

Sie ging voraus und trat durch eine Tür, die in einen offiziellen Teil des Hauses führte. Der Boden war nun gebohnert und gelegentlich dämpften dicke Teppiche unsere Schritte.

»Wohin genau gehen wir?«, fragte ich, als wir die Stufen einer Treppe hinaufstiegen. Nicht die aus der Eingangshalle, weshalb ich mir nicht sicher war, wo genau wir uns befanden.

Wir erreichten einen breiten Gang, der vom Leben gezeichnet war. Ein paar Bücherregale und Gemälde füllten die Wände. Vor einer Tür stand sogar ein Korb mit frischen Handtüchern.

»Wir sind im Nord-Ost-Flügel. Fürs Erste kannst du uns in der Küche helfen, bevor du dich um die Zimmer kümmern wirst. Es ist nicht einfach, sich hier zurechtzufinden. Das braucht Zeit. Deswegen möchte ich, dass du dich vorher mit den Gemäuern vertraut machst.«

»Hast du dich schon mal hier verlaufen?«

»Als Kind, ja. Auch auf dem Gelände, das weitläufiger ist, als man denkt. Vor allem im Wald verliert man schnell die Orientierung.«

»Von meinem Zimmerfenster kann man ein Glashaus sehen. Was befindet sich darin?«

»Ein Gewächshaus. Riesig und wunderschön, wenn du mich fragst. Ich bin zwar nicht oft dort, aber es ist einen Besuch wert.«

Ihre Augen waren nach vorn gerichtet, während ich mich umsah. Jedes einzelne Detail auf Anhieb in mich aufzunehmen, war unmöglich. Es waren schlichtweg zu viele.

Trotzdem fiel mir etwas auf.

Die hölzernen Schnitzereien, die sich wie ein roter Faden durch das Anwesen zogen.

In den Wandtäfelungen.

In einigen Türrahmen.

Im Boden.

Bei einer blieb ich stehen.

Die Verzierung war in einem Seitenstück eines Bücherregals eingearbeitet. Sie stellte einen Drachen dar, der sich um ein Schwert schlängelte. Jede Einzelheit war mit unheimlicher Präzision herausgearbeitet. Die Schwingen des Tieres. Die Nüstern. Die Hörner. Die Klinge der Waffe.

Einfach alles.

»Woher stammen die Schnitzereien?«, fragte ich und strich mit dem Daumen über die gezielten Holzeinkerbungen.

»Von meiner Großmutter.«

Ich wirbelte herum und mir gegenüber stand ein Mann. Er trat einen Schritt auf mich zu, legte dabei den Kopf schief, sodass sein langes, goldenes Haar seine Wange streifte.

Es war Acair Creswell.

Im Gegensatz zu seinem Bruder trug er ein weißes Leinenhemd und eine helle Cargohose.

»Sie sind beeindruckend.«

Seine Iriden waren dunkler als Cians, was jedoch nicht die Intensität seines Blickes minderte. Neugier stand darin, während er meine Gegenwart auf sich wirken ließ.

»Wolltest du nicht heute Vormittag ins Dorf zu einem Tischler fahren?«, fragte Pernille und kam zu uns. Nur schwerfällig riss Acair sich von mir los. »Amy wollte nämlich jetzt dein Bett machen.«

»Das macht sie bereits. Zudem sucht sie dich.« Seine Stimme war erfüllt mit Eleganz, die sich auch in seinem Gesicht widerspiegelte. Gleichzeitig trug er etwas Raues an sich, das ich nicht ausmachen konnte. »Es scheint wichtig zu sein.«

Man sah Pernille ihre Zerrissenheit an. »Dann muss sie noch ein bisschen warten. Ich will Darcy ein wenig herumführen; beziehungsweiße jetzt mit ihr in die Küche gehen. Sie ist neu hier und –«

»Kein Problem. Ich kann sie dorthin bringen.« Acair zuckte mit den Schultern. »Ich wollte sowieso nach unten.«

Die ältere Frau sah erst ihn und dann mich an. Ihre Skepsis strahlte mir entgegen. Nicht nur das verkörperte sie; auch Sorge lag darin. Gleichzeitig kamen mir Mutters Worte in den Sinn, dass ich mich von den Brüdern fernhalten sollte.

Aber was war so schlimm daran, wenn er mich in die Küche brachte?

»Geh zu ihr«, sagte ich und verschränkte die Arme vor der Brust. »Ich warte auf dich.«

Zwar lag auch nach meinen Worten der Widerwille in ihr, doch ging sie nach wenigen Momenten der Stille.

So ließ sie mich allein.

Mit Acair.

Er sagte jedoch erst etwas, als Pernille nicht mehr zu sehen war.

»Darcy also.«

»Ja.«

»Hübscher Name. Ungewöhnlich zugleich.«

Danke? »Wollen Sie sich denn nicht vorstellen?«

Seine Mundwinkel schnellten nach oben. Es verlieh ihm einen gerissenen Ausdruck, der ein rastloses Gefühl in mir auslöste. Gleichzeitig war es mir unmöglich, mich von ihm zu lösen.

»Ich gehe mal davon aus, dass du ihn bereits kennst. Zum einen hat Pernille ihn in den Mund genommen, zum anderen arbeitest du für meine Familie.«

»Stimmt.« Ich biss mir auf die Lippe und spähte an ihm vorbei – in die Richtung, aus der Pernille und ich gekommen waren. »Du kannst mir den Weg zur Küche auch schildern. Es ist nicht nötig, dass du mich begleitest.«

»Wie gesagt, für mich macht das keine Umstände.«

Ich hatte keine Möglichkeit, mich dagegen zu wehren, denn er setzte sich bereits in Bewegung. Seine Schritte waren lang, sodass ich mich ranhalten musste, um nicht zurückzubleiben. Wir gingen aber nicht in die Richtung zurück, aus der ich gekommen waren, sondern liefen in die gleiche, die Pernille zuvor angesteuert hatte.

Als er mich neben sich bemerkte, wurde er langsamer; gab mir erneut die Möglichkeit, die Umgebung näher zu betrachten. Diesmal glitt mein Fokus auf seine Gestalt.

Acair sagte nichts.

»Die Schnitzereien sind also von Ihrer Großmutter?«

Er sah mich von der Seite aus an. »Ja, sie ist vor ein paar Jahren gestorben. Bis zu ihrem Tod hat sie an neuen Projekten gearbeitet.«

»Das tut mir leid.«

»Nein. Das gehört zum Leben. Sie ist eines Tages einfach eingeschlafen. Es war friedlich. Sie hatte keine Schmerzen.«

»Sie muss ihr gesamtes Leben mit dieser Arbeit verbracht haben. Ich sehe überall die Verzierungen im Holz.«

Ein Lächeln schlich sich auf seine schmalen Lippen. Es löste die Gerissenheit ab, machte seine Züge automatisch sanfter. »Sie hat mir als Kind erzählt, dass sie als Jugendliche damit angefangen hat, schon bevor sie meinen Großvater kennengelernt hatte. Man hat sie dafür verhöhnt.«

»Lass mich raten ... Weil es nicht weiblich genug war?«

»Richtig. Das hat sie aber nicht davon abgehalten.«

»Im Nachhinein wäre es auch schade gewesen. Sie sind nämlich wunderschön.« Wir umrundeten eine Ecke, ehe sich vor uns eine Wendeltreppe eröffnete. Sie führte sowohl nach oben als auch nach unten. »Wie viele Treppen gibt es denn hier?«

»Zu viele, wenn du mich fragst«, lachte er, was ihm überraschenderweise gut stand. Er stieg die erste Stufe hinab und wartete bis ich ihm folgte. »Wie lange arbeitest du denn schon hier? Ich habe dich noch nie gesehen.«

»Heute ist mein erster Tag.«

»Wirklich?«

»Ja.«

»Das erklärt einige Dinge«, murmelte er. Bevor ich nachfragen konnte, wie er es meinte, gelangten wir an den Absatz. Acair nickte zur Tür, die am Ende des Gangs lag. »Dort ist die Küche.«

Meine Augenbrauen schnellten in die Höhe. »Bist du dir sicher? Ich habe heute Morgen noch in einer anderen gegessen.«

»Wir haben mehrere.«

»Oh, okay. Danke.«

Er lehnte sich an die Wand und musterte mich nochmals. Ich ging noch nicht, denn auch jetzt hielt mich sein Blick gefangen. Er war stechend. Einnehmend. Und erinnerte mich an seinen Bruder, dessen Betrachtung von mir nicht weniger intensiv gewesen war.

»Na dann, viel Spaß beim Kochen.«

Ich nickte ihm zu und drehte mich um.

Dennoch wusste ich, dass er mir nachsah. Bis ich verschwand.

KAPITEL 4

Acair

G ierig atmete ich den Duft von frischen Holzspänen
ein.

Es erinnerte mich an Großmutter, als ich noch
klein war. Ihre Hände und Kleidung hatten danach gerochen.
Selbst in ihrem goldenen Haar waren sie zu finden gewesen.

Ohne dass ich es merkte, legte sich ein fades Lächeln auf
meine Lippen, während ich in der weit entfernten Erinnerung
schwelgte. Normalerweise war es einfach – besonders hier in
der Tischlerei, aus dem nächstgelegenen Dorf, das mit dem
Wagen einige Minuten von zu Hause entfernt lag –; heute
aber verfolgte mich ein Paar hellblaue Augen.

Ich konnte nicht mal genau sagen, wieso. Sie war eine von
vielen Angestellten, doch hatte sie mich gefangen genommen.

Wie sie die Schnitzereien betrachtet hatte.

Wie sich ihre Arme vor ihrer Mitte verschränkt hatten.

Wie sie mich angesehen hatte ...

Darcy.

Leider war mir erst im Auto nach unserem Treffen aufgefallen, dass ich ihren Nachnamen nicht kannte. Dieser würde

sicher nicht schwer herauszufinden sein. Vielleicht sollte ich das aber auch sein lassen. Alec kam heute nach Hause. Und ich kannte meinen Zwillingsbruder gut genug, um zu wissen, dass sie Interesse in ihm wecken würde.

Ihr unschuldiger Blick würde ihn in den Wahnsinn treiben.

Diese Augen gepaart mit dem ebenholzfarbenen Haar und der porzellanartigen Haut ... Es stand außer Frage, dass sie ihm gefallen würde.

Und es gab keinen Zweifel daran, dass sie das Interesse in mir weckte. Keine Angestellte hatte das zuvor geschafft. Allerdings war das nicht von Belang.

Es gab viele interessante Frauen. Darcy war nicht die erste und würde auch nicht die letzte sein. Zudem hatte ich gerade sowieso keinen Nerv für das weibliche Geschlecht übrig.

»Acair«, sagte ein älterer Mann, der hinter unzähligen Brettern Holz hervor und auf mich zu kam. Es war der Tischler. »Lange nicht mehr gesehen.«

»Hatte viel zu tun, Bram.«

»Was willst du?«

»Ich brauche eine Arbeitsplatte. Für das Gewächshaus.«

Er nickte und überlegte für einen Moment. »Ich kann dir eine aus Teakholz bauen. Das braucht aber noch ein paar Tage.«

Nickend strich ich mein Haar zurück. »Kein Problem. Ich schicke dir die genauen Maße morgen zu.«

Bram wischte sich die Hände an seiner Arbeitshose ab und lehnte sich gegen eine Werkbank. Ich sah hier fehl am Platz aus. Es fehlten die Flecken auf meiner hellen Hose, der Dreck unter meinen Fingernägeln. Was nicht bedeutete, dass ich meine Hände nicht schmutzig machen konnte.

»Wieso bist du überhaupt hier, Acair?«

»Gehe ich dir etwa auf die Nerven?«, fragte ich und

schlurfte durch die Werkstatt. Meine Hand fuhr über ein frisch gedrechseltes Stuhlbein. Die noch raue Struktur reizte die Haut meines Daumens.

»Du bist mein bester Kunde.«

»Solange ich dir also Geld ins Geschäft trage, bin ich erwünscht?«

»Ich wäre dumm, wenn nicht.« Er warf mir ein schelmisches Grinsen zu, was mich zum Lachen brachte. Bram war ein gerissener alter Mann, das musste man ihm lassen. »Du bist mein bester Kunde und ich höre mir im Gegenzug all deine Sorgen an.«

»Welche Sorgen denn?«

»Du musst sie nicht aussprechen. Das heißt aber nicht, dass dich keine plagen.«

»Ich habe keine.« Erneut drehte ich mich ihm zu, wobei er sich sein ergrautes Haar hinters Ohr strich. »Heute kommt Alec wieder nach Hause. Da ist mir aufgefallen, dass ich schon länger nicht mehr im Dorf war. Ein bisschen raus gehen schadet immerhin nicht.«

»Wenn du das sagst. Ich muss jetzt jedoch wieder an die Arbeit. Du kannst gerne wiederkommen. Vielleicht erzählst du mir ja dann, was auf deinem Herzen liegt.«

Ich schnaubte und beobachtete, wie er zurück zu seinen Aufgaben ging.

Ehe ich die Werkstatt verließ, saugte ich den Duft des frisch bearbeiteten Holzes und den Anblick nochmal in mich auf.

Es war fast, als könnte ich Großmutters Stimme inmitten dieser Wände hören ...

KAPITEL 5

Darcy

Ich wusste nicht, wie Mutter diesen Job jahrelang machen konnte. Mir schmerzte der Rücken – nach wenigen Stunden stehen – und ich hatte mir bereits mit einem Schäler in den Finger geschnitten.

»Tut es weh?«, fragte Pernille und nahm die Wunde näher in Betracht.

Blut quoll hervor.

»Nein. Ist nicht schlimm.« Dennoch biss ich auf die Zähne, als sie es desinfizierte und ein Pflaster darauf klebte. Der Schnitt war tiefer, als ich es zu Beginn angenommen hatte.

Ihre Augen suchten die meinen, wobei sie meine Hand losließ. »Du bist eine schlechte Lügnerin.«

Schulterzuckend rutschte ich von der Arbeitsplatte und stellte mich wieder auf die Füße. Auf dem Gasherd standen bereits die Pfannen für das Steak und das Gemüse bereit, während die Kartoffeln in einem Topf gedünstet wurden.

»Es ist nicht so schlimm wie ein abgetrennter Finger, denke ich.«

»So kann man es auch sehen.« Sie nickte in die Richtung des Geschirrs und Bestecks. »Decke doch bitte den Tisch im Salon. Den Rest schaffen Amy und ich allein.«

Amy war eine Mitte dreißigjährige Frau mit dunkelblondem, kurzem Haar. Die, die Acairs Zimmer heute Vormittag geputzt hatte. Das lag nun schon Stunden in der Vergangenheit. Der durch die Fenster hervorblitzende Himmel trug bereits eine gräuliche Farbe, zudem hatte der Wind sich verstärkt.

»Wo ist das Zimmer?«

Pernille deutete auf eine Tür. »Geh durch diesen Raum. Der später angrenzende ist der Salon.«

»Okay.«

Ich nahm die Teller und ging ihrer Instruktion nach, bis ich mich in einer Mischung aus Ess- und Wohnzimmer befand. Ein langer Tisch stellte den Mittelpunkt dar, um den alles andere angeordnet war. Eine kleine Sitzecke. Eine Bar mit ihrem eigenen Whisky. Ein Schallplattenspieler. Exotisch aussehende Pflanzen. Braun-grüne, dicke Teppiche.

Es war ein dunkler Raum. Viel dunkles Holz. Wenig Licht – mit Ausnahme dem, das der Kronleuchter an der Decke spendete.

Niemand war hier.

Eigentlich war ich froh darüber, etwas Ruhe zu haben. Gleichzeitig drehte ich mich zu dem riesigen Tisch. Ihn zu decken sollte keine große Aufgabe sein; bis mir auffiel, dass ich nicht wusste, wo die Creswell-Brüder normalerweise saßen.

Zusammen oder weit auseinander?

Ich schloss die Augen und atmete tief ein. Immerhin konnte es nicht so schwer sein, oder? Viel zu viele unnötige Gedanken schwirrten in meinem Kopf umher. Letztendlich waren die Creswells immer noch Menschen. Zwei von ihnen freundlich. Es war unnötig, mir durch unerhebliche Dinge meine Arbeit schwerer zu machen, als sie eigentlich war.

Zumindest redete ich mir das so lange ein, bis ich es glaubte und schließlich vor einem gedeckten Tisch stand. Draußen ging die dünne Sonne unter, weshalb ich die Kerzenleuchter auf dem Tisch anzündete.

Es war ein düsteres Bild.

Die leckenden Flammen warfen kleine Schatten über den Raum, der Wind riss an den Fensterscheiben.

»Vielleicht würde ein wenig mehr Licht nicht schaden«, murmelte ich und schaltete eine weitere Deckenleuchte an. Das Zimmer wurde mit goldener Helligkeit erfüllt, wodurch selbst die Geräuschkulisse der Natur in den Hintergrund rückte. »Besser.«

»Weißt du, mir gefällt die Dunkelheit.«

Ich zuckte zusammen und wirbelte herum.

Vor mir stand Acair.

Sein goldenes Haar war zusammengebunden; an seinem Leib hingen dieselben Klamotten wie heute Vormittag, als wir uns das erste Mal begegnet waren. Doch aus irgendeinem mir unerklärlichen Grund konnte ich mich nicht von ihm losreißen – obwohl mir sein Erscheinungsbild bekannt war.

Rasselnd sog ich Luft ein, was ihm ein Schmunzeln entlockte. »Willst du dein nicht Essen sehen, wenn du isst?«

»Dafür genügt das Kerzenlicht. Ich kann aber Menschen verstehen, die sich nach Helligkeit sehnen.« Acair ging an mir vorbei und ließ sich auf einen Stuhl sinken. »Vor allem, wenn es kälter wird.«

»Genießt du sie denn ... Die Kälte?«, stammelte ich und rieb meine Hände an meinen Oberschenkeln. Sie waren mit einem dünnen Schweißfilm überzogen.

»Sagen wir so – mehr als den Sommer oder Frühling.«

»Wieso?«

Das Lächeln auf seinen Lippen vertiefte sich. »Es hat etwas Beruhigendes, sich abends vor ein Kaminfeuer zu setzen, wenn es draußen stürmt oder schneit. Das kann dir der Sommer nicht bieten.«

Seine Worte nisteten sich in mir ein. Gleichzeitig merkte ich erst jetzt, dass ich mit Acair Creswell über etwas derartig banales wie Jahreszeiten redete.

»Der Frühling bringt aber Leben mit sich. Die Bäume fangen an zu blühen. An den Ästen wachsen Blätter. Alles wirkt fröhlicher.«

»Das interessiert ihn nicht.« Wieder fuhr ich herum. Diese Stimme hatte nicht zu Acair gehört. Im Türrahmen stand Cian, der in eine Anzughose und ein schwarzes Hemd gehüllt war. »Die Natur außerhalb seines Gewächshauses ist ihm egal.«

Sein Bruder schnaubte. »Das stimmt nicht, Cian. Verbreite keine Lügen über mich. Ich bevorzuge nur ein Feuer. Und mag es nicht schweißgebadet in der Sonne zu liegen.«

Ich sah zwischen den beiden Männern hin und her.

Der Instinkt sich so klein wie möglich zu machen und mir unauffällig einen Weg in die Küche zu suchen, zerrte an meinem Verstand. Dennoch blieb ich wie am Boden festgewachsen stehen.

»Als Lüge würde ich das nicht betiteln«, sagte Cian, ging an mir vorbei und setzte sich an das Kopfende des Tisches. Natürlich stand an diesem Platz kein Teller. »Eher als Richtigstellung.«

Acair murmelte etwas Unverständliches, was mich aus der Starre riss.

Ohne nachzudenken, räumte ich das Geschirr um. Dabei verfolgten mich die zwei bernsteinfarbenen Augenpaare bei jeder Bewegung.

»Willst du dich nicht vorstellen, Cian?«, fragte Acair.

»Wir sind uns heute Morgen, als ich vom Laufen zurückgekehrt bin, schon mal begegnet. Nicht wahr, *Darcy*?« Die Art, wie er meinen Namen aussprach, hatte sich nicht geändert.

Ich schluckte. »Ja. Soll ich euch etwas zum Trinken bringen?«

»Whisky«, sagten beide simultan.

Es zauberte mir ein Schmunzeln auf die Lippen.

Nickend ging ich auf die Bar zu.

Unzählige Flaschen waren in einem Regal aufgereiht. Nicht nur der besagte Alkohol, sondern auch Wein, Bier, Wodka und andere Spirituosen. In Vitrinen standen Gläser in verschiedensten Formen. Zwar wusste ich, welche Art ich wählen musste, doch breiteten sich vor mir eine Unzahl von Whiskyflaschen mit unterschiedlichen Etiketten aus.

Welche von ihnen sollte ich nehmen?

Hinter mir schabten Stuhlbeine über den Boden und kurz darauf stand Cian neben mir. Er überragte mich, sah dabei auf mich hinab.

Er deutete auf einen Kühlschrank. »Der macht das Eis automatisch, falls du das suchst.«

Kopfschüttelnd deutete ich auf den Alkohol, wobei ich mich im Nacken kratzte. »Nein, so weit bin ich noch nicht gekommen.«

Er nickte und nahm wahllos eine Flasche aus dem Regal. »Nimm zukünftig einfach irgendwas. Meine Brüder sind nicht wirklich wählerisch.«

»Und Sie?«

»Du.« Er schraubte den Verschluss mit einem Knacken auf und füllte den Inhalt je drei Daumen breit in drei Gläser. Für ihn, Acair und den Bruder, der noch nicht hier war.

»Und *du*?«, korrigierte ich mich und beobachtete, wie er eine Taste des Kühlschranks drückte und perfekte, quadratische Eiswürfel in eine Schale fielen, die darunter lag.

»Trinkst du denn Whisky?«

Wieso die Gegenfrage?

Ich verkniff mir diese Worte, verneinte stattdessen. »Nein, das habe ich um ehrlich zu sein noch nie probiert. Schon gar nicht an meinem Arbeitsplatz.«

»Ein Whisky kann unterschiedliche Aromen haben. Zum Beispiel holzig, fruchtig oder sogar blumig. Es gibt noch einige mehr; man kann sogar noch weiter ins Detail gehen. Also ja, ich bin wählerisch. Wenn man sich ein bisschen damit auskennt, sollte man das auch sein. Immerhin ist ein Rotwein aus dem *Tetra Pak* auch nicht mit einem gut gereiften aus der Provence zu vergleichen.«

»Und da sollte man meinen, dass alle drei Söhne des größten Whiskyhersteller Schottlands sich damit auskennen sollten.«

Er stellte die fertigen Getränke auf die Theke. »Nicht, wenn nur einer von ihnen in der Zukunft das Geschäft übernehmen wird.«

Mein Blick glitt zu Acair, der uns interessiert beobachtete. Cian und ich hatten leise miteinander gesprochen, weshalb er wahrscheinlich nur Wortfetzen heraushören konnte. Etwas Angespanntes lag in seiner Haltung.

»Na dann.« Ich nahm zwei der Gläser und trug sie an den Tisch. Eines stellte ich vor Acair und das andere an den freien Platz. »Ich sollte wieder in die Küche. Pernille und Amy brauchen bestimmt Hilfe, um das Essen in den Salon zu tragen.«

Somit ließ ich die Brüder allein. Meine Beine trugen mich durch den angrenzenden Raum, dabei zeichnete sich das Bild der beiden vor meinem inneren Auge ab. Ich konnte nicht anders, als sie miteinander zu vergleichen – äußerlich, denn wirklich kennengelernt hatte ich keinen von ihnen.

Wie auch? Ich war erst seit heute Morgen hier. Auch

wenn sich die Stunden wie Tage angefühlt hatten. Es waren die neuen Eindrücke, die die Zeit länger erscheinen ließen.

Die Umgebung.

Dieses Haus.

Diese Menschen.

Alles war neu – für mich unberührt und voller neuer Geheimnisse.

In Gedanken versunken achtete ich nicht auf die Dinge um mich herum, sodass ich im Türrahmen zur Küche gegen etwas stieß. Na ja, nicht etwas, sondern jemand, der einen kleinen Behälter mit Soße in der Hand hielt. Diese verteilte sich nun auf dem Pullover desjenigen.

»Scheiße«, fluchte ich und machte einen Satz zurück.

Als wäre die Peinlichkeit nicht schon groß genug, erkannte ich erst jetzt, wer vor mir stand.

Alec Creswell.

Der andere und letzte Bruder.

Er starrte an sich hinab, das Porzellan weiterhin in seiner Hand haltend. »Das habe ich mir anders vorgestellt.«

»Tut mir leid, ich –«

Sein Blick hob sich, brachte mich damit zum Schweigen. Darin lag keine Verärgerung, stattdessen Überraschung. Und Verwirrung.

»Wer bist du?«

»Gott, was ist hier denn passiert«, sagte Pernille, die mit einer Platte voller Steaks zu uns kam. »Ich habe dir doch gesagt, du sollst aufpassen, Alec.«

»Nein, das war meine Schuld«, murmelte ich. Am liebsten wäre ich vor ihnen im Boden versunken und nie wieder hervorgekrochen. Diese Fähigkeit blieb mir aber verwehrt. »Ich habe nicht aufgepasst.«

»Das habt ihr anscheinend beide nicht.« Ihr lag etwas Bestimmtes auf der Zunge, doch schluckte sie es herunter.

Dafür machte sie eine vage Geste mit dem Kopf in Richtung Küche. »Kommt mit, bevor ihr noch mehr Sauerei macht.«

Niemand sagte ein Wort.

Wir folgten ihr schweigend, wobei Amy erst mich und dann Alec mit tellergroßen Augen ansah.

»Ich bringe schon mal die Sachen in den Salon«, sagte sie leise und huschte mit dem gedünsteten Gemüse und den Kartoffeln aus dem Raum.

»Gib her«, brummte Pernille und nahm Alec die Sauciere ab. »Zum Glück haben wir noch genug. Sonst hättest du es deinen Brüdern erklären müssen.«

Er verdrehte die Augen, die Acairs wie ein Duplikat glichen. Jedoch nicht nur in diesem Detail.

Die beiden sahen sich erschreckend ähnlich. Es war nicht verwunderlich, da sie immerhin Zwillinge waren. Trotzdem erwischte es mich auf dem falschen Fuß. Ausschließlich Alecs kurzes Haar und seine etwas breiteren Schultern und Arme deuteten darauf hin, dass eine andere Person vor mir stand.

Alec sah an sich hinab. »Den musst du wohl waschen.«

»Ich bringe dir einen neuen.« Sie wollte bereits loslaufen, merkte dann aber erst, dass sie das Gefäß noch in der Hand hielt. Prompt drückte sie es mir entgegen. »Darcy, füll es wieder auf.«

»Das ist nicht nötig, Pernille.« Der Mann fasste mich nun zum ersten Mal genauer ins Auge. Selbst als er zu der älteren Frau redete, nahm er mich nicht aus dem Visier. »Ich habe ein Shirt darunter an. Das sollte für meine Brüder reichen.«

»Mhm«, murmelte sie, während ich heiße Soße aus dem Topf schöpfte. Dabei zitterten meine Hände und das Herz schlug mir bis zum Hals.

Ich wagte keinen weiteren Wimpernschlag zu vergeuden und ging sofort zurück in den Salon, in dem Amy bereits Gemüse und Kartoffeln auf die Teller schaufelte. Ein verschmitztes Grinsen lag auf Acairs Lippen, als er mich entdeckte.

»Mach dir keine Sorgen, Darcy. Er hat es allemal verdient.«

Mein Kopf schnellte in die Richtung von Amy, die mit den Schultern zuckte und mir einen entschuldigenden Blick zuwarf.

Sie hatte geplaudert!

Ich nahm meinen Nasenrücken zwischen Daumen und Zeigefinger und schloss die Lider. Für eine Sekunde. Es war aber lange genug, um mein Inneres zu ordnen.

Dieser Tag lief definitiv nicht nach Plan.

Wie hatte er eigentlich ausgesehen?

Unversehrt durchzukommen?

Sich nicht zur Idiotin zu machen?

Sich nahtlos in eine bereits laufende Maschine einzufügen?

Nicht aufzufallen?

»Ist alles okay?« Es war Cian, der mich zurück in die Wirklichkeit holte.

»Ja.« Wortkarg stellte ich die Soße auf den Tisch, wollte eigentlich sofort wieder verschwinden, als Alec mit den Steaks in den Raum trat.

Seine Aufmerksamkeit fand mich sofort.

Der verwunderte Ausdruck war noch immer nicht aus seiner Miene verschwunden. Im Gegenteil, nun mischten sich auch Fragezeichen darunter.

Er löste sich erst von mir, als er die Platte auf den Tisch stellte und das Wort an seine Brüder wandte. »Na, habt ihr mich vermisst?«

Cian beäugte seinen Aufzug – das schwarze Shirt, die Jeans, die weißen Sportschuhe – mit erhobener Augenbraue.

»Meinetwegen hättest du noch ein paar Wochen in der Schweiz bleiben können.«

»Es ist auch schön dich zu sehen«, murmelte Alec, setzte sich seinem Zwilling gegenüber und nahm einen großen Schluck des Whiskys. »Eigentlich wäre ich auch länger geblieben, hätte ich nicht irgendwelche Probleme mit meinem Bankkonto.«

»Arbeiten würde dir helfen.«

Die Luft zwischen den Brüdern war zum Schneiden dick. Es kratzte an meiner Seele zu wissen, was zwischen ihnen vorgefallen war – denn irgendein Ereignis hatte es in der Vergangenheit gegeben. Das *spürte* ich.

»Du mich auch. Und was hast du zu sagen, Acair?«

Dieser hob sein Glas und lächelte ihn an. »Willkommen zurück im Irrenhaus.«

Amy verdrehte die Augen und lud den Rest des Gemüses auf Alecs Teller, ehe sie wortlos verschwand. Ich wollte ihr folgen, als mich eine Stimme zurückhielt.

Alecs.

»Warte, Darcy. Kann es sein, dass wir uns kennen?«

Mein Blick glitt zwischen den Brüdern hin und her, deren Aufmerksamkeit auf mir lag. Es war, als würde ich einem Verhör unterzogen sein.

Nur keine falsche Antwort.

Nur keine falsche Bewegung.

»Nein. Ich denke nicht. Zumindest habe ich dich vorher noch nie gesehen.«

Alec ließ nicht locker. »Bist du dir sicher? Du kommst mir verdammt bekannt vor. Wie ist dein Nachname?«

Meine Zähne nahmen meine Unterlippe in Gefangenschaft. Die drei kannten meine Mutter – auch ihren vollen Namen. Ihr temporärer Abschied war überhastet gewesen;

ihre Entscheidung kurzfristig und schnell gefallen. Ich hatte keine Ahnung, wie viel sie davon wussten.

»McAllister.«

Nun wurden die anderen beiden auch stutzig.

Cian räusperte sich. »McAllister, wie ...«

»Lina, ja. Sie ist meine Mutter.«

»Wo ist sie überhaupt?«, fragte Acair mit schräg gelegtem Kopf. »Ich habe sie schon länger nicht gesehen.«

Okay, das beantwortete meine Frage, ob sie davon etwas wussten.

»Sie ist zu Hause. Mein Vater ist krank. Sie kümmert sich um ihn, während ich ihre Arbeit übernehme. Das war aber alles abgesprochen. Mit –«

»Eurer Mutter«, sagte Pernille, die mit einem Küchentuch in der Hand in den Salon trat. »Sie kümmert sich um das Personal, wie ihr sicher wisst.«

»Und wieso wurde uns davon nichts gesagt?« Alec schien das dampfende Essen auf seinem Teller nicht mehr zu kümmern. »Sie –«

»Wollte nicht, dass daraus eine große Sache gemacht wird«, beendete Pernille seinen Satz. »Jetzt esst, sonst wird es kalt. Zum Nachtisch gibt es Cranachan.«

Ich konnte nicht mehr sehen, ob sie Pernilles Forderung nachgingen, denn sie nahm mich an der Hand und ging mit mir erneut in die Küche. Kein Wort fiel währenddessen zwischen den Brüdern – zumindest bis mögliche Stimmen von der zufallenden Tür ausgesperrt wurden.

»Es tut mir leid, Pernille. Ich hätte besser darauf achten sollen, wohin ich laufe. Falls das Probleme geben sollte, dann zieh die Reinigung von meinem Gehalt ab. Das –« Sie brachte mich mit ihrem Gesichtsausdruck zum Schweigen. Er war nicht hart; eher belustigt. »Oder ich halte jetzt einfach meine Klappe?«

»Ich habe Alec oft genug hinterhergeräumt und ihm als Kind den Dreck vom Gesicht gewaschen, als er draußen gespielt hat. Das macht nichts. Selbst wenn der Pullover nicht wieder sauber wird, hat er genügend andere. Er würde es nicht mal merken, wenn er verschwinden würde.«

Wie von selbst versuchte mein Kopf sich eine Vorstellung von Alecs jüngerem Ich zu machen – mit Erde im Gesicht; verdreckter Kleidung.

Es war schwer. Obwohl er wahrscheinlich der Bruder von den dreien war, bei dem es am einfachsten sein sollte. Denn bei Cian und Acair war es schier unmöglich.

»Danke.«

»Du bist dir bewusst, dass sie nicht lockerlassen werden, ehe du ihnen genauere Informationen über das Gehen deiner Mutter geben wirst, oder?«

Ich setzte mich auf einen Stuhl und streckte die Beine von mir. Meine Muskeln ächzten, doch war der Tag noch nicht vorbei. Die Pause aber gönnte ich mir. »Wieso eigentlich?«

Auch sie setzte sich zu mir und sah gedankenverloren vor sich auf den Boden. »Callum war in ihrer Jugend selten zu Hause, hat Magdalena oft mit den Jungs allein gelassen. Deine Mutter und ich haben sie unterstützt. Du magst zwar Linas einziges leibliches Kind sein, doch auch Alec, Acair und Cian haben einen großen Abschnitt ihres Lebens mit ihr verbracht.«

Komisch ... Irgendwie kam mir Lina mit Pernilles Erzählung fremder denn je vor. Sie war zwar oft weg gewesen – da sie hier gearbeitet hatte – doch nie hatte sie diese mit nach Hause gebracht.

Zudem die Warnung.

Halte dich am besten von ihnen fern. Sie bringen nichts als Ärger mit sich.

Es ergab wenig Sinn und je weiter die Zeiger der

Wanduhr voranschritten, desto verschwommener wurde das Bild der Frau, die ich meine Mutter nannte.

∼

Gähnend schlurfte ich zu meinem Bett und ließ mich darauf fallen. Es war wenige Minuten vor 23 Uhr und das Wissen, dass ich Morgen spätestens um 5 Uhr wach sein musste, erstickte auch den letzten Funken Energie in meinen Gliedmaßen.

Ich hatte die Brüder, nachdem ich mit Pernille zurück in die Küche gegangen war, nicht mehr gesehen. Sie hatte die Nachspeisen zu ihnen gebracht und als wir das dreckige Geschirr abräumten, waren Alec, Acair und Cian nicht mehr im Salon gewesen.

Erleichterung sollte mich durchströmen, dass ich ihnen heute nicht nochmal begegnet war.

Genau das Gegenteil war der Fall.

Immer wieder blitzte das Bernstein ihrer Iriden vor meinen Augen auf.

Immer wieder konnte ich ihre Stimmen hören; das Zupfen ihrer Mundwinkel sehen.

Und dabei dachte ich an *Màthair*.

Auf den Rücken drehend, starrte ich an die dunkle Zimmerdecke und ließ mich tief in das Kopfkissen sinken.

»Wahrscheinlich wollte sie einfach ihr Berufsleben von ihrem tatsächlichen trennen. Das machen viele Menschen so«, sagte ich zu mir selbst, konnte mich damit sogar überzeugen. »Und ihre Warnung hat bestimmt auch gute Gründe. Immerhin hatte Pernille auch so etwas angedeutet.«

Im Creswell-Anwesen sind schon schlimme Dinge passiert. Diese Familie zieht das Chaos förmlich an. Über Generationen hinweg.

Sie wussten es besser als ich, die nicht mal vierundzwanzig Stunden in diesem Haus – unter diesen Leuten – verbracht hatte.

Das hier war alles nur der Anfang und ich hatte keine Ahnung, was noch auf mich warten würde. Nur eins wusste ich: Morgen während des Sonnenaufgangs würde ich schon längst auf den Beinen stehen und Geld verdienen, das meine Eltern dringend brauchten.

KAPITEL 6
Darcy

Ich wurde aus der Küche verbannt ... Das auch aus gutem Grund.

In mir schlummerte ein Talent, das ich vor meiner gestrigen Ankunft noch nicht entdeckt hatte: Mir mit jeder Klinge ungewollt ins Fleisch zu schneiden.

Pernille hatte gesagt, dass es in meinem Fall an Selbstverstümmelung grenzte. Deshalb lief ich nun umher – durch die unendlichen, verschlungenen Gänge – mit einem Wäschekorb in der Hand.

Er gehörte zu Alec. Das verriet mir der graue Pullover, den ich erst am Abend zuvor mit Soße übergossen hatte.

Die Hausdame hatte mir den Weg zu seinem Wohnbereich geschildert, doch ich war mir nicht sicher, ob ich noch richtig war. Ich stellte mich dumm an, das war mir bewusst. Doch wer zur Hölle dachte sich solch eine komplizierte Architektur überhaupt aus?

Es würde mich nicht wundern, wenn ich bald einen Geheimgang hinter einem Regal entdeckte. Hinter jeder Tür könnte ein Dienstbotengang oder eine Treppe lauern, die nach unten führte. Oder ein Schlafzimmer. Oder ...

»Schlecht geschlafen?«

Ich zuckte zusammen und ließ fast die Henkel des Korbes los.

Wie aus dem nichts stand vor mir Alec und sah mit einem Lächeln auf mich hinab. Er war barfüßig; trug ausschließlich ein Shirt und eine Jeans.

»Ähm«, stammelte ich und schüttelte den Kopf, was mir ein wenig Klarheit verschaffte. »Wie kommst du darauf?«

»Du siehst müde aus.«

»Danke.« Ich konnte es ihm nicht verübeln, denn die dunklen Ringe unter meinen Augen sprachen für sich.

»Du wirst dich daran gewöhnen.«

»Werden wir sehen.«

Sein Blick wanderte auf die saubere Wäsche in meinen Händen. »Wenn du zu meinem Zimmer willst, bist du hier falsch. Es ist ein Stockwerk weiter oben. Ich kann dich begleiten, dann kennst du wenigstens den Weg.«

»Das wäre gut.«

Trotz meiner Worte blieben wir stehen. Er sah mich mit glühenden Augen an, sodass sich Gänsehaut über die – mit einer Bluse bedeckten – Arme erstreckte.

»Wie geht es deinem Vater?«

Meine Schultern versteiften sich. »Könnte besser sein, aber das Leben muss weitergehen. Hast du ihn einmal kennengelernt?«

»Er hat Lina manchmal hierhergefahren. Wir haben nie ein ernsthaftes Gespräch angefangen. Über Begrüßungen und knappe Abschiedsworte ist es nie hinausgegangen. Deine Mutter hat allgemein wenig Worte über ihn oder dich verloren.«

»Sie hat mir auch wenig über diesen Ort erzählt.«

Seine Augenbrauen zogen sich zusammen, dieser Ausdruck verschwand aber kurz darauf. »Dann ist es gut, dass ich wieder zu Hause bin. Sonst würdest du denken, dass alle Creswells steif und prüde sind.«

Mein Lachen kroch meine Kehle empor. Es war ehrlich, lockerte mich von innen heraus auf. »Steif und prüde?«

»Du hast doch meine Brüder kennengelernt.«

»Sie sind freundlich. Zumindest ist es das Gesicht, das sie mir gezeigt haben.«

Alec trat auf mich zu und fuhr sich durch das Haar. Es war nicht gemacht, weshalb es wild in alle Richtungen abstand. »Lass dich nicht davon blenden, Darcy. Beide haben ein komplett anderes Wesen.«

Mein Verstand sagte mir, dass ich einen Schritt zurück machen sollte, stattdessen forderten meine Nerven mich auf, ihm entgegenzukommen.

Etwas spielerisches lag in seinem Ausdruck.

Es – er – reizte mich.

»Was ist dein Wesen?«, fragte ich, während er immer näherkam.

»Das wirst du noch herausfinden.«

»Und wenn nicht?«

Ein dunkles, leises Lachen entglitt ihm. »Oh, da bin ich mir sicher.«

»Ich bin nur eines von vielen Hausmädchen. Wer weiß, wie oft wir uns sehen werden. Zudem ist es eigentlich nicht mein Job großartig aufzufallen. Im Gegenteil, zeichnet es nicht eine gute Angestellte aus, eben das *nicht* zu tun?«

Alec streckte seine Hand aus, nahm eine meiner dunklen Strähnen zwischen die Finger. Er war mir so verdammt nahe ...

Ein Geräusch ertönte hinter mir, was seine Aufmerksamkeit auf sich lenkte. Die Möglichkeit mich umzudrehen, um selbst nachzusehen, blieb mir verwehrt. Denn da nahm Alec mein Gesicht in beide Hände und zog mich an sich.

Keine Sekunde später lag sein Mund auf meinem.

Seine Lippen waren hart, schmeckten gleichzeitig süß und frisch. Ein Hauch von Minze. Sie bewegten sich erst leicht und dann fordernd gegen meine.

Ich konnte nicht denken.

Nicht realisieren, was genau gerade passierte.

Oder *wieso* es passierte.

Das Einzige, was ich wusste, war, dass mich Alec in einem Kuss ertränkte, aus dem ich nicht mehr an die Oberfläche der Wirklichkeit fand. Zudem war ich mir nicht sicher, ob ich das überhaupt wollte.

Aus der Ferne hörte ich, wie etwas zu Boden fiel, ehe er mich näher an seinen harten Körper zog, bis nichts mehr zwischen uns lag. Ich hielt den Korb nicht länger fest; meine Hände pressten sich fest gegen seine Brust.

Erst, als Alecs Zunge um Einlass bat, konnte ich einen klaren Gedanken fassen.

Ich konnte die Entscheidung treffen, mich fallen zu lassen und etwas mit einem nahezu fremden Mann genießen, dass ich viel zu lange nicht mehr hatte oder dem gesunden Menschenverstand zu folgen.

Die Wahl war einfach.

Denn hier ging es nicht um mich und meine Bedürfnisse.

»Alec«, murmelte ich und stieß ihn von mir. »Was ...«

Mir fehlten die Worte, während er mit einer Intensität auf mich hinabstarrte, die mich kleiner wirken ließ, als ich eigentlich war. In seinen Augen stand Verlangen gepaart mit einer Lust, die meine Gedanken erneut trübten.

Wenn er mich nun wieder packen und küssen würde ... Ich glaubte nicht, dass ich noch einmal die Kraft hätte, mich ihm zu entziehen.

Das ergibt alles keinen Sinn. Ich kenne ihn doch überhaupt nicht!

Die Entscheidung wurde mir abgenommen.

Ein Räuspern ertönte. Und diesmal hatte ich die Möglichkeit, mich umzudrehen.

Nicht weit von uns entfernt stand Cian. Seine Arme waren verschränkt, sein Blick hart. Undurchdringbar. In diesem Moment war er dem Mann, der mir gestern den Geschmack von Whiskysorten erläutert hatte, unglaublich fern.

»Kommst du bitte in mein Büro, Darcy.«

»Das –«

»Die Wäsche kann Alec mit nach oben nehmen.« Er musterte die Kleidung, die über einen teuer aussehenden Teppich verstreut war. »Da sie anscheinend sowieso ihm gehört, ist das für ihn sicher kein Problem.«

Meine Aufmerksamkeit glitt ein letztes Mal zu Alec, der noch immer mich ansah. Nicht seinen Bruder. In seiner Miene konnte man nichts lesen – außer Verlangen.

Ich hatte keine Ahnung, was ich mit diesem Wissen anstellen sollte.

Ich wollte noch etwas sagen, doch schüttelte ich den Kopf und folgte Cian, der sich umdrehte und in eins der Zimmer verschwand.

Es war ein Büro – *sein* Büro.

»Setz dich«, sagte er und deutete auf einen braunen Ledersessel, der am Schreibtisch stand. Er ließ sich mir gegenüber auf einen Drehstuhl nieder, faltete dabei die Hände entspannt in seinem Schoß.

Er trug einen Anzug. Das Jackett lag auf einem kleinen Sofa, das von einer Bar und einem Regal voller Akten flankiert wurde.

Der Raum war in warmen Braun- und Rottönen gehalten,

die meine Nerven ein wenig beruhigten; mich in Sicherheit wiegten.

Das war ich aber nicht; das verrieten mir Cians kalte Augen.

»Hast du dir diesen Job freiwillig ausgesucht, Darcy?«

Verwirrung durchströmte mich. »Wie meinst du das?«

»Du bist jung und hast keine Erfahrung in diesem Arbeitssektor. Ich habe in deinem Lebenslauf gelesen, dass du Geschichte mit dem Fokus auf England in London studiert hast.«

Dass er meine Akte aufgemacht hatte, hinterließ Rastlosigkeit in mir. Das konnte nichts Gutes bedeuten. »Deiner Meinung nach darf man sich wohl nicht mehr umentscheiden, nachdem man eine Sache angefangen hat?«

Meine Frage brachte ihn zum Schmunzeln, ließ gleichzeitig etwas Wärme zurück in seine Miene. Damit hatte er nicht gerechnet und ich eben so wenig.

Instinktiv machte ich mich klein.

»Nein, dieser Auffassung bin ich nicht. Es überrascht mich nur. Eine ambitionierte Studentin gibt alles auf um ... Ja, um was? Lina hat bei uns einen hohen Stellenwert. Wir hätten ihren Lohn sicher weitergezahlt, wenn wirklich dein Vater krank ist und sie sich um ihn kümmern muss.«

»Dafür ist sie zu stolz.«

»Und deswegen hast du alles aufgegeben?«

Ein bitteres Lachen braute sich in mir zusammen, dennoch schluckte ich es herunter. »Meine Familie braucht das Geld. Meine Mutter hatte die Idee mit Vater umzuziehen. Sodass sie nach der Arbeit hier zu ihm fahren kann. Aber das würde noch mehr Geld kosten, das wir schlichtweg nicht haben. Ich gebe also *nichts* auf. Ich helfe meinen Eltern, die sich Jahre um mich gekümmert – mich aufgezogen hat. Mehr nicht. Oder zweifelst du an meinen Beweggründen, wieso ich diese Stelle übernommen habe?«

»Um ehrlich zu sein, wusste ich nicht, was ich denken sollte. Erst schüttest du Soße über meinen Bruder und dann sehe ich, wie ihr euch küsst. Da kann man zur Verwirrung neigen.«

Nun entglitt mir doch ein Lachen, wenn man es denn so nennen konnte. Denn es klang erstickt und ähnelte eher einem Husten.

»Ja, ich bin möglicherweise ein wenig ungeschickt, weshalb mich Pernille auch nicht mehr in der Küche haben will.« Ich hob meine Hand, die seit heute nach den Frühstücksvorbereitungen mit mehreren Pflastern versehen war. »Und was den Kuss betrifft ... Da solltest du Alec fragen. Ich habe keine Ahnung, wieso er das getan hat. Geschweige denn habe ich nicht die Absicht, es zu wiederholen.«

Ich musste selbst an dem Wahrheitsgehalt meiner Worte zweifeln. In diesem Augenblick wollte ich es tatsächlich einfach vergessen und weitermachen, trotzdem war es unmöglich zu bestreiten, dass mir der Kuss gefallen hatte. Und ein winziger Teil von mir wusste, dass ich heute Nacht, wenn ich allein in meinem Bett lag und an die Decke starrte, daran zurückdenken würde.

An seine Hände.

An seinen herben Geruch.

An seine Lippen.

An seinen Geschmack.

»Das ist auch besser so.« Seine Stimme wurde tiefer. Rauer. »Halt dich von Alec fern, wenn du an deinem Leben hängst, Darcy. Und jetzt geh wieder an deine Arbeit. Pernille hat dir sicher viele Aufgaben gegeben.«

Er wandte den Blick von mir ab, während ich regungslos im Sessel saß.

Mein Verstand hatte noch nicht verarbeitet, was er gerade gesagt hatte. Doch die Option, stumm hier sitzen zu bleiben und auf eine weitere Aufforderung seinerseits zu warten, kam für mich nicht in Frage.

Wie betäubt stand ich auf und stakste aus seinem Büro.

Mit dem Rauschen meines eigenen Blutes sah ich um mich.

Der Flur war leer – Alec und seine frisch gewaschene Kleidung waren nicht mehr hier.

Die Stille war erdrückend.

Halt dich von Alec fern, wenn du an deinem Leben hängst, Darcy.

Zu viele Warnungen wurden in den vergangenen Tagen ausgesprochen.

Von *Màthair*.

Pernille.

Und nun auch Cian, vor dem mich die beiden Frauen auch gewarnt hatten.

Wenn du an deinem Leben hängst ...

Was sollte ich daraus machen? Was hatte er damit überhaupt gemeint? Es war nicht so, als würde ich nach einer von Alecs Berührungen plötzlich tot umfallen. Außerdem war ich eine Angestellte. Ein Hausmädchen.

Wieso sollte er mich weiter beachten?

Fragen über Fragen schwirrten in mir, bis sich ein dumpfes, schmerzvolles Pochen in meinen Schläfen ausbreitete. Am liebsten hätte ich mich zurück in mein kleines Bett gelegt und diesen Tag neu gestartet.

Dann wäre ich vielleicht nicht Alec Creswell über den Weg gelaufen und dann hätte dieses Gespräch mit Cian auch niemals stattgefunden.

KAPITEL 7

Alec

Ich warf den Korb mit meiner Wäsche auf den Boden und ließ mich auf das Sofa in meinem Zimmer fallen.

Es fing an zu regnen. Kleine Tropfen klopften gegen die Fensterscheiben, während der Himmel schlagartig von dunkelgrauen Wolken gesäumt war. Heute Morgen schien noch die Herbstsonne.

Das hatte diese Jahreszeit an sich.

Doch egal, wie sehr ich mich mit dem Wetter ablenken wollte, meine Gedanken glitten immer wieder zu einer gewissen Frau.

Darcy.

Ihr Geschmack bereitete sich selbst jetzt noch auf meinen Lippen aus – süß, mit einer herben Note. Etwas, von dem man süchtig werden konnte. *Würde*. Da war ich mir sicher. Wäre mein dämlicher Bruder nicht dazwischengekommen, hätte ich noch einen Versuch gewagt, obwohl sie mich weggestoßen hatte.

Das, obwohl Cian in erster Linie der Grund war, wieso ich sie überhaupt geküsst hatte. Ich hatte das Quietschen der

Türscharniere zu seinem Büro gehört und sie war da gewesen. Das einzige Ziel war gewesen, ihn zu reizen, ihm Emotionen zu entlocken, die er seit Jahren versteckt hielt.

Zorn.

Wut.

Zerrissenheit.

Alles, nur nicht diese aalglatte Fassade, die über seinem wahren Ich lag.

Ich hatte Darcy ausgenutzt, dabei aber leider nicht bedacht, dass es mir gefallen könnte.

Diese Frau war mir unbekannt, aber das ließ sich ändern. Gleichzeitig erinnerte ich mich, wie Acair und Cian sie gestern im Salon angesehen hatten. Das Interesse an ihr schlummerte in beiden, selbst wenn sie es nicht merkten.

Ob es daran lag, dass sie Linas Tochter war? Oder an etwas anderem?

Das wusste ich nicht.

Noch nicht.

Plötzlich sah ich nicht mehr Darcy vor mir, sondern Leandra.

Kopfschüttelnd vertrieb ich diesen Gedanken sofort. Dennoch nagten die Nachwehen an meiner Seele. Ewigkeiten hatte ich nicht mehr an sie gedacht.

Vier Jahre waren seit ihrem Tod schon vergangen.

Seufzend sah ich zu meinem Bett, das am Ende des weitläufigen Raumes stand. Mir fehlte die Kraft aufzustehen und mich hinzulegen. So blieb ich auf dem Sofa und starrte aus dem Sprossenfenster.

Allein blieb ich jedoch nicht lange.

Die Zimmertür schwang quietschend auf. Hinein trat Cian, der mir mit zusammengepressten Lippen entgegenblickte. Normalerweise hätte ich es begrüßt, doch jetzt wollte ich allein sein. Mit meinen Gedanken, die nur mir zustanden.

»Was ist los?«, fragte ich und setzte mich hin.

»Lass es.«

Ich zuckte unschuldig mit den Schultern. Vielleicht würde ich dennoch meinen Spaß an seinem Kommen finden. »Ich weiß wirklich nicht, was du meinst.«

»Halt dich von ihr fern.« Cian wagte sich nicht weiter in mein Zimmer, blieb stattdessen im Türrahmen stehen. Seine Finger waren steif – das sah ich selbst von meiner Position.

»Wieso?«

»Sie ist ein Hausmädchen, Alec. Zudem ist sie Linas Tochter. Lass sie ihren Job machen, bis ihre Mutter wieder zurückkommt. Du kannst dich glücklich schätzen, wenn sie dich nicht wegen sexueller Belästigung am Arbeitsplatz verklagt.«

Lina McAllister. Sie war wie neben Pernille eine zweite Mutter für mich gewesen. Ich hatte gewusst, dass sie eine Familie besaß, doch hatte ich nie ernsthaft einen Gedanken daran verschwendet.

»Hast du mir zugehört, Alec?« Cians Stimme hatte etwas Herrisches an sich. Eigentlich kannte ich das nur von meinem Vater.

»Und wenn ich mich nicht von ihr fernhalten will?«

»Dann ...« Schnaubend schüttelte er den Kopf und presste die Lippen zusammen. Etwas lag ihm auf der Zunge, allerdings sprach er es nicht aus.

»Dann was?«, hakte ich nach.

»Lass dieses Mädchen in Ruhe.«

»Wegen Lina oder hast du selbst Gefallen an ihr gefunden?« Ich stand auf und machte einen Schritt auf ihn zu. Mein Bruder bewegte sich keinen Millimeter. »Aber nachdem ich sie geküsst habe, würdest du sie natürlich nicht mehr anfassen. Immerhin sollte sich die Geschichte niemals wiederholen.«

»Ich habe kein Interesse an Darcy. Aber du hast Recht,

diese eine Geschichte zwischen dir, Acair und mir wird nie wieder passieren.«

Es war eine Seltenheit, dass wir über die Vergangenheit sprachen. Leandra Lennox war zwischen uns dreien ein Tabuthema. Niemand ging tiefer in die Jahre, die wir mit ihr verbracht hatten. Dieses Thema – *sie* – trieb uns mit jedem Tag des Schweigens weiter auseinander. Brüder, die weiter in der Vergangenheit nicht ohneeinander konnten.

»Solange du und Acair kein Interesse an ihr habt, kann ich machen, was ich will.«

Meine Antwort passte ihm nicht.

Mir jedoch gefiel sie.

»Sie ist nett und will sich ausschließlich um ihre Mutter und ihren kranken Vater kümmern. Also, halt dich von ihr fern.«

Das war das letzte, was er mir sagte, ehe er verschwand.

Ich im Gegensatz blieb wie angewurzelt stehen, während mein Verstand einen Kampf ausfocht.

Auf der einen Seite standen die wahren Worte von Cian. Und auf der anderen Darcys Körperwärme, die meine Nerven zum ersten Mal seit Jahren wiedererweckt hatte.

KAPITEL 8
Darcy

»Was hast du verbrochen, dass du Zimmer putzen musst, die sowieso nicht benutzt werden?«, lachte Jason und rekelte sich auf dem winzigen Sofa, das vor einem Bett stand. Er sah mich aus seinen hellen, grünen Augen an, während ich dicke Vorhänge von Staub befreite.

»Möglicherweise bin ich einfach schlecht in meinem Job. Deine Mutter wird schon ihre Gründe haben.«

Oder Cian hatte ihr erzählt, was vor wenigen Tagen mit Alec passiert war. Aber hätte sie mich nicht darauf angesprochen? Außerdem war es nur ein Kuss. Unbedeutend. Besonders, da ich ihn seitdem nicht mehr zu Gesicht bekommen hatte.

Keinen der Brüder.

Jason streckte seine Gliedmaßen von sich, warf mir dabei ein verschmitztes Lächeln zu.

»Was?«, fragte ich mit hochgezogener Augenbraue.

»Nichts. Es ist nur lustig, dass sie in dir jetzt ihren persönlichen Sklaven gefunden hat. Dann muss ich es nämlich nicht mehr sein.«

»Wieso bist du überhaupt hier?«

»Ich genieße es, anderen beim Arbeiten zuzusehen.« Auf mein Murren lachte Jason. »So müssen sich also die Creswells fühlen. Man kann das Leben genießen und muss nichts tun.«

»Cian scheint zu arbeiten.«

»Ja.« Seine Stimme wurde nachdenklich, als er sich der Zimmerdecke zuwandte. Meine Aufmerksamkeit legte sich auf ihn. »Er ist der Vorzeigesohn. Das war er schon immer. Mit ein paar Ausnahmen.«

»Welchen denn?«

Kopfschüttelnd strich er sich über das Gesicht. »Das ist unwichtig. Das liegt weit in der Vergangenheit.«

Am liebsten hätte ich nachgebohrt, letztendlich beließ ich es dabei. Es war unwichtig, welche Leichen Cian in seinem Keller versteckte, solange es mich oder meine Mutter nicht betraf.

»Was hast du eigentlich vor zu studieren?«, fragte ich, um die vorherige, lockere Stimmung wiederaufzubauen. Mit einer Bürste mit rauen Borsten fuhr ich immer wieder über den Stoff der Vorhänge, was eine beruhigende Wirkung auf mich hatte. Das musste selbst ich zugeben.

»Physik.«

»Beeindruckend. In der Schule war ich in diesem Fach schlecht. Obwohl beschissen vielleicht das bessere Wort wäre.«

Ein träumerisches Lächeln breitete sich auf seinen Lippen aus. Vollkommener Frieden spiegelte sich in ihm wider. »Es war schon immer mein Traum das zu machen.«

»Es freut mich für dich, dass er in Erfüllung geht.«

Sein Blick schnellte zu mir, wobei ich in der streichenden

Bewegung meiner Hand innehielt. Bevor er aber ein Wort formen konnte, klingelte sein Telefon.

Er fischte es aus der Hosentasche und seufzte, als er den Namen las.

»Mutter.«

»Vielleicht braucht sie doch noch einen weiteren Sklaven.«

Mit einem gequälten Ausdruck in meine Richtung stand er auf und ging aus dem kleinen Gästezimmer. Minuten der Stille verstrichen. Er kam nicht wieder, sodass ich mich zurück an meine Arbeit machte.

Ich überzog das Bett mit einem neuen Laken, wechselte die Bezüge der Kissen und der Decke. Zudem putzte ich den Spiegel, wischte über die Kommode und entstaubte den Teppich.

Als ich fertig wurde, war es bereits früher Nachmittag.

Auch wenn man den Unterschied nicht direkt sah, unterdrückte ich nicht den leichten Stolz, der mich bei der Sauberkeit erfüllte. Wenigstens hatte ich etwas geschafft, ohne es zu ruinieren.

Ich raffte die Putzmittel und die Utensilien zusammen und trat zurück auf den Flur. Pernille hatte mir gesagt, dass ich es davor stehen lassen sollte, da sie meine Arbeit danach kontrollieren wollte. Außerdem hatte ich nun Mittagspause.

Die vergangenen Tage verbrachte ich sie mit Jason in der kleinen Küche, in der ich an meinem ersten Tag gegessen hatte. Heute war er nirgends zu sehen.

Nicht in einem Gang, der dorthin führte.

Nicht bei unserem eigentlichen Aufenthaltsort.

Ich war allein.

Meine Aufmerksamkeit glitt nach draußen. Wir hatten immer an dem langen Tisch gesessen, weil es die vergangenen Tage oft geregnet hatte. Heute schien die Sonne, die das Land, das man durch das Fenster erkennen konnte, in ein goldenes Farbenmeer verwandelte.

Es war wunderschön.

Ich wagte mich hinaus, schlang dabei die Arme um meine Mitte, da trotz der seichten Sonnenstrahlen ein eisiger Wind durch die Baumkronen fegte. Er war ein Vorbote des Winters, der kälter sein würde als die Jahre zuvor.

Wenn man aus der Tür trat, eröffnete sich eine Veranda aus Holz, die bereits durch mit Folie bedeckte Blumentöpfe geschmückt war. Ein Tisch und Stühle standen in der Mitte, dahinter führte eine kurze Treppe nach unten zu einem Weg, der einige Abzweigungen nahm.

Von hier aus sah man das Gewächshaus nicht, das man von meinem Zimmer aus erkennen konnte. In der Ferne stand jedoch ein Häuschen, das wahrscheinlich eine Scheune war und genau dahinter lag ein dunkler Nadelwald. Im Sommer war es sicherlich ein friedlicher Ort. Die Leere des Geländes gepaart mit dem Klang des Windes und der Kälte, hinterließ jedoch ein ungutes Gefühl auf meiner Haut.

Gierig sog ich die frische Luft in meine Lunge. Leider steckte sie in meiner Kehle fest, als ich eine Person entdeckte, die von dem Haus direkt auf mich zulief.

Zuerst war er nur ein kleiner Punkt. Mit jeder Sekunde, die verstrich und er mir somit näherkam, wurde sein Gesicht deutlicher.

Es war Alec.

Er trug nur ein T-Shirt. Dieser unerhebliche Fakt entlockte mir ein Lachen, das ich sofort unterdrückte. Dumm, da mich sowieso niemand hörte.

Ich sollte wieder in die Küche, ihm aus dem Weg gehen. Trotzdem wartete ich, blieb sogar dann noch stehen, als er mich erkannte und seine Schritte sich beschleunigten.

Auch auf seinem Mund lag ein Lächeln, was meine

Lippen sofort zum Prickeln brachte. Ein kindlicher Teil in mir, von dem ich gedacht hatte, dass er spätestens nach meinem Umzug nach London vor ein paar Jahren gestorben war, regte sich. Es war eine Mischung aus Vorfreude und unschuldiger Scham.

»Lange nicht gesehen«, begrüßte er mich, als er die wenigen Stufen emporstieg. Auf seiner Jeans waren dunkle Flecken und auch sein Geruch war anders, als ich ihm das letzte Mal begegnet war. Es erinnerte mich an Metall.

»Viel zu tun.«

»Ich habe manchmal nach dir gesucht, habe dich aber nie gefunden. Auch beim Essen warst du nirgends zu sehen.«

»Die Zimmer wollten geputzt werden.« Ich zuckte mit den Schultern und lehnte mich gegen die Hauswand. Er hingegen blieb vor mir stehen. »Wieso wolltest du mich sehen?«

Er wich mir aus.

Erkannte ich Röte auf seinen Wangen?

»Ich wollte mich entschuldigen.«

»Wieso?« Die Antwort wusste ich, dennoch wollte ich sie aus seinem Mund hören.

»Wegen des Kusses. Ich weiß selbst nicht, weshalb ich es getan habe. Irgendwas ist anscheinend über mich gekommen. Ich hoffe, Cian hat kein großes Drama daraus gemacht.«

»Sagen wir mal so, er war verwundert. Genau wie ich.«

Er biss sich auf die Unterlippe, was meine Aufmerksamkeit auf sie lenkte. »Also wenn ich es irgendwie gut machen kann ... Sag mir Bescheid.«

Ich wollte bereits abwinken, doch kam mir etwas in Erinnerung, das mir meine Mutter gesagt hatte. Etwas, das keine Warnung gewesen war.

»Meine Mutter hat mir erzählt, dass ihr eine kleine Bibliothek habt. Kann ich sie mir mal ansehen?«

Seine Augen wurden weich. Selbst sein Lächeln wurde

sanfter. Er strich sich durch das kurze, goldene Haar und nickte. »Natürlich. Jetzt?«

»Ich habe Mittagspause. Wieso also nicht?« Er streckte mir die Hand hin, doch ich ignorierte sie. »Besser nicht. Bevor uns jemand sieht und es missinterpretiert.«

»Das ist der Nachteil daran, nicht allein zu wohnen«, murmelte er und ging mit mir in die kleine, weiterhin leere Küche zurück.

»Die Frage ist eher, was man hier allein den ganzen Tag machen würde. Das Haus ist viel zu groß. Selbst für die Leute, die hier arbeiten. Ich begegne kaum jemandem, wenn ich auf dem Weg in eines der unzähligen Zimmer bin.«

Er sah mich von der Seite aus an, während wir durch einen der Dienstbotengänge gingen. Alec kannte sich aus, denn sein Schritt was sicher. Zielgerichtet. Das Licht war spärlich, sodass kleine Schatten um seine Züge tanzten. Dennoch fühlte ich mich sicher.

»Möglich. Im Gegenzug ist es gut, wenn man sich ein paar Wochen nicht sehen will.«

»Hast du kein gutes Verhältnis zu deinen Brüdern?«

»Die letzten Jahre waren schwierig. Vielleicht liegt es am Erwachsenwerden.«

Er verschwieg mir etwas. Ich musste es aber nicht wissen, weshalb ich das Thema auf etwas anderes lenkte. Auf *ihn*. »Ich habe gehört, du warst in der Schweiz.«

»Ja, bei meiner Schwester«, sagte er und hielt mir eine Tür auf, die wieder zum offiziellen Teil des Hauses führte. »Sie studiert dort.«

»Warst du auch auf einer Universität?«

Er hustete, worunter sich ein Lachen versteckte. »Nein. Es war von Anfang an klar, dass Cian die Firma übernimmt, weshalb ich machen durfte, was ich wollte. Das Problem –«

»Du weißt nicht, was du machen willst.«

Seine Miene wurde bedrückt. Es war ihm unangenehm, mir das zu eröffnen. So wirkte er verletzlich, was mein Herz erwärmte.

»Ich habe einfach noch nicht meinen Platz in dieser Welt gefunden.«

»Verstehe ich.«

Überraschung spiegelte sich in ihm wider. »Wirklich?«

»Ich habe vor Wochen gedacht, dass ich mein Studium in Geschichte bald abschließen und mir danach einen Job in London suchen werde. Jetzt bin ich aber hier.«

»Du hattest also einen Platz.«

Kopfschüttelnd ließ ich mich von ihm in einen engeren Gang führen, der unsere Schritte durch einen dicken Teppich dämpfte. »Gibt es überhaupt den *einen* Platz?«

»Philosophisch bist du also auch noch?«

»Wenn man genug Zeit damit verbringt, die Geschichte Englands in dicken Büchern nachzulesen, kann man dazu neigen.«

»Und die Lust zum Lesen ist trotz des Lernens geblieben?«

»Ja, vielleicht nur nicht, wenn es Schlachten und Tod beinhaltet.«

»Na, wenn das so ist.« Er deutete auf eine dunkle, hölzerne Tür am Ende des Flurs, die mich an die des Eingangs erinnerte.

Diese war nicht mit Schnitzereien von Efeu bestückt. Diese trug zwei ausgebreitete Engelsflügel. Jede einzelne Feder war bis zur Perfektion herausgearbeitet, sodass sie beinahe echt wirkten.

Mir kam Acair in den Sinn, der mir den Hintergrund dieser Verzierungen erklärt hatte.

Alec drehte den Knauf herum und hielt mir die Tür auf.

Was mich dahinter erwartete ... Nichts auf der Welt hätte mich darauf vorbereiten können.

Ich blickte auf hohe Regale hinab, die in dem Gesamtbild fast schon ein Labyrinth formten. Von meiner Position aus waren auch abgeschottete Arbeits- und Sitzecken erkennbar. Burgunderrote Sofas. Schreibtische. Ein nicht entfachter Kamin auf der Nordseite. Wandlampen, die den weiten Raum neben den Kronleuchtern erhellten.

Es war vielleicht nicht die größte Bibliothek, die ich jemals zu Gesicht bekommen hatte, dennoch zeichnete sich ein Lächeln auf meinen Lippen ab.

Wie von selbst setzten sich meine Beine in Bewegung; stiegen die Stufen der langen Steintreppe hinab, bis ich unten angekommen war. Nun wirkte alles größer. Und unübersichtlicher.

»Ich glaube, ich könnte hier mein ganzes Leben verbringen. Genug Bücher gibt es allemal.«

»Sie wurden über Generationen hinweg gesammelt«, erzählte Alec, der neben mir auftauchte. Ich hatte gar nicht mitbekommen, dass er mir gefolgt war. »Meine Mutter hat die Tradition von meinem Großvater väterlicherseits und seiner Schwester übernommen.«

»Und wer führt sie von euch weiter?«

Seine Mundwinkel hoben sich, wobei er sich tiefer in die Regalreihen hineinwagte. »Ich natürlich.«

»Ach, wirklich?«

»Ich studiere zwar nichts, dennoch bekommt mich ein gutes Buch dazu es aufzuschlagen.«

»Sieh mal einer an. Und du redest davon, dass du keinen Platz im Leben besitzt.«

»Wenn ich mir unsicher bin, ob es der richtige ist?«

»Das musst du herausfinden.«

Schweigen breitete sich zwischen uns aus, während wir uns einfach ansahen. Es war nicht unangenehm, sondern leicht. Schön. Ich genoss die wenigen Momente, ehe er diesmal wirklich meine Hand nahm und mich schnellen Schrittes mit sich zog.

»Wohin gehen wir?«, fragte ich und musste fast rennen, um sein Tempo zu halten.

»Zu einer der Sitzecken. Immerhin hast du Pause. Du wirst heute noch genug stehen müssen.«

»Gute Idee.«

Man merkte, dass er oft hier war. Ich könnte sogar darauf wetten, dass Alec sich hier blind auskennen würde. Jetzt ergab es auch Sinn, dass er den kürzesten Weg hierher gekannt hatte.

Wenn man ihn ansah, dachte man nicht, dass diese Leidenschaft in ihm brannte. Im Gegenteil, ich hatte ihn mir nicht umringt von Regalen voller Bücher ausgemalt, als meine Gedanken zu ihm gewandert waren.

Bei unserem Ziel angekommen, ließ ich mich prompt auf einen der Sessel fallen, er hingegen setzte sich auf das Sofa. Uns trennte ein gläserner Tisch, auf dem wahllos Bücher verstreut waren.

»Südamerikanische Botanik?«, fragte ich und nahm eines davon in die Hand. Der Umschlag war verdreckt. Die Seiten vergilbt. Anscheinend wurde es oft benutzt.

»Acair.«

»Wie bitte?«

»Er hat es anscheinend für sein Gewächshaus gebraucht und nicht wieder dorthin zurückgebracht, wo er es herausgezogen hat. Fairerweise muss man sagen, dass er sich hier nicht besonders gut auskennt. Er meidet diesen Ort.«

Gewächshaus. Acair.

Bei dem Abendessen hatte es Cian erwähnt; hatte gesagt, dass er sich nicht um die Natur außerhalb seines Gewächshauses scherte. Oder so ähnlich.

Erst jetzt dachte ich darüber nach.

»Dein Zwillingsbruder sieht nicht so aus, als ob er sich seine Hände mit Erde schmutzig machen würde.«

»Ich bin selten dort. Eigentlich habe ich keine Ahnung, was er wirklich in diesem Palast aus Glas und Stein treibt. Wer weiß, vielleicht braut er insgeheim auch magische Tränke.«

»Und du?« Ich nickte zu den dunklen Flecken auf seiner Hose, die fast schwarz waren. »Welche Magie betreibst du?«

Er sank tiefer in die Polster und schüttelte belustigt den Kopf. »Ich schraube an einem heruntergekommenen Ford Oldtimer herum. Es ist zu bezweifeln, dass ich ihn je zum Laufen bekommen werde. Aber einen Versuch ist es wert.«

»Wie lange dauert dieser denn schon?«

»Ein halbes Jahr.«

Ich nahm eine Strähne meines Haars zwischen die Finger und nestelte an den Spitzen herum. Meine Gedanken glitten nun immer öfter zu dem Kuss zurück, der mich überrumpelt hatte. Gleichzeitig sah ich einen Mann vor mir, von dem ich nicht gedacht hätte, dass er in ihm steckte. Ich wollte mehr von ihm entdecken, mehr Facetten von jemandem kennenlernen, der von sich selbst behauptete, keinen Platz in dieser Welt gefunden zu haben.

»An was denkst du?«, fragte er und lehnte sich nach vorn.

»Unwichtig.« Kopfschüttelnd vertrieb ich meine Tagträumereien und sah mich um. Ein Schreibtisch stand eine Armlänge von mir entfernt. Allerdings lag nichts darauf außer ein leeres, weißes Papier. »Was liest du denn so, wenn du mal ein Buch aufschlägst?«

»Das ist unwichtig.«

»Ach, komm schon. Das ist es nicht.«

Schamesröte kroch in seine Wangen. Es war ihm unangenehm. Nun war nur noch die Frage nach dem ›Wieso‹?

»Klassiker. *Der große Gatsby* von F. Scott Fitzgerald. *Oliver Twist* von Charles Dickens. *Das Bildnis des Dorian*

Gray von Oscar Wilde. Alles, das schon ein bisschen älter ist. Selbst *Der Hobbit* von J. R. R. Tolkien.«

»Und deswegen hast du dich mit deiner Antwort so gesträubt?«

»Acair und Cian haben es nie verstanden, weshalb ich mich lieber in Worten verliere, als meine Hände schmutzig zu machen oder mich mit Zahlen und Geschäftsmodellen herumzuschlagen. Auch meine Schwester nicht. Mutter ist die Einzige, die mir Verständnis entgegenbringt.«

»Na, und?«

»Hast du Geschwister?«

»Nein.«

Er zuckte mit den Schultern, wobei seine Miene ernst wurde. »Es ist oft ein Konkurrenzkampf. Wer schafft was als erster? Wer hat mehr Erfolg in dem, was er tut? Cian wird meinen Vater als Geschäftsführer beerben. Mein Bruder hat seine Pflanzen und ...«

Ich wollte ihn anfassen; seine Hand nehmen und sie drücken. Doch behielt ich meine Finger bei mir, konnte meinen Ausdruck, der mit Sorge und ein wenig Mitleid getränkt war, jedoch nicht verstecken.

»Du bist du. Vielleicht liegt es wirklich daran, dass ich Einzelkind bin, aber irgendwie habe ich dieses Denken nicht. Das hat sich bei mir auch in der Schule oder in der Universität nie entwickelt. Ich war nie die beste oder die schlechteste. Mehr habe ich nicht gewollt.«

»Darf ich dir eine Frage stellen?«

»Natürlich.«

Er schluckte, wirkte noch nervöser als zuvor, als er mir die Bücher genannt hatte. »Was begehrst du? Denn irgendwas gibt es immer, das man will und für das man an seine Grenzen gehen würde.«

Die Antwort kam mir sofort in den Sinn, dennoch holte

ich weiter aus. Möglicherweise könnte es daran liegen, dass es so unglaublich einfach war, mit ihm zu reden. Und ehrlich zu sein. »Früher habe ich es nicht gewusst. Ich bin einfach ins Leben gegangen und habe mich auf alles eingelassen, was es für mich bereithielt. Als mein Vater jedoch krank wurde ... Da habe ich es zum ersten Mal verflucht. Ich will einfach nur, dass er wieder gesund wird. Dafür würde ich alles in meiner Macht stehende tun.«

»Das ist bewundernswert, Darcy. Ich hoffe, das weißt du.«

»Letztendlich ist es egal.«

»Nein.« Er stand auf und war mit wenigen Schritten bei mir. Vorsichtig glitten seine Finger durch mein Haar zu meiner Wange bis hin zu meinem Kinn. Er hob es an, sodass ich ihn ansehen *musste*. Sein Blick war wie ein Fels in der Brandung, an den ich mich klammerte. Er hielt mich damit fest und erfüllte meine Seele mit einem warmen Gefühl. »Das solltest du wirklich wissen. Nicht jede Tochter hätte alles weggeworfen, um ihrer Familie zu helfen.«

»Sollte das nicht selbstverständlich sein?«

»Kommt darauf an, wie stark die Bindung zu seinen Eltern ist.« Alec ließ immer noch nicht von mir ab. Dafür wanderte seine Hand nun wieder zu meiner Wange und strich sanft darüber – als hätte er Angst, ich würde unter dem geringen Druck zersplittern. »Und es kommt auf das Kind an.«

»Danke, Alec.«

»Nicht dafür.«

Seine Augen schlossen sich für einen kurzen Moment. Trotzdem war es lang genug, sodass ich diese Regung bemerkte. Als er die Lider wieder aufschlug, fielen auch seine Finger von mir.

Es war besser so.

Das redete ich mir zumindest ein.

»Eigentlich wollte ich dir die Bibliothek zeigen, aber

irgendwie haben wir uns in Gesprächen verhangen«, merkte er an und sah auf die Uhr um sein Handgelenk. »Ich glaube, du musst bald wieder an die Arbeit.«

Seufzend nickte ich und stellte mich auf die Füße. »Ja. Es war dennoch schön, mit dir hier zu sein.«

Ehe wir uns auf den Weg machten, hielt er mich zurück. Ein Glitzern trat in seine Augen. »Du hast mir gar nicht gesagt, was du gerne liest. Ich habe dir eine Antwort geliefert, nun bist du an der Reihe.«

»Alles, was sich um die Liebe dreht.«

KAPITEL 9
Darcy

»Er hat was?«, fragte ich, wobei ich mich beinahe an meinem Rührei verschluckte.

Alle Augenpaare am langen Tisch lagen auf mir, ich aber war ausschließlich auf Pernille fixiert. Sie im Gegensatz schaufelte sich unbeeindruckt das restliche Frühstück auf den Teller.

»Du hast richtig verstanden.«

Da war ich mir nicht so sicher. Es war immerhin 05:30 Uhr morgens – eine Zeit, in der man schon etwas missinterpretieren konnte. Denn was sie gesagt hatte, ergab absolut keinen Sinn.

»Ab heute?«

»Cian will, dass du morgens sein Zimmer und danach sein Büro putzt. Genaueres hat er mir nicht gesagt. Er wird dir voraussichtlich selbst sagen, was und wann du genau zu machen hast.«

Ich legte die Gabel beiseite und strich mein schwarzes Kleid glatt, um meine Nervosität zu verstecken. Leider gelang es mir nicht. »Du bist dir einhundert Prozent sicher, dass er meinen Namen gesagt hat?«

»Ja, Darcy. Jetzt iss und mach dich an die Arbeit.« Etwas in Pernilles Miene verriet mir allerdings, dass sie auch nicht wusste, was sie damit anfangen sollte.

Niemand.

Nicht Jason, dessen Augen immer wieder zu mir glitten.

Nicht Amy, die hinter hervorgehaltener Hand mit den anderen redete. Die Lautstärke war extra so gewählt, dass ich kaum etwas verstehen konnte.

Niemand sprach mich darauf an, womit mir der Hunger schnell verging und ich letztendlich das Ei nur noch auf dem Teller umherschob.

»Komm mit«, sagte Pernille und berührte mich leicht am Handgelenk. Es beruhigte mich, als sie meine Hand nahm, mich auf die Füße zog und mit mir nach draußen ging.

Der Himmel spannte sich in einem seichten Orange über uns. Kein einziger Windhauch wehte, dennoch war es verdammt kalt, weshalb ich mit den Händen über meine Arme rieb. Sie hingegen setzte sich an den kleinen Tisch und forderte mich mit einer Geste auf, es ihr gleichzutun.

»Weißt du, wieso er das wollen könnte?«, fragte sie, als ich mich auf einen Stuhl fallen ließ.

Ich biss mir in die Innenseiten meiner Wangen.

Was sollte ich ihr erzählen? Dass Alec mich aus einem dummen Grund geküsst und Cian das gesehen hatte? Dass er mir eine Warnung gegeben hatte, dass ich mich von Alec fernhalten sollte? Und dass ich nicht darauf gehört und mich von ihm stattdessen gestern durch die Bibliothek führen lassen hatte?

Besser nicht.

Denn was, wenn sie mich feuern lassen würde, da sie nicht mehr mit mir zusammenarbeiten wollte?

Was, wenn sie *Màthair* davon erzählte ...

»Wer weiß, vielleicht will er herausfinden, ob ich die richtige Besetzung für diese Stelle bin«, log ich und zuckte unbeeindruckt mit den Schultern.

Pernille wusste, dass ich nicht die Wahrheit sagte.

»Mach dich nicht lächerlich. Du bist ein Hausmädchen. Die Jungs kümmern sich nicht um solche Dinge.«

»Ich weiß es nicht. Cian wird seine Gründe haben.«

Das Zwitschern einzelner Vögel untermalte die kurzweilige Stille, die sich zwischen uns ausbreitete. Mit jeder Sekunde, die wir weiter ins Schweigen verfielen, wurden meine Nerven angespannter.

Pernille wusste, was das mit mir machte.

Sie war eine gerissene Frau, das musste man ihr lassen.

»Ich werde dir berichten, was er gesagt hat«, beschwichtigte ich sie und strich mir mein dunkles Haar aus dem Nacken. Ein dünner, eiskalter Schweißfilm hatte sich dort gebildet. »Wahrscheinlich ist es nur ein dummer Test. Vergiss nicht, ich habe schließlich Alec mit Soße übergossen. Du kannst ihm nicht vorwerfen, dass er keine tollpatschigen Hausmädchen um sich herum haben will.«

Die Skepsis verschwand nicht aus ihr. Das Schweigen konnte ich dennoch brechen.

»Falls er dir auch nur ein Haar krümmen sollte, dann ...« Sie presste die Lippen aufeinander und schüttelte den Kopf.

»Dann was? Denkst du ernsthaft, er würde mir etwas antun? An meinem ersten Abend hat er mir den Geschmack von verschiedenen Whiskysorten erklärt. Zudem hat er nicht wirklich interessiert an mir gewirkt, als wir uns das erste Mal in der Küche gesehen haben.«

Sie nickte, wobei eine rote Locke, die sich aus ihrer Hochsteckfrisur gelöst hatte, auf und ab wippte. »Ich habe deiner

Mutter versprochen, dass ich ein Auge auf dich habe. Ich will nur vorsichtig sein.«

»Hast du mich deswegen aus der Küche gejagt?«, lachte ich, was auch ihre Miene aufhellte.

»Nein, du kannst nur nicht besonders gut kochen.«

»Ich habe in meiner Zeit in London von Instantnudeln und Porridge gelebt. Ich hätte dich also vorwarnen sollen.«

»Ja, dann hätten wir weniger Pflaster gebraucht.«

Sie stand auf und sah nochmal in die Natur. Dabei schloss sie die Augen und atmete tief ein. Es war ein Anblick, der sich tief in meine Seele nistete. Denn ich war mir sicher, dass ich ihn nicht oft zu Gesicht bekommen würde – Pernille, wie sie sich kurze Momente des Friedens schaffte und sie in vollen Zügen genoss.

Und es war viel zu schnell vorbei.

Die Frau drehte sich zu mir und nickte in die Richtung des Hauses. »Geh rein und such dir schon mal deine Arbeitssachen zusammen. Du musst dich nicht der Musterung der anderen unterziehen.«

Meine Mundwinkel hoben sich leicht. »Danke.«

Ich befolgte ihren Rat und ging geradeaus an den restlichen Angestellten vorbei, die mich selbst jetzt mit ihren Augen verfolgten, bis ich aus ihrem Sichtfeld verschwand. Meine Beine trugen mich sofort zu einem Abstellraum, wobei ich mein Haar in einem Zopf zusammenband.

Angekommen, legte ich Putzmittel, ein paar trockene Lappen und einen Staubwedel in einen Eimer und klemmte einen Besen unter meinen Arm.

Ehe ich ging, sah ich nochmals an die Wand. Diese war nicht blank, sondern ein Grundrissplan des Hauses, auf dem die Zimmer und deren Bewohner eingetragen waren, hing daran.

Es war eine unglaubliche Hilfe, obwohl es ein wenig

unübersichtlich war. Ich verwechselte immer diese verdammten Stockwerke.

So dauerte es eine Weile, bis ich herausfand, wo genau Cians Wohnbereich war. Es war auf der Ebene, auf dem auch Acairs und Alecs Zimmer lagen.

Beim Gedanken an den jüngsten Bruder huschte mir ein Lächeln über die Lippen. Wir hatten uns gestern nicht mehr gesehen, dennoch war die kurze Zeit mit ihm Balsam für meine Seele gewesen.

Das kurze Gespräch in der Bibliothek, bei dem ich ein kleines bisschen von dem Mann kennenlernen durfte, der im Innersten Unsicherheiten verbarg, die ihn nahbar machten.

Rasch vertrieb ich die Erinnerung und machte mich auf den Weg zu Cian. Die unendlich scheinenden Treppenstufen halfen mir dabei, klare Gedanken zu fassen und mich auf das Wesentliche zu konzentrieren.

Als ich allerdings vor seiner Tür – diese zeigte eine einzelne geschnitzte Efeuranke, die sich quer über das dunkle Holz schlang – angekommen war, zögerte ich.

Was, wenn er noch schlief?

Oder jemanden bei sich hatte?

Ich blickte hinter mich; erwartete insgeheim jemanden, der mir den richtigen Weg zeigte. Aber wie zu erwarten, kam niemand. Also machte ich das einzig sinnvolle – etwas, auf das ich sofort hätte kommen sollen.

Klopfen.

Eine Reaktion ließ auch nicht lange auf sich warten.

Die Tür wurde aufgerissen.

Vor mir stand Cian.

Ausschließlich mit einer knappen, schwarzen Shorts bekleidet.

Muskeln spannten sich über seinen gesamten Körper. Sie

waren nicht so stark wie Alecs, trotzdem zeichneten sie sich deutlich ab.

Dunkle Haare breiteten sich auf seiner breiten Brust ab und führten in einer dunklen Linie zwischen sein ausgeprägtes ›V‹ hinab zu ...

»Darcy?«

Mein Kopf zuckte nach oben, sodass ich in seine Augen sah. Auf seiner Wange waren noch leichte Abdrücke eines Kissens zu sehen. Auch sein Haar war unordentlich.

Er musste erst vor kurzem aufgewacht sein.

»Ja?«

»Du weißt, dass es nicht mal 06:00 Uhr morgens ist, oder?«

»Nun, du hast nach mir gefordert«, sagte ich und deutete mit dem Kinn auf die Putzutensilien in meinen Händen. »Pernille hat mir gesagt, dass ich mich jetzt auf den Weg zu dir machen soll. Wenn du vielleicht direkt mit mir gesprochen hättest, hättest du mir eine genaue Uhrzeit nennen können.«

»Komm rein.« Ich zögerte. »Um mein Zimmer sauber zu machen, musst du es betreten. Anders wird es schwierig.«

»Du hast mich vor Alec gewarnt. Was sagt mir, dass du nicht auch eine Warnung benötigst?«

»Weil ich mich kenne.« Unbeeindruckt hoben sich meine Augenbrauen, was ihm ein entnervtes Stöhnen entlockte. »Ich kann mich im Gegensatz zu meinen Brüdern zurückhalten.«

»Ach, gilt das nun auch für Acair?«

Einer seiner Mundwinkel schoss nach oben, wobei er stoßartig auflachte. »Ich habe die letzten Tage mit Lina telefoniert.«

Die Gelassenheit fiel von mir, wurde von Überraschung abgelöst. »Wieso?«

Ich hatte sie bisher nur einmal angerufen. Abends, nach meinem ersten Tag.

»Um zu wissen, wie es ihr geht.«

»Weißt du, auch sie hat mich vor den sogenannten Creswell-Brüdern gewarnt. Da bist du miteingeschlossen.«

»Sie war schon immer eine kluge Frau.«

Er machte nochmal eine Geste, die mir verdeutlichte, dass ich eintreten sollte. Gepaart mit seinen nun wachen Augen, zog es mich magisch in den Raum. Ich hatte keine Kontrolle über meine Beine.

Nun waren wir allein. Nicht mehr auf einem Gang, auf dem uns zu jeder Zeit jemand begegnen konnte.

»Trotzdem sollte sie eigentlich wissen, dass ich der harmloseste von uns bin«, sagte er trocken und strich sich durchs Haar.

Wir befanden uns in seinem Wohnzimmer, das auch eine kleine Küchenzeile und eine Bar beherbergte. Ein großes Sofa lud einen dazu ein, sich zu entspannen. Doch war nirgends ein Fernseher zu sehen. Als ich meinen Kopf zur Seite drehte, erkannte ich eine Schiebetür aus Milchglas, die einen Spalt geöffnet war. Dahinter erspähte ich das Fußende eines Bettes.

Es war ein schöner Raum. Leider fehlte etwas, das ihn persönlich machte.

»Das würde ich auch von mir selbst behaupten, wenn ich Geschwister hätte«, murmelte ich und wagte mich tiefer hinein. Meine Schritte wurden von einem Teppich gedämpft, sodass nur noch unser Atem den Raum erfüllte. »Keine Bücher.«

»Ich lese nicht.«

Er beobachtete mich. Bei jeder Bewegung. Wie ein Löwe auf der Jagd, der seine Beute niemals aus den Augen ließ. Sein Blick brannte. Er blieb ein bisschen zu lange auf meinen Beinen hängen, die in eine dunkle Strumpfhose eingehüllt waren.

Ich hätte mich heute nicht für ein Kleid entscheiden sollen.

Räuspernd drehte ich mich vollständig zu ihm, wobei er mein Gesicht wieder in Betracht nahm. »Auch kein Fernseher.«

»Auch kein Fernseher«, wiederholte er, immer noch halbnackt vor mir stehend.

»Was machst du dann in deiner Freizeit?«

»Arbeiten.«

Augenverdrehend stellte ich den Plastikeimer ab und lehnte den Besen gegen das Sofa. »Muss ein langweiliges Leben sein, wenn du sonst keine Hobbys hast.«

»Ich laufe auch gerne, um meinen Kopf freizubekommen.« Er sah an sich hinab. »Ich war gerade dabei mich dafür umzuziehen, als du angeklopft hast.«

»Davon werde ich dich nicht abhalten.«

Sein Kopf legte sich schief, als er mich ein letztes Mal musterte, ehe er wortlos im Schlafbereich verschwand. Er ließ den Spalt geöffnet, sodass er ohne Probleme mit mir reden konnte.

»Es wäre gut, wenn du mein Bett neu überziehen könntest. Die Bettwäsche findest du in der Ankleide, in der Kommode direkt rechts. Dann müsste der Boden und im Badezimmer ein bisschen durchgewischt werden. Wenn du noch Zeit hast, entstaube die Whiskyflaschen in der Bar. Das wurde länger nicht mehr gemacht.«

Augenverdrehend setzte ich mich auf die Armlehne des Sofas und sah in die Richtung, in die er verschwunden war. Durch das Glas konnte man keinen Umriss von ihm erkennen, weshalb er in einen anderen Raum verschwunden sein musste.

»Wie viel Zeit bekomme ich denn dafür?«

»Bis ich vom Laufen wieder zurück bin.«

Er kam, gehüllt in eine Sporthose und ein langes Shirt, zu mir zurück und schob dabei die Tür zu seinem Bett weit auf.

Es war mit weißem Stoff überzogen und hatte massive Holzpfosten. Und es war groß – dreimal größer als meines hier.

»Wann ist das?«

Er ging an mir vorbei, schon eine Hand auf dem Knauf, als er mich nochmal ins Auge fasste. Ein schelmischer Ausdruck schlich sich dabei über sein Gesicht.

»Schaff einfach, soviel du kannst. Du wirst schon sehen, wann ich wieder zurückkomme.«

Damit verließ er mich.

Und ich war sprachlos und verwirrter als beim Frühstück.

KAPITEL 10

Cian

Meine Muskeln brannten. Und ich genoss jede Sekunde davon.

Ich ließ mich von meinen Füßen durch das unebene Gelände des Waldes tragen, der an unser Wohngrundstück grenzte, und schaltete meine Gedanken vollkommen ab. Nichts außer den Klängen von singenden Vögeln, dem Knacken von ausgetrockneten Blättern und dünnen Ästen unter meinen gleichmäßigen und schnellen Schritten, erfüllte mich.

Die Melodie der Natur.

Um mich herum waren dicke Bäume jeglicher Art, die sich in die Höhe schraubten und es noch kälter machten, als es eigentlich war. Die Bewegungen hielten mich vom Frieren ab.

Das Plätschern eines Baches durchbrach meinen Fokus, womit ich zum Stehen kam.

Ich war längst von meiner üblichen Route abgekommen; hatte mich treiben lassen, ohne darauf zu achten, wohin ich lief. Den Grund dafür kannte ich. Doch ließ ich es nicht zu, dass meine Gedanken erneut dorthin abschweiften.

Zu *ihr*.

Kopfschüttelnd vertrieb ich das Bild, das sich bereits vor meinem inneren Auge von dieser verdammten Frau abzeichnete und konzentrierte mich stattdessen auf mein Umfeld.

Der Bach mündete in einen See, der mir bei genauerer Betrachtung viel zu bekannt vorkam. Hier war ich häufig als Kind gewesen. Büsche waren halbmondförmig darum angeordnet, die nun nur noch wenige Blätter trugen. In meiner Erinnerung hatten sie weiß-rote Blüten. Eines Sommers hatte ich ihn entdeckt, doch nach Monaten nie wieder gefunden. Egal, wie oft ich danach gesucht hatte.

Ein Lächeln zupfte an meinen Mundwinkeln, das mich im selben Moment mit Trauer durchflutete.

Ich hatte Leandra davon erzählt. Sie machte sich über mich lustig und sagte mir, dass es wahrscheinlich alles nur die Fantasien eines Kindes waren, das sich nach einem Abenteuer gesehnt hatte.

Sie wiederholte es mehrmals, dass dieser Glaube sich in mir festgebissen hatte. Ich vertraute auf alles, was sie in mein Ohr geflüstert hatte.

Vorsichtig ging ich auf den kleinen See zu.

Der Boden am Ufer war steinig; perfekt, um an einem heißen Tag schwimmen zu gehen. Kein Moos, das zwar weich war, aber die Füße wieder dreckig machte. Keine Äste, die einem einen Splitter in die Sohle stechen konnten.

Rings um mich herum waren Büsche, die diesen Ort aufgrund ihrer Dichte versteckten. Als würde der Wald ihn mit all seiner Macht beschützen und nur denjenigen eröffnen, denen er sich zeigen wollte.

Natürlich war das vollkommener Unsinn.

Das hier stammte nicht aus einem von Alecs dummen Romanen, die er las. Wir befanden uns in der Wirklichkeit, die keine Magie besaß.

Ich kniete mich hin, ließ meine Fingerspitzen durch das klare Wasser gleiten. Nur vereinzelte Blätter schwammen an der Oberfläche. Man konnte ungehindert auf den Grund blicken, der mit hellem Kies bedeckt war.

Wie tief es wohl war?

Ich hätte ewig hier sitzen können; umringt von der Schönheit dieses Ortes, die auch in dieser Jahreszeit keinen Abriss kannte. Dennoch stand ich auf und ging zurück. Diesmal aber prägte ich mir den Weg ein. Denn ich wollte hierher zurückkehren.

Irgendwann.

An einem anderen Tag, mit anderen Gegebenheiten, wäre ich vielleicht dort geblieben, allerdings wartete jemand zu Hause auf mich. Diese Person, die ich eigentlich aus dem Kopf bekommen wollte.

Wie sie mich heute Morgen aus ihren riesigen, hellblauen Augen angesehen hatte ... Diese hatten mich bereits nach unserer ersten Begegnung gefesselt.

Genau das durfte nicht sein.

Niemals.

Nicht bei einer Angestellten.

Nicht nochmal bei einer Frau, die meine Brüder mit Leichtigkeit um den Finger wickeln konnte.

Genau dazu war Darcy McAllister nämlich in der Lage. Dafür hatte ich genug gesehen – die Blicke der beiden, die sie ihr zuwarfen. Der Kuss von Alec, auch wenn er vielleicht nur dazu gedient hatte, mich zu ärgern. Das stand seit Leandras Tod nämlich auf seiner Agenda.

Dennoch konnte ich mir vorstellen, dass er ihr verfallen könnte. Genauso wie Acair, der sich schon seit seiner Kindheit hinter einer kalten Fassade versteckt hielt. Etwas trug Darcy jedoch in sich, was auch seine Aufmerksamkeit auf sie zog.

Der Wald um mich herum wurde immer lichter. Es war

also keine Überraschung, dass ich innerhalb weniger Minuten wieder auf unserem Wohngrundstück ankam.

Ich lief an Alecs kleiner Werkstatt vorbei, die stumm dalag. Er schlief wahrscheinlich noch. Dafür begegnete ich auf meinem Weg zum Haus jemand anderem.

Acair.

Sein Haar floss über seine Schultern, unter seinem Arm klemmte ein altes, dickes Buch. Es handelte sich, wie ich vom verdreckten Umschlag erkennen konnte, um irgendwelche Pflanzen. Er kannte sich zwar wenig mit Whisky aus, dafür umso besser mit den verschiedensten Gewächsen, die es auf der Welt gab.

Würde ich ihm nicht vertrauen, wäre es eine doppelte Überlegung wert, wenn er mir etwas zu Essen anbot. Denn die Hälfte von den Sträuchern in seinem Glaspalast waren giftig.

»Du hast heute länger als sonst gebraucht«, sagte Acair, als ich vor ihm zum Stehen kam.

»Vielleicht habe ich heute einen anderen Weg genommen.« Es war keine Verwunderung, dass es ihm auffiel. Normalerweise begegneten wir uns im Haus. Und da wir beide nach Uhren liefen, die immer einem Muster folgten, war es nichts Großartiges, dass ihm meine Unregelmäßigkeit auffiel.

»Das machst du nie.«

»Auch ich bin manchmal offen für die ein oder andere Veränderung.«

Eine seiner Augenbrauen hob sich. Ich hatte seine Neugier geweckt, doch hielt er sich mit den Fragen zurück. Ich konnte erwarten, dass Acair nun ein wacheres Auge auf mich hatte.

»Ich gehe morgen ins Dorf; etwas für mein Gewächshaus abholen. Falls du also etwas benötigst, sag mir Bescheid.«

»Okay.« Nickend richtete ich meinen Blick auf das Haus,

in dem Darcy gerade die Aufgaben erledigte, die ich ihr aufgetragen hatte. Sie würde nicht alle geschafft haben, das war aber auch nicht mein Plan gewesen. Ich wollte nur sicherstellen, dass sie noch dort war, wenn ich zurückkam. »Ich muss wieder rein.«

Verwirrung setzte sich in seiner Miene fest. »Irgendwas stimmt mit dir nicht.«

»Die Arbeit ruft. Mehr ist nicht.«

»Wenn das so ist.«

Ohne mich zu verabschieden, ging ich an ihm vorbei und in die Küche, die die Angestellten benutzten. Niemand war dort, was mich mit Erleichterung erfüllte. Ich wollte nicht noch länger aufgehalten werden.

Als ich aber die Treppen emporstieg und letztendlich vor meiner Zimmertür angekommen war, zögerte ich.

Ich suchte nach der Mauer, die ich jahrelang um meine Seele aufgebaut hatte.

Nun war nämlich nicht der Zeitpunkt, dass sie irgendwer überwand.

KAPITEL 11

Darcy

»Was für ein Idiot«, murmelte ich und schrubbte Cians Waschbecken.

Das saubere wohlbemerkt.

Genauso wie der Rest seines Zimmers. Es gab eigentlich nichts zum Putzen, dennoch wischte ich über die Ablagen und den Spiegel und verfluchte dabei den Mann, der mir diese Aufgaben gegeben hatte.

Etwas Gutes hatte es aber.

Ich musste mich nicht wirklich konzentrieren, hatte somit mehr Zeit, mich genauer umzusehen.

Auch auf den zweiten Blick erkannte ich keinerlei private Gegenstände, die mir etwas über ihn als Person erzählen konnten. Dennoch war mir klar, dass er hier allein lebte.

Keine zweite Zahnbürste.

Keine Haare auf dem Kopfkissenüberzug, die zu jemand anderem gehörten – zudem war nur eine Seite des Bettes benutzt.

Kopfschüttelnd vertrieb ich diesen Gedanken und spülte das Reinigungsmittel aus dem Becken. Letztendlich sah es genauso aus, wie ich es vorgefunden hatte. Das gesamte Zimmer hatte sich seit meiner Ankunft nicht verändert.

Etwas aber war anders.

Es war mein Spiegelbild.

Die Haut um meine Augen war kraftlos, meine Schultern hingen schlapp hinunter. Die Müdigkeit steckte tief in meinen Knochen. Keine Ahnung, wann sie verschwinden würde.

Ich wachte erschöpft auf und ging so auch wieder ins Bett.

Wie schaffte es Pernille, solch eine Energie zu haben?

Egal was die Antwort darauf war, ich riss meinen Blick von meinem Spiegelbild und umklammerte den Lappen. Immerhin konnte ich nicht ewig hier stehend und starrend verbringen.

Aus dem Badezimmer tretend rollte ich meine Schultern und fand mich im Schlafbereich wieder. Gegenüber von mir befand sich eine Tür, die zu seinem Ankleideraum führte.

Ein Quietschen von Scharnieren ließ mich zusammenzucken.

»Bin wieder da«, rief Cian und stand keinen Wimpernschlag später in meinem Sichtfeld.

Am Kragen seines Shirts zeichnete sich ein leichter Schweißfleck ab. Er wirkte nun wacher, seine goldenen Augen messerscharf. Irgendwie gefiel er mir so besser als in einem Anzug.

Gott, was denke ich?

Räuspernd warf ich den Lappen in meiner Hand in den Eimer und verschränkte die Arme vor der Brust.

Er musterte mich fragend, aber auch belustigt. »Was ist los, Darcy?«

»Dein Zimmer war sauber.«

»Dennoch mag ich es, wenn jeden Tag frisch durchgeputzt wird. Da schlafe ich mit einem besseren Gefühl.« Er schaute um sich. »Wie viel hast du denn geschafft?«

»Alles, außer die Whiskyflaschen zu entstauben.« Denn ich hatte sicher nicht vor, jede einzelne davon aus dem Regal zu nehmen und darüberzuwischen. Das war nämlich lächerlich und das wusste er.

»Das ist kein Problem. Nachdem ich geduscht habe, gehen wir zusammen in mein Büro. Dort gibt es auch ein paar Flaschen zu putzen.«

Mein Mund war einen Spalt weit geöffnet, als er selbstverständlich an mir vorbeiging und im Badezimmer verschwand. Doch auch als er nicht mehr zu sehen war, wich der Unglaube nicht aus meinem Körper.

Am liebsten würde ich alles stehen und liegen lassen und verschwinden. Aber es war mein Job. Und Cian mein Arbeitgeber.

Ich hörte das Geräusch von Wasser. Es übertönte meine eigenen Gedanken, sodass ich zum Sofa schlurfte und mich darauf fallen ließ. Das Polster schmiegte sich an meinen verspannten Rücken, während mich ein herber Geruch umgarnte.

Es musste sich um Cians Eau de Cologne handeln.

Egal, was es letztendlich war, es entspannte meine Muskeln und sorgte dafür, dass meine Lider immer schwerer wurden. Bis ich keine Kraft mehr hatte, sie offen zu halten.

Nur eine Minute ... Das sagte ich mir.

Als ich die Augen blinzelnd wieder aufschlug, war das monotone Rauschen nicht mehr zu hören. Zudem war ich nicht mehr allein.

Cian stand mit schräggelegtem Kopf vor mir und sah auf mich hinab. In einem Anzug. Mit trockenem Haar.

»Darf ich fragen, wie lange du mich schon beobachtest?«, gähnte ich und rieb mir über das Gesicht.

»Ein paar Minuten.«

Meine Augenbrauen zogen sich zusammen, wobei ich

meine Beine von mir streckte. Ein angenehmes Ziehen durchströmte mich, was meine Gedanken etwas klärte.

Ich war auf Cian Creswells Sofa eingeschlafen. Während er geduscht hatte.

»Tut mir leid. Ich muss mich erst an meinen neuen Tagesrhythmus gewöhnen.« Zwar versuchte ich die Situation herunterzuspielen, dennoch kroch eine verräterische Hitze in meine Wangen.

Wieso habe ich mich überhaupt hingesetzt?

Natürlich musste mir sowas passieren.

»Das muss dir nicht leidtun. Mir ist es auch schwergefallen, als ich angefangen habe, früh aufzustehen.«

»Ach, du machst das nicht schon dein gesamtes Leben?«

»Nein«, lachte er und beobachtete, wie ich aufstand. »Als ich studiert habe, habe ich meine Kurse so gelegt, dass ich erst um neun Uhr aufstehen musste. Oder so, dass ich mir nach dem Feiern gehen einen Kaffee im Coffee-Shop holen und wenigstens noch ein paar Stunden ausnüchtern konnte.«

Vielleicht schlief ich trotzdem noch. Denn *diese* Worte aus *seinem* Mund, konnten nur einem Traum entspringen. Vor mir stand nicht der Mann, der mir nach dem Kuss mit Alec gegenübergesessen hatte. Sondern der, der mit mir an unserem ersten Abend Whisky für seine Brüder und sich eingeschenkt hatte.

»Wieso so schockiert, McAllister?«

Auch mir entglitt nun ein Lachen. »McAllister?«

»Das ist dein Name, oder nicht?«

»Doch, aber ...« Kopfschüttelnd versicherte ich mich, dass ich mir das nicht alles eingebildet hatte. »Ich habe nur nicht erwartet, dass du einer von den Studenten warst, die halb angetrunken in einer Vorlesung gesessen haben.«

So wie er in diesem Moment war, gefiel er mir.

Er war locker.

Lachte.

All das stand ihm besser als der versteifte Mann im Bürosessel.

»Du kennst mich eben nicht.«

»Wo hast du denn studiert?«

»Oxford.«

Ich versuchte ihn mir zwischen den alten Gebäuden vorzustellen, die mir bei der besagten Uni in den Sinn kamen. Cian war 27 Jahre alt. Es sollte mir also leichtfallen. Dennoch war es schwieriger als gedacht.

Er, als wilder Student.

Dieses Bild wollte nicht in meinen Kopf.

»Hätte ich mir denken können.« Ein reicher, junger Mann an der renommiertesten Schule Englands. Es passte. Jedoch nicht die Art, die er von sich selbst zeichnete. »Deinem Vater hat es sicher nicht gefallen, dass du lieber getrunken, als gelernt hast.«

»Er hat es nie herausgefunden. Außerdem liegt die Kunst darin, beides gleichzeitig zu können.«

»Ich kann es nicht glauben, dass ich spießiger in meinem Studentenleben war als du.«

»Geschichtsstudenten eben«, bemerkte er mit einem Schulterzucken, wobei er sich sichtlich das Lachen verkniff. Ich hingegen hatte keine Ahnung, wie ich regieren sollte. Für einen leichten Schlag auf den Oberarm kannten wir uns nicht gut genug. Geschweige denn waren wir befreundet. Letztendlich entfloh mir ausschließlich ein Schnauben.

Und er?

Er sah mich aus funkelnden Iriden an.

Erst jetzt bemerkte ich, wie nahe wir uns waren.

Sein frisches Duschgel drang mir in die Nase, während meine Aufmerksamkeit an seinem Dreitagebart hängenblieb. Ich berührte ihn nicht, doch malte sich mein dummer

Verstand aus, wie er sich gegen meine Handfläche anfühlen würde.

»Wir –«

»Sollten jetzt in mein Büro«, beendete er meinen Satz und trat einen Schritt von mir zurück. Dabei fuhr er sich durchs dichte Haar, wandte keine Sekunde den Blick von mir. Er war verhangen; all die Klarheit direkt nach dem Laufen war verschwunden.

»Ja.«

Ich raffte meine Putzutensilien zusammen und ging hinter ihm her. Zusammen stiegen wir eine Treppe hinab und liefen durch verzweigte Gänge, bis wir an unserem Ziel angekommen waren. In dieser Zeit verloren wir kein Wort.

Die lockere Stimmung war ruiniert.

Leider, denn ich mochte diese Seite an Cian.

Er ließ mich als Erste hineingehen. Auf seinem Schreibtisch lagen einige Dokumente, von denen ich keine Ahnung hatte, um was es sich handelte.

»Dein Vater ist noch Geschäftsführer der Firma, oder?«

»Ja«, sagte er, zog die Tür hinter sich zu und setzte sich auf seinen Stuhl. Diesmal blieb ich stehen und ließ mich nicht auf den Sessel ihm gegenüber nieder. »Wieso fragst du?«

»Du scheinst viel zu arbeiten. Die Frage ist deshalb: Was genau machst du?«

»Ich übernehme Dinge, für die Callum keinen Nerv hat. Das meiste sind Zahlen oder Problemchen, mit denen sich keiner herumschlagen will.«

»Klingt ziemlich langweilig.«

»Dann kannst du dich glücklich schätzen, nicht in meiner Haut zu stecken.« Cian nickte hinter mir zu der Bar. »Versuche nichts kaputt zu machen, wenn du die Flaschen abwischst. Manche von ihnen sind nämlich wirklich teuer.«

Der angesäuerte Ausdruck auf meiner Miene sprach mehr

als tausend Worte. Diesen quittierte er mit einem selbstgefälligen Grinsen, sodass ich mich auf dem Absatz umdrehte und mich an die Arbeit machte.

Als Sekunden zu Minuten und diese zu Stunden wurden, wünschte ich mir nichts Sehnlicheres, als einen Blick auf die Unterlagen zu werfen. Nicht, weil sie mich interessierten oder ich mich damit auskannte – nein, ich sehnte mich nach einer Abwechslung meiner einfältigen Arbeit.

Eine Flasche aus dem Regal herausnehmen.

Mit einem feuchten Lappen darüberwischen.

Auf die Theke der kleinen Bar stellen, bis das Regal frei lag und ich dieses separat sauber machte.

Ich wäre schneller gewesen, doch Cian saß wenige Meter von mir entfernt und sah mich in unregelmäßigen Abständen an. Zwar war er auf seine eigenen Aufgaben konzentriert, allerdings schien auch ich ihn abzulenken.

Amy hatte ihm währenddessen bereits Frühstück und einen Tee gebracht, war dann aber sofort wieder verschwunden. Kein Wort hatte sie an mich gerichtet. Ich war mir jedoch sicher, dass Pernille sie ausfragen würde, ob ich noch am Leben war.

Sie war nicht der einzige Besuch, den wir bekamen.

Die Tür wurde aufgerissen.

Cians und meine Aufmerksamkeit wurde sofort auf den neuen Gast gezogen. Dieser hatte ausschließlich Augen für den Mann; bemerkte mich gar nicht.

Es war Acair, der sich auf den Sessel am Schreibtisch fallen ließ und mir den Rücken zuwandte.

»Womit habe ich die Ehre?«, fragte Cian und legte seinen Stift weg, mit dem er gerade noch geschrieben hatte.

Acair strich sich durchs offene Haar, richtete dabei gleichzeitig den Kragen seines weißen Hemdes. »Wir müssen über Alec reden. Er –«

Cian räusperte sich und nickte hinter seinen Bruder. Direkt zu mir.

Sein Kopf schwang herum, sodass mich nun zwei bernsteinfarbene Augenpaare ansahen. Aus dem einen konnte ich seit Stunden nichts lesen, in dem anderen lag ein Funken Überraschung.

»Darcy, was machst du denn hier?«

Ich fixierte mich auf den Jüngeren. »Ich putze für Cian. Seit heute Morgen.«

»Na, sieh mal einer an«, murmelte er. »Das erklärt so einiges.«

Ich hatte keine Ahnung, was er damit meinte. Nachfragen würde ich auch nicht. Stattdessen wischte ich die restlichen Glasflaschen ab und jubelte innerlich, dass dieser Teil bald zu Ende sein würde.

»Also, was ist jetzt, Acair?«

»Das können wir auch später besprechen.« Trotzdem blieb er sitzen und musterte mich mit einem Schmunzeln. Es kratzte an meinen Nerven; machte mich rastlos. »Wieso lässt du sie den Alkohol putzen?«

»Weil sie ihm nicht sauber genug sind«, sagte ich, ehe Cian seinen Mund aufbekam. »Genauso wie sein Zimmer heute Morgen.«

»Darcy.« Cians Stimme war eine Warnung.

Sie prallte an mir ab.

Es war naiv zu glauben, dass ich in dieser Situation die Überhand besaß. Dennoch verschränkte ich die Arme vor der Brust, nachdem ich das letzte Mal über die Regalplatten gewischt hatte.

»Ich bin fertig.«

»Nein.« Schulterzuckend sah ich den beiden entgegen. Acairs Züge trugen etwas Schelmisches an sich, als würde er das ihm dargebotene Schauspiel genießen, während Cians sichtlich genervt war. »Du musst den Whisky wieder zurückräumen.«

»Das hast du nie gesagt. Ich muss dann auch los. Pernille hat auch noch Aufgaben für mich.«

Er hielt mich nicht davon ab, als ich meine Sachen zusammensammelte. Ohne einen Konter drauf ließ er mich jedoch nicht gehen.

Cian lehnte sich zurück und stoppte mich mit einer unmerklichen Geste. »Dann wirst du das eben morgen erledigen. Erst in meinem Zimmer und danach gehen wir hier her, wenn ich vom Laufen wieder zurück bin.«

»Da muss ich dich leider enttäuschen«, ich griff nach dem Knauf, »ich habe morgen meinen freien Tag. Du musst dir also jemand anderen suchen.«

»Was hast du denn vor?«, fragte Acair.

»Keine Ahnung. Auf jeden Fall ein bisschen länger schlafen. Das würde einem von euch sicher auch guttun.«

Acairs Mundwinkel schoss nach oben. Gepaart mit Cians fragendem Gesichtsausdruck, war es das letzte, was ich sah, bevor ich ging.

Die beiden zeichneten sich auch dann noch vor meinem inneren Auge ab, als ich schon längst nicht mehr in ihrer Nähe war.

∾

»Ich habe sein Zimmer sauber gemacht«, sagte ich und räumte die dreckigen Teller in den Geschirrspüler. »Und danach sein Büro. Mehr war da nicht.«

Jason legte den Kopf schief, während er gedankenverloren in einem Buch über Astrophysik blätterte. »Es ist nur komisch, weil er zuvor noch nie nach einer Haushälterin namentlich gefordert hat. Deswegen waren die anderen heute früh auch so verwundert.«

Wir waren allein in der Küche, da ich heute mit dem Küchendienst dran war.

»Wie gesagt, keine tiefere Intention lag dahinter.«

»Wenn du meinst.«

Ich lehnte mich gegen die Arbeitsplatte und verschränkte die Arme vor der Brust. Auch er wandte sich nun vollkommen mir zu.

»Wie soll ich das verstehen, Jason?«

»Ich bin um diese Menschen herum aufgewachsen. Auch wenn ich noch ein kleiner Junge war, als sie in die Teenager-jahre gekommen sind, habe ich eine Ahnung, wie sie ungefähr ticken. Cians Aufmerksamkeit dir gegenüber spricht Bände, glaub mir.«

Er machte das ausschließlich wegen Alecs Kuss. Das hatte ich Jason nicht erzählt; das hatte ich auch jetzt nicht vor.

»Wenn das so ist, verschwendet er seine Zeit. Ich habe nämlich nichts anderes vor, als mich auf meine Arbeit zu konzentrieren.«

Er nickte, konzentrierte sich wieder auf das Buch. Zu meinem Glück, sonst hätte er die Lüge möglicherweise in meinem Gesicht ablesen können. Es gehörte auf keinen Fall zu meinem Job, mir die Bibliothek zeigen oder mir von Acair die Bedeutungen der Schnitzereien im Haus erklären zu lassen.

»Ich gehe dann mal schlafen.«

»Bis Morgen, Darcy.«

»Gute Nacht.«

Somit verabschiedete ich mich und lief den Flur zu meinem Zimmer entlang. Dabei musterte ich die schmucklose Wand. Leider glitten meine Gedanken immer wieder zu goldenen Iriden, von denen ich keine Ahnung hatte, wem sie gehörten.

Alec?

Acair?

Oder doch Cian?

Es war gut, dass mein Bett jetzt auf mich wartete. Ich brauchte dringend Schlaf. Und mein morgiger freier Tag würde mir guttun.

Als ich jedoch mein Zimmer betrat, gefror ich in der Bewegung.

Ein Karton lag auf meinem Kopfkissen; und darauf ein zusammengelegter Zettel.

Es war ein Brief.

Mit Neugier ergriff ich ihn und faltete ihn auseinander. Die Handschrift sah alt aus. Auf ihre eigene Weise wunderschön. Es war nicht sie, die mir ein Lächeln auf die Lippen zauberte, sondern der Inhalt.

Liebe Darcy,

ich habe dich heute nirgends finden können, weshalb ich dir diese Worte schreibe. Zudem hoffe ich, dass du mir verzeihen kannst, dass ich ohne zu Fragen dein Zimmer betreten habe. Ich schwöre auf die Bibliothek ... Ich habe nicht herumgeschnüffelt.

Lachend fiel mein Kopf in den Nacken, wobei ich mich auf die Bettkante setzte.

Da deine Mittagspause gestern so schnell vorbei war, hatte ich keine Zeit mehr, dir Bücher mitzugeben. Deswegen habe ich heute ein bisschen meiner

*durchaus wertvollen Zeit damit verbracht, dir ein
paar herauszusuchen.
Hoffentlich gefallen sie dir.
Sie sind alle mit Liebe.*

Dein Alec.

*PS.: Ich habe dir auch ein paar neuere mitgegeben.
Du musst dich nicht mit meiner Liebe für alte
Schinken herumschlagen.*

Ich hätte ewig auf die Nachricht starren können. Doch fuhr
eine Energie durch meine Adern, die ich seit meiner Ankunft
im Creswell-Anwesen nicht mehr gespürt hatte.

Mit Vorfreude riss ich den Karton auf.

Ich wurde nicht enttäuscht.

Die Frau des Zeitreisenden von Audrey Niffenegger.

Vom Winde verweht von Margaret Mitchell.

Jane Eyre von Charlotte Brontë.

Feuer und Stein von Diana Gabaldon.

Und noch einige mehr. Meine Augen blieben aber an
einem bestimmten Buch hängen.

Stolz und Vorurteil von Jane Austen – die Liebesge-
schichte von Elizabeth Bennet und Mr. Darcy.

Ich drückte es fest an meine Brust und ließ mich in mein
Kissen fallen. Egal wie sehr sich die Müdigkeit seit dem
Aufwachen in mich gebissen hatte, nun war sie verschwunden.

KAPITEL 12

Darcy

Ich hatte genug von den Farben Schwarz und Dunkelgrün.

Also kramte ich aus der Kommode einen braunen, langen Rock, eine dicke Strumpfhose und einen weinroten Rollkragenpullover hervor und zog mir die Stücke über.

Zwar war die Verlockung groß, den gesamten Tag lesend im Bett zu verbringen, doch riefen mich die sanften Sonnenstrahlen zu sich, die durch das Fenster fielen.

Es war ein milder Herbsttag.

Perfekt für einen Spaziergang.

Doch zuerst musste ich mich bei jemandem bedanken. Für die schönen Nachtstunden, die ich mit Elizabeth Bennet und Mr. Darcy verbracht hatte. In mir wuchs bereits wieder das Verlangen, mich in den Seiten von *Stolz und Vorurteil* zu verlieren. Ich hatte mir gestern aber versprochen Alec aufzusuchen.

Mit einem breiten Lächeln flocht ich mein Haar zu einem lockeren Zopf, der über meinen Rücken glitt. Des Weiteren griff ich meinen hellen Mantel von einem Haken an der Tür und trat nach draußen.

Ich hatte das Frühstück ausfallen lassen. Selbst jetzt breitete sich in mir das Hungergefühl nicht aus, weshalb ich sofort einen Weg nach oben nahm.

Zu seinem Zimmer.

Oft drehte ich mich nach hinten, um sicherzustellen, dass mich niemand sah. Es war dumm, da ich hier arbeitete und mich frei im Haus bewegen durfte.

Was sollte ich sagen, wenn mich jemand fragte, was ich an meinem freien Tag auf dem Flur zu suchen hatte, in dem Alecs, Acairs und Cians Zimmer lagen?

Der letztere saß um diese Uhrzeit in seinem Büro. Und Acair ... Na ja, ich hatte gehofft, dass er nicht gerade dann hier war, wenn ich beabsichtigte, seinen Zwillingsbruder zu besuchen.

Leider zerstörte sich die Hoffnung kurz darauf von selbst.

Aus einer Tür trat Acair und strich sich gedankenverloren durchs Haar. In seiner Hand baumelte ein Autoschlüssel. Sein Schritt war bestimmt, bis er mich sah. Denn dann blieb er stehen.

Sein Blick glitt an mir hinab. »Darcy, was ein Zufall, dass ich dich sehe. Ich wollte zu dir.«

»Zu mir?« Meine Stimme triefte vor Überraschung.

Er trat zu mir und nickte. »Ja. Weißt du, ich fahre jetzt ins Dorf, um etwas abzuholen. Davor hatte ich vor dich zu fragen, ob du mich begleiten willst. Als ich gestern gehört habe, dass du heute deinen freien Tag hast, ist mir die Idee in den Sinn gekommen.«

Hatte ich ihn richtig verstanden?

Er wollte, dass *ich* mit ihm ins Dorf fuhr?

»Ich dachte jetzt eigentlich daran spazieren zu gehen, aber ...«

»Du musst nicht.«

»Doch, ich glaube es wäre schön, ein bisschen mehr von dieser Gegend zu sehen.«

Ein Lächeln zog an seinen Mundwinkeln, was mir ein leises, kurzes Lachen entlockte.

Ich hatte nicht aus Höflichkeit zugesagt. Meine Beweggründe waren ehrlich. Auch wenn es sicher noch mehr in diesem Haus zu entdecken gab, würde es mir guttun, eine Stunde hier rauszukommen.

»Wieso bist du überhaupt hier oben?«, fragte er, wobei mir Hitze in die Wangen schoss.

»Alec hat mir gestern, als ich mit der Arbeit beschäftigt war, ein paar Bücher vorbeigebracht. Ich möchte mich bei ihm bedanken.«

»Ihr scheint euch gut zu verstehen.«

»Er hat mir einmal die Bibliothek gezeigt, weil ich es mag zu lesen,« Sagte ich schulterzuckend und spürte dabei Acairs brennenden Blick. »Weißt du, ob er in seinem Zimmer ist?«

»Ich glaube schon.«

Meine Zähne nahmen meine Unterlippe gefangen, während ich erwartete, dass er ging und ich ihm später nach unten zu seinem Auto folgen musste.

Er blieb und wartete.

Also klopfte ich an Alecs Tür, die wie Cians Schnitzereien von Efeuranken in sich trug. Der Unterschied war, dass sie anders angeordnet waren.

Mein Herzschlag reichte mir bis zum Hals.

Leider war mir nicht klar, wieso ich aufgeregt war.

Wegen Alec?

Wegen Acair, der hinter mir stand?

Wahrscheinlich war es eine Mischung aus beidem, denn als Alec plötzlich vor mir stand, hatte ich das Gefühl nicht mehr atmen zu können und eines, dass mich glauben ließ, dass mein Rücken versengte.

Es lag definitiv an beiden Brüdern.

»Darcy«, sagte er, wobei sich sein Blick hinter mich richtete. Seine Stimme klang belegt; nicht so, wie sie mir bekannt war. Auch seine Züge trugen einen dunklen Schatten. »Und Acair. Was macht ihr hier?«

»Ich wollte ›Danke‹ sagen. Für die Bücher, die du mir geliehen hast. Ich habe *Stolz und Vorurteil* schon zur Hälfte durch. Zwar habe ich es zuvor schon mal gelesen, aber es ist immer wieder schön zu diesem Buch zurückzukommen.«

Sein Gesichtsausdruck wurde weicher, während ich mit meinen Fingern spielte. »Kein Problem. Wie gesagt, wäre deine Mittagspause vorgestern länger gewesen, hätten wir dir zusammen ein paar heraussuchen können.«

»Die Auswahl ist perfekt.«

»Das freut mich.« Die Dunkelheit nahm erneut seine Züge ein, als er Acair fixierte. »Und du? Willst du dich auch bei mir für irgendwas bedanken?«

»Oh, nein«, lachte er und trat einen Schritt näher. Seine Finger streiften für eine Sekunde meinen Rücken, sodass die Luft in meiner Lunge stecken blieb. »Bestimmt nicht.«

»Was dann?«

»Ich gehe mit Darcy ins Dorf. Muss etwas beim Tischler abholen und es ist eine gute Gelegenheit, ihr die Gegend etwas zu zeigen.«

»Ach, wirklich?«

»Heute ist mein freier Tag.« Schulterzuckend drehte ich den Kopf zu Acair, der mit purer Selbstgefälligkeit erfüllt war. Verdammt, was war nur zwischen diesen Brüdern los? »Wir haben das spontan entschieden.«

»Wenn alles so spontan war, dann ist es sicher kein Problem, wenn ich mich euch anschließe. Ich habe schon länger vorgehabt, in den kleinen Buchladen zu gehen. Bis heute habe ich es vor mir hergeschoben.«

Acair entwich ein Schnauben und er murmelte etwas Unverständliches, nickte aber. »Natürlich ist es das nicht, *Bruder*.«

Alec holte sich eine Lederjacke und war sofort bei uns.

Ich lief zwischen ihnen, den Blick fest vor mich gerichtet, obwohl das Bedürfnis erdrückend war, ihn zwischen ihnen hin und her wandern zu lassen. Besonders, da sie schwiegen, sodass ausschließlich unsere Schritte von den Wänden widerhallten.

Wir nahmen keine Dienstbotengänge.

Zu meinem Nachteil.

Denn auf einer Treppe begegneten wir Amy. Sie putzte das Geländer und sah uns mit großen Augen an, als wir an ihr vorbeikamen.

»Hallo«, sagte sie zu keinem bestimmten von uns.

Es würde keine halbe Stunde dauern, nachdem wir verschwunden waren, bis Pernille von dieser Situation erfuhr. Da war ich mir sicher.

»Hey, Amy.«

Die Männer ließen sich nur zu einem Nicken hinreißen, ehe wir an ihr vorbeigingen. Über meine Schulter sah ich zu ihr; erkannte, dass sie ihre Augen nicht von uns abwandte. Etwas lag in ihren Zügen, dass ich nicht deuten konnte. Egal, was es letztendlich war, es bedeutete nichts Gutes.

Es dauerte nicht lange, da verschwand sie aus meinem Sichtfeld, somit richtete ich meine Augen wieder nach vorn. »Pernille wird sehr viele Fragen haben.«

Acair streifte meine Fingerspitzen, was mich zusammenzucken ließ. Das war nun schon das zweite Mal, dass er mich berührte. Es war ungewohnt. Komisch. Trotzdem hinterließ es kein unangenehmes Gefühl in mir.

»Irgendjemand muss dir doch die Gegend zeigen. Du kannst nicht ewig hier im Haus herumsitzen.«

»Außerdem ist es deine Freizeit«, murmelte Alec, der den Kragen seiner Jacke richtete, als wir am Absatz einer weiteren Treppe angekommen waren. Es war die, die zur Eingangshalle hinabführte. »Du darfst sie so gestalten, wie du willst.«

»Ob sie derselben Meinung sein wird, ist fraglich.«

Damit ließ ich jedoch das Thema fallen und trat mit ihnen nach draußen. Im Gegensatz zu meiner Ankunft, standen nun drei Autos in der Einfahrt.

Der Rolls Royce.

Der Bentley.

Und ein knallorangener McLaren.

Acair drückte auf einen Knopf seines Schlüssels, woraufhin die Scheinwerfer des zweiten aufblinkten. Es passte zu ihm; vor allem das dunkle Grün, mit dem der Wagen lackiert war. Perfekt für einen Mann, der sich in einem Gewächshaus herumtrieb, gleichzeitig aber auch eine Eleganz versprühte, die einzigartig war.

Er ging zur Beifahrertür und hielt sie mir auf.

»Ich kann auch hinten sitzen, wenn Alec –«

»Ihm macht das nichts aus«, unterbrach er mich und bedeutete mit dem Kinn hinein. »Nicht wahr?«

»Nein«, sagte Alec und ließ sich auf die Rückbank fallen. »Natürlich nicht.«

Ohne ein Widerwort nahm ich Platz, wobei ich sofort den Innenraum genauer betrachtete. Ein Vergleich zu meinem alten Pick-up war sinnlos. Hier schmiegte sich nämlich weiches, beiges Leder an mich, wobei das Armaturenbrett aus einem glänzenden, dunklen Material mit Holzoptik bestand.

Ich kannte mich nicht gut damit aus, mein Vater aber schon. Er könnte mir bestimmt tausend Dinge über das Modell sagen. Früher hätte ich es nervig gefunden. Heute würde ich nichts anderes tun als ihm stundenlang zuzuhören.

»Hübsch«, sagte ich, als Acair sich vor das Lenkrad setzte und den Motor startete. »Passt zu dir.«

»Wie meinst du das?«

Schulterzuckend lehnte ich mich zurück und beobachtete, wie er aus der Ausfahrt auf die einsame Straße bog. »Keine Ahnung, aber ich hätte mir denken können, dass es deins ist. Und das orangene gehört dir, Alec, oder?«

»Wie kommst du darauf?«

»Na ja, ich kann mir Cian nicht darin vorstellen. Er hat –«

»Einen Stock im Arsch?«

Die Lippen zusammenpressend unterdrückte ich das Lachen, das sich in meiner Kehle zusammenbraute und schüttelte den Kopf. »So hätte ich es nicht formuliert.«

»Er hat recht.« Acair drückte auf das Gas, was mich tiefer in den Sitz drückte. »Aber das liegt in der Familie. An Alec ist dieses Gen aber scheinbar vorbeigegangen.«

»Und an dir?«

Acair sah mich aus dem Augenwinkel an, ehe er sich wieder auf die Straße konzentrierte. »Kommt auf die Situation an.«

»Was musst du überhaupt beim Tischler abholen?«

»Eine Platte für das Gewächshaus. Eigentlich hätte ich auch eine aus dem Internet bestellen können, aber der Schreiner im Dorf war ein Freund meiner Großmutter.«

»Wirklich?«

»Ja, er hat alles, was er kann, von ihr gelernt.« Aus dem Innenspiegel erkannte ich, wie Alec die Augenbrauen zusammenzog, jedoch wiegte er sich weiterhin in Schweigen. »Zwar ist er nicht so gut wie sie, aber er macht schöne Sachen.«

»Hast du jemals versucht, das Handwerk deiner Großmutter zu lernen?«

»Ja, aber ich bin dafür nicht talentiert genug.« Er presste die Lippen zusammen und schüttelte leicht den Kopf. Als würde er Gedanken vertreiben. »Pflanzen liegen mir hingegen um einiges mehr.«

»Man kann das Gewächshaus von meinem Zimmer aus erkennen.«

»Wenn du willst, kannst du es dir mal ansehen.«

Ich wollte bereits antworten, als sich Alec von der Mitte der Rückbank aus nach vorn lehnte. »Nicht jeder will sich die Finger mit Erde schmutzig machen, Acair.«

»Habe ich etwas von arbeiten gesagt? Sie darf es sich gern anschauen, wenn sie daran Interesse hat. Das ist alles.«

Alec murmelte etwas, das sich eher wie ein Knurren eines Tieres anhörte.

»Ich muss viel arbeiten, aber vielleicht an meinem freien Tag nächste Woche. Heute möchte ich nämlich noch meine Eltern anrufen und danach ein wenig lesen.«

»Klingt nach einem guten Plan.«

Mir lag noch etwas auf der Zunge, doch dann fiel mein Blick auf die Gegend um uns herum.

Die unendlich weiten, grünen Felder wurden nun mit Steinhäusern gespickt, die in der Ferne ein immer dichteres Muster annahmen. Durch diesen Ort war ich nicht gefahren. Es musste nördlich vom Creswell-Anwesen liegen, denn ... Am Horizont glitzerte die raue See Nordschottlands.

Mir war gar nicht bewusst gewesen, wie nahe sie am Meer wohnten.

Und je tiefer wir in das Dorf fuhren, desto klarer wurde die Sicht darauf. Ich hätte mich darin verlieren können, wären da nicht die Geschäfte an der Straßenseite.

Ein Friseur.

Eine Bäckerei.

Ein Metzger.

Acair blieb vor einem Laden stehen, der Holzmöbel im Schaufenster hatte.

Der Tischler.

»Wir gehen von hinten direkt in die Werkstatt«, sagte Acair und stieg aus dem Wagen.

Er ging voran, während Alec und ich hinter ihm herliefen. Der Mann neben mir wirkte gelangweilt, sodass ich ihm spielerisch mit dem Ellenbogen in die Seite stieß. Vielleicht gebührte mir dieses Recht nicht, doch war es komisch, ihn so zu sehen. Vor allem nach der Zeit in der Bibliothek.

»Was ist los?«

»Wie kommst du darauf, das etwas mit mir nicht stimmt?«

Bei der Gegenfrage entglitt mir ein Augenrollen, trotzdem zupfte ein Lächeln an meinen Mundwinkeln. »Du wirkst gelangweilt.«

»Glaub mir, wenn Acair erstmal im Buchladen ist, wirst du auch kein anderes Gesicht von ihm sehen.«

»Kann ich dir eine Frage stellen?«

»Das machst du doch die ganze Zeit schon.« Da hatte er einen Punkt. »Versuchs doch.«

Ich beobachtete, wie Acair durch ein Tor ging, das zu einer Treppe führte. Sie endete direkt an einer alten Eisentür. »Ist etwas zwischen Cian, Acair und dir vorgefallen? Immer wenn ich euch zusammen erlebe, ist irgendwie eine komische Stimmung.«

»Nicht direkt«, nuschelte er und strich sich durch das Haar. Ich spürte förmlich, wie er sich innerlich vor mir zurückzog und hinter einer dicken Wand versteckte. »Aber das ist nicht der Rede wert.«

Das war es. Da war ich mir sicher. Trotzdem beließ ich es dabei. Es war sinnlos darauf zu drängen, besonders da er mir indirekt eine Antwort gegeben hatte.

Etwas war passiert.

Und meine Neugier würde noch herausfinden, was es genau war. Denn genug Zeit hatte ich dafür.

»Wenn du meinst.«

Ich stieg die Stufen zu Acair hinauf, der bereits an der Tür wartete. Sofort hielt er sie mir auf, sodass ich die Werkstatt betreten konnte.

Der Geruch von frischem Holz und Leim kitzelte mir in der Nase. Auf dem Boden lagen einzelne Schrauben verstreut, ansonsten befanden wir uns in einem Meer aus Balken.

»Bram, ich bins«, rief Acair in den weiten Raum. »Ich bin wegen der Platte hier. Sie abholen.«

Ehe ich den Mann sah, hörte ich ihn. Die schweren Schritte; sogar ein paar Bretter fielen zu Boden, während er sich einen Weg zu uns suchte.

Bram war alt; sein Haar ergraut. Dafür waren seine Augen umso wacher. Dass er über Jahrzehnte dieses Handwerk betrieben hatte, erkannte man an seinen Händen. Sie waren mit Schwielen übersäht. Selbst jetzt zeichneten sich rote Flecken ab, als hätte sich an diesen Stellen etwas entzündet.

Bei dem Anblick von Alec und mir war er überrascht. »Mit Begleitung, wie ich erkenne.«

»Es ist auch schön, dich mal wieder zu sehen«, sagte Alec und kam neben mir zum Stehen.

Der Alte nickte ihm zu und deutete in den hinteren Teil der Werkstatt. »Sie steht hinten. Ihr beide könnt sie schon mal zum Auto tragen.«

Acair sah erst seinen Bruder und dann Bram an. »Du wirst uns sicher helfen?«

»Mein Rücken ...«, sagte er und fasste sich theatralisch daran. Dabei lag ein schelmisches Grinsen auf seinen Lippen. »Lieber nicht.«

»War ja klar.« Er atmete hörbar aus. »Komm, Alec.«

Ich erwartete Widerworte von ihm, doch ging er schweigend mit, bis ich sie nicht mehr sehen konnte. Somit waren Bram und ich allein.

Seine Aufmerksamkeit glitt nun zu mir.

»Es ist schon sehr lange her, dass ich eine Frau bei den Zwillingen gesehen habe.« Er strich sich durch das ergraute Haar, wobei Sägespäne aus ihnen rieselten. »Und ich kann mich genau daran erinnern, dass sie blond war.«

Ein verhaltenes Lächeln kroch über meinen Mund. »Ich bin eine neue Angestellte der Creswells. Acair und Alec wollen mir ein bisschen die Gegend zeigen.«

»Nimm dich in Acht. Immer wenn sie ihre nette Seite präsentieren, wollen sie etwas von einem.«

Lachend schüttelte ich den Kopf. »Trifft es bei Ihnen zu?«

»Bei Acair auf jeden Fall.« Er streckte mir die Hand entgegen. »Du kannst mich übrigens Bram nennen.«

Ich nahm sie, musste mir aber bei seinem Druck auf die Zähne beißen. »Darcy.«

»Hübscher Name.«

»Hübsche Werkstatt.«

Von irgendwo aus dem hinteren Teil des Raums hörte man einen lauten Schlag, gefolgt von einem umso lauteren Fluchen.

Es war Alecs.

Bram verdrehte die Augen, sagte aber nichts dazu.

»Kennst du dich mit Holz aus?«

»Nein, aber ich habe die Schnitzereien im Creswell-Anwesen gesehen. Acair hat mir erzählt, dass sie von seiner Großmutter stammen, von der du auch dieses Handwerk gelernt hast.«

»Joanne ...« Seine Miene wurde weicher. »Was für eine Frau sie war. Aber ich habe nicht von ihr gelernt. Abgeguckt trifft es viel besser. Leider kommt meine Arbeit nicht ansatzweise an ihre heran.«

»An was arbeitest du denn gerade?«

Es schien ihn zu freuen, dass ich mich dafür interessierte.

»Komm mit.«

Ich ging mit ihm durch das Labyrinth aus Regalen.

Auf der Hälfte des Weges begegneten uns Alec und Acair. Sie trugen eine massive, nicht zu lange Platte aus dunklem Holz. Sie sah dennoch verdammt schwer aus. Als die beiden uns entdeckten, glitt über beide Gesichter ein fragender Schleier.

Es entlockte mir ein Kichern.

»Was steht ihr so herum?«, fragte Bram und klatschte in die Hände, was beide aus der Starre löste. »Es wird sich nicht magisch in dein Auto transportieren, Acair. Währenddessen führe ich Darcy ein bisschen herum.«

Sie setzten sich schwer in Bewegung, dennoch dauerte es nicht lange, bis Bram und ich wieder unter uns waren.

»Du machst einen ganz schön großen Eindruck auf die beiden«, kommentierte er und kam vor einer Werkbank zum Halt.

»Wie kommst du darauf?«

»Es ist die Weise, wie sie dich ansehen.«

»Sie kennen mich nicht.«

»Ein Mann kann wenig von einer Frau wissen und dennoch Interesse an ihr hegen.« Ich räusperte mich, woraufhin er bellend lachte. »Aber deswegen sind wir nicht hier. Ich fertige gerade ein Holzbild an.«

Ich trat einen Schritt näher zu einem Tisch.

Beim Anblick blieb mir der Atem in der Kehle stecken. Es war noch nicht fertig, doch was sich mir darbot, war fantastisch.

Es war ein großes, rechteckiges Stück Holz, in dem die Hälfte einer Frau zu erkennen war. »Wer ist das?«

»Eine gute Freundin von mir. Ich bin zwar noch nicht

annähernd fertig, aber ich will es ihr zum Geburtstag schenken.«

Mein Daumen glitt über die feinen Einkerbungen, musterte dabei das Werkzeug, das er dafür benutzen musste. Die Griffe waren sichtlich abgewetzt. Dieses Detail zeugte abermals von seiner Leidenschaft zu dieser Kunst. Für ihn war es nicht nur Arbeit. »Es ist jetzt schon wunderschön.«

»Danke.«

In dem Moment kam mir etwas in den Sinn. »Im Haus der Creswells gibt es viele Schnitzereien von Efeu. Hast du eine Ahnung, was diese bedeuten?«

»Es steht für die Dynastie.«

»Dynastie?«

Seine Stimme war abwesend. »Diese Familie ist eine. Joanne hat mir ein paar Geschichten erzählt, als wir endlose Nächte in der Werkstatt verbracht haben. Sie geht schon Jahrhunderte zurück. Es soll sogar ein paar Schriften geben, die den Werdegang aufzeichnen.«

»Weißt du, wo diese sind?«

»Sie hat einmal etwas von der Bibliothek im Anwesen gesagt. Aber ich habe nie genauer nachgefragt.«

Meine neugierige Ader machte sich bemerkbar. Ich hätte hunderte von Fragen stellen können. Über die Creswells, wie er sie kannte. Über Acair und Alecs Großmutter. Über diese Familie, die es wert war, genauer hinzusehen.

»An deiner Stelle würde ich nicht so viele Nachforschungen anstellen«, warnte er mich und rieb sich die Hände an der Hose. »Manchmal ist es besser weniger zu wissen.«

»Ich war vor meiner Anstellung Geschichtsstudentin. Es liegt mir im Blut, altes wieder hervorzugraben.«

»Solche Familien haben meist ein Vermächtnis, das sich durch die Generationen hinwegzieht.«

»Das Geld.«

Er zuckte mit den Schultern. »Davon rede ich nicht. Auch nicht vom Geschäft. Eher von den Menschen und ihrer Art.«

»Wie –«

»Darcy! Bram! Wo zur Hölle seid ihr?« Es war Acair, der durch die Werkstatt rief. »Wir wollen noch in den Buchladen, oder hast du das vergessen?«

Bram warf mir einen Blick zu, der mehr als tausend Worte sprach.

Etwas gab er mir trotzdem noch auf den Weg.

»An deiner Stelle würde ich nicht viel über die Creswells herausfinden wollen. Denn ... Wieso sollte man sich mit den Problemen der Vergangenheit beschäftigen, wenn man in der Gegenwart bereits genug hat?«

KAPITEL 13

Darcy

»Ich habe kein Geld dabei«, sagte ich, hielt das Buch dennoch in der Hand. Es war ein Liebesroman von einem italienischen Autor, der die Geschichte zweier Männer erzählte. Es hatte sofort meine Aufmerksamkeit auf sich gezogen. »Außerdem hast du mir schon einige ausgeliehen. Ich brauche es also nicht sofort.«

Alec lachte und nahm es mir ab. »Das ist kein Problem. Du kannst es mir zurückzahlen, wenn du willst. Ich weiß aber nicht, ob ich das Geld dann annehmen kann. Kommt auf meine Laune in diesem Moment an.«

»Alec.«

Er warf mir ausschließlich ein Lächeln zu und wandte sich wieder den Regalen der Klassiker zu.

Seine Laune hatte sich deutlich gehoben und – wie er mir zuvor bereits prophezeit hatte – Acairs deutlich verschlechtert. Dieser saß auf einem Sofa in einer Ecke des kleinen Geschäfts und verfolgte uns mit seinem Blick. Sein Kopf war auf seiner Hand aufgestützt.

So hatte er sich den Tag bestimmt nicht vorgestellt, als er mich gefragt hatte, ob ich ihn begleiten wollte.

»Gut, dieses eine Buch.« Ich machte einen Schritt in die Richtung von Acair, trotzdem drehte ich mich nochmals zu seinem Bruder. »Und du wirst das Geld annehmen. Ob du willst oder nicht.«

»Soll das eine Drohung sein?«

»Kommt darauf an. Siehst du meine Worte denn als solche?«

»Nicht wirklich.«

Ich verdrehte die Augen, konnte mein Schmunzeln dabei nicht verstecken.

Somit ging ich zu Acair.

»Ist alles okay?«, fragte er, musterte mich, während ich mich neben ihn setzte. Die Couch war gerade breit genug, damit unsere Oberschenkel sich nicht berührten.

»Die Frage könnte ich auch an dich stellen. Du wirkst nicht gerade glücklich.«

Rastlosigkeit durchströmte ihn. Selbst seine Augen wichen meinen aus, was ich von ihm in dieser Art gar nicht kannte.

»Bücher waren nie mein größter Freund. Immer wenn ich auf die kleinen Buchstaben und die unendlichen Seiten starre, bekomme ich Kopfschmerzen. Ich schlage eins nur im absoluten Notfall auf.«

»Jeder hat eben seine eigenen Vorlieben. Und das ist auch gut so. Was hätten wir für eine Welt, in der jeder gleich ist?«

»Entweder Ordnung oder Langeweile.«

»Ordentliche Langeweile klingt ... langweilig.«

Er lachte.

Wegen meiner unsinnigen Worte.

Es war kurz, samtig, aber laut, sodass die Aufmerksamkeit der Verkäuferin und einzelner Kunden – einschließlich

Alecs – auf uns gezogen wurde. Mir könnte das im Moment aber nicht egaler sein.

Ich wollte es nochmal hören. Dafür musste ich warten.

»Hast du dir ein Buch ausgesucht?«

»Ja.« Ich zupfte am dicken Stoff meines Rocks und schlug die Beine übereinander. »Fahren wir, nachdem Alec bezahlt hat, wieder zurück oder hast du noch etwas anderes vor?«

»Wie du willst.«

Es war früher Nachmittag. Erst als ich auf die Uhr im Laden gesehen hatte, fiel mir auf, wie spät ich heute aufgestanden war.

»Wie gesagt, eigentlich war es mein Plan gewesen spazieren zu gehen. Ich würde gerne zur Küste, wenn das kein Problem für dich und Alec ist.«

»Für mich nicht. Und für meinen Bruder wird das genauso aussehen.«

Vorfreude regte sich in mir. »Ich war schon lange nicht mehr am Meer. Das letzte Mal als kleines Kind in Brighton. Die Seemöwen haben mir damals mein Sandwich gestohlen.«

Seine Augenbrauen hoben sich amüsiert. »Ich hoffe, du hast trotzdem noch etwas zum Essen bekommen.«

»Ja. Am Hafen hat es einen Stand gegeben, der Fischbrötchen verkauft hat. Vielleicht war es sogar besser, dass mir dieser dämliche Vogel das Sandwich geklaut hat.«

Acair war im Begriff etwas zu sagen, als mein Magen beim Klang und der Erinnerung an Essen Alarm schlug.

»Hast du Hunger?«, lachte er. Diesmal sanft, weshalb nur ich es mitbekam.

»Ich habe am Morgen nicht gefrühstückt. Die anderen waren schon längst wach. Und allein wollte ich mich nicht in die Küche setzen.«

»Dann müssen wir den Spaziergang wohl verschieben.«

»Welcher Spaziergang?«, fragte Alec, der zu uns stieß. In

der einen Hand trug er zwei Stofftaschen – eine davon vermutlich meine – und in seiner anderen lag ein Kassenzettel.

Ich hatte gar nicht mitbekommen, dass er bereits an der Kasse gewesen war.

»Keiner.« Acair stand auf. Nun sahen beide Brüder auf mich hinab. »Darcy hat Hunger. Wir könnten in die Gaststätte hier gehen. Oder nach Hause fahren. Pernille könnte –«

»Nein, ich würde gerne noch im Dorf bleiben.« Ich wollte die Männer näher kennenlernen, die mich hierher begleitet hatten. Vielleicht hatte Bram Recht. In der Gegenwart gab es genug Probleme, um sich mit denen aus der Vergangenheit herumzuschlagen.

Obwohl ich Acair und Alec nicht als solche beschreiben würde.

Zudem konnte ich auf Pernilles Fragen und ständige Warnungen verzichten. Sie kannte diese Menschen schon viel länger als ich. Mit diesem Wissen sollte ich eigentlich auf sie hören. Dennoch wollte ich mir ein eigenes Bild von den beiden machen.

Unabhängig eines Hauses, das Angestellte besaß, die überall ihre Ohren hatten.

»Wenn du das willst«, sagte Alec, während ich aufstand.

Zusammen liefen wir aus dem Laden, wobei ich tief die Luft einsog. Ein salziger Geschmack legte sich dabei auf meine Zunge. Es roch nach Meer und Zitrone. Im Sommer musste dieser Ort ein Paradies sein.

Wir gingen über einen Platz mit unebenen Pflastersteinen. In der Mitte war ein Springbrunnen mit einer Selkie aus Stein als Verzierung. Es wunderte mich nicht, da es eine Figur aus der hiesigen Mythologie war. Irgendwo spielte zudem Musik ... und wir wurden von den Blicken einiger Passanten verfolgt.

»Ihr scheint nicht oft hier zu sein«, murmelte ich mit ange-spannten Schultern.

Alec nickte. »Ja, wie kommst du darauf?«

»Weil alle uns anstarren.«

»Wenn wir erstmal in der Gaststätte sind, wird es besser.«

Ich sah zu, wie wir auf ein kleines Haus zugingen. Ein Schild aus bereits verrostetem Metall verriet mir sogar den Namen. Er war in geschwungener Schrift darauf eingraviert.

Singing Druid.

Singende Druidin? »Dieser Name ... Wieso?«

Acair hielt mir die Tür auf, nahm mich aber mit seinen Worten auf der Diele gefangen. »An manchen Abenden wird im Hauptsaal gesungen. Und wegen der Druidin – wie soll man das am besten ausdrücken? –, die Einwohner hier glauben an Fabelwesen.«

»Schottland eben.«

»Ja.«

Ich lief weiter, wobei alles um mich herum düster wirkte.

Es war dunkel in der Wirtsstube, in der wir ausgespuckt wurden. Vereinzelt hingen goldene Lampen, die nicht ange-schaltet waren und nur fades Sonnenlicht drang durch die wenigen Fenster hinein.

Nur eine Handvoll Menschen waren hier.

Ein paar Männer, an dessen Lippen ein kühles Bier hing.

Eine Familie mit Wanderrucksäcken, die über Teller voller Essen gebeugt waren.

Und wir.

Alec ging voran und setzte sich an einen Tisch, während Acair mir half, meinen Mantel auszuziehen.

Sofort kroch Hitze in meine Wangen. »Danke, das wäre nicht nötig gewesen.«

»Ich habe heute einen guten Tag, Darcy. Lass es mich also machen.«

Jede Berührung seiner Hände brannte sich durch den Stoff meines Rollkragenpullovers direkt unter meine Haut. Selbst mein Magen zog sich zusammen. Dieses Gefühl kam nicht aufgrund des Hungers. Allein er löste dieses in mir aus.

Es fühlte sich besser an, als es sollte.

Was ist nur mit dir los?

Kopfschüttelnd trat ich zu Alec und ließ mich gegenüber von ihm fallen. Acair setzte sich neben ihn, sodass ich beiden ins Gesicht sehen konnte. Vor mir saßen Zwillinge, die nicht unterschiedlicher hätten sein können. Zumindest vom Charakter.

Meine Zähne nahmen meine Unterlippe zwischen sich, während ich nachdachte, wie ich das Schweigen zwischen uns brechen sollte, als die Bedienung kam.

Es war eine Frau mittleren Alters. Dem Namensschild auf ihrer Brust zufolge, war ihr Name Katie.

»Na, euch beide habe ich ja schon ewig nicht mehr gesehen.« Ihre Stimme war rau, ihr schwarzes Haar zu einem strengen Zopf nach hinten gebunden. Auf ihrem Arm waren dunkle Tattoos, die alle etwas mit der See zu tun hatten. Ein Anker. Muscheln. Seil. Eine Meerjungfrau. »Und eine wirklich Hübsche habt ihr mir auch mitgebracht.«

»Lass sie in Ruhe, Katie«, sagte Alec und lehnte sich zurück. »Aber du hast Recht, sie ist hübsch.«

Gut, nun verbrannte ich innerlich.

Hustend richtete ich meine Augen nach unten.

Zu meinem Glück kam mir Acair zu Hilfe. »Lasst sie. Ihr bringt sie in Verlegenheit. Außerdem wollen wir etwas zum Essen bestellen. Wir sind nicht auf einen Plausch ausgelegt.«

»Acair.« Katies Stimme wurde gepresst. »Es ist immer wieder eine Freude, dich zu sehen.«

»Nicht wahr?«

»Also, was wollt ihr trinken?«

»Für mich und sie das übliche und für Acair ein Wasser. Er muss uns immerhin noch nach Hause fahren.«

Mein Kopf zuckte nach oben, wobei die Frau wissend nickte und hinter der Theke verschwand. Da mir niemand verraten wollte, was *das Übliche* war, musste ich nachhaken.

»Was hast du bestellt?«

»Heiße Schokolade mit Rum.«

Ich sah zu Acair, der die Augen verdrehte, und dann wieder zu Alec. »Alkohol am Mittag.«

»Nachmittag.«

»Das ist für dich üblich?«

»Es ist ein kühler Herbsttag. Vertrau mir, es wird fantastisch schmecken. Obwohl ich dich natürlich hätte fragen sollen, ob du überhaupt Alkohol trinkst.«

»Das ist kein Problem.« Und obwohl ich mir den Mix aus Kakao und Rum nicht vorstellen konnte, war ich dennoch angetan, es auszuprobieren. »An manchen Tagen in London bestand mein Abendessen aus Porridge und Bier.«

»Klingt widerlich«, merkte Acair an.

Ich zuckte mit den Schultern und beobachtete Katie, die unter der Theke eine Flasche Wasser hervorholte. »Ich hatte nicht besonders viel Geld. So schlimm war es außerdem nicht. Aber ich muss schon sagen ... Pernilles Frühstück ist unglaublich.«

»Das ist es«, schwärmte Alec. »Hast du seit deiner Ankunft schon mal mit deiner Mutter gesprochen?«

»Ja, am ersten Tag. Aber heute, wenn wir zurückkommen, rufe ich sie an.«

Acair nickte. »Richte schöne Grüße von uns aus.«

»Mache ich.«

Würde ich es wirklich tun?

Wahrscheinlich nicht, denn sonst würde sie zu viele Fragen stellen, die ich ihr nicht beantworten wollte. Sie sollte sich auf meinen Vater konzentrieren und keine Gedanken um mich machen müssen.

Katie kam an unseren Tisch, stellte vor Acair ein Glas und eine Wasserflasche und vor Alec und mir zwei große Tassen ab. Eine Sahnehaube schwamm auf dem Kakao. Selbst Schokostreusel waren darauf. Des Weiteren drückte sie uns jeweils eine Speisekarte in die Hand. »Ich komme in fünf Minuten wieder.«

Ich schlug sie auf und blätterte sofort zu den Süßspeisen. Acair rührte die Karte nicht an, während sein Bruder in derselben Kategorie wie ich stöberte.

»Willst du nichts essen?«, fragte ich und schlug das kleine Büchlein zu. Ich wusste genau, wonach ich mich sehnte.

»Ich habe gefrühstückt.«

»Nein, du bist nur paranoid, dass dir Katie ins Essen spuckt.«

»Das ist nicht wahr.«

»Oh, doch«, lachte Alec und blätterte weiter wahllos umher.

Mein Mund öffnete sich, ich schloss ihn sogleich wieder.

Acair hatte es jedoch bemerkt. »Frag ruhig, Darcy.«

Im ersten Moment sträubte ich mich, doch dann krallte sich die Neugier in mich. »Wieso sollte sie dir etwas ins Essen mischen? Hattest du etwas mit ihr?«

»Gott, nein«, murmelte er und zog die Nase nach oben. »Ich habe nur gesagt, dass mir ihre Kürbissuppe nicht schmeckt. Und das hat sie ... persönlich genommen.«

»Kritisiere niemals das Essen einer Frau, hat *Màthair* mir früher immer gesagt.«

»Tja, einer von ihnen hat das nicht gewusst«, sagte Katie mit einem Block und einem Stift in der Hand. »Da Acair nichts will – wie sieht es mit euch beiden aus?«

»Den Kürbiskuchen«, sagte ich und reichte ihr die Karte entgegen.

»Für mich deine unwiderstehliche Schokoladentorte.«

»Wieso habe ich dich überhaupt gefragt?«, murmelte sie und ging mit den restlichen Karten.

Ich blickte auf mein Getränk, das noch unberührt vor mir stand. Also führte ich es an meine Lippen und nippte daran. Als die warme Flüssigkeit meine Kehle hinabbrann, breitete sich ein wohliges, warmes Gefühl in meiner Magengegend aus.

Es schmeckte fantastisch.

Süß. Herb. Schokoladig.

Alec blickte mir gespannt entgegen.

Und ich sagte das, was mir als erstes in den Sinn kam. Auch wenn es keine schöne Wortwahl war. »Scheiße, ist das gut.«

Beide Männer lachten, während ich mir mit einem Schmunzeln die Sahne von den Lippen wischte.

So saßen wir hier. Redeten. Alec und ich aßen, während Acair niemals den Blick von uns wandte.

Zudem verstrich die Zeit in einem ungewohnt schnellen Tempo.

Die Sonne wurde von dicken Wolken verdeckt und die Lampen angestellt, sodass es noch ein wenig gemütlicher in dem Gasthaus wurde. Das widerherum stiftete Alec und mich an, einen weiteren Kakao mit Rum zu bestellen.

Und darauf noch einen.

Und noch einen.

Ich fühlte mich gut; entspannt. Dachte zum ersten Mal seit Wochen nicht über die Zukunft nach und was sie mit sich bringen würde. Ich war einfach Darcy McAllister, die einen Nachmittag mit zwei Männern verbrachte. Mir war sogar egal, dass sie meine sündhaft reichen Arbeitgeber waren.

Der Alkohol machte sich erst bemerkbar, als Acair bei Katie gezahlt hatte und wir von unserem Platz aufstanden. In dieser Sekunde war ich mir nämlich nicht sicher, ob der Boden eben war oder ob ich mich auf einem Segelschiff befand.

»Du hättest mehr als nur einen Kuchen essen sollen«, flüsterte Acair, der plötzlich an meiner Seite stand und mich hielt.

»Möglicherweise habe ich mich überschätzt.« Verdammt, das hatte ich wirklich. Vor meinen Augen wurde es in unregelmäßigen Abständen schwarz, während mein Kopf sich anfühlte, als wäre er aus Blei.

Auch Alec sah benommen aus.

Acair ging mit mir zur Tür und half mir in meinen Mantel, ehe wir nach draußen traten. Es war um einiges windiger als vor wenigen Stunden. Auch kälter. »Dann wird das anscheinend nichts mit dem Spaziergang am Meer. Aber das werden wir nachholen.«

»Wirklich?«

»Versprochen, Darcy.« Er drehte den Kopf zu Alec, der einige Schritte hinter uns war. »Mach schneller.«

Im Gegensatz zu heute Mittag war es dunkel.

»Ich könnte ewig hier bleiben«, murmelte ich und sah auf das Meer, das den salzigen Geruch mit sich brachte.

»Wir kommen wieder hier her. Aber jetzt steig ins Auto. Und wenn wir zu Hause sind, gehst du ins Bett.«

Er riss die Hintertür auf und half mir, mich hineinzusetzen, denn auf dem Beifahrersitz war die Holzplatte festgezurrt. Einen geräumigen Kofferraum besaßen diese Luxuskarosserien nämlich nicht.

Auch Alec stieg zu mir ein. Die frische Luft hatte ihm keine Klarheit verschafft; im Gegenteil, seine Lider waren halb geschlossen, wobei er sich tiefer in die weichen Sitze lehnte.

Ehe Acair den Motor startete, blickte er uns im Rückspiegel mit seinen bernsteinfarbenen Augen nochmals an. »Versucht bitte, nicht in mein Auto zu kotzen.«

Damit fuhr er los.

Zuerst dachte ich, dass seine Worte übertrieben waren, doch das Ruckeln überzeugte mich davon.

Und irgendwann – ich wusste selbst nicht genau, wie es passiert war – lehnte ich mit der Seite an Alec und hatte den Kopf auf seine Schultern gelegt. Ich wäre bestimmt in den Schlaf gefallen, wären da nicht seine Finger, die mit meinen spielten.

»Darcy«, flüsterte er und strich eine gelöste Strähne aus meinem Zopf hinter mein Ohr. »Du bist unglaublich schön.«

Ja, er war definitiv betrunken.

Oder *ich* war derart betrunken, dass mein Verstand sich das alles nur ausmalte.

»Alec ...« Meine Stimme war ein Hauch, damit Acair vorne nichts mitbekam. Er war vollkommen auf die Straßen fokussiert, während aus dem Radio leise der Nachrichtensprecher drang.

»Ich hätte auf weitere Küsse von dir bestehen sollen.« Sein Daumen streichelte über meinen Handrücken zu meinem Handgelenk. Alecs Berührungen waren genauso brennend wie die seines Bruders. »Manchmal, wenn ich nachts im Bett liege, kann ich dich immer noch schmecken.«

All meine Nerven richteten sich auf ihn, wobei ein Gefühl durch meine Adern rauschte, das ich schon lange nicht mehr hatte.

Lust.

Unerfüllte, quälende Lust.

Und wieso? Weil er mir Dinge ins Ohr flüsterte, die ich schon lange nicht mehr gehört hatte. Nach denen ich mich jedoch insgeheim sehnte.

Seine Lippen streiften über meine Wange, seine Hand fiel

auf meinen Rock in meinen Schoß. Selbst wenn ich wollte, ich brachte keine Worte heraus.

Ich konnte Stunden damit verbringen, mich in den Seiten eines Liebesromans zu verlieren, aber wenn es mich betraf ... In diesen Momenten war ich ein naives, unerfahrenes Ding, das nichts sagen konnte.

Das musste ich zudem nicht, denn Acair fuhr bereits die Auffahrt hinauf. Das bemerkte auch Alec, sodass er sich widerwillig von mir löste und sich aufrecht hinsetzte, ehe sein Bruder etwas bemerkte.

Das verhinderte aber nicht, dass ich seine Berührungen immer noch auf mir spürte.

KAPITEL 14
Acair

S ie lehnte sich gegen die Wand und ließ ihren Kopf dagegen fallen. »Ich kann nicht mehr laufen. Das musst du extra machen. Wir sind doch schon durch das gesamte Haus gelaufen.«

»Nein, wir sind höchstens 30 Sekunden hier.«

»Du lügst.«

Als ich Darcy heute Vormittag fragte, ob sie mit mir ins Dorf wollte, hatte ich sicher nicht damit gerechnet, dass ich mich Stunden danach um ihr betrunkenes Selbst kümmern musste. Obwohl sie süß war, so wie sie schmollte und mich aus ihren großen, blauen Augen ansah.

Ich hätte gehen sollen, nachdem wir angekommen waren. Doch konnte ich sie nicht in diesem Zustand allein lassen. Wer wusste schon, ob sie sich sonst verlaufen hätte.

»Es ist nicht mehr weit.« Ich trat wenige Schritte auf sie zu und umfasste ihre Hand. »Dein Bett wartet bereits auf dich. Je schneller wir in dein Zimmer kommen, desto früher kannst du schlafen. Vergiss nicht, du musst morgen wieder an die Arbeit.«

Sie verzog das Gesicht, wobei sich ein Lachen in meiner Kehle zusammenbraute.

»Erinnere mich nicht daran.«

»Ich werde es immer wieder tun, solange du hier stehen bleibst.«

»Du verstehst das nicht. Meine Beine sind schwer. Es tut weh zu laufen.«

Ich blickte den Gang hinab, konnte niemanden erkennen. Mir war egal, was andere sagten. Aber ihr nicht. Deshalb stellte ich sicher, dass wir unter uns waren, ehe ich meinen impulsiven Plan durchsetzte.

Ohne weiter darüber nachzudenken, ließ ich eine Hand unter ihre Kniekehlen gleiten und die andere an ihren Rücken und hob sie hoch. Die Frau lag nun wie eine Braut in meinen Armen, während ich in Richtung der Angestellten-räume ging.

»Du musst mir später sagen, welches dein Zimmer ist«, sagte ich, während sie den Kopf an meine Brust schmiegte. Dabei fielen sogar ihre Augen zu. »Und versuch nicht jetzt schon einzuschlafen.«

»Mhm.« Ihre dünnen Finger krallten sich in mein Hemd. »Das ist schon viel besser.«

»Das kann ich mir vorstellen.«

Auch wenn dieser Tag nicht so verlaufen war, wie ich es mir vorgestellt hatte, würde ich in diesem Moment kein Detail davon ändern. Selbst Alec war mir letztendlich kein Dorn im Auge gewesen. Obwohl ich ihn verflucht hatte, als er sich selbst eingeladen hatte.

Es erinnerte mich vage an die Zeit mit Leandra zurück. Jedoch konnte man das nicht miteinander vergleichen. Sie und Darcy waren zwei von Grund auf verschiedene Menschen. Vielleicht konnte ich mich deshalb so schwer von ihr fernhalten.

»An was denkst du?«, fragte sie und sah von unten zu mir hinauf.

»An den Kater, den du morgen früh haben wirst.« Ihr Mund öffnete sich bereits, als wir im Gang angekommen waren, in dem ihr Zimmer lag. »Also, welche Tür?«

»Die ganz am Ende.«

Darcy ließ mich keine Sekunde aus den Augen.

Auch dann nicht, als ich eintrat und sie vorsichtig in ihr schmales Bett legte. Der Raum war spärlich möbliert, nur vereinzelte Klamotten, die über der Lehne eines Stuhls hingen, deuteten darauf hin, dass hier jemand wohnte.

Und die Bücher, die sich auf dem Boden stapelten.

Einige von ihnen hatten bereits vergilbte Seiten und abgerundete Ecken, während andere neuer erschienen.

Meine Finger strichen ihr eine goldene, lange Strähne aus dem Gesicht. »Ich bringe dir dein neues Buch später vorbei. Es liegt noch im Auto.«

Ihre Hand schnellte nach vorn und umfasste mein Handgelenk. »Kannst du noch ein paar Minuten hierbleiben, Acair?«

Die Art, wie sie mit ihren vollen Lippen meinen Namen aussprach ... Wie sollte ein klardenkender Mann hier verneinen können? Selbst Cian hätte es nicht hinbekommen. Davon war ich überzeugt.

Ich zog den Stuhl an die Bettkante und setzte mich darauf. Ihr Griff wurde sanfter, als sie bemerkte, dass ich ihrem Wunsch nachging.

»Das nächste Mal, wenn wir ins Dorf fahren, trinkst du vielleicht nur einen Becher davon.«

Ein mildes Lächeln umspielte ihre Mundwinkel. »Es lag nur daran, weil ich so wenig gegessen habe.«

»Natürlich.«

»Und du solltest deinen Charme gegenüber Katie ein bisschen spielen lassen. Dann brauchst du keine Angst mehr haben, dass sie dir etwas ins Essen mischt.«

Davor hatte ich keine Angst. Das hätte ich Darcy auch gesagt, wäre da nicht ein anderes Wort, das meine Aufmerksamkeit an sich band. »Charme? Noch nie hat mir jemand gesagt, dass ich so etwas besitze.«

Sie schnaubte, während sie die Bettdecke über sich zog und ihre Schuhe von den Füßen kickte. »Tu nicht so. Ich glaube, viele Frauen warten nur darauf, dass du sie in dein Gewächshaus einlädst.«

»So wie du es sagst, klingt das ziemlich lächerlich.«

»Das ist es aber nicht.«

»Würdest du es denn gerne mal sehen?«

Ihre Lider schlossen sich, wobei ihre Wangen die Farbe eines zarten Rots annahm. »Wenn du mich fragst, würde ich es mir sicherlich überlegen. Aber nicht heute.«

»Nicht heute.«

Mit diesen Worten verfielen wir in Schweigen.

Darcy hielt weiterhin meine Hand und ich saß an der Seite ihres Bettes und beobachtete sie, wie sie langsam in den Schlaf abdriftete.

Doch auch als sie schon längst eingeschlafen war, konnte ich mich von ihrem Bild nicht lösen.

KAPITEL 15

Darcy

S cheiße!«
  Fluchend zog ich den Reisverschluss der Stoff-
hose zu und sah zur dunkelgrünen Bluse, die auf dem
Bett lag.

Eine mit verdammt vielen Knöpfen.

Eigentlich sollte ich jetzt schon mit einem Putzeimer vor
Cians Zimmertür stehen und daran klopfen, stattdessen war
ich in meinem eigenen und raffte mein Haar zu einem unor-
dentlichen Knoten zusammen. All das nur, weil ich vergessen
hatte, meinen Wecker einzuschalten.

Die Erinnerungen an gestern waren noch vollends
vorhanden.

Wie ich mit Alec in der Gaststätte getrunken hatte.

Wie der Boden beim Aufstehen unter meinen Füßen
geschwankt und mir Acair geholfen hatte zum Auto zu gehen.

Wie mir Alec gesagt hatte, dass er mich manchmal noch
schmeckte und ich dabei Lust empfunden hatte, die mich auch
jetzt noch versengte.

Und wie mich Acair ins Bett gebracht und ich seine Gegenwart genossen hatte.

Das alles ergab keinen Sinn.

Um die Gedanken und die nicht abreißenden Fragen in mir zu vertreiben, warf ich mir das Oberteil über und schlüpfte in meine Lackschuhe, ehe ich in eine Abstellkammer stürmte und mir meine Sachen zusammensuchte.

Vielleicht war Cian schon längst Laufen gegangen und würde somit gar nicht bemerken, dass ich zu spät kam.

Diese Hoffnung wurde sofort erstickt, als ich vor seiner Tür stand und klopfte. Ein lautes ›Ja!‹ ertönte von Innen.

Oh, verdammt ...

Ich trat ein.

»Tut mir leid, dass ich so spät dran bin, ich –« Die Worte erstarben auf meiner Zunge, als ich mich in die Richtung seines Bettes drehte. Er saß aufrecht am Kopfende und blätterte in einem Wirtschaftsmagazin. »Habe ich etwas verpasst?«

»Sieh nach draußen, Darcy. Es stürmt.«

Ich folgte seiner Aufforderung.

Tatsächlich, Regen knallte gegen die Fensterscheiben, während der Wind daran zerrte. Erst als ich es sah, hörte ich es auch.

Der Schlaf steckte definitiv noch in mir.

Meine Aufmerksamkeit zuckte wieder zu ihm und wanderte an seinem Leib hinab. Die Bettdecke reichte ihm bis zu seiner Hüfte, sodass er oberkörperfrei vor mir war. Helle Haut spannte sich über die deutlichen Muskeln seines Körpers.

Dieses Bild – ein reicher Mann im Bett mit einer Zeitung in der Hand – hatte etwas verruchtes.

Es machte mich rastlos.

»Natürlich. Du kannst bei diesem Wetter nicht Laufen gehen. Habe ich mir bereits gedacht.«

»Mhm.« Über den Rand des Blattes hinweg sah er mich skeptisch an.

Cian glaubte mir kein Wort.

Ob Amy ihm gesagt hatte, dass Alec, Acair und ich gestern zusammen weg waren? Dieses Thema würde ich nicht auf den Tisch bringen. Zudem ging es ihn nichts an.

»Was soll ich machen?«

»Die Flaschen.« Er nickte zur Bar. »Und diesmal wirst du sie auch wieder einräumen. Verstanden?«

Ich sagte nichts darauf, sondern startete meine Arbeit. Obwohl weiterhin das Geräusch des Umblätterns des Magazins an mein Ohr drang, war ich mir bewusst, dass er mich beobachtete. Sein Blick brannte sich zwischen meine Schulterblätter und ließ mich keine Ruhe finden.

Möglicherweise hatte ich diese auch nicht verdient.

Denn welcher Mensch kam auf die Idee auf leeren Magen zu trinken?

Cian räusperte sich. »Und, wie war dein freier Tag gestern. Ich habe dich gar nicht gesehen.«

Ich wollte mir bereits eine geschickte, winzige Lüge heranziehen, als die Tür geöffnet wurde. Herein trat Amy, mit einer Tasse dampfender Flüssigkeit und einem Teller Rührei und Speck.

Beim Geruch des Essens lief mir sofort das Wasser im Mund zusammen.

Mehr als den Kürbiskuchen hatte ich gestern nicht gehabt und das Frühstück musste ich heute, weil ich verschlafen hatte, ausfallen lassen.

Die Mittagspause konnte nicht früh genug kommen.

»Stell es bitte auf die Theke, Amy.«

»Natürlich, Mr. Creswell.« Sie huschte zu mir und befolgte seine Anweisung. Ihre Augen waren von Schuldbewusstsein gezeichnet.

Super, entweder Cian oder Pernille wussten Bescheid. Wenn nicht sogar beide.

»Danke. Du musst mir heute übrigens keinen Tee ins Büro bringen. Heute mach ich *meinen* freien Tag.«

Ja, er wusste, was ich gestern getan hatte ...

»Okay.« Sie ging, ließ uns allein.

»Mr. Creswell?«, fragte ich und lehnte mich an die Arbeitsplatte der Bar.

Er zuckte mit den Schultern und stand auf. Eine lange Stoffhose hing viel zu tief an seinen Lenden. Er hatte nicht vor, sich ein Shirt überzustreifen. Stattdessen trat er zu mir, setzte sich auf einen der hohen Hocker und zog den Teller und die Tasse zu sich.

»Ich habe ihr schon oft gesagt, dass sie mich beim Vornamen nennen soll. Leider macht sie das nicht. So fühle ich mich immer so alt.«

»Du liest Wirtschaftszeitungen an deinem freien Tag. Da würde ich mir auch alt vorkommen.«

»Wenigstens lasse ich mich nicht volllaufen, sodass ich von meinem Bruder aufs Zimmer getragen werden muss.«

Ich fluchte innerlich.

Seine Augenbrauen schossen nach oben, wobei ich seinem Blick auswich. Vielleicht hätte ich heute gar nicht erst aus dem Bett kriechen sollen. Dann hätte ich mir auf jeden Fall schon ein paar derbe Wort gespart.

»Ich habe über den Tag hinweg kaum etwas gegessen.«

»Sicher«, murmelte er und schob sich eine Gabel voller Ei und Speck in den Mund. »Wo wart ihr denn? Du und meine Brüder.«

Selbst dieses Detail kannte er.

»Im Dorf. Acair hat mich gefragt und ich habe ja gesagt. Und Alec ist dann irgendwie auch mitgekommen.«

»Was habt ihr gemacht?«

Schnaubend stemmte ich die Hände in die Hüfte. »Ist das ein Verhör, oder was?«

»Ich bin nur neugierig. Du musst meine Fragen nicht beantworten, obwohl ich dann natürlich denken könnte, dass du mir etwas verheimlichst.«

Fast hätte sich meine trotzige Seite – die existierte – hervorgetan, doch schluckte ich sie herunter. Dafür nahm ich eine weitere Flasche Whisky aus dem Regal und wischte sie mit einem feuchten Tuch ab.

Am liebsten hätte ich sie gegen seinen Schädel geschmettert.

Aber ein versuchter Mord machte sich wahrscheinlich nicht gut in einem Lebenslauf ...

»Acair hat eine Holzplatte für sein Gewächshaus vom Tischler abgeholt. Danach sind wir in einen Buchladen gegangen und anschließend, weil ich Hunger hatte, in eine Gaststätte.«

»Zu Katie?«, lachte er, was mich überraschte.

Seine Laune konnte sich innerhalb von Sekunden grundlos ändern. Wie sollte ich jemals wissen, welcher Cian mir gerade gegenübersaß?

»Ja.«

»Das verwundert mich. Ich hätte nicht gedacht, dass Acair dort jemals wieder einen Fuß hineinsetzt.«

»Er hat ihre Suppe kritisiert. Überdramatisiert ihr das nicht alle ein wenig?«

»Nein.« Wieder aß er, ehe er es ausführte. »Acair, Alec, meine Schwester Grace, ihre beste Freundin und ich waren an einem Abend dort Essen. Acair hat es nicht geschmeckt also sagte er es Katie in seiner manchmal hochnäsigen Art. Er hat erwartet, dass sie wieder vom Tisch weggehen würde. Allerdings hat sie einen Streit vom Zaun gebrochen. Lautstark. Ihre Stimme hat sogar die der Sängerin übertönt, sodass sich all die Aufmerksamkeit der Gäste auf uns gelegt hatte.«

Ich wusste nicht, ob ich lachen oder mit der Stirn runzeln sollte. Letztendlich war es eine Mischung aus beidem. »Na ja, das macht es zumindest verständlicher, dass er ungern dorthin geht.«

»Die Geschichte ist noch nicht zu Ende.«

»Ach, nein?«

»Katie hat den Teller genommen und die Suppe über seinen Kopf geschüttet. An deiner Stelle würde ich mir also doppelt überlegen, ob ich jemals ihr Essen beleidigen würde. Man muss zu ihrer Verteidigung sagen, dass Acair keine diplomatischen Ausdrücke gewählt hat.«

Nun fehlten mir die Worte, während sich mein Verstand diese Szene ausmalte. Das hätte ich vielleicht von Alec erwartet, wenn er schon ein wenig angetrunken war. Aber bestimmt nicht von Acair.

Acair, der mir von den Schnitzereien seiner Großmutter erzählt hatte.

Acair, der seine freie Zeit in einem Gewächshaus verbrachte.

»Und wie ist der Abend weiter verlaufen?«

»Wir sind gegangen, nachdem er aus dem Lokal gestürmt und nicht mehr zurückgekommen ist.«

»Wo war er?«

»Er ist in Richtung unseres Zuhauses gelaufen. Mitten in der Nacht. Auf der Hauptstraße gibt es keine Straßenlaternen. Wer weiß, vielleicht hätte er sich verlaufen, wenn wir ihn nicht eingesammelt hätten.«

»Diese Geschichte klingt absurd.«

»Sie ist aber wahr.«

Nickend wandte ich mich wieder meiner Arbeit zu und wischte die restlichen Flaschen ab. Es waren nicht so viele wie in seinem Büro, dennoch brauchte es seine Zeit. Dabei aß er das Rührei und den Speck auf und trank seinen schwarzen Kaffee.

»Du musst morgen übrigens nicht kommen. Pernille wird genug Aufgaben für dich haben«, sagte er, strich sich durch das dunkle Haar und stützte sich mit den Ellenbogen ab.

»Was weißt du, was ich nicht weiß?«

»Meine Eltern kommen morgen aus dem Urlaub zurück. Zuvor wird sicher ihr Zimmer, sein Büro und Mutters Aufenthaltsraum geputzt. Und natürlich der große Saal, weil wir dort essen werden.«

Gut, davon wurde mir noch nichts gesagt. »Der große Saal?«

»So haben ihn schon meine Großeltern genannt. Es ist einfach nur ein riesiger Raum mit absurd hohen Wänden.«

»Wird es so sein, wie das Essen an meinem ersten Tag?«

Über sein Gesicht tanzte ein Schatten, wobei er den Kopf schüttelte. »Nein. Es wird um einiges formaler.«

»Super.« Das hörte sich nach einer weiteren Blamage an, nachdem was mit Alec damals passiert war.

»Keine Sorge. Ich sage Pernille, dass sie dich in der Küche lassen soll. Vor allem, weil er nach deiner Familie fragen würde. Dieser Situation solltest du nicht ausgeliefert sein.«

Mein Herz wurde warm, wobei ich in seine goldenen Iriden sah. Zwar lag der Schatten weiterhin in seinen Zügen, doch trat nun auch etwas Sanftes hinzu.

Aus irgendeinem Grund ließ er mich vormittags die banalsten und unnötigsten Dinge machen. Trotzdem wollte er mich vor Fragen schützen, die ich vielleicht nicht beantworten wollte.

Ich wurde aus Cian Creswell nicht schlau.

Und ich befürchtete, dass ich es niemals werden würde.

»Danke«, murmelte ich, woraufhin er mir ein sanftes

Lächeln schenkte. »Das müsstest du nicht tun. Besonders nicht nach gestern.«

»Ich habe nie gesagt, dass ich sauer auf dich bin.«

Meine Stirn warf kleine Fältchen. »Aber –«

Cian hob die Hände, stand auf und legte sich wieder in sein Bett. »Ich war nur neugierig. Außerdem wirst du von Pernille genug Ärger bekommen. Ich glaube, sie wartet nur darauf, dir eine Standpauke zu halten.«

»Da freue ich mich schon darauf.«

Erneut blätterte er im Magazin; versuchte diesmal damit sein Grinsen zu verstecken. Es gelang ihm nicht wirklich.

»Wahrscheinlich sitzt sie gerade irgendwo und überlegt sich den genauen Wortlaut, den sie dir entgegenschleudern wird.«

»Cian ...«

»Tut mir leid.« Er vergrub sein Gesicht in einem Kissen. Sein schallendes Lachen war auch so hörbar. »Die Vorstellung ist zu amüsant.«

»Du bist unmöglich.«

»In diese Situation hast du dich selbst gebracht.« Erst als er sich wieder unter Kontrolle hatte, sah er mich an. »Und um es noch besser für dich zu machen, kannst du, nachdem du das Regal eingeräumt hast, gehen.«

»Willst du die Welt um dich herum wirklich brennen sehen?«

»Nur wenn du mir einen Platz in der ersten Reihe besorgst.«

Mit einer gemurmelten Beleidigung, die er unmöglich verstehen konnte, erledigte ich den Rest meiner Arbeit. Er hingegen lag immer noch leicht bekleidet in seinem Bett.

Erst, als ich fertig war, zog er sich ein Shirt über. Insgeheim hatte ich die Vermutung, dass er diesen Aufzug extra gewählt hatte, um mich noch mehr aus dem Konzept zu bringen.

»Du darfst jetzt gehen«, sagte er, wobei er nach draußen sah. Der Sturm hatte noch immer kein Ende gefunden. Ganz im Gegenteil, er war noch stärker geworden.

Dabei wirkte er nachdenklich.

»Ist alles in Ordnung, Cian?«

»Mir geht gerade etwas durch den Kopf.«

»Darf ich fragen was?«

Er zog scharf die Luft ein, wobei er sich vom Fenster löste und zu mir kam. Erst als er nur noch eine Handbreite von mir entfernt war, blieb er stehen. Seine Augen bohrten sich in meine, was mir einen Schauer über die Wirbelsäule jagte.

»Willst du das denn wirklich wissen?«

In dieser Sekunde war ich froh, dass er sich kurz zuvor ein Oberteil übergeworfen hatte. Denn selbst jetzt musste ich mich zusammenreißen, um meine Konzentration nicht zu verlieren.

»Wenn nicht, hätte ich nicht gefragt.«

»Auch wieder wahr.« Sein Blick tastete meine Züge ab, ehe er mit den Fingerrücken meine Wange entlangstrich. Nur für einen winzigen Moment. Es reichte aber aus, um mich aus der Fassung zu bringen. »Ich habe an ein Geheimnis gedacht, das ich dir jetzt nicht erzählen werde. Irgendwann vielleicht.«

Mehr als ein Nicken brachte ich nicht zustande.

»Du solltest jetzt gehen«, murmelte er und trat einen Schritt zurück.

Ohne noch einmal zu ihm zu sehen, raffte ich meine Sachen zusammen und verließ den Raum.

Dabei dachte ich nicht an Pernille und was heute noch auf mich zukommen würde.

Nein, alles in mir drehte sich um Cian.

~

Ich tat mein Möglichstes, um ihr aus dem Weg zu gehen.

Meine Mittagspause verschob ich nach vorn, sodass ich allein in der Küche war und in Ruhe etwas essen konnte. Und den Rest der Zeit hielt ich mich in den Teilen des Hauses auf, von denen ich wusste, dass Pernille nicht dort war.

Genauer gesagt ... Ich versteckte mich vor ihr. Es war kindisch, trotzdem brauchte mein Verstand ein paar Stunden für sich, um in die vergangenen Tage Ordnung hereinzubringen.

Verdammt, um in die Zeit seit meiner Ankunft Ordnung zu bringen!

Ohne darüber nachzudenken, trugen mich meine Beine in eine bestimmte Richtung. In die der Bibliothek, in der zu dieser Tageszeit wahrscheinlich sowieso keiner war.

Ehe ich an der Tür mit den Engelsflügeln ankam, umfasste jemand plötzlich mein Handgelenk. Der Griff war nicht fest, dennoch zuckte ich zurück und versuchte, mich daraus zu befreien.

Bis ich denjenigen sah, der mir gegenüberstand.

Alec lächelte auf mich hinab.

Sein Haar war unordentlich, als wäre er gerade erst aus seinem Bett gefallen. Seine Augen hingegen waren messerscharf, glitten über meine Züge, als würde er sie mit den Händen streicheln.

Mir kamen wieder die Worte in den Sinn, die er mir gestern zugeflüstert hatte.

»Wo warst du? Ich habe dich schon seit Stunden gesucht.«

Das Gefühl nicht atmen zu können, nahm jede Faser meines Körpers ein. Und das lag allein an dem Mann, der mich berührte.

»Ich habe verschlafen, danach war ich bei Cian putzen und dann ...« Schulterzuckend versuchte ich die Hitze in mir zu kontrollieren. »Ich bin umhergelaufen. Mit dem Ziel,

Pernille nicht zu begegnen. Sie hat es Gerüchten zufolge nicht gut aufgenommen, dass ich gestern mit euch weg war.«

Über seine Miene glitt etwas Dunkles. Es unterschied sich von dem Schatten, der vor wenigen Stunden noch über Cians Gesicht gelegen hatte. Dieser hier war sinnlich; strotzte vor Verlangen.

»Komm mit«, sagte er, wartete aber nicht auf meine Antwort. Mit langen, zielgerichteten Schritten zog er mich in die Bibliothek und führte mich die Treppen in das Labyrinth aus Bücherregalen hinab.

»Alec –«

Einer seiner Mundwinkel schoss nach oben, brachte mich zum Schweigen. In mir fehlte jegliche Gegenwehr.

Somit ließ ich mich mit ihm ziehen. In eine Ecke, die kühle Schatten auf uns warf. Wir standen eingebettet zwischen dutzenden von Geschichten, die es wert waren, erzählt zu werden. In diesem Moment zählten aber nur er und ich.

Eine Geschichte, von der ich keine Ahnung hatte, welches Ende sie haben würde.

Ich schluckte, lehnte mich gegen eine Wand, während er mir näherkam. Sein Körper war meinem so nah. Alles in mir richtete sich auf ihn.

Auf seine Stärke, die meine Nerven umgarnte.

Auf seinen Duft, der mir den klaren Verstand raubte.

Auf seine Iriden, die selbst in dieser düsteren Umgebung leuchteten.

»An wie viel kannst du dich noch erinnern?«, fragte er und nahm eine meiner gelösten Strähnen zwischen die Finger.

»Alles.«

»Auch an die Heimfahrt?«

Ich hätte auf weitere Küsse von dir bestehen sollen.

Manchmal, wenn ich nachts im Bett liege, kann ich dich immer noch schmecken.

»Ja.« Meine Stimme war nichts weiter als ein Hauch. Die Wirkung der zwei Buchstaben glich jedoch dem Sturm, der außerhalb dieser Gemäuer wütete.

Seine Hand löste sich von meinem Haar, nur um sich keinen Wimpernschlag später an meine Wange zu schmiegen.

»Wir kennen uns nicht«, flüsterte ich, ließ aber zu, dass er sich zu mir hinabbeugte.

Ich brauchte diese Nähe – diese Lust, die durch meine Adern rauschte. Viel zu lange hatte ich sie nicht mehr spüren dürfen.

»Na, und? Das ändert nichts daran, dass ich – andauernd, wenn ich dich sehe – das Bedürfnis habe, dich zu küssen.« Alec kam noch näher, wobei sein Mund meine Schläfe streifte. »Und das Zittern deines Körpers verrät mir, dass du es auch willst.«

Wollte ich es? Definitiv.

Zu was für einen Menschen machte mich das? Nachdem, was Mutter und Pernille zu mir gesagt hatten? Selbst Cian. Zumal ich gestern mit seinem Zwillingsbruder geflirtet hatte ...

Das änderte nichts daran, dass er die Wahrheit sprach.

Ich wollte es.

Ich wollte *ihn*.

Alec löste sich von mir; nur so weit, dass er mir tief in die Seele blicken konnte. Ich wollte gar nicht wissen, welche Person er darin erkannte. In mir. Denn ich wusste es selbst nicht.

Um dem nicht länger ausgeliefert zu sein, war nun ich diejenige, die den ersten Schritt machte.

Ich schlang meine Arme um seinen Nacken, zog ihn zu mir hinab und presste meine Lippen auf seine – überschritt damit eine Linie, die nun nicht mehr existierte.

KAPITEL 16
Darcy

Ein Stöhnen entfuhr ihm, ehe er seine Finger in mein Haar schob und mich fester an die Wand presste.

Alec ließ keine Zeit verstreichen.

Seine Zunge strich über meine Lippen und forderte nach Einlass. Diesen gewährte ich ihm, sodass er mich von innen heraus eroberte.

Jeder Nerv in mir steckte in Flammen. Es war, als würde ich verbrennen. Ich genoss jede Sekunde davon, wölbte mich seinem Körper sogar entgegen. Es entlockte ihm erneut einen lusterfüllten Laut.

Eine Hand löste sich von meinem Kopf und glitt meinen Körper hinab zu meiner Hüfte.

Damit zog er eine weitere Brandspur.

»Alec«, flüsterte ich und klammerte mich in seinen weichen Strähnen fest. Ich wusste nämlich nicht, ob mich meine Beine aus eigener Kraft tragen konnten. »Bitte.«

»Um was bittest du mich, Darcy?« Seine Stimme war rau, während er mir kurze Küsse auf meinen Kiefer hauchte.

Leider wusste ich es nicht genau. Selbst wenn, ich hätte

sowieso nicht die richtigen Worte formen können. Denn er hörte nicht auf, mich zu berühren. Mir damit den Verstand zu rauben.

»Komm schon«, flüsterte er und schabte mit den Zähnen über die dünne Haut meines Halses. »Dann sage ich dir auch, was mir gerade vorschwebt.«

Ich sog tief Luft ein, versuchte die pulsierende Lust in mir niederzudrücken. Es funktionierte kein bisschen, dennoch fand ich meine Stimme wieder.

»Dich.«

Seine Hüfte zuckte nach vorn gegen meinen Bauch. Ich spürte seinen harten Schwanz, der sich deutlich abzeichnete. Es befriedigte mich, dass in ihm ähnliches vor sich ging wie in mir.

Mir wurde nur noch heißer.

»Wären wir nicht hier in der Bibliothek«, seine Zunge flatterte über meine Kehle, »würde ich dich jetzt ficken. Du kannst dir nicht ausmalen, wie sehr ich das will.«

Meine Hand glitt von seinem Nacken zu seiner Brust hinab zu seinem Bauch. Die Muskeln spannten sich unter meiner Berührung an, was mir zusätzlich Bestätigung gab.

Alec Creswell wollte mich.

Und ich hatte keine Ahnung wieso.

»Nicht hier«, murmelte er und packte mein Handgelenk. Wieder presste er seinen Mund auf meinen und erstickte somit jedes Widerwort, das sich in meiner Kehle zusammenbraute. Ich ertrank in dem Kuss, der diesmal langsamer war. Sinnlicher, aber genauso betörend wie der zuvor. »Nicht heute.«

»Wieso?« Wieso ließ er mich warten?

Er lehnte sich zurück, stützte sich mit den Händen an der kalten Mauer neben meinem Kopf ab. So wie er nun vor mir stand, könnte ich mich der Vorstellung hingeben, dass wir uns in unserer eigenen Welt befanden. Ein weiterer Teil der Bibliothek, der Raum für seine eigene Geschichte beanspruchte.

»Weil ich nicht weiß, ob ich danach wieder aufhören kann. Du kannst dir nicht vorstellen, was ich dafür geben würde, dich in mein Auto zu setzen und zusammen irgendwo hinzufahren, wo wir allein sind. Denn in diesen Mauern ist man das niemals. Außerdem können wir uns das nicht erlauben. Nicht du. Nicht ich.«

»Wegen deiner Eltern, nicht wahr? Sie kommen morgen wieder.«

Er drehte sein Gesicht von mir weg und holte rasselnd Luft. Sein gesamter Leib zitterte. Am liebsten hätte ich ihn berührt. Wir wanderten auf einem Schmalen Grat, den wir nicht überschreiten durften ... obwohl wir das schon längst getan hatten.

»Ja. Ich habe bis dahin noch ein wenig zu tun, aber morgen nach dem Abendessen ...«

Wollte er sich gerade für Sex verabreden?

Die Vorstellung war unromantisch, doch lebte ich nicht in einem kitschigen Roman, sondern in der Wirklichkeit. Ob ich es wollte oder nicht.

»Klingt gut.«

Ein Grinsen zeichnete sich auf seinen Lippen ab. »Du verlangst gerade sehr viel Selbstbeherrschung von mir, weißt du das?«

»Ich mache doch gar nichts.«

Kopfschüttelnd steckte er mir eine Strähne hinter das Ohr. »Du unterschätzt dich maßlos.«

Ich wusste nicht, was ich aus seinen Worten machen sollte. Das war in diesem Moment sowieso nebensächlich. Denn er löste sich schwerfällig und trat einen Schritt zurück. Dennoch riss sein Blick keine Sekunde von mir ab.

Seine Lust war weiterhin sichtbar, während er sich durchs unordentliche Haar strich. Dabei rutschte sein Shirt nach oben und entblößten mir seine Muskeln und den Teil seines Unterbauchs, der zu seinem Schritt führte ...

Dieser Mann hatte mich geküsst.

Wollte mit mir schlafen.

Und das, obwohl wir uns nicht gut kannten. Wir waren keine Fremden mehr, aber es war Übertreibung ihn als Freund zu betiteln.

Allein das Verlangen stand im Vordergrund.

Wo lag eigentlich mein Problem?

Damals in London hatte ich auch – nicht oft – unverbindlichen Sex. Aber das war meist mit einem Fremden gewesen, den ich danach nie wieder gesehen hatte. Diese Bekanntschaften traf ich in einer Bar, die ich mit Kommilitonen besucht hatte. Oder in einem der Nachtclubs, in die ich mich viel zu selten gewagt hatte.

Bei Alec ... Ich würde ihn wiedersehen. Wir lebten im selben Haus. Es war nicht unwahrscheinlich, dass ich in der Zukunft sein Zimmer putzen musste. Außerdem würde es etwas zerstören – die Lockerheit, die zwischen uns existierte, wenn wir über Bücher redeten.

Würde er mir wieder welche aus der Bibliothek ausleihen, nachdem wir miteinander geschlafen hatten?

»Denk nicht so viel nach«, sagte er, streckte die Hand nach mir aus, zog sie aber wieder zurück, ehe er mich berührte.

»Woher –«

»Man sieht es dir an.«

Ich löste mich etwas von der Wand und legte meinen Kopf in den Nacken, wobei ich tief Luft in meine Lungen zog. Sie und die körperliche Distanz zu ihm halfen mir wieder sinnige Gedanken zu schöpfen. Gleichzeitig betrachtete ich die Decke, die hoch über uns thronte.

Sie trug keine Holzplatte mit Schnitzereien, so wie ich es erwartet hatte. Stattdessen war sie die Herberge eines Gemäldes im Barockstil.

Es zeigte Himmelsgestalten – Engel, Dämonen –, aber auch Menschen. Zudem goldene Instrumente wie Flöten oder Harfen. All das war eingebettet in blau-weiße Wolken.

Unter anderen Umständen hätte ich mich in dem Anblick verloren, stünde nicht jemand vor mir, der mich noch mehr interessierte. Ein primitiver Trieb lenkte all meine Sinne wieder auf ihn.

Die Lust.

Auch wenn sie nicht mehr so stark war, wie zuvor.

»Solange du nicht weißt, was mir durch den Kopf geht, bin ich beruhigt«, sagte ich und stieß mich von der Wand ab. Erst jetzt bemerkte ich, dass sich mein Haar aus dem Gummi gelöst hatte und nun in seichten Wellen über meine Brust viel. Auch meine Kleidung saß nicht mehr an Ort und Stelle.

»Ich könnte raten.«

»Und ich würde es dir nicht sagen, selbst wenn du richtig liegst.«

»Fies«, lachte er und beobachtete, wie ich die Knopfreihe meiner Bluse in eine senkrechte Linie zog.

»Eine Frau braucht ihre Geheimnisse.«

»Wenn das so ist ... Vielleicht kann ich dir eines davon Morgen nach dem Essen entlocken.«

»Wann und wo überhaupt?«

»Lass dich überraschen. Ich finde dich schon.«

Mir blieb keine Möglichkeit etwas darauf zu antworten, denn er ließ mich allein. Ehe er aus meinem Sichtfeld verschwand, drehte er sich nochmals zu mir um und warf mir ein neckisches Grinsen zu.

Währenddessen fiel mir auf, dass seine Lippen geschwollen waren.

Ich wollte gar nicht erst wissen, wie ich aussah ...

~

Ewig konnte ich mich vor Pernille nicht verstecken. Das wusste ich. Deshalb suchte ich sie dort auf, wo sie sich am frühen Nachmittag immer aufhielt.

In der Küche, in der das Mittagessen für die Creswells zubereitet wurde. Genau dort war sie; mit einer anderen Angestellten, die sie prüfend betrachtete. Schon an ihrem Gesichtsausdruck erkannte ich, dass sie keine sonderlich gute Laune hatte.

Spaßig würde dieses Gespräch nicht werden.

Als ihr Blick meinen traf, wurden ihre Züge noch angesäuerter. Mit ihren zurückgebundenen, lockigen Haaren sah sie strenger aus als sonst. Wenigstens legte sie das Messer weg, ehe sie vom Stuhl aufstand und zu mir kam.

»Wo zum Teufel warst du?«, zischte sie, packte mich am Oberarm und zerrte mich aus dem Raum, sodass wir unter uns waren. Erst als wir im Essbereich des Personals waren, ließ sie mich los.

»Meinst du heute oder gestern?«

»Beides. Und jetzt setz dich.«

Wortlos folgte ich ihrer Forderung und faltete meine Hände.

»Also, ich höre«, knirschte sie und verschränkte die Arme vor der Brust.

»Heute habe ich ein wenig verschlafen. Ich bin sofort zu Cian nach oben und habe sein Zimmer geputzt. Danach habe ich mir schnell etwas zum Essen gemacht und dann hat mich Alec aufgehalten. Sonst hätte ich dich früher aufgesucht.« Ein paar Punkte hatte ich zwar ausgelassen. Aber egal, was ich gesagt hätte, ihr skeptischer Ausdruck wäre sowieso nicht verschwunden.

»Was wollte Alec von dir?«

Scheiße.

Was sollte ich ihr sagen? Denn die Wahrheit würde es sicher nicht sein.

Ja, Pernille, er hat mich mit sich in die Bibliothek gezogen, wo wir miteinander rumgemacht haben, und danach haben wir uns zum Sex verabredet?

Selbst in meinem Kopf klang das verrückt.

Ihren Gesichtsausdruck wäre es bestimmt wert gewesen, wenn an meinem Job hier nicht mehr hinge als mein eigenes Wohl.

»Er wollte mit mir ein bisschen reden. Wir haben uns in der letzten Zeit näher kennengelernt. Wir mögen beide Bücher, weißt du?« Die Skepsis verschwand nicht aus ihren Zügen, doch dass ich seine geheime Liebe zur Literatur kannte, war ein Pluspunkt für mich. »Ich weiß, du hast mir gesagt, dass ich mich von ihnen fernhalten soll. Er hat mir aber vor kurzem angeboten, mir Bücher aus der Bibliothek im Haus zu geben. Da habe ich ›Ja‹ gesagt.«

»Und gestern?«

Ich erzählte ihr die Geschichte – die wahre Geschichte.

Wie Acair mich gefragt hatte.

Als sich Alec selbst eingeladen hatte.

Den Besuch beim Tischler und dem kleinen Buchladen.

Bis hin zu unserer Einkehr in das Lokal namens *Singing Druid.*

»Du hast dich also von Alec Creswell abfüllen lassen?«, fragte Pernille, die mittlerweile an der Arbeitsplatte lehnte und deutlich entspannter wirkte als noch vor wenigen Minuten.

»Das war nicht meine Intention.« Schulterzuckend spielte

ich mit meinen Fingern, wobei ich mir auf die Unterlippe biss. »Ich habe wenig gegessen, weil ich am Morgen keinen Hunger hatte.«

»Wieso hat dich Acair auf dein Zimmer getragen?«

Verdammt.

Diese Wände hatten wahrhaftig Augen.

»Mein Gott, warst du noch nie betrunken? Ich hatte keine Kraft und Lust zu laufen. Wenn Acair nicht gewesen wäre, hätte ich mich wahrscheinlich auf den Boden gesetzt und wäre dort eingeschlafen.«

»Vielleicht hättest du diese ungemütliche Nacht verdient gehabt.«

»Glaub mir, Cians Hohn hat mir heute Morgen schon gereicht.«

»Damit hättest du rechnen sollen.« Sie löste sich endgültig von ihrer Position, wandte sich dem Kühlschrank zu und machte ihn auf. »Weißt du, ich habe mir nur Sorgen gemacht. Wenn dir etwas zustoßen sollte, wird mich deine Mutter dafür zur Verantwortung ziehen.«

»Tut mir leid. Es ist gestern alles spontan entstanden. Sonst hätte ich dir Bescheid gegeben.« Ob meine Worte der Wahrheit entsprangen, wusste ich nicht. Das war auch egal, da es keinen Unterschied machte. Zumindest für sie.

»Sind die zwei wenigstens anständig gewesen?«

Ein Schmunzeln zupfte an meinen Mundwinkeln. »Alec und Acair?«

»Ja.« Pernille holte eine Metallbox hervor, in dem etwas drin lag, das wie Kartoffelgratin aussah, schaufelte ein wenig davon auf einen Teller und stellte ihn in die Mikrowelle.

»Alec hat mir ein Buch gekauft. Ich habe ihm gesagt, dass ich das Geld zurückzahlen werde. Aber ich denke nicht, dass er es annehmen wird.«

»Das wird er nicht.«

»Was machst du?«, fragte ich, als das Küchengerät piepte.

»Dir die Reste des gestrigen Abendessens aufwärmen.«

In diesem Augenblick fühlte ich mich schlecht. Weil ich ihr nicht die volle Wahrheit gesagt hatte, obwohl sie sich immer um mich kümmerte, und ich in diesem Umfeld nichts weiter als ein verlorener Fall war.

»Danke«, murmelte ich und sah zu, wie sie mir den gefüllten Teller und Besteck brachte. Um mich von den Schuldgefühlen abzulenken, schob ich das Thema auf den morgigen Tag. »Cian hat mir erzählt, dass seine Eltern wieder aus ihrem Urlaub zurückkommen.«

»Ja. Aber jetzt iss erstmal. Den Rest erkläre ich dir später.«

KAPITEL 17

Darcy

Innerhalb des Creswell-Anwesens war die Hölle ausgebrochen. Die Angestellten schwirrten wie Arbeiterbienen umher; machten dabei jeden Handgriff doppelt, um jegliche Fehler zu minimieren.

Pernille hatte mir einfache Aufgaben gegeben.

Pflanzen gießen.

Die Türknaufe putzen.

Das Geländer in der Eingangshalle abwischen.

Sie hatte mir gesagt, dass ich diese Sachen machen sollte, da ich neu war. Doch war ich mir sicher, dass sie mir die banalsten Dinge gab, weil sie heute kein Auge auf mich haben konnte.

Dasselbe galt für Jason, der auf einer Treppenstufe saß und mir dabei zusah, wie ich schuftete. Zwar sollte er mir helfen, ihm schien aber jegliche Motivation zu fehlen.

»Wie sind sie eigentlich so?«, fragte ich und stützte meine Ellenbogen auf das Geländer.

»Wen meinst du?«

Schnaubend deutete ich auf das Treiben um uns herum.

»Callum und Magdalena Creswell. Ich meine, ich kann verstehen, dass man das Haus vielleicht bei ihrer Ankunft sauber präsentieren will. Aber ist das alles nicht ein bisschen ... viel?«

»Du hast recht, vergiss jedoch nicht, dass Mr. Creswell schon als Junge reich aufgewachsen ist. Er kennt kein anderes Leben. Was er verlangt, ist für ihn normal.«

»Und seine Frau?«

»Sie kommt aus relativ einfachen Verhältnissen. Einer Schneiderfamilie aus dem Nachbardorf. So wie es mir erzählt wurde, war es wahre Liebe. Aber das können nur die beiden wissen.«

»Wie meinst du das?«

Er fuhr sich durch das hellrote Haar und seufzte dabei. »Angeblich hat Callum Creswells Vater verlangt, dass sein Sohn endlich heiratete und Nachwuchs bekam. Du musst wissen, er war sein einziges Kind. Also mussten früh Erben für seine Whiskyfirma her, bevor Callum etwas Schlimmes passieren konnte.«

Es ergab Sinn. Auch wenn ich es makaber fand, nur zu heiraten, um Kinder zu bekommen. So war es früher nun mal.

»Wie ist Callum?«

»Streng. Hält sehr viel von sich und lässt das andere spüren.«

Das muss ja ein super Mensch sein ... Vielleicht war das auch einer der Gründe, wieso mich Cian nicht beim Abendessen dabeihaben wollte. Egal welcher es letztendlich war, mit jeder Sekunde stieg in mir die Dankbarkeit, diese Stunden in der Küche verbringen zu dürfen. Selbst wenn es bedeutete, heute Nacht mit mehreren Schnittwunden ins Bett zu gehen.

Ob es mein Bett oder Alecs werden würde, war die Frage.

Kopfschüttelnd vertrieb ich diesen Gedanken. Ich hatte mir gestern geschworen, dass ich nicht während der Arbeit

darüber nachdenken würde. An unser Date, das nur für das
Eine gedacht war.

»Und Magdalena?«

»Sie ist freundlich. Über die Jahre ist sie reservierter
geworden. In meiner Kindheit war sie aber eine lebensfrohe
Person. Selbst heute hat sie immer ein offenes Ohr für jeden
Angestellten«

»Das kli–«

»Jason, was sitzt du hier so herum? Ich habe gesagt, du
sollst die Treppenteppiche auf lose Fäden kontrollieren«,
herrschte seine Mutter, die unter uns in der Halle stand.
Pernilles Hände waren in die Hüfte gestemmt, wobei ihr
einzelne, rote Locken ins Gesicht hingen.

Sie wirkte vollkommen durch den Wind.

Ihr Sohn sprang auf und hob schützend die Arme vor sich.
»Ich habe nur eine kleine Pause gemacht.«

»Pause hier, Pause da. Dieses Wort gibt es heute nicht.«
Ihr Kopf schwang zu mir. Ich erwartete eine Standpauke, da
ich immer noch nicht fertig war. Sie kam jedoch nicht. Stattdessen hielt sie eine andere Aufgabe für mich bereit. »Acair ist
in seinem Gewächshaus und geht nicht ans Telefon. Er muss
noch duschen, bevor seine Eltern nach Hause kommen.
Callum hasst den Geruch von Erde.«

»Und?«, fragte ich und senkte den Lappen.

»Du wirst ihn holen. Ich habe dafür nämlich keine Zeit.«

Sie war schon im Begriff zu gehen, meine Stimme hielt sie
jedoch zurück. »Ich weiß doch gar nicht, wo es ist.«

»Kind, es ist ein riesiges Gebäude. Das ist nicht zu übersehen. Wenn du aus der Personalküche auf die Veranda gehst,
nimm den Weg nach rechts.«

Damit stürmte sie aus der Halle und ließ uns beide
sprachlos zurück.

Letztendlich war es Jason, der als erster wieder zu sich

fand. »Sie hat anscheinend vergessen, ihre Johanniskrautkapseln zu nehmen.«

Lachend warf ich den Lappen in den Eimer voller Wasser und ging die ersten Stufen hinab an ihm vorbei. »Weißt du, obwohl deine Mutter gesagt hat, dass das Wort ›Pause‹ heute nicht existiert, werde ich jetzt gemütlich zum Gewächshaus laufen, während du Fäden und Fussel vom Teppich zupfen musst.«

»Sie schickt dich nur, weil sie der Überzeugung ist, dass du es schaffst, dass Acair pünktlich seinen Hintern ins Haus begibt.«

Meine Stirn warf dünne Fältchen. Ich blieb stehen und drehte mich zu ihm. »Wie meinst du das?«

»Ach, komm schon. Tu nicht so.«

»Ich weiß wirklich nicht, was du meinst.«

»Es geht das Gerücht herum, dass er dich, während du betrunken warst, in dein Zimmer getragen hat. So ist Acair nicht. Das hätte er nicht mal bei –« Er biss sich auf die Lippen und schüttelte den Kopf.

»Nicht mal bei wem?«, hakte ich nach.

»Vergiss es. Der Punkt jedoch bleibt stehen. Irgendwas an dir scheint ihn zu faszinieren. So sehr, dass er sogar gegen seine eigenen Prinzipien handelt.«

Darauf sagte ich nichts mehr. Denn ich hatte keine Ahnung, welche Worte die Richtigen waren.

Ja, er hatte mich auf mein Zimmer getragen. Aber sprach das wirklich gegen seine Natur? Immerhin hatte er mich an meinem ersten Tag zur Küche begleitet und mir von seiner Großmutter erzählt. Gleichzeitig kam mir die Geschichte zwischen Katie und ihm in den Sinn. Besonders die Worte, die Cian dabei gewählt hatte.

Acair hat es nicht geschmeckt und es Katie in seiner manchmal hochnäsigen Art gesagt.

Diese Ausdrucksweise hatte er sicher nicht grundlos gewählt. Außerdem war Cian sein Bruder; er kannte ihn schon sein gesamtes Leben. Ich erst wenige Tage. Dennoch war ich fest davon überzeugt, dass kein schlechter Mensch in ihm steckte.

Nicht, wenn er bei mir am Bett geblieben war.

Vielleicht traf ich aber damit genau Jasons Punkt.

Vielleicht besaß ich eine Macht über ihn. Auch wenn sie klein sein mochte.

Dieser Gedanke war irrsinnig. Trotzdem steckte ein Funken Wahrheit darin, den selbst ich nicht verleugnen konnte.

Nicht jetzt.

Nicht, während ich über den knirschenden Kies lief und die Arme um mich schlang.

Ich hätte einen Mantel überziehen sollen.

Zu meinem Glück brauchte ich nur wenige Schritte, bis das Gewächshaus in Sichtweite kam. Und je näher ich dem Gebäude kam, desto gigantischer wirkte es.

Pernille hatte Recht gehabt, man konnte es nicht übersehen. Es war ein Palast aus Stein und Glas, der mich fast in die Knie zwang.

Irgendwie konnte ich mir Acair darin sehr gut vorstellen. Diese Meinung änderte sich auch beim Betreten nicht.

Ich fand mich in einem Meer aus den verschiedensten Grüntönen wieder, die ab und zu ein paar Farbtupfer besaßen. Blüten in jeglicher Farbe strahlten mir entgegen.

Die Temperatur war höher als draußen, sodass ich hier nicht fröstelte. Im Gegenteil, es war angenehm.

Das Gewächshaus wurde in viele Ebenen unterteilt, die jeweils durch Treppen verbunden waren. Sie waren nicht in einer Spirale angeordnet, sondern wirkten wahllos zusammengewürfelt und waren von Steinsäulen gestützt. Von manchen führten mehrere in verschiedene Richtungen, während andere eine Sackgasse darstellten.

Faszinierend und kompliziert zugleich.

Die Architektur gepaart mit den dichten Pflanzen erschien verwinkelter im Gegensatz zum eigentlichen Anwesen. Doch fügte sich alles zu einem Bild zusammen, das an Perfektion grenzte.

Ich hätte ewig diese Aussicht in mich aufsaugen können, allerdings war ich nicht grundlos hier.

»Acair«, rief ich in den weiten Raum hinein, da er nirgends zu sehen war. Keine Überraschung, da ich teilweise nicht weiter als zwei Schrittlängen sehen konnte. »Ich bins, Darcy!«

Keine Reaktion.

Nicht mal das geringste Rascheln von Blättern.

Vielleicht war er gar nicht mehr da; hatte sich auf den Weg ins Haus gemacht, während ich hierhergelaufen war.

Etwas berührte mich am Hals.

Aus meiner Kehle löste sich ein Schrei.

Während ich auf dem Absatz herumwirbelte und *ihn* erkannte, beruhigte sich mein wild pochendes Herz.

»Verdammt, Acair! Hättest du nicht etwas sagen können? Du treibst mich noch irgendwann in den Tod, weißt du das?«

Ein stummes Lachen zeichnete sich auf seinen Lippen ab, wobei er mit den Schultern zuckte. In seinen Augen glitzerte der Schalk. »Es war nicht meine Intention, dich zu erschrecken. Das musst du mir glauben.«

»Und wenn ich das nicht tue?«

»Dann kann ich dir auch nicht helfen.« Er lief an mir vorbei und verschwand hinter dichten Pflanzen. Sie verschluckten ihn förmlich. »Wenn du was willst, musst du mir folgen, Darcy. Natürlich nur, wenn du dich traust.«

Wir hatten keine Zeit für seine Spielchen, dennoch packte

mich die Neugier und eine Leichtigkeit, die ich heute so noch nicht gespürt hatte.

Also ging ich ihm hinterher, wich dabei Pflanzen aus, die ich in dieser Form noch nie gesehen hatte. Ich war mir sicher, dass sie in Schottland nicht zu finden waren. Denn ihr Äußeres war exotisch; auch der Geruch von manchen konnte einen verführen.

»Acair, du –« Ich wurde in einer kleinen freien Fläche ausgespuckt, auf der ein paar Bücherregale und ein Schreibtisch standen. Darauf waren unzählige Blätter verstreut, die mit einer engen, kursiven Handschrift beschrieben waren. Ab und zu verirrten sich kleine Zeichnungen hinzu, die alle einen kleinen, vergrößerten Teil einer Pflanze darstellten.

Eine Blüte.

Ein Blatt.

Einen Querschnitt eines Stängels.

»Ich, was?«, fragte er und kam vor mir zum Stehen.

Ich brauchte einen Augenblick, bis ich meine Aufmerksamkeit auf ihn legen konnte. Und ich war mir sicher, dass ich nicht im Geringsten alle Details in mich aufnehmen konnte. Das war schier unmöglich.

»Du sollst ins Haus und dich für deine Eltern fertigmachen.«

»Hat dir Pernille das aufgetragen?«

»Ja, immerhin ignorierst du ihre Anrufe.«

»Wenn ich hier bin, gehe ich ungern ans Telefon.« Er holte ein zusammengefaltetes Papier aus der Hosentasche und warf es auf den Tisch. Erst da fiel mir auf, was er trug.

Und damit hatte ich nicht gerechnet.

Ich hatte erwartet, dass er in einer Latzhose und riesigen Gummistiefeln gekleidet war – eben wie ich mir einen Gärtner vorstellte. Um ehrlich zu sein, hätten diese Stücke nicht zu ihm gepasst; hätten lächerlich an ihm gewirkt.

Stattdessen waren es eine Stoffhose und ein blütenweißes Baumwollhemd. Sein Haar war zu einem niedrigen Zopf zusammengebunden, sodass sein goldenes Haar seinen Rücken hinabfloss. Nur ein paar Erdflecken auf dem Stoff seiner Kleidung deuteten darauf hin, dass er hier arbeitete.

»Ja, das ändert aber nichts daran, dass sie will, dass du dich jetzt für deine Eltern frisch machst«, sagte ich und wischte meine Hände an meinem Rock ab. Sie waren mit einem dünnen Schweißfilm benetzt.

»Das hat noch Zeit. Ihr Flieger landet erst in zwei Stunden.«

»Aber –«

»Darcy.« Er wandte sich wieder mir zu, wobei ein neckisches Grinsen auf seinen Lippen lag. »Entweder du gehst – ohne mich – oder du bleibst. Ich kann mir vorstellen, dass Pernille schon wieder maßlos übertreibt.«

»Ja, aber es ist mein Job.«

»Sie hat dir aufgetragen, mich zu holen, oder nicht? Sie wird nicht besonders erfreut sein, wenn du ohne mich zurückkommst.«

»Nötigst du mich gerade, Acair Creswell?« Nun umspielte auch meine Mundwinkel ein Lächeln, obwohl ich alles dafür tat, es nicht zu offensichtlich zu machen. »Sie wird sauer sein, wenn ich zu lange brauche.«

»Es ist immer besser Wut auf sich zu nehmen. Oder willst du lieber im Treiben dieses Hauses unterzugehen?« Er zuckte mit den Schultern, wartete meine Antwort nicht ab und wandte sich von mir weg. »Ich werde dich nicht zwingen. Obwohl ich, während ich die Platte aus dem Auto holte, die Stofftasche mit deinem Buch mitgenommen habe. Wenn du sie möchtest, musst du sie dir holen.«

Er drehte den Kopf, funkelte mich mit seinen atemberaubenden Iriden an.

Acair wollte spielen. Mit mir.

Und ich? Ich ging darauf ein, schritt auf ihn zu, was ihn zu befriedigen schien.

Er suchte sich einen Weg durch weitere Pflanzen, zu einer Treppe, die zu einer Ebene führte, die nicht weit über uns schwebte.

»Wie alt ist dieses Gewächshaus?«, fragte ich und erklomm die erste Stufe. Acair hatte sich zurückfallen lassen, sodass er direkt neben mir war.

»Keine Ahnung. Es ist bestimmt irgendwo dokumentiert, wann genau es gebaut wurde. Ich habe es vor ein paar Jahren restaurieren lassen. Nicht viel, nur die Dinge, die es wirklich gebraucht haben. Mir gefällt nämlich der alte Charme, der in diesen Gemäuern steckt.«

»Jetzt fehlt nur noch eine schwarze Katze und man könnte wirklich denken, dass du insgeheim ein Magier bist und hier deine Zaubertränke zusammenmischst.«

Augenverdrehend schüttelte er den Kopf, trotzdem entfuhr ihm ein gehustetes Lachen. »Du bist genauso schlimm wie Cian, weißt du das?«

»Ich habe bisher niemanden kennenlernen dürfen, der sich in dieser Art für die Pflanzenwelt interessiert.« Ehe er es falsch verstehen konnte, fuhr ich fort. »Es ist schön. Einzigartig.«

Unsicherheit schlich sich in ihn. Dieses Phänomen hatte ich auch schon bei seinem Bruder beobachten dürfen. Es war ihm unangenehm, mich in diese – in seine – Welt zu lassen. Er hatte wahrscheinlich auch Angst, dass ich mich darüber lustig machte.

Diese Reaktion hatte ich nicht von ihm erwartet. Ganz im Gegenteil.

Letztendlich war er aber immer noch ein Mensch; diese

zerbrachen sich immer den Kopf darüber, was andere über sie denken konnten.

Auch ich.

Es zeigte mir zudem, dass die Zwillinge nicht so unterschiedlich waren, wie ich nach dem ersten Eindruck der beiden annahm.

Ohne großartig darüber nachzudenken, legte ich eine Hand auf seinen Oberarm, sodass sein Blick zu mir zuckte. Das Schweigen, das uns umgarnte, war nicht unangenehm. Gepaart mit der leichten Berührung sprach es mehr als Worte es jemals konnten.

Ich ließ ihn erst wieder los, nachdem er sich unter meinen Fingern entspannte und mir ein mildes Lächeln entgegenwarf.

Mittlerweile waren wir an seinem Ziel. Es war übersichtlicher. Hier standen nur vereinzelt Töpfe mit Gewächsen, die ihre Ranken in die Steinmauern schlugen, die die riesigen Glasfenster hielt.

Etwas Bekanntes stach mir ins Auge.

Die Holzplatte von Bram. Erst jetzt erkannte ich, dass sich feine Schnitzereien an den Ecken befanden. Blumen und keltische Symbole, die ich so nur aus Büchern kannte. Ich hatte über dieses Volk einmal eine Hausarbeit geschrieben. Nur deswegen kamen sie mir bekannt vor.

»Dauert es nicht den ganzen Tag, bis du hier alles gegossen hast? Oder lässt du das die Angestellten erledigen?«

»Weder noch.« Sein Daumen fuhr über ein riesiges Blatt, ehe er sich gegen die Platte lehnte. »Ich habe vor einiger Zeit eine automatische Bewässerungsanlage installiert. Wenn du genau hinsiehst, erkennst du die kleinen Schläuche, die von Pflanze zu Pflanze gehen.«

Auch in diesem Punkt hatte er recht.

»Erzähl mir mehr von dem, was du machst.« Es war eine

Bitte, die ihn zu freuen schien. Alles an ihm wurde sanfter, wobei er mich mit einer kleinen Geste zu sich orderte.

Ich trat neben ihn und er drehte sich um, sodass wir beide auf das verzierte Holz starrten. Es waren bereits einige dünne Einkerbungen darauf erkennbar.

»Als wir bei Bram waren ... Hast du dort seine Hände gesehen?«

»Ja.«

»Sie waren mit Entzündungen übersäht, nicht wahr?«

Wieder bejahte ich seine Frage. »Auf was willst du hinaus?«

»Möglicherweise schlägst du mit deinen Zaubertränken in eine ähnliche Kerbe. Allerdings hat nichts, was ich hier mache, mit Magie zu tun. Ich mische Pflanzen zusammen, die eine heilende Wirkung haben. Für Bram ist es kein Tee oder ähnliches, sondern eine Salbe. Er verträgt die chemischen Sachen nämlich nicht.« Er zupfte eine helle Blüte mit rosa-roten Flecken von einem Stängel ab, der sich neben uns in die Höhe schraubte und legte sie auf die Platte. Danach nahm er ein Messer, das auf einem kleinen Steintisch lag und schnitt es einmal längs durch. Hervor quoll eine dickflüssige, rote Flüssigkeit.

So etwas hatte ich zuvor noch nie gesehen.

»Du musst ziemlich viel davon brauchen.«

»Ich vermische es noch mit weiteren Dingen. Es ist eigentlich simpel«, murmelte er und legte das Werkzeug wieder beiseite. »Dafür braucht man kein Talent.«

»Du willst mich auf den Arm nehmen, oder?«

Glaubte er das wirklich?

Diese verdammten Zwillinge hatten keine Ahnung, was es ausmachte, besonders zu sein.

»Nein.«

»Ich kann es zum Beispiel nicht.«

»Das ist schnell gelernt.«

Erneut legte ich eine Hand auf ihn.

Nun wandte er sich mir vollkommen zu.

»Ich meine es ernst, Acair.« Lachend schüttelte ich den Kopf, ein Gedanke schwirrte mir durch den Sinn.

»Was?«, fragte er, wobei auch ein Lächeln an seinen Mundwinkeln zog.

»Nichts.«

»Sag schon.« Er rückte an mich heran.

Obwohl ich mich innerlich sträubte, ihm den kleinen Teil meiner Imagination zu schenken, überredeten mich seine Finger, die meine streiften. »Ich habe mir kurz vorgestellt an meinem nächsten freien Tag mit einem Buch hierherzukommen und dich bei deiner Arbeit zu beobachten.«

Die Worte aus meinem Mund ergaben keinen Sinn. Sie entsprachen aber der Wahrheit.

Wieso malte sich mein Verstand das überhaupt aus? Vor allem nach dem, was zwischen seinem Bruder und mir passiert war – passieren würde.

Sein Kopf legte sich schräg, wobei einer seiner Vordersträhnen über seine Wangen glitt. Acair studierte jeden meiner Züge; machte es mir unmöglich, mich zu bewegen. »Auf der Ebene ganz oben – direkt unter der Glaskuppel – ist eine freie Fläche. Wenn du willst, stelle ich dir dort ein Sofa hin.«

»Und falls ich Höhenangst habe?«

»Dann eben unten, oder hier.« Seine Stimme war nur noch ein Hauch, der sich auf meine Lippen legte. Er kam mir immer näher.

Körperlich.

Seelisch.

Und ich? Für mich existierte gerade die Welt außerhalb

dieses Gewächshauses nicht. Denn alles in mir konzentrierte sich auf den Mann vor mir.

Er schob seine Finger in meine und verschränkte unsere Hände miteinander.

»Acair ...« Seine Nasenspitze streifte meine.

Ich schnappte nach Luft.

Das war falsch.

Doch wieso fühlten sich seine Berührungen trotzdem so gut an?

Seine Lippen streiften meinen Wangenknochen; machten mich willenlos. Nur er konnte das beenden, was wir angefangen hatten. Ich nämlich war wie Wachs in seinen Händen.

»Du musst dich nicht so zieren, Darcy«, flüsterte er und küsste mich auf die Wange, suchte sich einen Weg zu meinem Mund.

Ehe er ihn berührte, ertönte ein Räuspern.

Es ließ uns auseinanderfahren.

Und als ich sah, wer vor uns stand, sank mein Herz.

Es war Alec – seine Miene versteinert, seine Hände zu Fäusten geballt.

KAPITEL 18
Alec

Beim Betreten des Gewächshauses meines Bruders, dachte ich nicht darüber nach, was mich dort erwartete. Immerhin war ich schon oft – wenn auch nur kurz – hier gewesen.

Verdammt, erst vor kurzem installierte ich mit ihm die Platte, die er sich von Bram hatte anfertigen lassen. Genau deswegen war ich hier, weil ich einen Schraubenschlüssel vergessen hatte, den ich für ein Teil des alten Autos in meiner Werkstatt brauchte.

Was ich vorfand …

Meine Hände verkrampften sich, während ich Acair und Darcy ansah. Ihr Gesicht war feuerrot, seines gelangweilt. Dennoch wusste ich, dass das alles nur Fassade war.

Innerlich tobte es in ihm – zum einen, weil ich sie aufgehalten hatte, zum anderen, wegen dem, was *sie* in ihm auslöste.

»Darcy, kannst du uns bitte allein lassen?«, fragte ich, wobei ihr Blick zwischen uns beiden hin und her zuckte.

»Ich sollte sowieso wieder zurück.«

Sie wollte gehen, doch Acair hielt sie am Arm.

»Dein Buch.« Er griff unter die Arbeitsplatte, holte die Stofftasche von unserem kleinen Ausflug ins Dorf hervor und gab ihr das Buch, das ich ihr gekauft hatte. »Wenn Pernille fragt, ich komme gleich.«

Während Darcy an mir vorbeilief, strich ich ihr eine Strähne aus dem Gesicht.

Ihre Augen fanden meine.

Schuld lag in ihnen. Und Bedauern.

Diese nahm ich ihr sofort. Meine Stimme senkte sich, sodass meine Worte ausschließlich zwischen uns standen. »Vergiss heute Abend nicht. Ich werde dich abholen.«

Nun nistete sich Überraschung in ihre Miene, die sie sofort abschüttelte. Sie nickte, stolperte förmlich die Stufen hinab und verschwand aus unserem Sichtfeld hinter dichten, grünen Blättern.

Ich wandte mich erst wieder meinem Bruder zu, nachdem die Tür ins Schloss fiel und ich mir sicher war, dass sich Darcy auf dem Weg zurück ins Haus begab.

»Ich hätte niemals gedacht, dass wir noch einmal in diese Situation kommen«, sagte ich und legte meinen Kopf in den Nacken. Von hier aus konnte man die Kuppel sehen, die hoch über uns thronte. Keine Pflanzen waren im Weg. »Und eigentlich haben Cian, du und ich uns geschworen, dass es nie wieder passiert.«

Er schnaubte, sodass mein Blick erneut ihn fand.

»Was verlangst du jetzt von mir, Alec?« Er trat auf mich zu, die Lippen fest zusammengepresst. Welche Gefühle sich auch immer in ihm abgespielt hatten ... sie verwandelten sich in Wut. Gegenüber mir. »Willst du mir jetzt sagen, dass ich sie nicht berühren darf? Nicht ficken? Dann muss ich dich enttäuschen. Ich nehme von dir keine Befehle an.«

Ein kleiner Teil in mir hatte sich bis eben eingeredet, dass ich die Situation falsch gedeutet hatte. Seine Worte ließen ihn verstummen.

... dass ich sie nicht berühren darf? Nicht ficken?

Am liebsten hätte ich laut geflucht; um mich geschlagen. Jedoch blieb ich ruhig. Jemand von uns musste das nämlich sein. Und obwohl Acair keine physische Gewalt anwandte, schlugen seine Worte manchmal tiefer, als es seine Faust jemals könnte.

»Kannst du dich noch erinnern, was wir erst vor wenigen Jahren zu uns gesagt haben?«, fragte ich.

»Bevor oder nachdem du von deinem Kokstrip nach Leandras Tod heruntergekommen bist?«

»Wir haben uns gegenseitig geschworen, dass niemals wieder eine Frau zwischen uns treten wird. Aber wenn wir ehrlich sind, ist Darcy das schon längst.« Dazu hatte ich meinen eigenen Beitrag geleistet. Schließlich hatte ich sie nicht allein mit ihm ins Dorf fahren lassen. Aus purer Eifersucht. Obwohl ich damals diese Reaktion nicht als solche gedeutet hatte. Jetzt – erst wenige Tage später – krallte sich aber das Wissen in mir fest. »Wie konnte das passieren?«

»Ich weiß es selbst nicht.«

Wir beide kannten diese Frau kaum. Trotzdem schlich sie sich mit ihren großen, blauen Augen in unsere Seelen.

»Hätte Darcy sich von dir küssen lassen, wenn ich nicht gekommen wäre?«

Er wich meinem Blick aus, was Antwort genug war. »Ja, ich glaube schon.«

»Dann solltest du wissen, dass sie und ich diesen Schritt schon längst gegangen sind.«

»Was willst du damit andeuten?« Hohn und Schmerz spiegelten sich in seiner Stimme wider, während er über seinen langen Zopf strich. »Dass sie so ist wie Leandra?«

»Darcy ist nicht wie sie.«

»Wir kennen sie nicht, Alec.«

»Also würdest du sagen, dass Darcy ein Miststück ist?«

Ihm glitt ein Grinsen über die Lippen, wobei er den Kopf schüttelte. Gleichzeitig lehnte er sich an die Platte und verschränkte die Arme vor der Brust. »Nein.«

»Tja, das war nämlich *deine* Beschreibung für Leandra. Trotz dessen, hast du sie noch gevögelt.«

»Selbst wenn Darcy nicht wie sie ist ... Was ändert es an der Situation, dass wir anscheinend beide an ihr interessiert sind?«

Nichts.

Nun schlug ich etwas vor, das ich vielleicht noch bereuen könnte. Aber im Moment ging es zwischen ihr und mir nur um Sex. Das sollte auch so bleiben, auch wenn ich ihre Gegenwart genoss, wenn wir über Bücher redeten.

Ich stellte mich vor ihn, legte eine Hand auf seine Schulter, sodass mein Bruder mir tief in die Augen sah. »Lass uns das machen, wozu wir bei Leandra nie gekommen sind.«

Mit diesen Worten hatte er nicht gerechnet. »Du willst –«

»Ja. Keine Frau wird noch einmal zwischen uns kommen. Nicht zwischen dich, Cian und mich. Lass uns mit offenen Karten spielen, Acair. Und wir wissen beide, dass sie nicht weglaufen wird.«

Sein Blick wurde starr. Er nickte jedoch. »Wann?«

»Heute. Nach dem Essen.«

KAPITEL 19

Darcy

Hätte ich Acair aufgehalten, ehe es zu einem Kuss gekommen wäre?

In den vergangenen Stunden redete ich mir ein, dass ich ihn von mir gestoßen hätte.

Dass ich gegangen wäre. Doch schlummerte in mir die Wahrheit, die mir eine kleine Stimme immer und immer wieder entgegenschrie.

Eine, die ich nicht hören wollte.

Eine, die Alec nicht verdient hatte, obwohl ich ihm nichts schuldig war.

Denn wir waren nicht zusammen. Es ging nur um Sex, den wir beide wollten. Vielleicht aus unterschiedlichen Gründen, das machte aber keinen Unterschied. Ich wollte nach langer Zeit wieder von einem Mann berührt werden.

Und er? Keine Ahnung, was er an mir sah.

Ich wollte nicht mehr darüber nachdenken.

Die Szene verfolgte mich leider überall, wo ich hin ging.

Vor allem Alecs Reaktion.

Er hatte wütend gewirkt. Es war offensichtlich gewesen,

was zwischen seinem Bruder und mir passiert wäre, wenn er uns nicht gestört hätte. Trotzdem hatte er mir zugeflüstert, dass das Treffen heute Nacht noch stand.

Das ergab für mich keinen Sinn.

»Man sieht dir an, dass du nachdenkst«, sagte Jason, mit dem ich in die Eingangshalle ging. In wenigen Minuten würden die Creswells nach Hause kommen. Wir Angestellten mussten uns jetzt versammeln und sie begrüßen. »Jetzt bleibt nur noch die Frage: Über was?«

»Darüber, wie lächerlich das alles ist.«

Ich konnte ihm nicht die Wahrheit sagen. Zudem wusste ich selbst nicht, was ich denken sollte. Über alles.

»Genau deswegen will ich hier raus. Mutter kann sich vielleicht mit diesem Leben abfinden, aber ich nicht.«

»Es ist gut, dass du diese Entscheidung für dich getroffen hast.«

Er sah mich von der Seite an und nickte. »Manchmal denke ich, dass ich sie dadurch im Stich lasse. Es mag zwar meine Zukunft sein, aber sie hat sich bis jetzt um mich gekümmert. Irgendwie habe ich das Gefühl, ihr etwas zurückgeben zu müssen.«

»Sei froh, dass sie gesund ist. Vergiss einfach nicht, dich regelmäßig bei ihr zu melden. Ich glaube nämlich, sie ist stolz auf dich, dass du deinen eigenen Weg gehst.«

»Du hast womöglich recht.«

Ich warf ihm ein Lächeln zu, ehe wir in die Halle traten. Die anderen waren schon dort; in einer perfekten Reihe aufgestellt. Schweigend stellten wir uns ans Ende, sodass ich die letzte Person war, ehe der Absatz von einer der Treppen kam.

Cian, Acair und Alec fehlten.

Es dauerte nicht lange, bis man leises Gemurmel hinter der Eingangstür hörte, die keinen Moment später von Pernille aufgezogen wurde.

Hindurch traten ein Mann und eine Frau.

Beide waren auf ihre eigene Weise schön.

Callum Creswell trug einen Anzug, der keine Falte aufwies. Sein dunkles Haar war an den Schläfen ergraut und kurz geschnitten. Die Lippen waren schmal, die Gesichtszüge ausgeprägt. Seine jüngere Version würde Cian wahrscheinlich zum Verwechseln ähnlich sehen. Mit Ausnahme der Iriden. Callums strahlten mir nämlich in einem dunklen braun entgegen. Diese wirkten messerscharf; verhinderten im Gegenzug, dass man ihm lange in die Augen sehen konnte. Es schien unmöglich, sich in ihnen zu verlieren.

Bei Magdalena Creswell sah es hingegen anders aus. Acair und Alec hatten das Aussehen auf jeden Fall von ihr geerbt. Goldenes Haar floss ihre Schultern hinab, während ihr bernsteinfarbener Blick durch den Raum wanderte.

Sie wirkte ausgelaugt.

Ihre Schultern hingen hinab, wobei sie ihre Handtasche fest umklammerte. Das war nicht die lebensfrohe Frau, von der mir Jason erzählt hatte.

»Es ist schön, wieder zu Hause zu sein«, sagte Callum und steckte seine Hand in die Hosentasche. »Jason, wärst du so gut und holst unser Gepäck aus dem Kofferraum. Und fahr den Wagen anschließend in Alecs Werkstatt. Wenn er den ganzen Tag auf seiner faulen Haut liegt, kann er ihn wenigstens putzen.«

Er zog einen Autoschlüssel hervor, den er Jason zuwarf. Dieser fing ihn sicher auf, als wäre es nicht das erste Mal, dass er sich in dieser Situation wiederfand. Der junge Mann neben mir sagte kein Wort, sondern nickte und lief nach draußen.

»Ich bin müde«, sagte Magdalena und stakste mit ihren dünnen Beinen weiter in den Raum hinein. Dabei glitt ihr Blick umher, bis er mich fand. Die Müdigkeit verschwand, während sie mich musterte. »Ich will einen Tee trinken und mich ein paar Minuten hinlegen, ehe wir essen.«

Ich erwartete, dass sie an mir vorbeiging, doch lief sie direkt auf mich zu und drückte mir ihre Tasche in die Hand.

»Wie ist dein Name, Kind?«

»Darcy.« Das wusste sie bereits. Das sah man ihr an.

»Gut, du kommst mit.« Sie nahm mich beim Arm, drehte sich aber noch ein letztes Mal um, ehe sie mich mit sich führte. »Ich leihe sie mir für ein paar Minuten aus, Pernille. Hoffentlich hast du sie nicht für etwas anderes eingeplant.«

Sie wartete nicht auf einen Kommentar, sondern begleitete mich durch die Halle, dann durch eine Tür, die in einem Dienstbotengang endete. Ich stellte keine Fragen, blieb still. Auch sie hatte keinen Drang, etwas zu sagen.

Wir stiegen eine Wendeltreppe hinauf und gingen in einen Teil des Hauses, den ich noch nie betreten hatte. Der Süd-West-Flügel. Der, in dem das Ehepaar wohnte.

Magdalena brach erst das Schweigen, als wir von den dunklen Gängen direkt in einen weitläufigen, hellen Raum traten. Er war in Blautönen gehalten und besaß filigrane, goldene Details, die sich im gesamten Zimmer wiederfanden.

»Wie geht es deiner Familie, Darcy?«, fragte sie, setzte sich auf eine Chaiselongue und streifte sich die Schuhe von den Füßen.

Ich verschränkte die Hände miteinander, da ich nicht wusste, was ich mit ihnen anstellen sollte. Generell hatte ich keine Ahnung, wie ich mich in ihrer Gegenwart verhalten musste.

»Sie wissen, wer ich bin?«

»Du bist deiner Mutter wie aus dem Gesicht geschnitten.« Sie deutete auf einen Sessel, der ihr gegenüber stand. »Setz dich kurz hin. Ich kann mir vorstellen, dass Pernille dich und die anderen den gesamten Tag bereits durch das Haus gehetzt hat.«

»Sie gibt mir Aufgaben, die sie für angemessen hält. Es hat sich also in Grenzen gehalten.«

»Also, wie geht es Lina und deinem Vater?«

»Ich glaube es ist gut, dass sie jetzt bei ihm ist. Für beide. Zwar weiß ich nicht genau, wie es ihr ergangen ist, als ich noch in London war. Aber ich kenne *Màthair* ...« Schulterzuckend richtete sich mein Blick auf das große Fenster mit den dunklen Holzsprossen. Draußen fegte der Wind, den man nicht mit dem Sturm von gestern vergleichen konnte.

»Hast du dein Studium pausiert oder abgebrochen?«

»Sie wissen, dass ich studiert habe?« Sie nickte, wobei ich tief Luft einsog. »Abgebrochen.«

»Und was sind deine Pläne, wenn du hier abreist?«

»Ich weiß es nicht.« Das war die bittere Wahrheit. Ich dachte nicht viel daran, weil ich nicht wusste, wie ich sie mir ausmalen sollte.

Mit meinem gesunden Vater?

Oder einer Welt, in der nur Lina und ich waren?

»Wenn du nochmal studieren willst, dann können Callum und ich dir helfen. Ich habe über die Zeit hinweg gute Kontakte aufgebaut. Viele von den hohen Tieren in dieser Welt waren damals schon Freunde von den Creswells. Wir finden einen Platz für dich.«

»Sie müssen nicht −«

Magdalena strich ihre weiße Bluse glatt, schüttelte den Kopf. »Deine Mutter hat nicht zugelassen, dass wir sie weiterbezahlen, während sie sich um ihren Mann kümmert. Hoffentlich bist du nicht so dumm und schlägst Hilfe aus, wenn sie dir angeboten wird.«

»Ich werde es in Betracht ziehen, wenn es an der Zeit ist.

Aber bis dahin bin ich Ihre Angestellte und werde meinen Job machen.«

»Das habe ich auch nicht anders erwartet.« Sie nickte zu einem Schrank aus hellem Holz – dieser Raum könnte nicht gegensätzlicher sein zu dem Rest dieses Hauses. »Dort drin ist ein Wasserkocher, Tee und Tassen. Kannst du mir eine machen? Danach kannst du zurück zu Pernille. Nicht, dass sie noch einen Anfall bekommt, da du nicht helfen kannst.«

Schweigend stand ich auf und machte das, was sie mir aufgetragen hatte. Währenddessen legte sie ihre Füße hoch und lehnte ihre Schläfe gegen ein Polster. Die Reise musste ihr zugesetzt haben.

»Hier«, flüsterte ich und stellte eine heiße Tasse Earl Grey auf einen zierlichen Beistelltisch. Ihre Augen waren geschlossen, ihr Atem war unregelmäßig.

Ehe ich die Frau verließ, murmelte sie noch etwas. »Sag *P.* bitte, dass sie nicht so viel Butter an das Gemüse tun soll. Dadurch werde ich nur dick.«

Meine Augenbrauen zogen sich zusammen, während sie sich umdrehte und mir den Rücken zudrehte. Weder hatte ich eine Ahnung, wer *P.* sein sollte, noch war ich mir sicher, ob ihre Worte für mich gedacht waren. Oder ob sie überhaupt einen Sinn besaßen.

Ich fragte nicht nach. Stattdessen trat ich lautlos durch die Tür, durch die wir Minuten zuvor geschritten waren.

~

Pernille war eine Gefangene ihrer selbst. Ich konnte nicht anders ... in mir keimte Mitleid ihr gegenüber auf. Der Frau, die bisher alles im Griff hatte, schien gerade ihr gesamter Plan zu entgleiten. Wegen eines Unfalls, der eben passieren konnte.

Amy hatte sich in die Hand geschnitten, was im Krankenhaus genäht werden musste. In der Küche machte sich ihr Fehlen nicht bemerkbar, beim Bedienen in der großen Halle jedoch ...

Ich stand auf, legte das Messer beiseite und berührte Pernille am Arm. Sie zuckte zusammen, straffte aber augenblicklich ihre Schultern. Sie wollte sich keine Schwäche anmerken lassen.

»Ist alles in Ordnung, Darcy?«

»Bei mir? Ja. Bei dir? Ich bin mir nicht so sicher.« Meine Lippen verzogen sich, als ich sie mit mir aus der überhitzten Küche zog.

»Darcy, ich habe keine Zeit. Ich brauche –«

»Was du brauchst, ist einen klaren Kopf. Und den wirst du da drin nicht bekommen.«

Sie sah mich erstaunt an. Damit hatte sie sicher nicht gerechnet. Eigentlich war es Pernille, die immer ein Auge auf mich hatte. Jetzt waren wir in anderen Positionen.

»Du musst das nicht tun.«

»Wenn es aber kein anderer macht?« Ich zuckte mit den Schultern und schenkte ihr ein mildes Lächeln. Ihre Haltung lockerte sich nicht, aber ihre Züge wurden sanfter. Sie hatte jemanden verdient, der sich im Moment um sie kümmerte.

»Danke, Darcy. Ich muss jetzt aber wieder zu den anderen.«

Ich hielt sie zurück. »Stell mich im großen Saal dorthin, wo ich am wenigsten Schaden anrichten kann.«

»Du willst ...?« Sie schüttelte den Kopf. »Ich habe dich dort nicht eingeplant. Erst wieder zum Abräumen.«

»Na, und? Amy ist nicht mehr hier. Lass mich helfen. Das ist meine Arbeit, vergiss das nicht.«

»Wir haben ausgemacht, dass du während des Essens nicht im Saal bist.«

»Dann können wir froh sein, dass das nicht in Stein gemeißelt ist. Situationen können sich eben ändern.«

Pernille biss sich auf die Lippen, während sie nachdachte. Ihr gefiel mein Vorschlag nicht, doch ausschlagen konnte sie ihn auch nicht. »Okay. Du wirst an die Bar gehen. Du bereitest einfach nur die Getränke vor, die dann jemand anderes an den Tisch bringt.«

»Klingt gut.«

Ihr Blick wanderte an mir hinab, beäugte mit kritischen Augen meinen Aufzug. »Zieh das schwarze Kleid mit den weiten Ärmeln und dem Perlenbesatz am Kragen an. Und mach deine Schuhe sauber. An den Seiten sind sie ganz dreckig.«

»Vorher muss ich noch meine Sachen in der Küche aufräumen.«

»Das mache ich für dich.« Pernille schob mich in Richtung meines Zimmers. Eine Energie hatte sich in sie eingenistet, die zuvor nicht zu erkennen war. »Und jetzt geh und beeil dich.«

Genau das machte ich.

Ich zog mir die frischen Klamotten an. Das Kleid reichte mir bis zu den Knien, sodass ich mir noch eine dunkle Strumpfhose überstreifte. Bevor ich mich aber auf den Weg in den Saal machte, band ich meine losen Strähnen zusammen und steckte mir einen Haarreifen hinein.

Als ich mein Ziel für heute Abend erreichte, kam ich aus dem Staunen nicht mehr heraus.

Cian hatte Recht behalten.

Es war ein Raum mit absurd hohen Wänden. Die Decke war auch hier mit einem Bild versehen, das im Barockstil gehalten war. Von dort aus baumelte ein riesiger, goldener Kronleuchter mit Kristallen hinab, der genug Kraft besaß, die gesamte Dunkelheit zu vertreiben.

Ein langer Tisch stellte das Herz dar, während alles andere darum angeordnet war. Eine Musikanlage, aus der eine klassische Melodie drang. Kleine Sitzecken mit Beistelltischen, die mich an den in Magdalena Creswells Salon erinnerte. Die weitläufige Bar, die um einiges größer war als in dem Raum, in dem die Söhne damals gegessen hatten. Ein Klavier, das in einer Ecke stand.

Der Saal – ohne den Tisch – war perfekt für einen Ball.

Hier könnte man glauben, man wäre in einem Schloss; gefangen in einem Märchen. Selbst wenn, war ich leider keine Hauptprotagonistin darin. Denn in einer solchen Geschichte gab es immer nur *einen* Mann, der das Herz einer Jungfrau höherschlagen ließ.

Und na ja ... es traf beides nicht zu.

Mich hüllte nicht das weiße Kleid der Unschuld ein und der Fakt, dass zwei Brüder mir den Atem rauben konnten, sprach auch für sich. Auch wenn ich mir selbst den letzten Punkt schwer eingestehen konnte.

Zum Glück kam einiges an Personal – das Besteck und Geschirr dabeihatte – und Pernille in das Zimmer, ehe mich meine eigenen Gedanken ertränken konnten.

Die kleine, rothaarige Frau schritt direkt auf mich zu.

»Du siehst gut aus«, sagte sie und zupfte den Stoff an mir glatt. »Wie gesagt, du kannst eigentlich nichts falsch machen. Du musst einfach nur die Getränke vorbereiten. Magdalena trinkt zum Abendessen Portwein. Callum vor dem Essen einen Whisky mit nussigem und nach dem Essen einen mit fruchtigem Aroma. Die zwei Drinks für ihn drei daumenbreit und mit jeweils einem großen Eiswürfel. Mehr musst du nicht wissen.«

Ich nickte. »Und Alec, Acair und Cian?«

»Die sind nicht besonders wählerisch.«

»Cian schon.« Ein Lächeln glitt mir bei der Erinnerung

über die Lippen, als er mir damals die verschiedensten Geschmäcker des Alkohols erläutert hatte.

Ihre Augenbrauen zuckten nach oben. »Das wäre mir aber ganz neu. Aber egal«, ihr Blick fuhr zu den Frauen, die den Tisch deckten, »Wasser wird auf dem Tisch stehen. Darum musst du dich also nicht kümmern.«

»Okay.«

Sie drückte ein letztes Mal meinen Arm, ehe sie zu den anderen ging und ich mich hinter die Bar stellte.

Ich holte den Portwein und passende Gläser aus einer Vitrine hervor. Zudem die Whiskys. Bevor ich aber mit der Vorbereitung anfangen konnte, wurde eine Tür aufgerissen.

Hinein trat Cian – mit einer Anzugshose und einem dunklen Hemd. Sein Blick fiel sofort auf mich, als würde er wissen, dass ich hier war. An der Bar.

Mit großen, schnellen Schritten stand er bei mir. Er stützte sich mit einer Hand direkt vor mir auf die Arbeitsplatte, suchte dabei meine Aufmerksamkeit.

Ich konzentrierte mich auf die Gläser in meinen Händen.

Meinen bebenden Händen.

»Was suchst du hier? War der Plan nicht, dass du während des Essens in der Küche bleibst?«

»Pläne ändern sich eben.«

»Darcy.«

Mein Kopf schwang herum, sodass ich in seine ernsten Augen sah. »Amy hat sich in die Hand geschnitten. Und da es mein Job ist, besetze ich eben ihren Platz. Keine Sorge, sie kommt morgen aus dem Krankenhaus zurück. Du musst dir also keine neue Person suchen, die dir den Gossip aus diesem Haus brühwarm auftischt.« Ich hatte gar nicht gemerkt, was da aus meinem Mund kam.

Wie zu erwarten, hatte Cian auch nicht damit gerechnet.

»Brühwarmer Gossip?«

Ich straffte meine Schultern, um nicht in mir zusammenzusacken. Das Gesagte stand zwischen uns, dagegen konnte ich nicht das Geringste tun. »Soll ich dir diese Wörter erklären?«

»Keinen Bedarf«, murmelte er. »Wie kommst du darauf, dass sie mir Dinge erzählt?«

»Sie ist es, die dir Frühstück oder Kaffee in dein Büro bringt. Gepaart mit dem betretenen Gesichtsausdruck, den sie mir manchmal zuwirft ... Ich kann Eins und Eins zusammenzählen.«

Darauf sagte er nichts, was im Gegenzug für sich sprach. Seinen Mund konnte er dennoch nicht halten. »Vater mag bestimmte Whisky Sorten, ich –«

»Dort stehen sie.« Ich deutete auf die angebrochenen Flaschen. »Pernille hat mir gesagt, was er wie mag. Für deine Mutter Portwein.«

»Du hast sogar die mit den richtigen Aromen erwischt. Oder hat Pernille sie dir hingestellt?«

»Nein. Immerhin gab es jemanden in diesem Haus, der mich fast jede einzelne Glasflasche abwischen lassen hat. Ich habe lange auf Etiketten gestarrt. Es war also nicht schwer, manche davon wiederzuerkennen.«

»Na, sie mal einer an. Da habe ich dir glatt indirekt etwas beigebracht.«

»Natürlich.« Ich entkorkte den Wein, während er sich selbst einen Drink machte. Als ich auf die Flasche starrte, kam mir eine Frage in den Sinn. Vielleicht konnte er sie mir beantworten. »Hast du eine Ahnung, wer P. ist?«

»Wie bitte?«

»Als deine Eltern nach Hause gekommen sind, bin ich mit deiner Mutter nach oben in ein Zimmer gegangen. Wir haben kurz geredet; über meine Familie. Bevor ich gegangen bin, habe ich ihr einen Tee gemacht. Währenddessen ist sie eingeschlafen, obwohl ich diesen Zustand vielleicht nicht so beschreiben würde. Sie hat gesagt, dass ich *P.* sagen solle, nicht so viel Butter ans Essen zu tun.«

Er winkte ab. »Sie hat Flugangst und wahrscheinlich zu starke Schlaftabletten genommen. Danach ist sie immer ein wenig verwirrt.«

»Also weißt du nicht, wer *P.* ist?«

»Das habe ich nicht gesagt.«

»Dann hast du meine Frage nicht beantwortet.«

Ein spielerischer Ausdruck legte sich auf seine Züge, was auch meine Laune hob. Ein wenig.

»Es ist Pernille. Sie waren damals Freunde; zumindest nach den Erzählungen von anderen Angestellten. Denn ich habe sie niemals so erlebt. Sie haben sich gut verstanden, keine Frage. Aber der Begriff ›Freundschaft‹ ist für mich dann doch etwas hoch gegriffen.«

»Komisch.«

Ihn schien es wenig zu interessieren, denn er nahm seinen Drink, ging aber nicht. »Ich habe dir heute Vormittag frei gegeben, das gilt für Morgen nicht. Das Schöne an Schmutz und Staub ist nämlich, dass er wiederkehrend ist.«

Danke für die Erinnerung, Arschloch.

Ich warf ihm ein aufgesetztes Grinsen entgegen. »Willst du dich nicht schon mal hinsetzen und dort auf deine Eltern und Brüder warten?«

»Gefällt dir meine Gegenwart nicht?«

Mein Mund öffnete sich, als die Tür erneut aufgestoßen wurde.

Diesmal traten Callum und Magdalena ein; direkt dahinter Acair, der gelangweilt dreinblickte.

»Ich muss jetzt wieder an meine Arbeit«, flüsterte ich, wobei ich einen Eiswürfel aus dem Gefrierfach des Kühlschranks holte. »Also geh jetzt.«

Cian machte, was ich sagte, und setzte sich gegenüber von Acair. Nicht an das Kopfende des Tisches, wo sich heute sein Vater niederließ. Magdalena hingegen saß am anderen Ende davon. Und ihre Söhne mittendrin.

Ich schenkte den Whisky und den Portwein in ihre jeweiligen Gläser, während einige Dienstboten durch eine andere Tür schritten und die Vorspeise hereinbrachten.

Cullen Skink – eine Suppe aus Milch, Zwiebeln, Kartoffeln und geräuchertem Schellfisch.

Als Kind hatte ich es *Cullen Stink* genannt.

Die erste Angestellte, die sich aus der Traube löste, kam direkt zu mir und nahm die Drinks ab. Für Acair und Alec – der immer noch nicht da war – hatte ich das Gleiche gemixt, das sich zuvor Cian eingegossen hatte.

»Du musst hierbleiben, während sie essen. Falls einer von ihnen noch etwas will«, flüsterte sie und nahm mir die Sachen ab.

Sie war ein Jahr jünger als ich; mehr wusste ich nicht von ihr. Selbst ihren Namen nicht. Denn anstatt, dass ich das Personal besser kennenlernte, hatte sich meine Aufmerksamkeit auf die drei Brüder gelegt.

»Klar, kein Problem.«

Ich wollte gar nicht weg. Solange ich nicht Essen oder Getränke direkt an diese Familie verteilen musste, hatte ich kein Bedürfnis zu verschwinden.

Besonders, da die Konstellation dieser äußerst interessant war. Ich konnte mir nicht vorstellen, über welche Themen sie sprachen.

Würden sie über den Urlaub von Callum und Magdalena reden?

Über das Geschäft, an dem Acair und Alec nicht interessiert waren?

Oder würde das Schweigen den Saal erfüllen?

Nicht ganz, denn es war der Vater, der als erster seine Stimme erhob. »Wo ist Alec? Ist er schon wieder spontan auf Reisen gegangen? Er hat mich nicht mal in meinem Büro aufgesucht.«

»Er hat mich in meinem Zimmer besucht«, sagte Magdalena und nahm einen Schluck des süßen Weins. »Alec kommt bestimmt gleich. Du weißt, dass er nicht viel von Pünktlichkeit hält.«

Die Miene ihres Ehemanns verzog sich zu einer hässlichen Fratze. Ich konnte mir nicht vorstellen, wie er lachte. Er war kalt. Wirkte unnahbar. Etwas davon hatte Acair geerbt.

Callum räusperte sich, wandte seinen starren Blick auf Cian. »Was ist so passiert, als wir weg waren?«

»Nichts. Ein paar Aktien sind gestiegen, sonst war es aber ruhig.«

Sein Kopf drehte sich zu dem jüngeren Sohn. »Und bei dir? Habe ich dir nicht gesagt, dass du endlich deine Haare schneiden sollst?«

Jeder Nerv in meinem Körper spannte sich bei seiner schneidenden Stimme an. Acairs Schultern hingen hingegen entspannt hinab, wobei er nach dem Suppenlöffel griff. »Dann muss ich dir bedauerlicherweise mitteilen, dass ich sie so mag.«

»Es passt nicht zu einem Mann.«

»Vielleicht in deiner beschränkten Welt nicht.«

Der Atem blieb mir in der Kehle stecken, wobei ich eine Reaktion von seinem Vater erwartete. Jedoch zuckte ausschließlich seine Oberlippe. Zu mehr hatte er auch keine Zeit, denn der fehlende Sohn stieß dazu.

Alec trat in seiner gewohnten Jeans und einem ausgewaschenen Shirt in den Raum. Er sah mich nicht, ging stattdessen ohne ein Wort an den Tisch und setzte sich neben Acair.

Nun war die Familie komplett – wenn man sie als solche bezeichnen konnte. Denn diese Szenen waren mir fremd;

hatten nicht im Geringsten mit den Abenden zu tun, die ich mit meinen Eltern verbracht hatte.

»Hast du die Armbanduhr verloren, die ich dir zu deinem letzten Geburtstag geschenkt habe? Oder was ist diesmal deine Ausrede, dass du zu spät bist?«

Alec zuckte mit den Schultern, nahm ein Brötchen von einem Teller in der Mitte, zerriss es und tunkte es in das *Cullen Skink*. Dabei sah er Callum nicht ein einziges Mal in die Augen. »Ich hatte noch Dinge zu erledigen.«

»Ach, ja?« Ein eisiges Lachen drang aus dem Vater. »Die wären?«

»Dies und das eben. Du, als reicher Geschäftsmann mit so viel Gehirn, solltest es als leicht empfinden, meine Tätigkeiten herauszufinden. Ich hingegen bin dumm – so dumm, dass mir die passenden Begriffe entfallen sind.«

»Alec«, zischte Magdalena. »Sei ruhig und iss. Das sollten wir jetzt alle tun. Nicht wahr?«

Ihre Söhne nickten, während ihr Ehemann mit geballten Fäusten und wütender Miene am Tisch saß. Ich erwartete eine Reaktion, allerdings ließ er sich nicht zu einer solchen hinreißen.

Ob er seine Söhne liebte?

Selbst zu Cian war er reserviert, obwohl er derjenige war, der sein Imperium eines Tages übernehmen würde.

So verstrichen auch die restlichen Stunden.

Nur manchmal wurden Worte ausgetauscht, ansonsten aßen sie schweigend. Aber auch so konnte man viel aus dieser Konstellation herauslesen.

Aus Magdalenas bedrückter Miene.

Aus Cian, dessen Aufmerksamkeit oft zu mir glitt.

Alec und Acair, die genervt waren, hier zu sein.

Aus allen Gesichtern war etwas zu erkennen; mit Ausnahme von Callums. Denn über die wenigen Stunden hinweg trug er eine Maske, die er zu keiner Sekunde abnahm. Nicht mal, als er nach der Nachspeise die Serviette auf seinen leeren Teller legte, wortlos aufstand und ging.

Nicht aus dem Saal, sondern auf mich zu.

»Geben Sie mir meinen Drink direkt mit.« Er schlug mit der Handfläche leicht auf die Theke, sodass ich mich aus der Starre löste. »Ich gehe noch eine Weile in mein Arbeitszimmer.«

Der Whisky war schon im Glas, nur noch der Eiswürfel fehlte. Es dauerte auch nicht lange, bis ich einen aus dem Gefrierfach holte und ihn in die Flüssigkeit legte. Jedoch war es lange genug, um Callums Blick auf mich zu ziehen.

»Ich kenne Sie gar nicht.« Seine dunklen Augenbrauen zogen sich zusammen, ehe das Wissen über seine Miene glitt. »Sie sind Linas Tochter.«

Er sagte es laut, wodurch auch die Köpfe der anderen zu uns schwangen.

Acair und Alec wirkten überrascht, dass ich hier war. Cian hingegen war angespannt; als würde er aufspringen, wenn sein Vater nur eine falsche Bewegung machte.

Ich nickte und schob ihm das Glas entgegen. »Ja.«

Er betrachtete mich wie ein Objekt, von dem er noch nicht wusste, ob er es ausmustern oder behalten sollte.

Ich hielt es aus, ließ kein Zucken zu.

Selbst dann nicht, als er an den perlenbesetzten Kragen meines Kleides griff und eine umgeklappte Ecke wieder an ihren eigentlichen Platz brachte.

Nicht jeder war so regungslos wie ich.

Cian sprang auf und eilte mit schnellen Schritten zu uns. Erst als er sprach, löste sich sein Vater von mir.

»Ich wollte mit dir noch reden. Über das Geschäft. Falls es für dich kein Problem ist, heute.«

»Wenn es denn sein muss.«

Er umfasste den Drink, nickte mir zu und verließ mit seinem ältesten Sohn den Saal. Kurz darauf auch Magdalena, die leise mit Acair sprach, der in ihrer Gegenwart viel offener wirkte. Alle waren verschwunden, außer ein paar Angestellte, Alec und ich.

Ehe der Mann sich aus seiner Position löste, kam Pernille mit weiteren Frauen und Jason herein und gab Anweisungen abzuräumen. Danach marschierte sie zu mir und drückte meine Schultern.

»Mach für heute Schluss. Und danke noch mal.«

»Keine Ursache.«

Ich trat hinter der Bar hervor, suchte Alecs Augen, doch waren sie nach unten gerichtet. Das war nicht der Mann, den ich in der Zeit, in der ich hier war, kennenlernen durfte. Dieser hier, war der, den er manchmal aus sich selbst machen wollte.

Am liebsten wäre ich zu ihm gegangen. Die anderen im Saal hinderten mich daran.

Somit entfernte ich mich. Und hoffte, dass er mich nach diesem Essen dennoch aufsuchen würde.

KAPITEL 20

Darcy

Jede Minute, die verstrich, fühlte sich an wie Stunden.

Ich konnte mich für kurze Zeit mit einer heißen Dusche ablenken, nun saß ich mit geföhnten Haaren auf der Kante meiner Matratze und fand keine Ruhe. Meine Finger spielten mit dem dunkelroten Satinstoff meines Nachtkleides. Es besaß am Saum feine Spitze, war eines der schönsten Stücke meines Kleiderschranks.

Bevor ich komplett durchdrehte, klopfte es an der Tür. Ich sprang auf, riss sie förmlich auf und wurde auch nicht enttäuscht.

Vor mir stand Alec.

An ihm waren noch dieselben Klamotten, die er auch beim Essen trug. Seine Miene hellte sich bei meinem Anblick auf. Gleichzeitig glitt ein dunkler Schatten über seine Züge, der mir einen Schauer über die Wirbelsäule jagte.

Seine Augen glitten zu meinen nackten Beinen. »Du willst es mir wohl besonders schwer machen.«

Mein Kopf legte sich schief.

Was meint er damit? Wir sind doch genau dafür verabredet.

Ich sprach diese Gedanken nicht aus, stattdessen hob ich meine Hand und fuhr über seinen Hals. Sofort sah er wieder in mein Gesicht.

»Wie geht es dir?«, fragte ich und streichelte über seine Haut, wobei ich das Pochen seines Pulses fühlte. »Beim Essen –«

»Callum ist eine komplizierte Person. Ich hatte in diesem Moment eigentlich keine Lust, dort mit ihm und den anderen zu sitzen.«

»Was wolltest du dann?«

Er trat einen Schritt näher, ließ seine Finger über meine Taille gleiten. Zog mich zu sich und hauchte einen Kuss auf meinen Mundwinkel.

Mir wurde heiß. Aufregung und Vorfreude pumpten durch meine Adern. Das Warten – egal, wie lange es sich angefühlt hatte – lohnte sich jetzt schon. Dennoch vertiefte er seine Berührungen nicht.

»Dich. Allein. Irgendwo, wo uns keiner stören kann.«

Ich sah um mich. »Jetzt sind wir es, oder nicht?«

Ein blasses Lächeln glitt über seine Lippen, wobei er meine Hand umfasste. Alec zögerte.

Vielleicht hatte er es sich anders überlegt.

»Ich will nicht hier mit dir sein.«

»Wo dann?«

»Vertraust du mir, Darcy?«

Meine Zähne vergruben sich in meiner Unterlippe. Dabei sah er mich eindringlich an und wartete auf meine Antwort. Das Problem war, dass ich sie selbst nicht kannte.

Konnte ich einem Mann vertrauen, mit dem ich so wenig Zeit verbracht hatte? Von dem ich so wenig wusste?

»Ich weiß es nicht«, gab ich zu, während der Druck seiner Finger stärker wurde. Seine Miene verriet mir, dass er mit diesen Worten gerechnet hatte. »Das bedeutet aber nicht, dass sich das nicht ändern kann.«

»Für heute Nacht musst du es. Kannst du mir das versprechen?« Diesmal drückte er mir einen Kuss auf die Lippen. Mit dieser seichten Berührung konnte es nur eine Antwort auf seine Frage geben. Ich war ein willenloses Ding, mit dem er alles machen konnte, was er wollte.

»Ja.«

»Gut.« Ich erwartete, dass er mich weiter hineindrängen und die Tür hinter sich zuschlagen würde. Doch das genaue Gegenteil geschah. Er zog sich zurück, nahm mich bei der Hand. »Ich will mit dir nicht hierbleiben.«

»Und wohin gehen wir?«

Einer seiner Mundwinkel zuckte nach oben. »Vertrau mir, schon vergessen?«

»Ich muss morgen früh raus. Arbeiten.«

»Das wirst du.«

»Wenn das so ist …«

Ich ließ mich von ihm mitziehen; nur in ein Nachtkleid gehüllt. Selbst an den Füßen trug ich weder Hausschuhe noch Socken.

Gott, wenn mich jemand in diesem Aufzug mit ihm sah …

Wenigstens hätte Cian dann etwas Neues, wo er seine Nase reinstecken konnte. Dennoch konnte ich darauf verzichten.

Mir wurde nach einigen Schritten bewusst, dass wir das Haus nicht verließen. Wir stiegen Treppenstufen hinauf, anstatt in Richtung das Hauptausgangs zu gehen. Jedoch führte er uns auch nicht in sein Zimmer, da wir im zweiten Stock angekommen nur in endlosscheinenden Fluren umherwanderten.

Bis wir vor einer Tür hielten. Die Dunkelheit verhinderte,

irgendwelche Einkerbungen von Schnitzwerkzeug darin zu erkennen.

»Wo sind wir?«, fragte ich und drehte mich Alec zu. Er fischte einen kleinen, goldenen Schlüssel aus seiner Hosentasche hervor.

»Das erkläre ich dir später.« Er sog tief Luft ein, ehe er das kleine Stück Metall in das Schloss steckte und es herumdrehte. Ein Klicken ertönte, was die Anspannung in seinen Schultern verstärkte.

Was zur Hölle war mit ihm los?

An mangelnder Erfahrung konnte es bei ihm nicht liegen. Sonst hätte er sich nicht mit mir verabredet. Oder hätte mich an meinem zweiten Tag geküsst.

Also was war es dann?

Der Boden knarzte, als wir eintraten.

Vor mir eröffneten sich gotische langgezogene Fenster, die das Licht des Mondes hereinließen. Die einzige Beleuchtung hier drin. Trotzdem reichte es aus, um Dinge für mich erkennbar zu machen.

Der große Raum war mit gefüllten Bücherregalen und Polstermöbel bestückt. Zudem schraubten sich drei Wendeltreppen aus Metall in die Höhe. Jede von ihnen endete jeweils bei einer Tür.

Und dann war da noch das breite Bett vor dem Fenster.

Ein Bett, das nicht leer war.

Acair hockte am Fußende und starrte mir entgegen. Auch er sah immer noch so aus, wie ich ihn vor wenigen Stunden das letzte Mal gesehen hatte. Umgeben von diesem Ambiente wirkte er anders.

Geheimnisvoll – etwas, das ich schon immer anziehend fand.

»Alec«, sagte ich, konnte mich aber nicht von dem Anblick seines Bruders lösen. Von Schatten umhüllt saß er da und betrachtete mich. Das Kleid an meinem Leib. Meine nackte, blasse Haut.

Es war verschlossen gewesen ... Wie war er hier hereingekommen? Und wieso reagierte Alec nicht?

Dessen Hand legte sich auf meinen Rücken und schob mich tiefer hinein. Währenddessen pustete er von hinten gegen mein Haar und wirbelte es auf.

»Vertrau mir. Vergiss das nicht.« Seine Stimme war nur ein Flüstern, dennoch fühlte es sich an, als würde es von den Wänden widerhallen.

Es versetzte auch Acair in Bewegung.

Er stand auf und kam direkt auf mich zu.

Kaum einen Wimpernschlag später, stand er vor mir. Ich konnte mich nicht bewegen ... Selbst wenn ich könnte, ich wollte nicht.

»Aciar –«

Zu mehr war ich nicht in der Lage. Er nahm mein Gesicht in beide Hände und presste seine Lippen auf meine.

Alec berührte mich derweil an der Hüfte.

Und ich? Ich hätte mich von ihm lösen und gehen sollen.

Doch in mir machte sich etwas anderes bemerkbar.

Es war das Verlangen nach Acair, dem ich schon im Gewächshaus nachgegeben hätte. Jetzt tat ich es; ließ mich fallen. Mit dem Wissen, dass einer der beiden Männer mich auffangen würde.

Seine Zunge glitt über meine Lippen, in meinen Mund und spielte mit meiner. Sein Geschmack war gegenüber dem seines Zwillings weniger süß, trug dafür einen Hauch von Minze in sich. Auf seine eigene Art süchtig machend.

Meine Hände fanden sich in seinem langen Haar wieder. Blind löste ich den Gummi, der die Strähnen zusammenhielt und glitt mit den Fingern hindurch.

Kein einziger, klarer Gedanke existierte in mir.

Das war unmöglich.

Alec strich von hinten meine Strähnen zu einer Seite und küsste mich auf meinen erhitzten, freien Hals. Dabei drückte er sein Becken gegen meinen unteren Rücken. Sein harter Schwanz war deutlich spürbar.

Stöhnend – und zum ersten Mal – brach ich den Kuss mit seinem Bruder und legte den Kopf in den Nacken. Jeder Nerv in mir schrie. Forderte nach mehr.

Doch nach was?

Nach der Begierde der beiden Brüder?

Verdammt, in welcher Situation war ich gerade?

Acair umfasste meine Wange, während Alec mit den Zähnen über meinen Nacken schabte, sodass meine Beine wacklig wurden. Mein Blick richtete sich auf Acair, der mich mit brennenden Iriden ansah.

»Du musst nichts tun, was du nicht willst, Darcy. Behalte das in Erinnerung.«

Ich rang nach Luft, wobei Alecs Küsse weniger fordernd wurden. Er wollte mir den Freiraum geben – wenn man es denn so nennen konnte – und meine Entscheidung hören.

Würde ich hierbleiben oder gehen?

War mir überhaupt bewusst, was passieren würde, wenn ich blieb?

Ja. Ein Dreier mit den Creswell-Zwillingen.

»Ich habe noch nie ... Mit zwei Männern ... Ihr wisst –« Mein Gestammel trieb mich in den Wahnsinn. Oder vielleicht war es auch Alec, der keine Sekunde von mir ließ.

Seine Hand legte sich auf mein Bein und suchte einen Weg nach oben, bis zum Saum meines Kleides.

Er wartete auf meine finale Antwort.

Acair hingegen legte nun beide Hände um mein Gesicht und zwang mich ihn anzusehen. Dabei strichen seine Daumen sanft darüber. Alles an ihm war sanft; ich hatte aber keinen Zweifel daran, dass in ihm auch ein anderes Wesen steckte.

Er jedoch konnte es bisher besser im Zaun halten als Alec.

»Es gibt für alles ein erstes Mal«, flüsterte er, wobei seine Augen flackerten. Ein Lächeln zupfte an seinen Mundwinkeln, woraufhin sich meine Mitte zusammenzog. Bei meinem Schweigen wähnte er sich in Bestätigung. »Du kannst uns nicht vorwerfen, dass wir dich beide vögeln wollen.«

Was machten diese Männer nur mit mir?

»Acair ...«

Erneut küsste er mich. Diesmal drängend. Fordernd. Biss mir sogar in die Unterlippe, was mir gepaart mit den Berührungen von Alec und seiner immer größer werdenden Lust ein kehliges Stöhnen entlockte.

»Lass dich auf uns ein. Du wirst nicht enttäuscht sein.«

Ehe ich über seine Worte nachdachte, war meine Entscheidung gefällt. Sie entsprang nicht meinem Verstand, sondern allein einem Trieb in mir, der Überhand genommen hatte.

»Okay«, flüsterte ich, was Alec ein Knurren entlockte.

Die unsichtbaren Fesseln seines Verlangens verschwanden, sodass er sich nun endlich unter mein Nachtkleid stahl und über meinen Hintern strich. Seine Finger ertasteten die dünne Spitze meines Slips, den ich eigentlich nur für ihn angezogen hatte.

Ich hatte ja nicht erahnen können, dass er mich teilen würde. Dass ich damit einverstanden war und ein kleiner, verrückter unbekannter Teil, sich darüber freute.

Acair nestelte am roten, dünnen Träger herum, schob ihn aber nicht von meinen Schultern. Noch nicht. Er wollte es genießen, mich auszuziehen – das sah man ihm an. Seine Langsamkeit und Alecs pure Gier, die sich von hinten an mich drängte, waren unbeschreiblich.

»Du wirst es nicht bereuen.« Der Mann vor mir schob den kühlen Stoff endlich von meinen Armen, wodurch er von meinem Körper zu Boden fiel.

Ich stand fast nackt da; den glühenden Augen von Acair ausgeliefert.

Er sog jeden Zentimeter von mir auf.

Meine harten, rosigen Brustwarzen.

Meinen flachen Bauch.

Meine Scham, die weiterhin mit meinem Höschen bedeckte war.

Sein Bruder hingegen erkundete mich mit seinen Händen und Lippen. Alecs Finger schoben sich zwischen meine Brüste, während sein Mund über meinen Rücken zu einem meiner Schulterblätter fuhr.

Mir gefiel es, dass er mich nicht umdrehte. Es trieb die sowieso schon brennende Lust in mir ins Unermessliche. Und es bestätigte mir, dass es in dieser Nacht noch vieles zu entdecken gab.

Ich konnte es kaum erwarten, diese Dinge herauszufinden. Denn wie ich Alec versprochen hatte, vertraute ich ihm. Das musste ich, um mich vollkommen darauf einzulassen.

Acair nahm eine meiner Hände und legte sie auf seine Brust; direkt über sein Herz. Es pochte in einem schnellen Takt. Damit zeigte er mir Verwundbarkeit, sodass es keine Bekundung nach Verletzlichkeit benötigte. Damit nahm er mir zudem noch jegliche Zweifel, die noch über meiner Seele schwebten.

Es dauerte aber nicht lange, da platzierte er sie an seinem Schritt. Auch er war von seiner Lust gezeichnet, die mir galt. Das Gefühl und das Wissen raubten mir den Atem, während sich meine Sinne auf den Mann hinter mir lenkten, der mir die Spitze vom Leib schälte.

Sodass ich nackt dastand – den Berührungen zweier

Männer ausgeliefert, die mich aus einem mir unerklärlichen Grund wollten.

Acairs Blick zuckte zu meiner Scham, die mit einem dunklen Flaum bedeckt war. Sein Schritt wurde größer, während er sich mit geübten Händen das Hemd aufknöpfte.

Auch in dieser Sache ließ er sich Zeit. Alec hingegen streifte sein Shirt ab und warf es neben meine Füße. Gefolgt von seiner Jeans und seiner Shorts.

Immer wieder versuchten Gedanken ihre Klauen in mich zu schlagen, die alles hinterfragen wollten. All die Eindrücke um mich herum zerschmetterten diese aber, ehe es ihnen gelang.

Letztendlich war es Alecs Schwanz, der sich gegen meinen Po drückte, der alles unbedeutsam machte. Außer seinen Bruder, der sein Hemd abstreifte und sich nun seiner Stoffhose widmete.

»Vertraust du uns, Darcy?«, flüsterte Alec in mein Ohr und glitt mit einer Hand zwischen meine Beine. Sein Finger streifte über meine Schamlippen, ertasteten die Feuchtigkeit, die sich dort bereits gesammelt hatte. »Acair und mir?«

Bevor ich antwortete, steckte sein Finger in mir.

Ein Keuchen entwich mir, wobei der Mann vor mir nun auch vollkommen nackt war.

Wenigstens wusste ich jetzt, dass auch seine quälende Geduld Grenzen kannte.

»Ja, ich vertraue euch.« Meine Stimme war leise.

Acair nahm seinen Schaft in die Hand und strich ihn der Länge hinweg auf und ab, während Alec einen zweiten Finger in meine Pussy folgen ließ und in einem gleichmäßigen Rhythmus zustieß.

Ich war ausschließlich ein wimmerndes Ding, das am liebsten jetzt schon nach der Erlösung betteln wollte. Jedoch hatte die Nacht noch gar nicht begonnen. Und wenn ich meine Partner richtig einschätzte, würde sie auch nicht so bald enden.

Acair fasste in mein Haar, seine Lippen an meinem Ohr. »Du wirst dich jetzt nach unten beugen und mir einen blasen, während dich mein Bruder von hinten fickt. Wie klingt das?«

Mein Kopf legte sich in meinen Nacken, da Alec mit seinem Daumen über meine Klit kreiste.

»Gut.«

»Das habe ich mir gedacht.«

Ich sah Acair ein letztes Mal mit heißen Tränen der Lust an.

Er sah aus wie ein Gott.

Wie er vor den riesigen Buntglasfenstern im Hintergrund stand. Sein langes Haar floss über seine hervortretenden Schlüsselbeine hinweg bis über seine Brust. Genau an dieser Stelle prangte eine Narbe – der Beweis, dass immer noch ein Mensch vor mir stand.

Plötzlich waren Alecs Finger nicht mehr in mir. Zudem ertönte das Reißen von Plastik.

Eine Kondomverpackung.

Ich brachte mich in die Position, in der mich beide haben wollten. Meine Hand umschloss sogleich Acairs Erektion, was ihm ein unterdrücktes Stöhnen entlockte. Der Mann, der sich eigentlich im Griff hatte, zeigte unter meinen Berührungen Risse ... Ohne weiteres Zögern küsste ich seine Eichel und nahm sie schließlich in den Mund.

Acairs Finger vergruben sich in meinem Haar, während ich ihn immer tiefer in mich aufnahm. Es breitete sich bereits ein salziger Geschmack auf meiner Zunge aus. Alles in mir wollte ihm dabei zusehen, wie er die Kontrolle verlor und sich gehen ließ.

Dieser Wille wurde von Alec gebrochen, der meine Hüfte

zu sich zog. Die Spitze seines Glieds teilte meine Schamlippen, ehe er sich mit einem Stoß in mir versenkte.

Ein Blitz durchzuckte mich.

Es lag an seiner Größe, die mich von innen heraus weitete, und seiner Kraft, die mit seinem Verlangen nicht minder wurde. Das beteuerte mir sein Stöhnen, das von den Wänden widerhallte.

Was mich nicht von meinem Tun abhielt, weiterhin bewegte ich meinen Kopf auf und ab, während sich der Schmerz in süße Lust verwandelte.

Meine Muskeln um Alec entspannten sich; ein Zeichen an ihn, dass er weitermachen konnte. Er ließ keine Gnade für mich übrig.

Meine Hand fuhr über den Teil von Acairs Penis, der nicht in meinen Mund passte, während Alec erbarmungslos in mich pumpte.

Ich brachte nichts weiter zusammen als unterdrücktes Wimmern und Stöhnen. Und irgendwann konnte ich selbst nicht mehr den Unterschied zwischen Acairs und Alecs Stimmen erkennen, da alles von einem stetigen Rauschen meines Blutes übertönt wurde.

In diesem Augenblick gehörte ich den Creswell-Zwillingen. Mein Körper, mein Wille, mein Sein lagen in ihrer Hand und sie konnten damit machen, was sie wollten. Ich würde sie nicht daran hindern, solange sie mir nicht das gegeben hatten, wonach sich jede Faser meines Leibes gerade sehnte.

Den Orgasmus, der sich bereits tief in mir zusammenbraute. Der stark genug war, um Dinge in mir zu ändern.

Wie durch eine dicke Wand hörte ich eine Stimme. Ich konnte weder den Besitzer noch die Worte erkennen. Selbst wenn, es wäre ein Wunder gewesen, wenn ich sie zu einem sinnigen Satz hätte zusammenfügen können.

Der Höhepunkt kam immer näher. All meine Muskeln

krampften sich zusammen, wobei das Pochen meiner Perle unerträglich wurde. Ein bisschen Druck auf sie würde genügen, um ...

Plötzlich zogen sich beide Männer zurück.

Acair war nicht mehr in meinem Mund und Alec nicht länger in meiner Mitte. Der Mann hinter mir hielt mich aber weiterhin fest, wobei er mich in eine senkrecht stehende Position brachte.

Ich fühlte mich leerer als je zuvor.

Mein Sichtfeld war von Tränen verschleiert. Am liebsten hätte ich geweint; ich wusste nicht wohin mit meinen Emotionen. Alles in mir war bis zum Zerreißen gespannt. Und sie hörten auf? Kurz bevor ich gekommen war?

Unerwartet stand Alec vor mir, sah mich aus wilden Iriden heraus an. Seine Hände stützen mich weiterhin und verhinderten, dass meine zitternden Beine unter mir nachgaben.

»Schhh, Darcy. Es ist alles okay.« Er hauchte mir einen Kuss auf die Lippen. Lippen, die kurz davor noch Acairs Schwanz umschlossen hatten.

»Ich brauche ...«

»Du bekommst deinen Orgasmus. Dass versprechen *wir* dir. Dafür solltest du dich jetzt aber hinlegen. Denn das Bett ist nicht nur zur Dekoration da.«

Immer noch ein wenig benommen ließ ich mich von ihm dorthin führen. Dabei fiel mein Blick auf Acair, der vom Nachttisch ein kleines Kondompäckchen nahm. Alec hingegen streifte sich das Gummi vom Glied. Und obwohl mein Verstand in diesen Minuten nicht richtig arbeitete, brauchte es keine Worte von ihnen, um zu begreifen, was gleich passierte.

Sie würden Positionen tauschen.

Ehe ich mich auf die Matratze fallen ließ, nahm Alec mein

Gesicht in beide Hände und zwang mich, mich in seinen Augen zu verlieren. Es war einfacher als gedacht.

Ich erwartete, dass er mich küssen würde. Hart und stürmisch. Im gleichen Moment strich er sanft mein Haar zurück und streichelte mit zarten Berührungen meine Haut.

»Geht es dir gut?«, flüsterte er, wobei das Reißen der Verpackung zu uns drang.

»Mach dir keine Sorgen.«

»Das war keine Antwort auf meine Frage.«

»Mir geht es gut. Vielleicht sogar besser, als es sein sollte.«

Ein Grinsen legte sich auf seine Züge, wobei er mich nun nach hinten schob, bis meine Waden gegen das Bett stießen und ich fiel. Er hingegen schob sich einen Sessel direkt an die Bettkante und setzte sich breitbeinig darauf. Bei meinem Anblick rieb er sich.

Neben mir senkte sich die Matratze.

»Dreh dich um und geh auf alle vier«, verlangte Acair. Seine Stimme war rau, entflammte das Verlangen aufs Neue in mir. Ich machte, was er von mir forderte, dennoch half er mir, mich in die richtige Position zu bringen.

Seine langen Strähnen kitzelten meinen Rücken.

Sofort lief mir ein kalter Schauer über meine Wirbelsäule, der meinen gesamten Körper erzittern ließ. Ich war direkt an der Kante des Bettes; vor Alec, der uns mit gierigen Augen beobachtete. Um Halt zu finden, musste ich mich mit den Unterarmen, auf die freie Sitzfläche zwischen seinen Oberschenkeln, aufstützen. Das alles hatte zur Folge, dass mein Mund direkt an seiner Eichel war.

Acair streifte mit seiner Hand durch meine Nässe, ehe er seinen Schwanz an meinen Eingang führte und in mich drang. Ein Knurren folgte, während er tief und schnell in mich stieß. Zudem hielt er mich fest, worüber ich in diesem Moment froh war. Denn so konnte ich mich mehr auf seinen Bruder konzentrieren.

Ich leckte über Alecs Schaft, stöhnte dabei Acairs Namen.

Sie nahmen mich.

Und ich genoss jede Berührung davon.

Alec hielt meine dunklen Strähnen und hatte die vollkommene Kontrolle über den Rhythmus meiner Zungenschläge. Er brauchte es hart und schnell.

So dauerte es auch nicht lang, bis sich bereits ein erster Tropfen seines Samens auf meiner Zunge ausbreitete. Er verlor – wie auch Acair – mit jeder Sekunde in mir, seine Beherrschung.

Und als sich seine Oberschenkel anspannten und seine Hüften zu zucken begannen, dachte ich nicht mal daran, seine Erektion aus meinem Mund zu nehmen. Obwohl sein Griff sich um meinen Kopf lockerte; er mir somit die Möglichkeit dazu gab.

Ich wollte aber seinen primitiven Geschmack in mir aufnehmen.

Das tat ich auch.

Alec keuchte, als er kam. Das Gefühl seines zuckenden Schwanzes machte mich an, entlockte auch mir lustgeschwängerte Laute.

Diese verwandelten sich in einen spitzen Schrei, als Acair mich am Haar nach oben zog, sodass ich kniete. Sein Daumen glitt zu meiner Perle und rollte darüber, während das Klatschen unserer zusammentreffenden Haut den Raum erfüllte.

Alec saß auf dem Sessel; den Kopf zurückgelehnt und sah uns aus halb geschlossenen Lidern an. Beobachtete, wie sein Bruder mich dem Höhepunkt mit jedem Stoß entgegentrieb.

Letztendlich war es die Mischung aus der Stimulation meiner Klit und seiner Größe in mir, was mich die Klippe herunterstürzen ließ. Und auch Acair verschwendete keine Zeit mehr und sprang mit mir.

Sein gesamter Leib erzitterte hinter mir, trotzdem hielt er meinen kraftlosen Körper weiterhin fest. Die Wellen der Erlösung brandeten über uns und rissen mich immer wieder mit sich; selbst wenn ich manchmal dachte, ich wäre ihnen entkommen.

Es war keine Verwunderung, dass sich Acair und Alec schneller erholten als ich.

Ersterer zog sich vorsichtig aus mir, wobei sich meine Wände an seiner Länge festklammerten.

Ich wollte ihn weiterhin spüren.

Ich wollte eine Gefangene der Lust sein, die nur diese beiden Männer in mir auslösten.

Acair legte mich sanft auf die Matratze.

Nur aus weiter Entfernung bekam ich mit, dass nun auch Alec zu uns ins Bett gestiegen war. Mein Sichtfeld war verschwommen; das pochende Blut in meinen Ohren verhinderte, dass ich etwas hörte.

Trotzdem *fühlte* ich Dinge.

Jemand zog eine Decke über mich und strich mir das unordentliche Haar aus dem Gesicht.

Das war das Einzige, das ich mitbekam, ehe die Erschöpfung in meinen Knochen volle Überhand gewann und mich mit sich riss.

KAPITEL 21
Darcy

*Danke, dass du mir – uns – vertraut hast. Die
vergangene Nacht war unglaublich.
Ich hoffe, es geht dir gut.*

Dein Alec.

⁓

»Scheiße«, murmelte ich und hob den Lappen erneut
auf. Dabei *spürte* ich, wie Cian mich anstarrte. Und
ich konnte es ihm nicht verübeln.
»Was ist los?«
»Nichts.« Eine Lüge.
Wir waren in seinem Büro, in dem ich die Fenster putzte.
Diesmal ergab meine Aufgabe sogar Sinn, denn sie waren auch
innen dreckig. Heute konnte ich mich aber nicht auf die
Arbeit konzentrieren.
»Dir fällt das Tuch jetzt schon zum zehnten Mal aus der

Hand.« Er legte einen Zettel zur Seite und schenkte mir seine volle Aufmerksamkeit. »Hast du schlechte Nachrichten von zu Hause bekommen?«

»Nein. Wahrscheinlich habe ich einfach nicht gut geschlafen.«

Cian glaubte mir kein Wort. Dennoch ließ er mich in Ruhe und wandte seinen Blick auf die Dokumente vor ihm. Ich konnte ihm gerade nicht dankbarer sein, dass er nicht weiter nachhakte.

Zwar war ich müde, doch daran lag es nicht, dass ich nicht fokussiert war.

Immer wieder musste ich an den kleinen Zettel zurückdenken, den ich heute nach dem Aufwachen gefunden hatte. Es war eine Bestätigung, dass die Nacht gestern wirklich passiert ist. Davon war ich heute Morgen im ersten Moment nämlich nicht überzeugt gewesen.

Ich hatte mir eingeredet, noch bevor ich die Lider aufschlagen konnte, dass das alles nur ein Traum gewesen war. Etwas anderes hätte doch auch keinen Sinn ergeben, oder?

Aber als der Wecker gepiept und daneben das Stück mit Alecs Handschrift gelegen hatte, waren all die Erinnerung wieder auf mich eingeprasselt.

Alec, der mich zu diesem Zimmer geführt hatte.

Acair, der auf uns gewartet hatte.

Der Sex mit beiden ...

Selbst jetzt spürte ich die Berührungen der Brüder auf meiner Haut, die mich von innen heraus in Flammen setzten. Mein Magen zog sich zusammen, zwischen meinen Beinen entstand dieses qualvolle Pochen.

Meine Finger zitterten, wobei mir fast wieder der Lappen entglitt. Nur mit Mühe hielt ich ihn fest und wischte das nächste Glasquadrat sauber. Die Arbeit war wie immer banal, gab mir damit viel zu viel Freiraum zum Denken.

Gerade war ich nicht mehr als ein Wrack, das sich nichts lieber wünschte, als einen leeren Kopf zu haben. Trotzdem verfolgten mich Augen, die mir meinen Verstand raubten.

»Mach Schluss«, sagte Cian und stand von seinem Bürostuhl auf.

»Ich bin noch nicht fertig.«

»Das wirst du heute auch nicht mehr werden.« Er richtete sein Hemd an den Handgelenken, sah mich an. »Du siehst die ganze Zeit nach draußen und machst dabei gar nichts. Ich weiß nicht, was los ist. Das muss ich auch nicht, um zu wissen, dass das keinen Sinn hat.«

»Tut mir leid.«

»Ich muss jetzt sowieso weg.«

Meine Augenbrauen schossen in die Höhe, während ich endlich das Putztuch senkte. Nun stand ich mit herunterhängenden Schultern vor ihm. »Wohin gehst du?«

»Das beantworte ich dir, wenn du mir sagst, was dir im Kopf herumgeht.«

Meine Lippen verwandelten sich zu einer schmalen Linie, was ihm als Antwort ausreichte.

Es war unmöglich, ihm die Wahrheit zu beichten. Und anlügen wollte ich ihn auch nicht. Nicht, weil er es durchschaut hätte.

Nein, ich wollte es einfach nicht. Deshalb hüllte ich mich in Schweigen und beobachtete, wie er einen Mantel von einem Kleiderständer nahm und seine Hand auf den Türknauf legte.

Bevor Cian ging, drehte er sich nochmals um. »Morgen kommst du direkt hierher. Ich habe eine Aufgabe für dich, die ein bisschen länger dauert. Sei bitte ausgeschlafen. Dafür musst du dich konzentrieren.«

Ich bekam keine Möglichkeit nachzufragen, denn da ließ er mich mit meinen inneren Stimmen allein. Manche von ihnen waren vernünftig und klar, andere wollten zurück zu den Männern, die mich in diesen Zustand gebracht hatten.

Kopfschüttelnd sammelte ich meine Sachen zusammen und trat nach draußen. Cian hatte mich um einiges früher gehen lassen als sonst. Pernille erwartete mich noch nicht, weshalb ich mir Zeit ließ, den Eimer in der Waschküche auszuwaschen und das Tuch zum Trocknen aufzuhängen.

Mein Kopf wurde dadurch nicht leerer. Allerdings lagen nicht mehr die prüfenden Augen von Cian auf mir, was mich lockerer machte.

Leider dauerte dieser Zustand nicht lange an.

Denn als ich aus dem Raum trat, lehnte jemand an der Wand gegenüber.

Acair.

Sein langes Haar war zusammengebunden; seine Kleidung war ordentlich. Selbst die gewohnte Kälte hatte wieder Einzug in ihm genommen.

Er wirkte wie das komplette Gegenteil von dem, was sich in mir abspielte.

Der Mann musterte mich, was jeden Muskel in meinem Körper anspannte. Selbst mein Herz begann einen Takt schneller zu schlagen. Diese Macht besaß er über mich.

Er überbrückte die Distanz, die zwischen uns lag. Stille breitete sich aus, als er mir eine gelöste Strähne meines Zopfes hinter das Ohr strich. Es war ein Schweigen, das uns noch näher zueinander trieb. Bei jedem Atemzug streifte meine Brust fast seine.

Sein Handrücken streichelte meine Wange, wobei seine anderen Finger meine suchten.

»Geht es dir gut?«, flüsterte er und ließ all die Stimmen in meinem Kopf verschwinden. Endlich konnte ich mich wieder entspannen. Es lag allein an ihm. »Du bist gestern sofort eingeschlafen.«

»Ihr habt ziemlich viel von mir abverlangt.«

»Du hättest während des Sex' sagen können, dass du eine Pause brauchst.«

Wärme schoss in meine Wangen. Währenddessen wandte er keine Sekunde seinen Fokus von mir. Ich konnte nicht in seine glühenden Augen sehen, ohne sofort wie ein unerfahrenes Mädchen zu stammeln.

»Ich hätte es mir nicht anders gewünscht. Kann ich dich trotzdem etwas fragen?«

»Natürlich.«

»Wie bin ich in mein Zimmer gekommen?«

Auf seinen Lippen breitete sich ein kleines Lächeln aus. Dabei zeigten sich seine Eckzähne; und so komisch es klang, es war attraktiv.

»Wir haben dich im Bett schlafen lassen. Du hast die Ruhe gebraucht. Außerdem wollten wir warten, bis niemand mehr auf den Gängen war. Letztendlich hat Alec dich in dein Zimmer getragen.« Seine Stimme senkte sich, wurde heißer. »Und falls du deinen Slip und dieses verdammte Nachtkleid suchst ... Die habe ich in mein Zimmer mitgenommen.«

Ein Schauer erfasste mich. »Pass auf, nicht, dass es eine Angestellte beim Putzen findet.«

»Dann musst du es eben vorher suchen.«

Er flirtete. Und ich ging vollkommen darauf ein. »Solange ich mit all meinen Klamotten danach gehen kann.«

»Das kann ich dir nicht versprechen.«

Meine Mitte zog sich zusammen. »Mhm.«

Acair umfasste meine Hand. »Komm mit.«

»Wohin?«

»Wo uns niemand direkt sehen kann. Oder hast du Lust auf Fragen, wieso wir so eng beieinanderstehen?«

Nein.

Ich ließ mich wortlos von ihm mitziehen. In eine Abstellkammer, in der alte Stühle, Tische und Polstermöbel wahllos herumstanden. Nur zwei kleine Fenster hielten die Dunkelheit davon ab uns einzuhüllen.

Es befreite uns von unsichtbaren Fesseln, die ich zuvor gar nicht bemerkt hatte. Denn ehe ich mich versah, umfasste er mein Gesicht und küsste mich. Leicht. Sanft. Als würde er zuerst meine Reaktion mitbekommen wollen.

Meine Hand klammerte sich in sein Hemd und zerrte ihn näher zu mir. Das schien ihm als Einverständnis zu genügen, denn seine Finger erkundeten meinen Körper, während seine Zunge in meinen Mund eintauchte.

Es war kein stürmischer Kuss. Trotzdem innig und sinnlich. Er stand in einem starken Kontrast zu der Art, in der er mich gestern genommen hatte. Was nicht hieß, dass mich das hier nicht auch aufwühlte.

Uns beide.

Er brach unseren Lippenkontakt und blickte mich atemlos an. Sein Mund war ein wenig geschwollen; hinterließ ein warmes Gefühl in meiner Brust.

Der Fakt, dass die beiden Brüder identische Gefühle in mir auslösten, war beängstigend und komisch zugleich. Vor allem, weil ich nicht wusste, welche es überhaupt waren.

Eins war klar – ich wollte sie nicht missen.

»Tut mir leid. Eigentlich habe ich dich aufgesucht, um zu sehen, ob es dir gut geht. Aber ...« Acair schüttelte den Kopf, wobei ihm ein abgehacktes Lachen entfuhr. »Irgendwie habe ich die Kontrolle verloren.«

»Du kannst dir nicht vorstellen, wie sehr ich das gerade gebraucht habe.« Vor allem, von ihm. Alec hatte mir die kurze Nachricht hinterlassen. Es war ein kleiner Hinweis darauf, dass das noch nicht vorbei war.

Bei Acair war ich mir nicht sicher gewesen.

Über den Vormittag hinweg hatte sich in mir die Angst

eingeschlichen, dass es nur dieses eine Mal mit ihm gewesen sein würde.

Wenn ich ehrlich zu mir war, wollte ich ihn wieder spüren.

Fühlen.

Schmecken.

Genauso wie seinen Bruder.

Was für eine Person machte das aus mir?

Tja, das war die Frage.

»Sag das nicht«, murmelte er und machte einen Schritt zurück, um Distanz zwischen uns zu bringen.

»Es ist die Wahrheit.«

»Die Realität ist auch, dass ich gerade all meine Selbstbeherrschung benötige, um dich nicht in mein Zimmer zu schleppen und uns für den Rest des Tages darin einzusperren.«

Solche Worte hatte ich von Alec erwartet, aber nicht von dem Mann, der die Ruhe selbst sein konnte. Es war interessant, dass auch diese Seite in ihm schlummerte. Im selben Moment testete er damit auch mich. Meinen Willen.

Das Verlangen in mir forderte, mich ihm hinzugeben. Ich hatte aber Pflichten, die dem widersprachen. Nicht jetzt. Jedoch irgendwann.

Und ich sehnte mich bereits nach diesen Stunden.

Mit ihm.

»Dann sollten wir rausgehen.«

»Ja.«

Ehe er nach dem Türknauf griff, umfasste ich sein Handgelenk und erlangte so seine Aufmerksamkeit. »Du hast mich gefragt, wie es mir geht. Aber wie sieht es mit dir aus?«

Er blieb für einen Moment still, dachte nach. »Willst du eine ehrliche Antwort hören?«

»Ja.«

»Ich habe keine Ahnung. Für mich war diese Erfahrung auch neu. Aber was dich betrifft,« Acair streckte eine Hand nach mir aus und strich mit den Fingern über meine Lippen, »du hast all meine Vorstellungen übertroffen. Und ich weiß nicht, wie ich damit umgehen soll.«

Mit diesen Worten ging er und ließ mich sprachlos zurück.

Mein Kopf schlug gegen die Wand hinter mir, während meine Augen sich ziellos auf ein Sofa mit Blumenmuster richteten. Ich hätte ewig hier drin verbringen und nachdenken können.

Über Acair.

Alec.

Mich.

Uns.

»In was hast du dich nur reingebracht«, murmelte ich zu mir selbst und stieß mich schwerfällig ab. Ich konnte nicht ewig hier bleiben und in meinen Gedanken versinken. Auch wenn die Verlockung riesig war.

Vielleicht hätte ich hier verweilen sollen. Denn genauso wie vor wenigen Minuten, als ich aus der Waschküche getreten war, lehnte nun auch jemand an der gegenüberliegenden Wand.

Es war diesmal keiner meiner Liebhaber.

Nein. Es war Jason; mit einem Gesichtsausdruck, der Entsetzen sprach.

»Willst du mir etwas erzählen?«

KAPITEL 22

Darcy

»**W**as meinst du?«, fragte ich und schloss die Tür hinter mir.

Seine hellen Augenbrauen hoben sich, während seine Augen mich scannten.

Erst jetzt bemerkte ich, dass mein Haargummi tief nach unten gerutscht und die Knopfreihe meiner Bluse in keiner senkrechten Linie waren.

Scheiße ...

Sofort brachte ich alles wieder an seinen gewohnten Ort und verschränkte die Arme vor der Brust. Das alles schien Jason in seinem Glauben – wie immer er sein mochte – zu bestärken.

Er verdrehte die Augen. Ließ nicht vom Thema ab. »Sei froh, dass ich vor dir stehe, nicht Amy oder meine Mutter. Eine von ihnen würde sich das Maul darüber zerreißen und die andere ... Ich will es mir gar nicht vorstellen.«

Er sprach es nicht aus; wollte, dass ich es sagte.

Schluckend schüttelte ich den Kopf und ging den Gang

zur Küche entlang. »Dann kann ich mich glücklich schätzen, da ich jetzt in Ruhe Mittagspause machen will.«

»Dann hast du genug Zeit mir zu erzählen, was du in dem Abstellraum mit Acair getan hast.«

Ich kniff die Augen zusammen, wobei sich meine Miene verzog. Innerlich hatte ich gehofft, dass er möglicherweise etwas Anderes meinte …

Gleichzeitig regte sich etwas in mir – ein Bedürfnis, mit jemanden darüber zu sprechen.

Zwar wollte ich meine Mutter heute anrufen, aber ich konnte ihr unmöglich sagen, dass ich einen Dreier mit zwei Männern hatte, vor denen sie mich gewarnt hatte.

Auch Pernille war keine Option.

Vielleicht würde es mir helfen, endlich von den Gedanken wegzukommen, die mich überall hin verfolgten und lähmten. Denn so wie heute konnte es nicht weitergehen.

»Nur, wenn du diese Dinge für dich behalten kannst.« Meine Stimme war ernst, während ich ihn von der Seite aus ansah. »Ich muss mir ganz sicher sein, okay? Weil ich diesen Job brauche. Und ich mache gerade sowieso schon viel, was dazu führen könnte, dass ich ihn verliere.«

»Lass uns draußen auf der kleinen Veranda reden.«

Nickend machten wir uns auf den Weg zu unserem Ziel. Davor holten wir uns unsere Mäntel, da es draußen von Tag zu Tag kälter wurde.

Als wir uns hinsetzten, hatte ich keine Ahnung, wie ich anfangen sollte. Von vorne? Sollte ich die Sachen nur knapp zusammenfassen und auf seine Fragen warten?

Meine Augen wichen ihm aus, sodass ich irgendwo in den Garten starrte. Ich sagte das, was mir zuerst in den Sinn kam. »Ich habe mit ihnen geschlafen.«

»Ihnen?«

»Alec und Acair.«

Jason unterdrückte ein Husten, wobei meine Aufmerksamkeit zu ihm schnellte. Er wirkte überrascht, nicht schockiert.

»Wann?«

»Gestern.«

»Also gestern mit Alec und gerade mit Acair?«

Ich fuhr mir über das Gesicht. »Nein. Wir waren vergangene Nacht zusammen. Acair, Alec und ich.«

Nun ja, *jetzt* zeichnete sich der Schock in ihm ab.

»Wie bitte?«

Schulterzuckend zog ich meine Beine eng an meinen Körper und stützte den Kopf auf meinen Knien ab. »Ich habe keine Ahnung, wie genau das passiert ist. Erst war ich mit Alec verabredet gewesen. Der hat mich aber in ein Zimmer gebracht, in dem auch Acair war. Dann hat das eine zum anderen geführt.«

Man sah, dass ihm die Worte fehlten.

Und ich konnte es ihm nicht verübeln.

»Wie geht es weiter?«, fragte er, als ob er sich nach der neuen Folge einer Fernsehserie erkundigte. Auch das war verständlich, denn in den letzten Stunden hatte ich oft gezweifelt, ob ich mich noch in der Wirklichkeit befand.

»Keine Ahnung. Acair hat mich gefragt, wie es mir geht. Und wir haben uns geküsst.«

»Fuck.«

»Ich weiß.«

»Würdest du es wieder machen, wenn du die Wahl hättest?« Jason wurde ernst, was mir nicht das erhoffte befreiende Gefühl gab. Nicht im Geringsten.

Ich kannte die Wahrheit. Da ich ihm schon von der Nacht erzählt habe, wollte ich jetzt nicht lügen. »Ja. Auch wenn es komisch für dich klingen mag – es hat mir gefallen. Jede Berührung der beiden.«

Etwas an ihm veränderte sich.

Die Neugier war verschwunden. Gerade lag etwas Kaltes und Abweisendes in seinen Zügen. Als hätte er mit einer anderen Antwort gerechnet.

»Jason –«

»Wir sollten wieder rein. Die anderen kommen bestimmt gleich in die Küche. Nicht, dass sie noch denken, du drückst dich vor der Arbeit und sitzt stattdessen lieber draußen.«

Mehr sagte er nicht.

Er stand auf und ging ins Haus.

Was auch immer ich gesagt hatte, schien ihm nicht gefallen zu haben.

∾

»Sind deine Hände schon ganz ausgetrocknet wegen der Seife?«, fragte *Màthair* am anderen Ende der Leitung, wobei mein Blick auf meine Finger fiel. Sie waren an einigen Stellen wirklich nicht in ihrem besten Zustand.

»Wie ...?«

»Ach, Darcy. Ich habe diese Arbeit über ein Jahrzehnt gemacht. Ich kenne die unangenehmen Nebensächlichkeiten zu gut. Solange du sie regelmäßig eincremst, wird die Haut nicht einreißen. Sonst bekommst du Hände wie Großmutter Judy damals.«

Ein Lächeln wanderte mir über die Lippen, während ich mit dem Telefon am Ohr auf die Esstischplatte vor mir starrte.

Wir sprachen schon fast eine Stunde miteinander. Sogar mit *Athair* hatte ich ein paar Sätze gewechselt, ehe er schlafen gegangen war. Er hörte sich gut an; das war ein guter Anfang. Und jetzt machte sie Witze über meine Hände ...

Es bestärkte mich, dass es richtig war ihre Arbeit über-nommen zu haben.

Seufzend stützte ich meine Ellenbogen auf den Tisch. »Ich vermisse euch.«

»Wir dich auch. Und jetzt leg auf. Du hast bestimmt noch ein paar Dinge zu erledigen. Ich hab dich lieb, Darcy.«

»Ich dich auch ... Bis Bald, *Màthair*.« Widerwillig stellte ich das kabellose Telefon an seinen Platz. Ich war mir nämlich nicht sicher, ob ich es wieder in die Hand genommen und nochmal die Nummer von zu Hause gewählt hätte.

Außerdem hatte sie Recht. Es stand noch etwas auf meiner Aufgabenliste. Es hatte jedoch nichts mit meiner Arbeit zu tun.

Ich wollte Alec aufsuchen.

Er hatte sich den ganzen Tag nicht blicken lassen. Ausschließlich den kleinen Zettel besaß ich von ihm. Das reichte aber nicht aus. Wir mussten miteinander reden.

Mit einem ohrenbetäubenden Geräusch schob ich den Stuhl nach hinten, wollte aufstehen, verharrte jedoch in der Bewegung.

Pernille trat in die Küche. Ihre Miene war starr und bleich. Sofort richtete sich ihr Blick auf mich. Er verriet mir, dass sie mich gesucht hatte.

»Ist alles in Ordnung? Ich habe nur kurz mit meiner Mutter –«

Sie zog die Tür fest hinter sich zu, was mich zum Schweigen brachte. Wortlos setzte sie sich mir gegenüber. Ihre Lippen verwandelten sich zu einer dünnen Linie.

»Pernille, ist alles okay mit dir?«

»Mit mir? Ja. Bei dir bin ich mir nicht sicher.« Jeder Muskel in meinem Körper spannte sich an. »Ich habe dich vor ihnen gewarnt, Darcy. Und du, was machst du?«

Das konnte nicht wahr sein. Woher ...

»Jason hat es dir gesagt.« Es war keine Frage, eher eine Feststellung.

Ich hatte es ihm erst vor wenigen Stunden erzählt. Dabei war ich im Glauben gewesen, dass ich ihm vertrauen konnte. So irrte man sich. Am liebsten hätte ich mich selbst für meine Naivität geschlagen.

»Sei ihm nicht böse. Er will dir nur helfen.«

Ein bitteres Lachen braute sich in mir zusammen.

Trotzig lehnte ich mich auf dem Stuhl zurück und zuckte mit den Schultern. »Wie genau hilft er mir damit? Dass ich jetzt gefeuert werde? Es war nur Sex.«

Mit dem letzten Satz log ich mich selbst an, was auch sie erkannte. »Bist du dir sicher?«

»Ich weiß es nicht, okay? Wieso muss man alles immer sofort wissen? Ich werde meinen Job weiterhin machen; egal, was gestern passiert ist. Falls du mich also entschuldigen könntest.«

Ehe ich mich bewegen konnte, umfasste sie mein Handgelenk und zwang mich sitzen zu bleiben. Ihre grünen Iriden wirkten sanfter, die Ernsthaftigkeit steckte weiterhin in ihrem Leib.

»Du bleibst hier. Deine Mutter und ich hatten einen guten Grund, dich vor den Brüdern zu warnen. Auch Jason hatte einen es mir zu sagen. Wir wollen dich nur schützen.«

»Denkt ihr, ich verliebe mich in einen von ihnen? Wollt ihr mich vor einem gebrochenen Herzen bewahren? Denn dann muss ich euch leider sagen, dass das unglaublich lächerlich ist.«

»Wenn ich ehrlich bin, würde ich dich noch vor dem Abendessen rausschmeißen.« Schluckend schüttelte ich den Kopf. Das konnte sie nicht tun. »Aber ihr braucht das Geld, deshalb mache ich es nicht. Und werde es auch nicht deiner Mutter erzählen.«

»Wieso tut ihr so, als ob es der Weltuntergang wäre?«

Auch Jasons Reaktion war mir vorhin nicht entgangen. »Erkläre es mir.«

»Weil es dich und diese dummen Männer früher oder später zerstören wird.«

Verzweiflung machte sich in mir breit, sodass ich mich aus ihrem Griff löste. Pernille erwartet, dass ich aufstand und ging, doch blieb ich sitzen. Ich hatte es satt Dinge nicht zu wissen, die anscheinend jedem um mich herum bekannt waren.

Deshalb wiederholte ich mich. »Erkläre es mir.«

Zerrissenheit zeichnete sich in ihr ab. Sie fuhr über ihr zusammengebundenes Haar; nickte aber und atmete hörbar auf. »Ja, daran führt jetzt sowieso kein Weg mehr vorbei.«

»Also?«

»Es gab mal eine Frau. Sie hat die Aufmerksamkeit aller drei Brüder auf sich gezogen. Ihr Name war Leandra Lennox.« Gut, damit hatte ich nicht gerechnet. Ehe ich eine Frage stellen konnte, fuhr sie fort. »Sie hat alle von ihnen einzeln verführt. Erst wussten Cian, Acair und Alec nicht, dass sie mit derselben Frau schlafen, irgendwann haben sie es trotzdem herausgefunden.«

»Und dann?«

»Sie haben weitergemacht. Leandra war immerhin eine schöne Frau. Sie hat alle Männer um sich herum in den Wahnsinn getrieben.«

»Haben sie ... etwas für sie empfunden?«

Sie schüttelte den Kopf. »Das kann ich dir nicht sagen. Es war nichts Offizielles. Aber als Angestellte bekommt man immer Dinge mit, die man nicht wissen soll.«

»Habe ich gemerkt«, murmelte ich und legte meinen Kopf in den Nacken. Ich wusste nicht, was ich denken sollte. Es begründete auf jeden Fall nicht das Verhalten von ihr, Jason und meiner Mutter. »Was ist aus ihr geworden? Wie man sieht, ist sie nicht hier.«

Außerdem zweifelte ich stark an, dass Acair und Alec sich mit einer anderen *gemeinsam* vergnügt hätten, wenn sie eigentlich auf eine betörende Frau warteten.

»Sie ist tot.«

»W ... Was?«

»Sie ist eine Treppe hier im Haus heruntergestürzt und hat sich dabei das Genick gebrochen.«

Mein Mund wurde trocken. »Verdammt. Aber es war ein Unfall, oder?«

»Zu diesem Schluss ist der Polizei- und Autopsiebericht gekommen.« Etwas in ihrer Stimme sagte mir, dass sie nicht daran glaubte. Im gleichen Augenblick breitete sich ein mulmiges Gefühl in meiner Magengegend aus. »Wie auch immer es geschehen ist, Leandras Tod hat diese Familie gezeichnet. Er hat die zuvor gute Beziehung der Brüder vollkommen zerstört. Auch wenn sie schon vor ihrem Tod Risse bekommen hat. Es hat lange gebraucht, bis sie wieder zueinander gefunden haben.«

Das würde die gedrückte Stimmung erklären, wann immer sie untereinander waren. »Wie haben sie sich denn verändert?«

»Cian hat beschlossen, die Firma von seinem Vater zu übernehmen und ist der Arbeit verfallen. Acair hat sich noch mehr zurückgezogen, obwohl er derjenige war, der das alles am besten weggesteckt hat. Und Alec ...«

Sie brach ab, was mich nur noch unruhiger machte. »Was war mit ihm?«

»Er war drogenabhängig. Kokain. Einmal hat er eine Überdosis genommen und ist fast daran gestorben.« Die Luft blieb mir in der Kehle stecken. Es fühlte sich an, als könnte ich nicht atmen. »Es war Magdalena, die ihn in eine Entzugsklinik eingewiesen hat. Aber es war Acair, der mit ihm die Zeit durchgestanden hat.«

Das war alles zu viel.

Mein Kopf drohte zu platzen. Ich hatte keine Ahnung, was ich denken – geschweige denn fühlen – sollte. »Scheiße.«

»Du verdrehst ihnen den Kopf, Darcy. Allen dreien.«

Meine Miene verzog sich. »Cian?«

»Er lässt dich täglich zu sich kommen. Welchen Grund er auch immer dafür hat ... diese Behandlung hat noch keine meiner Mädchen bekommen. Und bei Acair und Alec muss ich es ja nicht weiterführen.«

»Ich bin nur freundlich.«

»Gepaart mit Aufmerksamkeit und den richtigen Worten kann das Wunder bewirken, auch wenn deine Intention nicht in diese Richtung gegangen ist.« Sie verschränkte die Hände ineinander. »Sie haben erst wieder zusammengefunden, Darcy.«

»Was verlangst du jetzt von mir?«

»Nichts, weil du sowieso nicht auf mich hören würdest. Aber ich habe einen Vorschlag für dich.«

Skepsis machte sich in mir breit. »Dieser wäre?«

»Fahr morgen nach Hause zu deinen Eltern und bleib das Wochenende dort. Nimm ein wenig Abstand von ihnen. In ein paar Wochen ist Cians Geburtstag. Bis dahin gibt es noch viel zu erledigen, also kann ich dir weniger freie Tage geben. Es bietet sich also an.«

»Ich muss morgen noch irgendwas für Cian erledigen«, sagte ich, fühlte mich plötzlich unheimlich müde.

»Dann wirst du direkt danach fahren.«

»Und dann?«

»Dann sehen wir weiter.«

Seufzend stand ich auf, wobei mir ein Schmerzensblitz durch die Schläfen fuhr. »Ich glaube, ich lege mich ein wenig hin. Mach dir also keine Gedanken, wenn ich nicht beim Abendessen bin. Ein bisschen Schlaf würde mir guttun.«

Ich wusste aber, dass mich meine inneren Stimmen bis zum Morgengrauen verfolgen würden.

KAPITEL 23

Darcy

»Ist das dein Ernst?«

Cian zuckte mit den Schultern, als ich auf die Liste mit den unzähligen Namen starrte. »Sei froh, du musst sie nur auf die Karten schreiben, bevor ich diese unterschreibe. Der Text ist schon darauf gedruckt. Ich hoffe dennoch, dass du eine schöne Handschrift hast.«

Er sprach von den Geburtstagseinladungen.

Sie waren aus einem cremeweißen Papier gefertigt, das am Ende ein rotes Band besaß, sodass man es zu einer Rolle aufwickeln und sofort zubinden konnte. Daran war ein Etikett angebracht, das jeweils eine andere Adresse aufführte.

»Irgendwie glaube ich nicht, dass du so viele Freunde hast.«

Lachend stand er von seinem Bürostuhl auf und deutete darauf; ignorierte meine Worte. Über seinen Körper spannte sich seine Sportkleidung. »Setz dich.«

»Ich kann auch an die Bar.«

»Der Tisch ist groß. Und bevor du vorschlägst, dich auf

einen der Sessel zu hocken ... Vergiss es. Das ist zum Schreiben unpraktisch.«

War ich wirklich so leicht durchschaubar?

Ohne ein weiteres Wort folgte ich seiner Aufforderung und ließ mich auf dem Drehstuhl nieder. Das Leder war butterweich und schmiegte sich an meinen Rücken. Wenigstens verstand ich nun, wie er stundenlang hier verharren konnte, ohne sich ein einziges Mal zu strecken.

»Man kann sich daran gewöhnen«, sagte ich und nahm den ersten Brief vom Stapel und einen Kugelschreiber, der sich ungewöhnlich schwer anfühlte.

»Machs dir nicht zu bequem. Ich will meinen Platz wiederhaben.«

Ein Lächeln glitt über meine Lippen, wobei ich die Hände miteinander verschränkte. »Tja, jetzt sitze ich eben hier.«

Auch auf seiner Miene spiegelte sich dieser Ausdruck wider. »Jetzt mach dich an die Arbeit. Mal sehen, wie viel du schaffst, während ich Laufen bin.«

»Hast du gar keine Angst, dass ich herumschnüffle?«

»Sollte ich sie denn haben?«

»Nein, aber du lässt mich allein. In deinem Büro. Und du kennst mich eigentlich kaum.«

Er schlug auf ein Fach des Schreibtischs, an dem sich ein Schloss befand. »All meine dreckigen Geheimnisse sind gut verschlossen. Mach dir keine Sorgen.«

»Dann bin ich ja erleichtert.« Eins von wahrscheinlich vielen konnte man nicht in einer Schublade verschließen.

Leandra Lennox.

Mein Blick verfolgte ihn, als er mich verlassen wollte. Allerdings hielt er nochmals inne. Cian sah mich aus seinen goldenen Augen an. »Ich habe Freunde. Auch wenn du das vielleicht nicht glauben willst.«

Damit verschwand er.

»Das glaube ich erst, wenn ich es sehe«, rief ich ihm hinterher.

Die Tür schlug zu.

Ich war allein.

Obwohl ich mich an meine Aufgabe machen sollte, blieb ich einige Momente in meiner Position gefangen. Ich sah aus dem Fenster, beobachtete die wehenden Äste eines Baumes. Keinerlei Gedanken schwirrten mir durch den Kopf.

Mich erfüllte ausschließlich eine schale Leere.

Das Wochenende bei meinen Eltern würde mir guttun. Davor musste ich noch mit Alec sprechen. Acair war mir heute auf dem Weg zu Cians Büro über den Weg gelaufen, sodass er bereits von meinen Plänen wusste. Sein Zwillingsbruder jedoch ... Es trieb mich in den Wahnsinn, dass wir kein einziges Wort nach dem Sex gewechselt hatten.

Kopfschüttelnd zog ich die Namensliste zu mir und begann mit dem Schreiben. Keiner von ihnen kam mir im Entferntesten bekannt vor.

Rosehill.

Blackstenius.

Campbell.

Und unzählige mehr. Damit richtete sich meine Aufmerksamkeit auch auf den Inhalt der Einladung selbst. Das Spannendste war die Kleiderordnung.

Die Männer sollten in einem Anzug und die Frauen in einem bodenlangen Ballkleid kommen. Es würde bestimmt ein schönes Bild ergeben – all die Menschen in feiner Garderobe, wie sie im großen Saal tanzten.

Irgendwie konnte ich mir dort weder Cian noch Acair und Alec vorstellen. Alle drei aus verschiedenen Gründen nicht. Es war zudem unwahrscheinlich, dass das Ganze Cians Idee war.

Selbst diese Gedanken verschwanden irgendwann.

Ich schrieb wie am Fließband stumpf die Namen auf das schwere Papier und legte es ordentlich beiseite, da Cian es später noch unterschreiben musste.

～

Ich rieb mir mein Handgelenk, während ich mich nach hinten in den Sessel lehnte und auf den Brief vor mir starrte, auf den ich gerade den letzten Namen geschrieben hatte.

»Übertreib nicht«, murmelte Cian, der frisch geduscht und in einen Anzug gekleidet mir gegenüber saß und seine Unterschrift auf sie setzte. »Deine Hand wird von den wenigen Buchstaben schon nicht abfallen.«

Mein Blick zuckte zu ihm. »Wieso hast du es dann nicht selbst gemacht?«

»Weil sie heute abgeschickt werden müssen, ich aber Laufen gehen wollte.«

Idiot.

»Kann ich gehen?«

»Ja. Morgen –«

»Morgen werde ich nicht kommen.«

Auch seine Aufmerksamkeit schnellte nun zu mir. »Wieso? Du hattest erst deinen freien Tag.«

Ich stand auf und rollte meinen Nacken. Der Schmerz, der mich durchfuhr, war unerwartet angenehm. »Ich werde das Wochenende bei meinen Eltern verbringen. Pernille kann mir wegen deines Geburtstages und den Vorbereitungen weniger freie Tage geben, deswegen habe ich jetzt viele auf einmal.«

»Das wusste ich nicht.«

»Meine Eltern auch nicht. Es wird also eine Überraschung.«

»Genieß die Zeit«, sagte er, als ich gehen wollte. »Fahr vorsichtig, Darcy.«

Überraschung durchflutete mich.

Allerdings sollte es mich nicht verwundern. Cian war ein guter Mann, auch wenn er mich manchmal mit seinen dummen Aufgaben nervte.

»Danke.« Ein letztes Mal sah ich in seine bernsteinfarbenen Augen, die mich ins Visier nahmen. In ihnen lag etwas, das ich nicht deuten konnte. Es wühlte mich auf; forderte, nochmal zu ihm zu gehen. Ihn am Arm zu berühren.

Ich tat es nicht.

Stattdessen verließ ich sein Büro, stakste mit verspannten Beinen in mein Zimmer und holte die Tasche, die ich mir heute Morgen gepackt hatte. Es war nicht viel darin. Nur ein Schokoriegel für die Fahrt und ein paar Tampons, weil ich heute Morgen meine Periode bekommen hatte. Zu Hause hatte ich genug Kleidung. Und obwohl mich die ordentlich aufgereihten Bücher auf meiner Kommode reizten, packte ich keins davon ein.

Denn Pernille hatte recht, ich musste ein paar Tage von den Männern wegkommen. Das bedeutete auch, nicht ständig Dinge zu sehen, die mich an sie erinnerten.

Als ich aber den Autoschlüssel in meiner Manteltasche ertastete, schoss mir etwas durch den Kopf.

Ich wusste nicht, wo mein Wagen stand.

Jason hatte es an meinem ersten Tag umgeparkt. Seitdem hatte ich es nicht mehr gebraucht. Deshalb betrat ich die Küche, wo Pernille gerade das Mittagessen für Magdalena und Callum zubereitete.

Sie war nicht allein.

Ihr Sohn war bei ihr. Jemand, den ich nicht sehen wollte.

Räuspernd machte ich auf mich aufmerksam und verschränkte die Arme vor meiner Brust. »Kann mir jemand sagen, wo der Parkplatz für das Personal ist? Sonst dauert es ewig, bis ich mein Auto finde.«

Der Mann mit dem hellroten Haar stand bei dem ersten Ton meiner Stimme auf. Seine Miene war bei meinem Anblick bedrückt. »Ich bringe dich hin.«

»Eine Beschreibung des Weges reicht vollkommen.« Ich war kalt – das war mir bewusst –, aber ich hatte ihm vertraut. Verdammt, ich war wirklich im Glauben gewesen, dass er diese intime Geschichte für sich behalten konnte. Vor allem, weil ich bis jetzt selbst noch nicht wusste, wie ich damit umgehen sollte.

Er hörte nicht auf mich, sondern schritt auf mich zu und an mir vorbei.

»Komm mit.« Die Worte waren sanft; raubten mir die Enttäuschung gepaart mit der Wut ein wenig. »Ich kann mir vorstellen, dass du sofort losfahren willst, um früher zu Hause zu sein. Wenn ich mit dir gehe, findest du deinen Wagen schneller.«

Punkt für ihn.

Zähneknirschend nickte ich und folgte ihm. Ich hüllte mich in Schweigen, was ihn nervös machte.

»Es tut mir leid. Das solltest du wissen.« Jason beäugte mich aus dem Augenwinkel, stellte dabei meine versteinerte Miene fest. »Ich wollte nur ... Ach, vergiss es. Das ist sowieso egal.«

Seine Niedergeschlagenheit zerschmetterte nun vollkommen die Mauer, die ich ihm gegenüber in mir aufbauen wollte. »Deine Mutter hat mir von Leandra erzählt. Wie sie zu den Brüdern stand und was mit ihr passiert ist.«

»Dann verstehst du es hoffentlich.«

»Ich habe dir vertraut und du hast es missbraucht.«

»Irgendwann wirst du mir dafür noch dankbar sein.«

Schnaubend schüttelte ich den Kopf. Wir traten nach draußen, wo wir eine Strecke entlangliefen, die mir vollkommen unbekannt war. Nach ein paar Metern zeichnete sich ein kleiner Parkplatz ab, der von Büschen und Bäumen auf den ersten Blick verdeckt wurde.

»Den Rest schaffe ich selbst«, murmelte ich und zog mein Tempo an.

Auch davon wollte er nichts hören. Jason begleitete mich bis zu meinem Auto. Erst als ich die Fahrertür aufstieß, um meine Tasche hineinzuwerfen, meldete er sich wieder zu Wort.

»Äh ... Darcy?«

»Was?« Meine Stimme war schneidender, als ich es wollte. Ich nahm meinen Nasenrücken zwischen zwei Finger und schloss für einen Wimpernschlag die Lider.

Beruhig dich. Bald bist du für ein paar Tage zu Hause und kannst in Ruhe nachdenken.

Natürlich wollte es mir das Universum verkomplizieren.

»Kannst du dich noch daran erinnern, als ich dir gesagt habe, dass dein Reifendruck nicht passt? Nun ja, jetzt hast du einen Platten.«

»Wie bitte?« Ich lief zu Jason und dem Rad ... das keine Luft mehr drauf hatte. »Super. Das ist wirklich *super*.«

Ich holte tief Luft. Die Hoffnung war, dass sich damit mein Gemüt beruhigte. Leider war das Bedürfnis immer noch riesig, mein Gepäck auf den Asphalt zu schleudern, als ich ausatmete.

»Nimm meins.« Meine Augenbrauen zogen sich zusammen, während er einen – seinen – Autoschlüssel aus der Hosentasche hervorzog und ihn mir entgegenstreckte. »Ich habe dir damals gesagt, dass ich mich darum kümmern würde. Anscheinend habe ich es vergessen.«

»Ich kann nicht –«

»Doch.« Seine grünen Augen waren demütig. Er drückte

mir den Schlüssel widerwillig in die Hand. »Ich habe Mist gebaut, Darcy. Das weiß ich. Ich erwarte nicht, dass du mir verzeihst. Aber lass die Wut mir gegenüber nicht deine Zeit mit deinen Eltern verkürzen.«

»Jason.«

»Es ist der schwarze Mercedes.« Er zeigte auf den Wagen, wobei meine Augen groß wurden. Wie konnte er sich den leisten? Als hätte der Mann neben mir meine Gedanken gelesen, lachte er. »Es ist Alecs altes Auto.«

»Er hat es dir einfach so gegeben?« Ich ging darauf zu, glitt mit meinen Fingern über den matten, kratzfreien Lack.

»Die drei sind ohne einen gesunden Bezug zu Geld aufgewachsen. Mutter hat ihm zuerst verboten es mir zu schenken, nachdem ich meinen Führerschein gemacht habe. Aber er hat nicht auf sie gehört.«

»Du hast nicht abgelehnt?« Ich öffnete die Tür und blickte auf schwarze Ledersitze und ein dunkles Armaturenbrett mit goldenen Akzenten.

»Ich habe sie schon immer für ihre Autos beneidet. Also nein. Er hätte es sowieso nur irgendwo in eine Garage gestellt und vergessen. So fahre ich es eben.«

»Na ja, dann danke, dass ich es ausleihen darf. Das bedeutet aber nicht, dass ich nicht immer noch sauer auf dich bin.«

»Ich weiß.«

Nickend legte ich meine Tasche hinein, schloss aber die Tür, ohne mich hineinzusetzen. »Dann ist es gut.«

»Um loszufahren, musst du dich ins Auto setzen.«

»Ich will vorher noch mit Alec sprechen. Er müsste in seiner Werkstatt sein.« Das hatte mir zumindest Acair berichtet. Jason legte den Kopf schräg, öffnete den Mund. »Frag nicht, wieso. Ich erzähle dir so schnell keine vertraulichen Dinge mehr.«

»Dann muss ich daran arbeiten, damit du es wieder kannst. Bis dahin begleite ich dich bis zur Veranda. Es gibt einen Weg, bei dem du nicht nochmal ins Haus musst.«

Ich ging mit ihm – diesmal mit weniger Zorn in mir. Bei unserer Verabschiedung umarmte ich ihn kurz, ehe ich den schmalen Kiespfad zu dem kleinen Häuschen am dunkelgrünen Waldrand hinaufstapfte. Angeblich verschanzte er sich schon seit gestern dort.

Je näher ich kam, desto lauter wurde die Musik, die dort drin lief. Rock. Es übertünchte das Knirschen der kleinen Steinchen unter meinen Füßen.

Dieser Mann überraschte einen immer aufs Neue.

Das Gebäude erinnerte mich an das Anwesen selbst. Es wirkte von außen nicht wie ein moderner Neubau. An der Fassade rankte sich Efeu in die Höhe, wobei der grobe Putz von den rauen Gezeiten Nordschottlands gezeichnet war. An manchen Stellen war er hell, an anderen dunkel.

Auch die sperrige, hölzerne Eingangstür.

Als ich eintrat, sah ich mich um. Der Raum hatte etwas an sich, was mich an einen amerikanischen Partykeller aus Filmen erinnerte. Neonschilder an den Wänden. Eine abgewetzte Sofagarnitur. Irgendwelche Spielmaschinen, die ich nicht kannte. Eine Bar, mit einer Küchenzeile.

Das Besondere aber war der rote, alte Ford.

Er war nicht fahrbereit – selbst ich sah das an den noch fehlenden Karosserieteilen. Wenn er aber einmal fertig war ... Dieses Auto würde Alec sicher nicht verschenken.

Genau der besagte Mann wusch sich gerade die Hände. Bei meinem Anblick drehte er das Wasser ab und nahm eine Fernbedienung in die Hand, woraufhin die Musik leiser wurde.

»Darcy«, sagte er und trat auf mich zu. Dabei musterte er

mich und blieb an *meiner* Kleidung hängen. »Musst du nicht arbeiten?«

Schulterzuckend hob ich den Schlüssel seines ehemaligen Wagens in die Höhe. »Ich fahre über das Wochenende zu meinen Eltern.«

»Den kenne ich doch irgendwo her.«

»Mein Auto hat einen Platten. Jason hat mir angeboten, dass ich seins nehmen kann. Dein altes.«

»Und was machst du hier?«

Aus einem dummen Grund schmerzten seine Worte. Ich wusste selbst nicht, woran es lag. Vielleicht an seinem kalten Ton. Vielleicht an seiner distanzierten Art. »Ich wollte dir Bescheid sagen. Du hast dich gestern nicht blicken lassen. Du sollst dich bloß nicht wundern, wenn ich nicht da bin.«

»Tut mir leid.«

»Das muss es nicht. Wir haben nie besprochen, was danach sein würde. Nach dem Sex. Letztendlich bin ich immer noch eine Angestellte in dem Haus, in dem du wohnst. Also selbst wenn ich Erwartungen hätte, mir ist bewusst, welche Rolle ich in dem Ganzen einnehme.« Es war die Wahrheit, obwohl ich enttäuscht war.

Acair hatte nach mir gesehen. Obwohl sein Bruder es war, mit dem ich bisher die engere Beziehung hatte.

Er schloss für wenige Sekunden die Augen. Es machte mich nervös, gab mir gleichzeitig die Möglichkeit, ihn unbeobachtet zu betrachten.

Seine Kleidung war dreckig. Dunkle Ringe zeichneten sich unter seinen Augen ab. Seinem Körper fehlte jegliche Spannung.

Pernilles Erzählung kam mir in den Sinn. Dass er nach Leandra Lennox Tod drogenabhängig war. Dass dieser Mann fast daran gestorben wäre.

Ich konnte mir Alec in diesem Zustand nicht vorstellen.

Nicht, wenn mir bei dem Gedanken an ihn der Geruch von Büchern, alte Klassiker und seine Küsse in den Kopf kamen.

Das Bedürfnis zu ihm zu gehen – ihn zu berühren – war riesig. Kaum formte sich dieser Gedanke in meinem Kopf, trat er selbst auf mich zu und beugte sich zu mir hinab.

Seine Lippen streiften meine Wangen, während seine Hand durch meine offenen Strähnen strichen.

Es dauerte nicht lange an, dennoch nistete es sich tief in mich und löste den Knoten in meiner Brust, der bis eben dort war.

Alec lehnte sich zurück und sah mich an. »Als ich dich in der Nacht in dieses Zimmer gebracht habe, erwartete ich, dass du gehst. Vielleicht noch, dass du mich vorher ohrfeigst.«

»Wirklich?«

»Ja. Aber du bist geblieben. Außerdem habe ich nicht gedacht, dass es mir gefallen würde. Dich mit ihm zu teilen; mit anzusehen, wie mein eigener Bruder dich fickt. Auch da lag ich anscheinend falsch.«

Ich schluckte.

Wieder kam mir diese eine Frau in den Sinn. Bei ihr musste es anders gewesen sein. Sonst hätte er vorher gewusst, ob er daran Gefallen finden würde.

Ich sprach ihn nicht auf sie an. Das war der falsche Zeitpunkt. Jetzt ging es nämlich um ihn und mich.

»Wie meinst du das genau?«, fragte ich; die Stimme heiser. »Wenn du geglaubt hast, dass das mit Acair, dir und mir nicht zusagen würde, weshalb hast du mich dann dorthin gebracht?«

»Das ist eine lange und komplizierte Geschichte. Eins kann ich dir aber sagen, ich brauche Zeit, darüber nachzudenken. Allein. Das bedeutet nicht, dass du mir nicht wichtig bist. Im Gegenteil.«

Mit diesen Worten konnte ich noch weniger anfangen. Dennoch nickte ich und machte einen Schritt zurück. »Vielleicht ist es sogar für alle Beteiligten gut, dass ich ein paar Tage wegfahre.«

»Wir werden uns wiedersehen. Und sprechen.«

Alec warf mir ein echtes Lächeln zu, ehe ich ihn verließ und mich endgültig auf den Weg nach Hause machte.

KAPITEL 24

Alec

Mein Schwanz war hart.

Dennoch blieb ich auf dem zerschlissenen Sofa sitzen und trank weiter aus der Bierflasche. Die Versuchung war groß, mir jetzt in meiner Werkstatt einen runterzuholen, doch würde ich mich dabei selbst verabscheuen. Wegen der Bilder, die mir durch den Kopf gehen würden.

Die Nacht mit ihr, Acair und mir.

Selbst dieser winzige Gedanke daran versetzte mich mit weiterer Lust.

»Es war deine Idee, Idiot«, flüsterte ich vor mich hin und stellte die Flasche auf den niedrigen Tisch vor mir. »Du hättest es kommen sehen müssen.«

»Sprichst du mit dir oder mit mir?«

Meine Lider schlossen sich, meine Hände ballten sich zu Fäusten. Er hatte wie üblich ein beschissenes Timing – immer, wenn ich allein sein wollte, tauchte mein dämlicher Bruder auf.

»Was willst du, Acair?«

»Nach dir sehen, was sonst?« Er setzte sich auf einen der Sessel mir gegenüber.

In dieser Umgebung wirkte er mit seinem Leinenhemd und den Stoffhosen lächerlich fehl am Platz. Eigentlich ließ er sich hier nicht oft blicken. Ihm war es zu dreckig – komisch, denn eigentlich war er es, der den ganzen Tag im Dreck herumwühlte.

»Wie du siehst, bin ich am Leben. Du kannst mich also wieder in Ruhe lassen.«

»Ich weiß zwar nicht, auf was oder wen du sauer bist – und wenn du ehrlich zu dir selbst bist, weißt du es auch nicht. Aber uns beiden ist klar, wie das ›Wieso‹ lautet.«

»Wenn es dir so viel Spaß macht, in Menschen zu lesen, wieso hast du nicht Psychologie studiert?«

»Ja, vielleicht hätte ich das tun sollen.«

»Ich halte dich nicht davon ab.«

Ein stummes, bitteres Lachen zeichnete sich auf seinen Lippen ab. Lippen, die Darcys berührt hatten, während ich sie von hinten gehalten hatte. Allein, dass mir diese Szene in den Kopf schoss, zeigte das Problem auf.

Pure Eifersucht.

Auch er erkannte es.

»Wieso hast du mich gefragt, ob ich sie mit dir vögeln will? Was hast du dir erhofft? Immerhin warst du es, der gemeint hat, dass Darcy nicht davor weglaufen wird. Und sie ist es nicht.«

Er hatte recht.

Ich hatte keinen Grund für mein Verhalten. Es war meine Idee gewesen. Dennoch hatte ich sie nur seinetwegen getroffen. Weil er mein Bruder war und mir schon unzählige Male aus der Scheiße geholfen hatte. Nichts sollte mehr zwischen uns kommen.

Und wie könnte eine Frau zwischen uns treten, wenn wir mit offenen Karten spielten? Sie gleichzeitig genossen?

Leider waren diese Gedanken töricht.

»Willst du sie denn wieder?«, fragte ich, während ich mich zurücklehnte und ihn musterte. Seine Miene war versteinert, ließ keine Regung zu.

»Das liegt nicht an mir. Wenn *sie* will, dann werde ich der Letzte sein, der sie abweist.«

»Natürlich.«

Acairs Augenbraue hob sich. »Während du dich hier verschanzt hast, habe ich tatsächlich mit ihr geredet. Verdammt, Alec, sie weiß doch selbst nicht, was sie denken soll.«

Das bedeutete, dass ihr die Nacht gefallen hatte.

Wie auch Acair.

Wie mir.

Niemand von uns hatte eine Ahnung, wie wir mit der Sache umgehen sollten. Vielleicht war es sogar gut, dass Darcy für ein paar Tage nicht hier war. Gleichzeitig stieg in mir der Zorn bei der Erinnerung auf, wie ich sie verabschiedet hatte.

»Und wie soll es jetzt weitergehen?«

»Lass dich nicht von deiner Eifersucht zerfressen, Alec. Uns nicht gegeneinander ankämpfen. Insgeheim wissen wir nämlich beide, dass das nichts bringen wird. Weil es nicht nur um dich und mich geht. In dieser Sache steht Darcy im Mittelpunkt. Und so wie sie mich gestern geküsst hat, bezweifle ich, dass sie sich entscheiden kann.«

Ich biss die Zähne fest aufeinander, wobei sich meine Muskeln anspannten. Ein Geschmack von Eisen breitete sich auf meiner Zunge aus. »Du hast sie geküsst?«

»Das ist kein Wettbewerb.« Er beugte sich nach vorn, suchte nach meinem Blick und fuhr erst fort, als er ihn gefunden hatte.

»Darcy wird nicht für immer hier sein. Ihre Stelle ist temporär. Wieso verschwenden wir also Zeit? Und komm mir jetzt nicht mit der Ausrede, dass dieser Dreier dir nicht zugesagt hat.«

»Wenn ich sie ficken will, stelle ich vorher sicher nicht immer fest, ob du sie auch gerade willst.«

»Das verlange ich nicht. Genauso wenig erwarte ich allerdings, dass du etwas dagegen hast, wenn sie und ich allein sind. Anders wird das nicht funktionieren. Entweder wir machen es so oder lassen es bleiben.«

»Dann gibt es anscheinend nur einen Weg.« Ich sog tief Luft ein und stieß sie sofort wieder aus. Dabei löste sich auch eine Anspannung, die sich in mir eingenistet hatte, nachdem ich Darcy in ihr Zimmer gebracht hatte. Ich kam mit seinem Vorschlag besser zurecht als erwartet. In diesem Moment. »Wir wissen beide, dass wir nicht die Finger von ihr lassen können. Dafür sind wir schon zu weit gegangen.«

Er stand auf, ging aber noch nicht. »Solange Darcy damit einverstanden ist.«

»Ihr kurzer Urlaub kommt überraschend.«

Ein gerissenes Lächeln glitt über seine Lippen. »Auch wenn sie ein bisschen Abstand nehmen will. Vergiss nicht, bevor sie gegangen ist, hat sie uns gesucht. Sie hätte es nicht gemacht, wenn sie von uns wegkommen will.«

»Du genießt es, mit ihr zu spielen. Nicht wahr?«

»Unterschätze sie nicht, Alec.« Er wandte sich ab. Dennoch ergänzte er noch etwas. »Sie spielt mit – falls *sie* nicht schon längst die Figuren verschiebt, ohne dass wir es gemerkt haben.«

KAPITEL 25
Darcy

Das Wochenende verflog viel zu schnell.

Ich packte frische Kleidung in meine Tasche und zum ersten Mal ließ ich Gedanken zu, die ich in den letzten Tagen ausgesperrt hatte.

Acair.

Alec.

Selbst Cian spukte in meinem Kopf herum.

Pernille hatte mir geraten, von ihnen Abstand zu nehmen. Das hatte ich auch geschafft – körperlich und seelisch. Aber hatte es letztendlich geholfen? Nicht viel. Dennoch war ich dankbar für die Zeit, die ich mit meinen Eltern verbringen konnte.

Mama war überrascht gewesen, dass ich mit Jasons Wagen angekommen bin. Die Erklärung mit dem platten Reifen hatte sie mir nicht abgekauft. Sie wusste, dass ich ihr etwas verheimlichte. Mütter besaßen eben einen Sinn für solche Dinge.

Egal, wie viele skeptische Blicke mir Lina beim Abendessen oder auf dem Sofa zugeworfen hatte, ich verlor kein

Wort über die Männer, die sich gerade wieder in meine abgeschottete Seele schlichen.

Mit einem Ruck zog ich den Reißverschluss zu, was mich ins Hier und Jetzt beförderte.

Ein letztes Mal sah ich mich in dem Zimmer um, in dem ich meine Kindheit und Jugend verbracht hatte.

Es war nicht groß, vielleicht sogar ein wenig kleiner als das, das ich bei den Creswells besaß. Trotzdem war dieses hier gemütlicher. Es war in einem sanften Blau gestrichen. Überall waren Bücher. Manche auf dem Fensterbrett gestapelt, andere in Regalen, die viel zu viel Platz verbrauchten. Ich trug die Angewohnheit in mir, sie in meinem Raum haben zu wollen; egal wie oft *Athair* gesagt hatte, dass sie auf dem Dachboden besser aufgehoben wären.

Und das Bett war größer.

Bevor ich mich in dem Anblick und den Erinnerungen an früher verlor, nahm ich mein Gepäck und trat nach draußen in den Gang. Ich zögerte nicht länger und fand mich wenige Augenblicke später im Wintergarten wieder, in dem meine Eltern saßen.

Papa ging es besser. Er musste nicht mehr so viel schlafen, nahm mehr am Leben teil. Das Bild der beiden – *Màthair*, wie sie sich an seine Schulter lehnte, während die beiden in die raue Natur sahen – trieb mir dennoch Tränen in die Augen.

Ich wollte nicht gehen. Am liebsten würde ich hierbleiben und sicherstellen, dass es ihm von Tag zu Tag besser ging. Aber *Màthair* konnte das am besten. Wahrscheinlich lag es sogar an ihr, dass er Fortschritte machte.

Räuspernd trat ich weiter in den Raum und zog damit ihre Aufmerksam auf mich. Ihre Köpfe drehten sich zu mir, sodass mir ihre vertrauten, geliebten Gesichter entgegenstarrten.

Ich musste mich zwingen, das Unausweichliche zu sagen.

»Es ist schon ziemlich spät. Ich muss losfahren. Immerhin klingelt morgen früh mein Wecker.«

Athair klopfte auf den Platz neben sich. Ich musste gar nicht nachdenken, um seiner stummen Forderung zu folgen.

Wie ein kleines Mädchen setzte ich mich neben ihn und ergriff seine immer noch schwache Hand. Unter seinen blauen Augen lagen dunkle Ringe, auf seinen Lippen zeichnete sich aber ein Lächeln ab. Eines, das meine Brust enger werden ließ.

»Bevor du gehst«, sagte er, unterdrückte dabei ein Husten. »Erzähl doch ein bisschen über die Arbeit. Über die Leute dort. Hast du dich gut eingelebt?«

Ich spürte Mutters Blick auf mir.

Sie würde jedes Wort doppelt betrachten. Obwohl sie eigentlich nichts befürchten musste. Sie kannte aber die Männer, mit denen ich unter einem Dach lebte. Und dann war da noch die Geschichte mit Leandra, die ihr sicher bekannt war.

Mich sollte ihre Vorsicht nicht mehr wundern.

»Es ist okay. Meine Mittagspausen verbringe ich oft mit Jason – Pernilles Sohn. Er geht bald nach Cambridge, um Physik zu studieren. Hat er dir das erzählt, *Màthair?*«

»Er schleppt seit Jahren diese Bücher mit sich herum. Es war nur eine Frage der Zeit, bis Magdalena ihm einen Platz an einer Eliteuni besorgt.«

Meine Augenbrauen zogen sich zusammen. »Er hat zu mir gesagt, dass Callum Creswell ihm diesen ermöglicht hat.«

Lina schnaubte, was ihren Mann verwirrte.

Er hörte uns gespannt zu, auch wenn er unmöglich in vollem Ausmaß verstehen konnte, in welcher Verbindung diese Menschen genau zueinanderstanden. Selbst ich war mir unsicher, ob ich all die Verstrickungen bereits kannte.

Sie verzog die Miene, als würde sie etwas wissen, was mir verborgen blieb.

»Magdalena hat die Kontakte. Es wird schon seine Gründe haben, wieso es offiziell heißt, dass Callum ihm diese Möglichkeit gegeben hat.« Fragen lagen mir auf der Zunge, doch kam sie mir zuvor. »Hat dir jemand die Bibliothek gezeigt?«

»Ja.«

»Wer?«

Sie ließ nicht locker. Mir blieb nichts, außer die Wahrheit zu erzählen übrig. »Alec Creswell. Er scheint sich dort gut auszukennen und war so freundlich, mir ein paar Bücher auszuleihen.«

Gut, ich ließ zwar Details aus, aber ... Eine Lüge war es nicht.

Athair strich mir über das Haar. »Wie ist die Familie denn so? Deine Mutter erzählt ja fast nichts über sie.«

Ich zuckte die Schultern, wobei meine Kehle enger wurde. Er war neugierig und ich musste ihm Dinge verschweigen, weil es meiner Mutter nicht gefallen würde. Und das, obwohl das Bedürfnis riesig war, ihn um Rat zu bitten. Denn das machten Töchter, wenn sie in der Klemme steckten, oder?

»Ich bin nur eine Angestellte von vielen, Papa. Ich sehe sie kaum. Callum und Magdalena waren im Urlaub und ihre Söhne ... Na ja, sie begegnen mir ab und zu. Aber ich spreche kaum mit ihnen.«

»Das ist auch besser so«, mischte sich *Màthair* ein und stand auf. »Sie muss sich auf die Arbeit konzentrieren. Ein solches Anwesen konstant sauber zu halten, ist nicht so einfach, wie es klingt.«

Nickend erhob ich mich ebenfalls, beugte mich aber sogleich zu Joe hinab. Ich hauchte ihm einen Kuss auf die Wange und lächelte ihn an. »Spätestens Weihnachten komme ich wieder, ja? Dann auch länger und nicht nur für ein Wochenende.«

»Keine Sorge, ich werde geduldig warten. Bis dahin ...« Er

drückte meine Hand, wobei der Tränenschleier vor meinen Augen trüber wurde. »Tu dein Bestes. Aber dafür brauchst du nicht meine Worte, denn ich weiß, dass du es immer machst.«

»Ja.« Meine Stimme war gepresst.

Ich musste mich zwingen, mich von ihm zu lösen und zu gehen. Denn was, wenn ich ihn zum letzten Mal sah? Wenn er gesund wäre, würde ich mir darum keine Gedanken machen, obwohl er auch in diesem Szenario einen tödlichen Unfall haben könnte. Daran dachte man kaum, wenn man sich verabschiedete.

Mama streifte meinen Arm, sodass sich der Horror in meinem Kopf zum Teil auflöste.

»Wenn du ankommst, werden wahrscheinlich alle schon schlafen. Pernille erwartet dich ja eigentlich erst morgen früh. Auf der Veranda, die an die Küche des Personals grenzt, steht ein Blumentopf, unter dem ein Zweitschlüssel versteckt ist. Dann musst du niemanden aufwecken.«

»Danke.«

»Mach dir keine Gedanken um Joe. Ihm geht es gut.« Sie versuchte mich aufzumuntern, wofür ich ihr dankbar war. »Und ich verspreche dir, dass es ihm noch besser gehen wird, wenn du das nächste Mal kommst.«

»Das kannst du nicht.« Ich nahm meinen Mantel von der Garderobe und zog den Autoschlüssel von Jason hervor, ehe wir nach draußen traten.

»Eigentlich nicht, aber so vergeht die Zeit bis Weihnachten möglicherweise ein bisschen schneller.« Lina stellte sich auf die Zehenspitzen und drückte mir auch einen Kuss auf die Wange. »Pernille hat nur gute Worte für dich übrig, weißt du das?«

»Dann ist sie eine dreiste Lügnerin. Ich bin eine Katastrophe in der Küche.« Und in anderen Dingen, die sie zu meinem Glück für sich behielt.

»Gut, dass es noch mehr Aufgaben in diesem Haus gibt.«

»Ja. Es ist ein ewiger Kreislauf.«

»In den du jetzt wieder zurück musst.«

Sie begleitete mich bis zum Wagen, an dem ich mich von ihr verabschiedete.

In der Einfahrt blieb sie stehen, bis ich sie ihm Rückspiegel nicht mehr erkennen konnte.

∿

Mutter hatte recht gehabt; unter einem Blumentopf auf der Veranda befand sich ein Schlüssel. Kein originelles Versteck, jedoch bewahrte es mich davor, lange suchen zu müssen.

Meine Lider waren bleischwer. Ich sehnte mich danach, in das schmale Bett zu kriechen, um noch ein paar Stunden Schlaf zu finden.

Auf dem Weg dahin stieß ich mich an einigen Möbeln. Wenn ich in ein paar Stunden aufwachen würde, wäre es keine Überraschung, wenn sich ein paar Blutergüsse auf meiner Haut abzeichneten.

Nicht nur das zögerte mein Vorhaben hinaus.

Beim Betreten meines Zimmers, verharrte ich im Türrahmen. Im Gegensatz zum Rest des Hauses war es hier hell, da die kleine Lampe auf meinem Nachttisch leuchtete. Und der Grund dafür lag auf der Matratze.

Acair.

Er trug ein langes Shirt und eine Stoffhose, wobei sein Haar offen war. Doch das, was mich am meisten überraschte, war das Buch in seiner Hand.

Stolz und Vorurteil.

Er war noch nicht weit. Aber für jemanden, der das Lesen verabscheute, war es nicht schlecht.

Sein Fokus richtete sich auf mich. Er stand nicht auf,

sondern blieb liegen, senkte die Seiten und versuchte sie zu verstecken. »Du bist schon da.«

Eine Feststellung, keine Frage.

Ich schloss die Tür hinter mir und ließ meine Tasche auf den Boden fallen. »Ja.«

»Pernille hat gesagt, dass du erst morgen früh wiederkommst.«

»Jetzt bin ich hier.« Kopfschüttelnd versuchte ich, die Verwunderung in mir abzuwerfen. Mit wenig Erfolg, denn er in meinem Bett, ergab keinen Sinn. »Die Frage ist eher, was du in meinem Zimmer machst. Ich kann mir nämlich vorstellen, dass deine Matratze bequemer ist.«

Acair stand weiterhin nicht auf, sondern verschränkte die Hände hinter dem Kopf. Er musterte mich. Lange glitt sein Blick an mir hinab, ehe er meinen wiederfand. »Auch wenn du mir nicht glauben wirst, ich verspreche dir, dass ich nichts Unsittliches in diesen vier Wänden getan habe.«

»Irgendwie tue ich es trotzdem.«

»Wirklich?«

Ich kam auf ihn zu und nickte zum Buch. »Für jemanden, der nicht gerne liest, hast du dir kein einfaches Buch herausgesucht. Die Sprache ist nämlich ein bisschen … veraltet.«

»Das habe ich gemerkt.« Er stützte sich auf seine Unterarme, was jede meiner Fasern wahrnahm. »Weißt du, meine Mutter hat mir früher immer gesagt, man lernt mehr über einen Menschen, wenn man weiß, was er liest.«

Ein Lachen kroch meine Kehle hinauf. Ich schluckte es aber herunter und streifte meine Schuhe von den Füßen. Er erweckte nicht den Anschein, dass er gehen wollte. Und wenn es nach mir ging, musste er das auch nicht.

»Was hast du über mich herausgefunden, Acair?«

Er sah zu, wie ich meinen Pullover und die Jogginghose vom Körper streifte. Ich stand nur noch in einem dünnen

Unterhemd und einem Slip vor ihm. Auf einen BH hatte ich wegen der langen Fahrt verzichtet.

»Du bist hoffnungslos romantisch«, murmelte er und setzte sich auf – beobachtete, wie ich zu ihm stakste. »Und bei dir darf kein Drama fehlen.«

»Richtig. Was das über mich als Charakter aussagt, weiß ich aber nicht.«

Acair stand auf. Jetzt starrte ich nicht mehr länger auf ihn hinab, sondern er auf mich. Seine Mundwinkel hoben sich, während er mir über die Wange strich. »Das müssen wir wohl herausfinden.«

»Gehst du jetzt?«

»Wenn du das möchtest.«

Die Entscheidung lag bei mir. Währenddessen wanderten seine Finger meinen Hals hinab zu meinem Schlüsselbein. Binnen Sekunden braute sich eine Hitze in meinem Körper zusammen, die ich in den vergangenen Tagen vermisst hatte. »Ich muss morgen früh raus.«

»Das ist keine Antwort.«

»Bleib hier. Aber ...« Ich biss mir auf die Lippe und schloss für einen Moment die Augen. Das, was ich jetzt sagen würde, musste mir nicht peinlich sein. Dennoch spannte sich mein Körper an. »Ich kann aber nicht mit dir schlafen, weil ... Ich habe meine Periode.«

»Das hatte ich auch nicht vor.«

Mein Kopf zuckte nach oben. »Nicht?«

Ehe sich mein dämlicher Verstand Gründe herbeispinnen konnte, nahm er mein Gesicht in beide Hände und küsste mich. Leicht. Nicht tief. Trotzdem lockerten sich meine Schultern, woraufhin ich meine Arme um seinen Nacken schlang.

Ich brauchte das.

Diese Nähe.

Die Berührungen.

Ihn.

»Du bist geschafft. Das sieht man dir an«, flüsterte er und streifte mit seiner Nasenspitze meine. Er lehnte sich zurück und funkelte mit seinem dunklen Blick auf mich hinab. »Jetzt komm mit mir in dein Bett.«

Grinsend schüttelte ich den Kopf. »Da passen wir unmöglich zusammen rein.«

»Einen Versuch ist es wert.«

Er ließ mir den Vortritt, somit lag ich an der Wand. Nachdem er mir gefolgt war, legte ich meinen Kopf auf seine Brust und mein Bein über seinen Körper. Wir passten gerade so auf die Matratze – mit dem Punkt, dass ich halb auf ihm lag.

Es störte Acair nicht.

Im Gegenteil. Er schlang einen Arm um mich; eine Einladung, mich noch enger an ihn zu schmiegen. Eine, die ich annahm.

Sein Herz pochte stetig unter meinem Ohr, wobei meine Finger über seine Seite tanzten. Seine strichen währenddessen durch mein Haar.

Dieser Moment gehörte uns. Dennoch wanderten meine Gedanken zu einem anderen Mann. »Wie gehts Alec?«

»Gut, er hat sich wieder gefangen.«

»Wie meinst du das?«

»Er hat Zeit für sich gebraucht. Das haben wir alle.«

Ja, das haben wir. »Wie soll es jetzt weitergehen?«

»Wir wollen dir morgen gemeinsam etwas zeigen.« Seine Brust vibrierte – es stammte von einem stummen Lachen. »Du kannst dir die Frage nach dem ›Was‹ verkneifen, Darcy.«

»Woher ...?«

»Du bist ein neugieriger Mensch. Aber du musst dich noch ein wenig gedulden.«

Ich war froh, dass er es mir nicht erzählte. Wegen Alec.

Wenn es Dinge gab, die sie beide betrafen, sollten auch die zwei Männer hier sein. Nicht nur der eine.

»Eigentlich war ich müde.« Wieder strich meine Hand seine Seite entlang. »Um ehrlich zu sein, bin ich das immer noch. Aber wenn es dir nichts ausmacht, würde ich gern etwas von dir vorgelesen bekommen.«

»Und wenn ich damit ein Problem hätte?«

Meine Mundwinkel hoben sich. »Dann muss ich dich wohl dazu nötigen.«

»Wie sähe das aus?«

»Das willst du nicht wissen.«

Seufzend griff er nach dem Buch, mit dem ich ihn vorhin erwischt hatte. »Auf welcher Seite warst du, bevor du losgefahren bist? Ich habe nämlich aus Versehen das Lesezeichen rausgezogen.«

»Fang da an, wo ich dich unterbrochen habe.«

Das tat er.

An manchen Stellen stolperte er, woraufhin sein Puls schneller wurde. Dennoch genoss ich es. Den tiefen Ton gepaart mit der alten Geschichte von Elizabeth Bennet und Mr. Darcy.

Acairs Stimme trug mich in den Schlaf; er hielt mich selbst dann, als ich in leichte Träume abdriftete.

KAPITEL 26

Darcy

Cian musterte mich die gesamte Zeit. Und es machte mich verrückt. Er sprach nicht; beobachtete ausschließlich, wie ich den Boden wischte.

Obwohl ich wenig Schlaf bekommen hatte, war ich ausgeruhter als sonst. Ich wusste auch, an wem es lag.

Acair hatte die gesamte Nacht bei mir verbracht. Er war neben mir eingeschlafen und erst nach dem Klingeln des Weckers gegangen. Zuvor hatte er mir einen Kuss auf den Mund gehaucht.

Selbst jetzt bei der frischen Erinnerung prickelten meine Lippen. Ich durfte mich nicht in ihr verlieren, denn aus dem Augenwinkel erkannte ich, wie Cian den Stift auf den Tisch legte und den Kopf auf seine zusammengefalteten Hände stützte.

»Was ist los?«, fragte ich und richtete mich auf. Ich kniete auf dem Boden, versuchte den Staub unter dem Beistelltisch der Sofaecke zu entfernen.

»Wie kommst du darauf, dass etwas nicht stimmt?«

»Weil du sonst arbeitest. Heute starrst du aber Löcher in die Luft.« *Oder besser gesagt in mich.*

»Ich denke nur nach.« Irgendwas stimmte trotzdem nicht, sonst würde er sich auf die Papiere vor sich konzentrieren. Genau das tat er nicht. Er blickte mir weiterhin entgegen.

Ließ mich – was seine Gedanken betraf – im Dunkeln.

»Willst du darüber reden?«

»Manchmal ist es besser, wenn man mehr Betrachtungswinkel hat, weißt du?« Ich hatte keine Ahnung, wovon er redete. Cian fuhr sich durch das dunkle Haar und sank tiefer in seinen Bürosessel zurück. »Das wird leider noch ein wenig Zeit brauchen. Bis dahin kann ich nichts sagen.«

Meine Augenbrauen zogen sich zusammen, ich schüttelte aber sofort den Kopf. Er konnte nichts von seinen Brüdern und mir wissen, sonst wäre er schon längst damit herausgeplatzt. Wahrscheinlich ging es um die Firma.

»Vielleicht solltest du ein bisschen Abstand von der Arbeit nehmen. Das würde dir guttun.«

»Nein. So tief geht es wiederum auch nicht.«

Nun lenkte sich auch meine Aufmerksamkeit auf ihn. Ich setzte mich auf meinen Hintern und lehnte mich gegen das Sofa. Gerade sah ich einen Mann vor mir, der mir Verletzlichkeit zeigte. Ob ihm das bewusst war oder nicht, wusste ich nicht.

»Du hast kein Leben außer Laufen gehen und arbeiten, stimmts?« Es würde zu Pernilles Erzählung passen – dass er seit Leandras Tod in seinen Aufgaben als Nachfolger seines Vaters versunken war.

»Versuchst du mich zu lesen, Darcy? Wenn ja, dann muss ich dich enttäuschen. Das funktioniert nicht; daran sind schon viele vor dir gescheitert.«

Schulterzuckend legte ich den Putzlappen beiseite. »Du

lenkst ab. Gibt mir das nicht in einem gewissen Aspekt Recht?«

»Nein.«

»Gut, dann erzähl mir, was du in deiner freien Zeit machst.«

In seinen hellen Iriden schimmerte ein dunkler Schatten. Gleichzeitig spannte sich sein Kiefer an; seine Mundwinkel verzogen sich. »Ich habe keine. Wenn ich welche hätte, würde ich meinen Job nicht gut machen. Und das kann ich mir nicht erlauben.«

»Du bist reich, Cian. Du müsstest gar nichts.«

Wieder zuckte etwas über seine Züge. Eine Ernsthaftigkeit, die mir entgegenschrie. »Ist es aber nicht meine Pflicht? Meine Familie ist schon über Generationen hinweg im Geschäft. Meine Brüder haben kein Interesse daran. Also muss ich die Tradition weiterführen.«

»Haben deine Vorfahren ihr Privatleben auch linksliegen gelassen?«

»Ich weiß es nicht.«

»Als ich mit Acair und Alec im Dorf war, hat Bram – der Tischler – gemeint, dass es Niederschriften von deinen Vorfahren in der Bibliothek gibt. Zumindest hat das deine Großmutter ihm erzählt. Vielleicht findest du ja dort irgendwas, was dir weiterhilft.«

Er blickte mich an. Lange musterte er mein Gesicht, bewegte sich dabei nicht. Auf seiner Miene lag ein nachdenklicher Ausdruck, der mich rastlos machte.

»Ich habe schon ewig nicht mehr an die Dinger gedacht. Mutter hat sie in mehreren Truhen aufbewahrt.«

»Was genau sind das für Aufzeichnungen?«

»Eine Art von Tagebüchern. Ich weiß es auch nicht genau. Ich habe mich nie für sie interessiert. Vater hat sich bei jeder

Gelegenheit darüber lustig gemacht. Er findet es dämlich, seine Gedanken auf Papier zu bringen.«

»Wie nett.« Ich biss mir auf die Lippen, um mir einen weiteren Kommentar zu verkneifen. Cian brachte es zum Lachen. »Tut mir leid. Ich sollte meine Klappe halten.«

»Nein, du hast recht. Er hat nicht sonderlich viel Einfühlungsvermögen. Das war schon immer seine Schwäche gewesen. Deswegen nimmt er oft Mutter mit zu Geschäftsessen. Ihr kann nämlich niemand einen Wunsch ausschlagen.«

Es hatte etwas Intimes an sich, wie er über seine Familie sprach. Und ich saugte jede Sekunde davon auf – wie er nicht großartig darüber nachdachte, welche Worte er für sie wählte. Wie er entspannt dasaß und mit mir redete.

Irgendwas hatte sich verändert, als ich weg war.

Mit uns allen.

»Na ja, du bist nicht dein Vater, Cian. Nur du entscheidest, wer du am Ende des Tages sein willst. Du bist niemandem eine Rechenschaft schuldig. Das solltest du wissen.«

Nickend atmete er tief ein. »Danke, Darcy.«

»Immer wieder gerne.«

Obwohl ich hier sitzen bleiben und weiter mit ihm reden wollte, war ich mit seinen Brüdern zur Mittagspause verabredet. Acair hatte mir heute Morgen gesagt, dass er und Alec mir etwas zeigen wollten.

Also stand ich auf, raffte meine Sachen zusammen.

Doch einfach so ging ich nicht. Dafür war die Intensität seines Blickes – seiner verdammten Gegenwart – zu stark. »Wenn du reden willst ... Ich bin da. Vergrab dich nicht in der Arbeit. Mach irgendwas, das dir Spaß macht. Auch wenn du es erst neu entdecken musst.«

»Du klingst wie eine alte Frau.«

Ein Lachen glitt mir über die Lippen. »Ich habe Jahre

damit verbracht, in vergilbten Büchern herumzublättern. Anscheinend haben sie auf mich abgefärbt.«

Die Dunkelheit aus seinen Zügen verschwand, wobei ein Grinsen entstand. »Vielleicht solltest du auch mehr rausgehen, anstatt dich zwischen Seiten voller Wörter zu verstecken.«

»Das mache ich. Das letzte Mal bin ich betrunken zurückgekommen. Man muss nur die richtige Balance finden. Und das ist bei dir noch nicht der Fall.« Aus einem mir unbekannten Grund könnte ich ihn ewig ansehen. Das durfte ich aber nicht. »Ich muss jetzt gehen. Pernille wartet bestimmt schon darauf, mir Räume zuzuweisen, die ich für die Gäste deines Geburtstags putzen darf.«

Ich verschwand, meine Gedanken aber blieben bei ihm. Komisch, denn ich hätte nach dem Aufstehen um viel Geld gewettet, dass mein Verstand sich ausschließlich um Acair und Alec drehen würde.

Das traf auch zu, je näher ich unserem Treffpunkt kam.

Vor der Tür, hinter der der Raum lag, in dem wir Sex gehabt hatten. Er war nicht weit von Cians Büro entfernt. Ich blickte mehrmals hinter mich, um sicherzustellen, dass mir niemand folgte. Man konnte nie wissen, was in Cians Kopf passierte. Und nach Amy hielt ich auch Ausschau. Sie konnte wegen ihrer Schnittverletzung an der Hand noch nicht wirklich arbeiten, weshalb es mich nicht verwundern würde, wenn Cian sie momentan noch mehr als seine persönliche Spionin missbrauchte.

Jedoch begegnete ich niemandem.

Ich war mir sicher, dass ich richtig war, obwohl ich in der damaligen Nacht nicht wirklich auf den Weg und meine Umgebung geachtet hatte.

Schließlich war es einer der Brüder selbst, der meiner schwammigen Erinnerung Recht gab.

Alec trat aus der Tür auf den Gang, wobei seine Augen sofort meine fanden.

»Du bist früh dran«, sagte er und kam auf mich zu. Jede seiner Bewegungen war mit Vorsicht gewählt; als hätte er Angst, ich könnte fliehen. Er sah besser aus, im Vergleich zu unserer letzten Begegnung. Die dunklen Ringe unter seinen Augen waren weniger ausgeprägt und seine Kleidung war sauber. »Acair ist noch nicht hier.«

»Wie gehts dir?«

»Gut.« Er streckte seine Finger nach mir aus und strich durch mein Haar. Ich kam ihm entgegen, legte meine Hand auf seine breite Brust. Auch er wich mir nicht aus. »Es tut mir leid, dass ich dich damals nicht aufgesucht habe.«

»Es ist okay.«

»Nein, ist es nicht. Es war meine Idee. Und ich habe mich danach wie ein Arsch verhalten. Die Wahrheit ist, dass ich selbst nicht wusste, wie es weitergehen würde.«

»Das weißt du jetzt?«

»Ich denke schon. Aber dafür sollten wir auf Acair warten.« Wie sein Bruder wollte er nicht ins Detail gehen.

Nervosität breitete sich in meinen Adern aus. Es hatte zur Folge, dass sich meine Nägel tief in sein Shirt vergruben. »Acair war gestern bei mir. In meinem Zimmer, als ich angekommen bin.«

Ein Lächeln zog an seinen Mundwinkeln. Es war nicht besonders freundlich, aber auch nicht von Zorn gezeichnet.

»Was wollte er denn?«

»Er hat geglaubt, dass ich erst heute zurückkommen würde. Also eigentlich nichts. Er lag in meinem Bett und hat in *Stolz und Vorurteil* gelesen.«

Alec lachte, merkte jedoch schnell, dass ich keine Witze machte. Vollkommenes Erstaunen steckte in ihm. Und purer Unglaube. »Du willst mich auf den Arm nehmen, oder? Acair

hat in seinem Leben höchstens drei Mal einen Roman aufgeschlagen. Alles, was er liest, sind Fachbücher über Pflanzen
oder irgendwelche Rezepte.«

»Er hat mir gesagt, dass er mich dadurch besser kennenlernen wollte.«

»So kenne ich ihn gar nicht.«

»Wie meinst du das?«

Schritte ertönten, wodurch ich zurückwich. Es handelte
sich um den Mann, von dem gerade die Rede war. Er hielt eine
braune Papiertüte in der Hand. Zudem brachte er einen
Geruch nach Essen mit sich. Asiatisch.

»Mein Bruder denkt immer noch, dass ich ein Arschloch
bin«, sagte Acair, trat auf uns zu, sodass ich zwischen ihnen
stand.

»Nein, ich *weiß* es.«

»Gut, dass ich dich nicht vom Gegenteil überzeugen
muss.« Acair legte eine Hand auf meinen unteren Rücken und
schob mich nach vorn. Alec öffnete sofort die Tür, damit ich
hindurchgehen konnte. »Solange Darcy das Gute in mir sieht,
ist mir deine Meinung eigentlich herzlich egal.«

Ich registrierte seine Worte, doch nahm mich sofort meine
Umgebung gefangen, als mein Fuß die Schwelle überquerte.

Das war nicht das Bild, das sich in meiner Erinnerung
abzeichnete.

Natürlich war es dunkel gewesen; nur das Licht des
Mondes hatte uns erhellt. Dennoch konnte ich mich noch an
die Möbel erinnern, die wahllos herumgestanden waren. Es
hatte an einen Raum erinnert, der schon lange nicht mehr für
den Alltag benutzt wurde.

Jetzt ...

Ich wagte mich tiefer hinein und schaute mich um. Das
Einzige, das darauf hindeutete, dass wir uns nicht verirrt
hatten, war das riesige Bett und die Buntglasfenster, die die

Geschichte eines Engels erzählten. Sie mussten schon uralt sein. Und die drei Wendeltreppen aus dunklem Metall, die jeweils vor einer Tür endeten.

Der Rest ...

Unter meinen Füßen lag ein Bambusteppich und über mir schwebte ein Kronleuchter. Bücherregale sammelten sich an den Wänden. Einige Polstermöbel mit beigem Leder standen geordnet da; nun konnte ich sogar eine Bar mit einigen Küchengeräten ausmachen, neben der nicht weit ein gedeckter Tisch stand.

Für drei Personen – für Alec, Acair und mich.

Abgerundet wurde dieses Bild von unzähligen Pflanzen, die verteilt waren.

»Habt ihr das gemacht?«, fragte ich und drehte mich zu den Männern. Acair schob sich an mir vorbei und stellte die Papiertüte auf den Tisch, während Alec die Tür zuzog. »Weil es hier nicht so aussah, als wir das letzte Mal hier waren.«

Acair lachte leise und holte Plastikschalen voller Essen hervor. Mein Geruchssinn hatte sich nicht geirrt; es war asiatische Küche. »Wir scheinen sie damals nicht umgehauen zu haben, Alec. Immerhin hatte Darcy noch genug Zeit gehabt, sich alle Details einzuprägen.«

Kopfschüttelnd setzte ich mich auf einen der Stühle und beobachtet, wie er Nudeln und gebackenes Hühnchen erst mir und dann Alec und sich auf die Teller schaufelte. Ich hatte zwar immer noch keine Ahnung, wieso ich hier war, aber hierzu sagte ich sicher nicht ›Nein‹.

»Man kann sein Umfeld wahrnehmen *und* überrascht sein.«

Die beiden hockten sich neben mich, sodass der Platz mir gegenüber frei blieb.

»Während du weg warst, haben wir ein wenig aufgeräumt. Vielleicht die ein oder anderen Möbel hier ausgetauscht. Mehr aber nicht.« Alec rührte das Essen nicht an, sondern glitzerte mir mit seinen Augen entgegen. Genauso wie Acair. »Wir haben geredet, weißt du?«

»Du musst es weiter ausführen, wenn ich dir folgen soll«, sagte ich und faltete die Hände ineinander. Ich wusste nämlich nicht, was ich mit ihnen anstellen sollte.

Er biss sich auf die Lippen, suchte nach den richtigen Worten. Schließlich war es Acair, der mit der Sprache herausrückte.

»Wir wollen dich. Beide.«

Es kam nicht überraschend, auch wenn ich mir die ganze Zeit über eingeredet hatte, dass es irrsinnig war. Aber wieso hätten sie mich sonst hierhergebeten? Wieso hätte Acair die Nacht mit mir verbringen sollen?

Außerdem kannten sie sich damit aus, sich gegenseitig eine Frau zu teilen.

»Wie soll das funktionieren?«

»Es geht um Sex.« Acair fuhr mir über die Schulter, was meine Nerven neu erweckte. Diese kleine Berührung von ihm schaffte das. »Du hast dich von uns nehmen lassen. Und dass du mich gestern nicht aus deinem Bett geworfen und gerade eben Alec nicht von dir gestoßen hast, bevor ich gekommen bin, sagt einiges aus.«

»Das wäre?«

»Dass du dich von uns beiden angezogen fühlst. Es wäre aber lächerlich, wenn wir jetzt nur noch miteinander vögeln. Deswegen wäre es gut, wenn wir nun offen und ehrlich miteinander sprechen.«

Auf was wollte er *genau* hinaus?

Mein Blick zuckte zu Alec, der nickte. »Mein Bruder meint damit, dass du nicht wählen musst. Du kannst an einem Tag mich nehmen und am anderen ihn. Solange wir uns nicht Dinge verheimlichen, wird das funktionieren.«

Denn Leandra hatte sie auseinandergetrieben. Wahrscheinlich hatte mich Alec deswegen an diesem Abend zu seinem Bruder gebracht. Ich war nur eine Frau, die hier temporär arbeitete. Eine, die vor der Nacht schon Interesse an den Zwillingen hatte.

Egal wie krank es sich anhörte ... Eine Schwere fiel von meiner Seele. Denn genau das, was sie mir anboten, brauchte ich.

Als Ablenkung.

Als Bestätigung, die ich bereits von ihnen bekommen hatte.

Das würde nichts mit Liebe zu tun haben, obwohl ich beide Männer mochte. Es drehte sich rein um die körperliche Anziehung – um die Lust.

»Ich darf also mit euch beiden schlafen?«

»Es liegt bei dir. Wir haben darüber bereits gesprochen«, sagte Alec, wobei Acairs Hand von mir fiel. Er wollte meine Entscheidung nicht beeinflussen.

Ein dummer Gedanke, denn er war ein Teil dieser.

Sie stand schon längst fest. Nichts hätte sie ändern können. Ich fand aber noch nicht den Mut, sie laut auszusprechen. Es war mir nicht peinlich, aber sie würde grundlegende Dinge zwischen uns allen ändern.

Ich nahm die Gabel in die Hand und spießte ein Hähnchenstück an. »Was hat dieser Ort damit zu tun?«

»Es war das Gemeinschaftszimmer von Cian, Alec und mir. Wir benutzen ihn seit Jahren schon nicht mehr. Irgendwann ist er zu einem Abstellraum geworden.« Acair tat es mir gleich und schob sich Essen in den Mund. »Die Wendeltreppen führen zu den Zimmern von uns. Mach dir aber keine Sorgen um Cian. Seine Bar steht meines Wissens vor der Tür.«

»Wieso das denn?«

Sein Blick glitt zu Alec, dessen Kiefer hervortrat.

»Es gab eine Meinungsverschiedenheit zwischen uns. Sie ist in einem Streit geendet.« Acair vertiefte dieses Thema nicht. Dennoch konnte ich mir denken, dass es eine bestimmte Frau war, über die sie nicht reden wollten. »Alec und ich haben uns gedacht, dass es gut wäre, wenn wir zusammen einen Platz haben. Wände, in denen wir offen miteinander sprechen oder nur Zeit verbringen können.«

Ob sie ihn auch mit Leandra benutzt hatten?

Sofort schüttelte ich diesen Gedanken ab. Es war sinnlos, mich mit ihr zu vergleichen.

Mit einer Toten.

Wenn ich das tat, wäre die einzig logische Konsequenz, dass ich vor ihnen weglaufen sollte. Ich aber blieb sitzen, genoss, dass wir drei gerade einfach miteinander sprachen und aßen.

»Ihr habt euch wegen mir die Mühe gegeben hier aufzuräumen? Oder habt ihr eine Angestellte dafür beauftragt?«

»Nein. Das waren Acair und ich.«

»Wahrscheinlich auch besser so.« Sollte ich ihnen sagen, dass Pernille Bescheid wusste? Sie behielten die Frau vor mir für sich, daher konnte ich auch ein Geheimnis haben, oder? »Amy sagt eurem Bruder Dinge, die hier im Haus vor sich gehen – glaube ich.«

»Das wissen wir. Er aber nicht«, sagte Alec mit einem schelmischen Lächeln auf den Lippen. Seine starken Schultern wirkten nun um einiges entspannter. »Manchmal sollte man ihn in dem Glauben lassen, dass er die Kontrolle über alles hat. Dann ist sein Wesen nämlich angenehmer.«

Ich schenkte mir Wasser in ein Glas, das in einer Karaffe auf dem Tisch stand. »Cian lässt mich schon länger für sich putzen. Während er Laufen ist, bis ich Mittagspause habe.«

Das wussten sie nicht.

Die Brüder sahen sich an, tauschten Blicke miteinander

aus, schwiegen aber. Es reichte aus, um sich gegenseitig zu verständigen. Ich im Gegenzug hatte keine Ahnung, was sie bedeuten sollten.

»Es ist zumindest besser, als Stunden in der Küche zu stehen«, merkte ich an und nahm einen Schluck meines Getränks. »Erst vor kurzem habe ich die Namen für seinen Geburtstag in die Einladungen geschrieben.«

Acair verzog das Gesicht und gab ein entnervtes Stöhnen von sich. »Der ist ja auch bald.«

»Du scheinst dich nicht zu freuen.«

Er warf mir einen leidenden Blick zu, der mir ein helles Lachen entlockte. »Mutter übertreibt dabei maßlos. Zu jedem Geburtstag organisiert sie einen Ball. Dabei zwingt sie mich zum Tanzen.«

»Sei froh, dass wir am selben Tag geboren sind. Sonst müsstest du es einmal mehr im Jahr ertragen.« Auch Alec fand Gefallen daran, seinen Bruder aufzuziehen.

»Ich hoffe, ich werde es sehen, wenn ich wahrscheinlich Getränke austeile.«

»Du genießt die Vorstellung mich leiden zu sehen, oder?«

»Vielleicht.« Das Grinsen auf meinem Mund wurde immer breiter, bis sich sogar auf seinem eins abzeichnete. Acairs Augen funkelten, wobei ich mir auf die Lippe biss. Meine wanderten zwischen den beiden Männern hin und her. »Außerdem lautet meine Antwort ›Ja‹«

Alec legte den Kopf schief. »Was meinst du?«

»Ich will mit euch beiden schlafen.«

Denn eine Entscheidung konnte ich nicht treffen. Es war unmöglich. Ich wollte die begrenzte Zeit, die ich im Creswell-Anwesen verbrachte, nicht verschwenden, um mir Gedanken darüber zu machen, mit welchem von ihnen ich lieber das Bett teilte.

Auch wenn es vollkommen verrückt war.

So sah mein Leben bereits aus, als ich die Entscheidung getroffen hatte, die Uni zu schmeißen, um meinen Eltern zu helfen.

Wieso sollte ich mich also jetzt an die Vernunft halten?

Acair und Alec lächelten mich an. Der Erstere strich über mein Bein, während sein Bruder mir eine Strähne hinter das Ohr steckte.

Es folgte kein Kuss. Keine weiteren Berührungen.

Wir aßen und sprachen miteinander. Banale Dinge, die sich in meine Seele und mein Herz schlichen.

KAPITEL 27

Cian

»Amy, sag dem Schneider Bescheid, dass er kommende Woche schon früh kommen soll. Ich will es vor dem Laufen hinter mir haben.« Mutter bestand darauf, dass ich mir für meinen Geburtstag einen neuen Anzug anfertigen ließ. Aus welchem Grund auch immer ...

Die Frau nickte. »Natürlich, Mr. Creswell. Kann ich Ihnen sonst noch etwas bringen.«

»Nein. Danke, für den Tee.«

Sie nickte und verschwand aus meinem Büro.

Ich hingegen lehnte mich in meinem Stuhl zurück und starrte an die schmucklose Decke. Als ich mir dieses Zimmer vor ein paar Jahren ausgesucht hatte, thronte noch ein Gemälde über mir. Damals hatte es mir die Möglichkeit gegeben, mich in Gedanken zu verlieren.

Ich hatte es gehasst und somit überstreichen lassen.

Heute wünschte ich es mir zurück. Denn seit mehreren Tagen – seit Darcy McAllister von dem Kurzurlaub bei ihren

Eltern zurückgekehrt war – überfielen mich die Stimmen meines Verstandes.

Manche flüsterten, andere schrien.

Eins hatten sie gemeinsam: Sie trieben mich an den Rand meiner selbst.

Es wäre einfach gewesen, sich in den Pinselstrichen eines Bildes zu verirren. Vielleicht hätte ich dann auch nicht gemerkt, wie viel Zeit verstrich. So aber spürte ich jede Sekunde, die sich schwer auf mein Herz legte.

Ich konnte nichts tun, um mich abzulenken.

Denn egal, wohin ich ging, ich sah *ihr* Gesicht. Hörte ihr Lachen, das sich tief in mich krallte.

Daran war ich selbst schuld.

Ich hätte mich nicht in ihre Angelegenheiten mischen dürfen. Doch irgendwas hatte diese Frau an sich, das mich nicht losließ. Unmöglich, obwohl ich mir manchmal nichts anderes wünschte. Es war ein schmaler Grat auf dem ich wandelte.

Nicht nur ich.

Meine dummen Brüder genauso.

Kopfschüttelnd stand ich auf, trat zu den Fenstern und blickte hinaus. Von hier aus konnte man nur Bäume und ewige Felder sehen. Auch ein Grund, wieso ich diesen Raum für mein Büro gewählt hatte. Ich wollte darauf verzichten, irgendwas zu sehen, was mich an Acair und Alec erinnerte.

Das Gewächshaus.

Die Werkstatt, in der sich Alec mehr betrank, statt wirklich an dem Oldtimer herumzuschrauben.

»Lass es«, sagte ich zu meiner Spiegelung in den Scheiben. »Das wird es nur komplizierter machen.«

Tief in meinem Inneren wusste ich allerdings, dass ich meinen eigenen Ratschlag nicht befolgen würde. Dafür war das, was ich glaubte zu wissen, zu sehr von Interesse.

KAPITEL 28
Darcy

Mein Leben bestand aus Arbeit und Sex.

Die Brüder nahmen mich zu jeder freien Minute in Beschlag. Nicht zusammen, sondern einzeln. An manchen Tagen verbrachte Alec mit mir die Nacht, an anderen zog mich Acair in eine Abstellkammer und vögelte mich dort.

Ich hatte unterschätzt, wie intensiv es war, die Lust von zwei Männern zu befriedigen. Im gleichen Atemzug machte es mir Spaß – ich wurde süchtig nach ihren Berührungen; nach den Dingen, die sie mir ins Ohr flüsterten, während ich den Verstand verlor.

So wie jetzt.

Alec strich mein Haar aus dem Nacken und schmiegte sich von hinten an mich. Mein Spiegelbild starrte uns entgegen, wie er in seinem Badezimmer seine Hand an meinem Bein hinaufgleiten ließ und sich unter das Nachtkleid schlich.

»Ich muss mich für die Arbeit fertig machen«, murmelte ich, konnte aber nicht verhindern, dass mein Körper ihm entgegenkam. Es war eine natürliche Reaktion, der ich mich nicht widersetzen konnte. »Wir wollen doch beide nicht, dass Cian misstrauisch wird.«

»Das ist er immer.« Alecs Stimme war rau, noch vom Schlaf getränkt.

»Ein Grund mehr, mich so unauffällig wie möglich zu verhalten.«

»Die Nacht mit dir hat mir gehört und solange du nicht aus meinem Zimmer gehst, ist sie immer noch da.«

Er hauchte einen Kuss auf meinen Nacken, der all meine Gegenwehr – die sowieso gering war – schmelzen ließ. Dieser Mann wusste, wie er mich berühren musste, um mich vergessen zu lassen.

Wieso ich hier war.

Was in der Realität auf mich wartete.

Eins war mir aber immer klar. Ich würde keine Sekunde allein sein müssen, wenn ich nicht wollte. Einer von ihnen würde immer da sein. Und ich für sie.

Es waren zwar nur wenige Wochen nach dem Beschluss unseres Arrangements vergangen, dennoch fühlte es sich an, als würde ich die Brüder schon ewig kennen. Mit jedem Moment, den ich mit ihnen verbrachte, wurde das unsichtbare Band zwischen uns stärker.

»Die Sonne geht schon auf«, keuchte ich, während seine Finger über meinen Venushügel glitten. Sie streiften meine Perle, fuhren weiter zu meiner feuchten Spalte.

Stöhnend presste ich meinen Kopf an seine Schulter, wobei ihm ein dunkles Lachen entfuhr.

Er genoss es. Was sich auch an meinem unteren Rücken deutlich abzeichnete. Alec trug nur eine dünne Schlafhose, die nichts kaschierte.

»Aber dein Bruder ...«

Alec tauchte in mich ein, entlockte mir ein Wimmern. Meine Wände krampften sich um ihn zusammen, als hätte mich schon ewig niemand mehr berührt. Nur war genau das Gegenteil der Fall – die beiden Männer konnten mein Verlangen stillen, doch kam es immer wieder stärker zurück.

Es war eine Sucht.

»Cian schläft wahrscheinlich. Oder holt sich gerade selbst einen runter. Und während er sich seinen Schwanz selbst pumpt, habe ich dich.«

Die Vorstellung entflammte meinen gesamten Körper.

Es war krank, dass Alec mir dieses Bild von Cian in den Kopf setzte und mich dabei fingerte. Noch kranker war es, dass ich dadurch geiler wurde.

»Alec, ich ...« Sein Daumen legte sich auf meine Klit, sodass ich das Gleichgewicht zu verlieren drohte. Vor meinen Augen wurde es kurz dunkel, während ein Zucken durch meinen Leib fuhr.

»Ich weiß, du musst bald gehen.« Seine Zähne schabten über die dünne Haut meines Halses. Er ließ nicht von mir ab. Stattdessen drängte er sich enger gegen mich. »Aber vorher verlange ich von dir noch mein Frühstück.«

Prompt war sein Finger nicht mehr in mir, er drehte mich um. Seine glühenden Augen nahmen mich in Betracht. In ihnen tobte seine Wildheit, die ich besonders im Bett zu spüren bekam. Diese schlummerte nämlich neben dem bücherliebenden Mann in ihm.

Ich sah seine Beule, die sich deutlich abzeichnete und schluckte.

Ein Knurren entglitt seiner Kehle, das selbst in mir widerhallte. »Sieh mir ins Gesicht, Darcy. Denn sonst schleppe ich dich wieder ins Bett. Und dann werden wir dort nicht mehr so schnell herauskommen. Mein Bruder muss dich dann aus meinen Händen reißen, wenn er dich will.«

Wenn er dich will ...

Kopfschüttelnd trat ich einen Schritt zurück, stieß aber

sofort gegen die lange, dunkle Holzplatte, in der das Waschbecken eingelassen war.

Das Badezimmer war in dunklen Farben gehalten, die ausschließlich durch goldene Elemente gebrochen wurden.

Es war elegant; passte im Moment nicht zu dem lustvollen Mann vor mir.

»Ich muss duschen, Alec.«

»Gleich.« Er hob mich auf das Brett, kniete sich vor mich hin und legte meine Oberschenkel auf seine Schultern. Dabei schob er mein Nachtkleid nach oben, sodass meine Scham direkt vor seinem Gesicht lag. »Wie gesagt, ich will von dir noch mein Frühstück.«

Ich setzte bereits zu einer Antwort an, als sein Mund sich auf meine Pussy legte. Alec strich durch meine Feuchtigkeit, gab dabei einen dumpfen Laut von sich. Ich hingegen schluckte mein Stöhnen herunter und klammerte mich an der Kante fest.

Seine Zunge flatterte über meine Klit.

Mein Kopf schlug gegen den Spiegel. »Oh, ja ... Alec.«

Erneut schob er einen Finger in mich, ließ sofort einen zweiten folgen. Erst waren die Stöße langsam, doch wurden sie immer schneller. Raubten mir all meine Sinne und forderten nach einem Orgasmus.

Ich kam ihnen entgegen, während sein Mund mit meiner Perle spielte. Und ich war dem vollkommen ausgesetzt.

Meine Hände vergruben sich in seinen weichen Strähnen, wobei ich versuchte, das Tempo zu kontrollieren. Es war unmöglich. Alec wollte bestimmen, wann und wie ich von der Klippe stürzte.

»Eigentlich, hatte ich gestern schon vor dich zu lecken«, murmelte er, erlöste mich einen Moment von den lustvollen Qualen seiner Lippen. Nur um sofort mit seinen Zähnen meine Schenkelinnenseite entlang zu schaben.

Meine Hüfte zuckte nach vorn. Gleichzeitig musste ich mich festhalten, um das Gleichgewicht nicht zu verlieren.

Er blickte mit einem amüsierten Glitzern in den Augen zu mir empor.

Dieser Mann wusste genau, was er tat.

»Wieso hast du es nicht getan?«, presste ich hervor, da er sonst nicht weitermachen würde. Diese Methode hatte ich bereits kennenlernen dürfen – das war sein persönliches Spiel, in dem ich die Hauptfigur war.

»Weil ich dich den ganzen Tag über schon wollte. Seit dem Zeitpunkt, an dem du durchgevögelt von Acair aus irgendeinem Zimmer gekommen bist.«

Meine Spalte zuckte. Unerträgliche Hitze schoss durch meinen Körper. Wenn ich müsste, würde ich darauf wetten, dass er mich allein mit seinen Worten zum Kommen bringen konnte.

»Das beantwortet immer noch nicht meine Frage.«

»Mein aufmerksames Mädchen.« Seine Finger stießen tief in mich, entlockten mir ein raues Stöhnen. »Gestern wollte ich dich einfach ficken. Obwohl ich gerne deine enge Pussy geleckt hätte. Vielleicht hätte ich es langsamer angehen sollen, weil du noch wund warst. Aber *ich* konnte nicht länger warten.«

»Dann –«

Meine Finger verkrampften sich in seinem Haar, sein Mund legte sich wieder auf meine Perle. Der Druck seiner Zunge, die über sie strich, war kaum auszuhalten. Seine Finger passten sich ihm an.

Das Spiel war vorbei.

Ich sollte kommen. Jetzt.

Und ich ließ mich darauf ein, kam ihm sogar mit den Hüften unter meinen lustverzerrten Lauten entgegen.

»Alec«, keuchte ich, wobei sich meine Beine auf seinen

Schultern anspannten. Sofort griff er mit seiner freien Hand nach meinem unteren Rücken, half mir, nicht in mir selbst unter dem Verlangen zusammenzufallen.

»Komm, Darcy.«

Seine Finger stießen noch einmal in mich, was mich endlich kommen ließ.

Ich stürzte mich meinem Orgasmus entgegen. Meine Spalte zuckte unkontrolliert, wobei es vor meinen Augen schwarz wurde.

Alles wurde unwichtig.

Alles, außer er und die Erlösung, die er mir schenkte.

In meinen Ohren pulsierte das Blut, während sein Name auf meinen Lippen lag. Ob ich ihn aussprach, wusste ich nicht.

Mein Verstand kam erst zu mir zurück, während er mit seinen glänzenden Lippen über meine Wange strich.

Ich hatte nicht gemerkt, dass er aus mir geglitten war. Oder dass seine Hände mich nun ganz stützten. Genau das brauchte ich aber jetzt – jemanden der mich hielt. Mich mit zarten Küssen überschüttete.

Ich schlang meine Arme um seinen Nacken und klammerte mich fest an ihn. Seine Brust war kühl im Gegensatz zu meiner überhitzten Haut.

»Darcy, ich will dich ja jetzt nicht hetzen, aber –«

»Dann mach es nicht«, murmelte ich und schmiegte mich an ihn. Meine Nerven waren ermattet – gepaart mit dem Gefühl seiner Stärke ... Ich wollte ihn nie wieder loslassen.

»Mein Bruder hat wenig Geduld.«

»Cian kann mich mal.«

Alec lachte und schob mich ein Stück von sich. Seine Pupillen verschluckten beinahe seine goldenen Iriden. »Geh jetzt duschen.«

»Und du?«

»Ich werde mich in mein Bett legen.« Meine Lippen

teilten sich, woraufhin er den Kopf schüttelte. »Frag mich nicht, ob ich mitkommen möchte. Ich kann nicht, sonst kommst du wirklich noch zu spät.«

Seufzend stellte ich mich wieder auf die Füße. Alec hielt mich weiterhin fest, bis er sich sicher war, dass mich meine Beine tragen konnten. Ehe ich unter die Brause trat, küsste er mich nochmal.

Alec ließ mich meinen Geschmack kosten. Dabei drückte sich sein hartes Glied an meinen Bauch, sodass mein Verlangen erneut aufflammte. Ganz kurz, denn er ließ mich los und lief zurück in sein Zimmer.

Ich sah ihm einige Augenblicke hinterher, ehe ich mich für die Arbeit fertig machte. Das Wasser klärte meine Gedanken nur bedingt. Erst nachdem ich mir eine dünne Strumpfhose und das schwarze Kleid überstreifte, das ich gestern mit zu ihm genommen hatte, wurde es besser.

Auf die Uhr sah ich nicht mehr. Mir war klar, dass ich es nicht mehr rechtzeitig schaffen würde, weshalb ich mir beim Föhnen meiner Haare Zeit ließ.

Mit einem ordentlichen Zopf an meinem Hinterkopf kehrte ich wieder zu Alec zurück.

»Schon zehn Minuten, die du zu spät bist. Das wird Cian nicht gefallen.« Alec lag auf seinem ungemachten Bett und lächelte mir entgegen. Dabei wanderte sein Blick meine Figur hinab. Allein das machte mich unruhig.

»Wahrscheinlich ist er sowieso schon auf dem Weg zum Laufen. Und wenn nicht, muss ich mir eben eine Ausrede einfallen lassen«, sagte ich und stakste zur Tür, bei der ich in meine Lackschuhe hineinschlüpfte.

Das Zimmer war ähnlich aufgebaut wie das von Cian. Außer, dass hier die Zwischenwand fehlte. Außerdem standen hier einige Bücherregale. Es lag ab und zu ein Kleidungsstück auf der Sofalehne oder dem Boden. So sah es tatsächlich nach einem Raum aus, der benutzt wurde.

»Wenn er dir irgendwann sagt, dass er dich nicht mehr braucht, reserviere ich dich jetzt schon für meinen Vormittag.«

Eine meiner Augenbrauen schoss in die Höhe. »Wie bitte?«

»Sieh dich hier um.« Er deutete mit ausgestreckten Armen um sich. »Es müsste öfter aufgeräumt werden.«

Ohne nachzudenken, hob ich ein Shirt vom Boden auf und warf es ihm ins Gesicht. »Halt die Klappe.«

»Ach, komm schon, Darcy. Das wird bestimmt lustig«, lachte er.

Dieses Geräusch wurde erst abgeschnitten, als ich aus der Tür trat und sie – lautstark – hinter mir zuzog.

Mit Erleichterung stellte ich fest, dass niemand auf dem Gang war. Zwar war ich in meiner Arbeitskleidung hier, dennoch würden Fragen aufkommen. Besonders, da Alec nicht dafür bekannt war, früh aufzustehen.

Tief durchatmend strich ich den Stoff an meiner Hüfte glatt und lief zu Cians Zimmer. Es war nicht weit weg, worüber ich in diesem Moment froh war. Eigentlich hasste ich es, denn immer, wenn ich diesen Weg entlangstreifte – egal ob ich zu Alec oder Acair wollte –, hatte ich das Gefühl, beobachtet zu werden. Das lag ausschließlich an dem Wissen, dass Cian nicht weit entfernt war.

Bevor ich an meinem Ziel angekommen war, wurde ich aufgehalten.

Eine Hand legte sich auf meinen Oberarm, wodurch ich herumwirbelte.

Vor mir stand Callum Creswell, der auf mich hinabblickte. Er trug einen Anzug mit einem weißen Hemd unter dem Jackett. Sein Haar war ordentlich zurückgekämmt. Nicht eine Strähne war verrutscht.

Alles an ihm saß perfekt.

Es hatte etwas einschüchterndes an sich.

»Mr. Creswell«, sagte ich; bemerkte, dass er weiterhin meinen Arm umschloss. »Guten Morgen.«

»Guten Morgen, Darcy.« Endlich ließ er mich los und trat einen Schritt zurück. Der Blick, den er mir zuwarf, wurde stechender. Er blieb eine Sekunde zu lange an meinen Lippen hängen.

»Sie kennen meinen Namen?«

Seine Aufmerksamkeit schnellte zu meinen Augen. »Natürlich. Du bist eine Angestellte in meinem Haus.«

»Stimmt.«

»Wir hatten noch keine Möglichkeit miteinander zu sprechen. Über deine Mutter und deinen Vater und den Grund, wieso du hier bist.«

»Zu der Sache gibt es nicht viel zu sagen. Die Lage ist eindeutig.«

Er nickte. »Dennoch würde ich dich jetzt in mein Büro einladen. Für mich ist es wichtig, einen guten Draht zu meinem Personal zu haben.«

All meine Nerven versetzten mich in Alarmbereitschaft, wobei sich meine Schultern versteiften. Es lag an den Worten und seinem Auftreten. Etwas in mir sagte, dass ich nicht mit ihm gehen sollte. Obwohl ich diesen Mann nicht kannte.

Vielleicht lag es genau daran.

»Tut mir leid, ich muss Ihr Angebot ausschlagen. Ich putze am Vormittag immer bei Ihrem Sohn oder erledige für ihn ein paar Dinge. Er wartet schon auf mich. Ich bin heute nämlich ein paar Minuten zu spät dran.«

Seine Miene blieb starr, nur die leichte Schräglage seines Kopfes bereitete mich auf die kommende Frage vor. »Um welchen von ihnen handelt es sich denn?«

»Cian.«

Damit hatte er nicht gerechnet. »Ach, wirklich?«

»Ja.« Ich schluckte, da ich mir plötzlich winzig vorkam. Seine Gegenwart schüchterte mich ein; darin bestand kein Zweifel. »Ich bin kaum in der Küche zu gebrauchen, vielleicht ist es also gut, dass er mir immer ein paar Aufgaben gibt. Sonst würden Pernille irgendwann die Ideen für mich ausgehen.«

Er nickte. »Gut. Trotzdem hoffe ich, dass du dir irgendwann einen freien Moment für mich nimmst.«

»Das mache ich.«

»Hoffentlich nimmt mein Sohn dich nicht zu hart ran. Das wäre nämlich eine Schande.«

Callum verließ mich.

Die Zweideutigkeit des Gesagten blieb jedoch an mir hängen. Selbst, als ich an Cians Tür klopfte, auf das ein lautes ›Ja‹ folgte.

Verdammt, er war noch hier.

Was mich in seinem Zimmer aber erwartete ... damit hatte ich nicht gerechnet. Es grenzte beinahe an Absurdität.

Cian stand in der Mitte des Raums mit einem Anzug am Körper, während ein älterer Mann und eine Frau den überschüssigen Stoff mit dünnen Nadeln absteckten.

»Soll ich fragen oder willst du es mir erzählen?« Ich verschränkte die Arme vor der Brust und starrte ihn an. Ein gequälter Ausdruck lag auf seinen Zügen, was mich wiederum fast zum Lachen brachte.

»Du bist zu spät.«

»Ich habe etwas länger im Bad gebraucht.« Streng genommen war es sogar keine Lüge.

»Dein Putzzeug hast du auch vergessen.« Die anderen beiden warfen mir einen flüchtigen Blick zu, ehe sie sich wieder auf Cian konzentrieren. »Aber das ist nicht schlimm. Ich habe mit dir heute sowieso etwas anderes vor.«

»Wie bitte?«

Ihm glitt ein selbstgefälliges Grinsen über die Lippen. Und das konnte nichts Gutes bedeuten. »Du wirst mit mir Laufen gehen. Ich glaube, das würde dir guttun. Außerdem brauche ich ein wenig Gesellschaft. Möglicherweise kann ich mich so besser auf die Arbeit konzentrieren.«

Hatte ich ihn richtig verstanden?

Cian Creswell wollte, dass ich mit ihm *jogge*?

»Ich ...« Selbst jetzt – nach einigen Momenten der Stille – wusste ich nicht, was ich ihm entgegenbringen sollte. »Mein Job ist es sauber zu machen, Cian.«

»Theoretisch wirst du von dem Geld bezahlt, das ich irgendwann zum Teil erben werde. Also zieh dich um, wir sind hier gleich fertig. Oder?« Er sah zu dem Mann, der stumm nickte.

»Ich bin nicht sportlich, wie man sieht. Für dich wird es ein entspannter Spaziergang werden, während ich wahrscheinlich kaum atmen kann.«

»Dann ist es gut, dass du mich endlich begleitest. Nach deinen Erzählungen bräuchtest du ein bisschen mehr Sport.«

Auf meinen Lippen lagen einige Beleidigungen und Flüche. Ich schluckte sie aber alle herunter. Es machte keinen Sinn, sie laut auszusprechen. Entweder würde er sich darüber lustig machen oder mich später dafür leiden lassen.

»Vielleicht hätte ich heute gar nicht kommen sollen«, murmelte ich, bevor ich sein Zimmer verließ.

Ehe ich die Tür zuschlug, ertönte von drinnen ein schallendes Lachen.

Wie auch immer ich mir diesen Job vorgestellt hatte, *so* sicher nicht. Und das betraf so viele Ebenen.

Eigentlich hätte ich nur kochen und putzen sollen. Nun befand ich mich in einer Situation, in der ich mit zwei der drei Söhne schlief und der andere mich für seinen persönlichen Zeitvertreib nutzte.

Es hätte schlimmer kommen können, trotzdem war es merkwürdig.

Dennoch blieb die Frage nach dem ›Wieso‹.

Wieso nahm er mich ausgerechnet heute mit?

Dieser Gedanke verließ mich auch beim Betreten meiner Räumlichkeiten nicht. Ich kramte nach einer Hose und einem Oberteil, da ich nicht viele Sportsachen besaß, sah es letztlich zusammengewürfelt aus.

Eine dunkelrote Jacke mit einem braunen Shirt und schwarzen Leggins. Passend dazu durften natürlich auch nicht die hellen Sneaker fehlen, die ich oft in der Uni getragen hatte.

Ich betrachtete mich im Spiegel.

Befand ich mich überhaupt in der Wirklichkeit? Oder war es eher ein absurder Traum, von dem ich binnen Sekunden aufwachen könnte?

Erst der Morgen mit Alec.

Dann Callum, der mich auf eine komische Weise angesehen und gebeten hatte, mit ihm zu kommen.

Und nun das hier.

Viel darüber nachdenken konnte ich jedoch nicht mehr, denn Cian kam reingeplatzt. Wie erwartet, ohne zu klopfen.

Er trug nicht länger den Anzug, sondern war selbst in seine Laufsachen gekleidet. Er sagte nichts, sah stattdessen im Raum umher.

Erst jetzt fiel mir ein, dass er noch nie hier war. Das warf eine weitere Frage auf.

»Woher wusstest du, wo mein Zimmer ist?« Ich trat auf ihn zu, sodass sein Blick zu mir schnellte. »Weißt du, es ist wirklich erbärmlich, dass du dir alles von Amy erzählen lässt, anstatt zu fragen.«

»Sie hat es mir nicht gesagt. Ich habe eine nette Angestellte auf dem Gang gefragt, wo dein Raum ist.«

Irgendwie glaubte ich ihm nicht. Es musste an dem Lächeln liegen, das an seinen Mundwinkeln zog.

»Wie nett, dass sie es dir gesagt hat.« Mich interessierte ihr Name nicht. Immerhin war es nicht mein Haus – ich hatte kein Recht darauf, diesen Ort vor ihm geheim zu halten. »Muss das wirklich sein, Cian? Du würdest ohne mich besser dran sein.«

»Sei keine Spielverderberin. Es wird bestimmt lustig.«

»Ja, für dich.«

»Einer ist besser als keiner. Vergiss das nicht, Darcy.«

Mein Grummeln trat zwischen uns, dennoch ging ich mit ihm. Eine Wahl hatte ich nämlich sowieso nicht. Wieso also die Sache hinauszögern, wenn ich in kurzer Zeit wieder zurück sein konnte?

»Du kannst vergessen, dass ich danach mit dir in dein Büro gehe. Das ist dir hoffentlich bewusst, oder?«

»Hast du schlecht geschlafen oder wieso bist du heute so kratzbürstig?«

Das Augenrollen konnte ich mir nicht verkneifen.

»Nein, eigentlich gar nicht.« Das Gefühl von Alecs Körperwärme kam mir in Erinnerung, das mein Gemüt schlagartig besänftigte. »Es könnte daran liegen, dass bei dir all die Höflichkeit der Welt nichts hilft.«

»Bei was?«

»Damit du mir keine dummen Anweisungen gibst.«

»So empfinde ich sie nicht.«

Cian sah zu mir hinab. Selbst jetzt tanzte der Schalk in seinen Augen. Der Anblick war fesselnd, sodass ich erst spät merkte, wohin seine Beine ihn trugen.

Vor welcher Tür wir stehen blieben.

»Das ist keine gute Idee«, sagte ich, hörte dabei das gedämpfte Klappern, das aus dem Raum dahinter zu uns drang.

Der Küche des Personals. Ich wusste auch genau, wer heute mit dem Abwasch dran war.

»Wieso?«

»Weil Pernille da drin ist.«

Meine Stimme war ein Zischen. Es war für ihn eine Herausforderung. Auch wenn ich den genauen Grund dafür nicht wusste. Wie bei allem, dem er mich aussetzte.

»Warum ist das ein Problem?«

Weil sie denken könnte, dass du mit mir schläfst.

Diese Worte verkniff ich mir. Denn dann würde wieder die Frage nach dem ›Wieso‹ kommen. Und ich konnte ihm nicht sagen, dass sie wusste, dass *ich* mit *seinen Brüdern* schlief.

Ich wich seinem Blick aus. »Weil ich hier zum Arbeiten bin. Ihr wird es nicht gefallen, wenn ich mit dir im Wald herumstolpere, statt Zimmer für deine Geburtstagsfeier vorzubereiten.«

Zum ersten Mal wurde sein Gesichtsausdruck ernst. »Wenn sie etwas sagt, lass mich das regeln.«

»Was willst du ihr erzählen?«

»Betriebsgeheimnis. Irgendwann wirst du schon noch lernen, wie man mit ihr umzugehen hat.«

Ich gab einen gequälten Laut von mir, aber es war zu spät. Cian machte die Tür auf und zog mich mit sich in die Küche.

Sofort wandte sich Pernille uns zu; ihre Überraschung war bei meinem Aufzug deutlich. »Ist etwas passiert? Hast du etwas angestellt?«

Sie meinte mich, ging sogar auf mich zu. Doch kam ihr Cian zuvor und legte ihr eine Hand auf die Schulter. Er beugte sich zu ihr hinab, flüsterte ihr etwas ins Ohr, das sie schlucken ließen. Ihre grünen Augen waren dabei die gesamte Zeit auf mich gerichtet, während ich die beiden schweigend beäugte.

Was auch immer der Mann ihr sagte, es bereitete ihr Sorgen. Davon zeugte ihr auf einmal blasser Teint. Selbst ihre Körperhaltung verspannte sich.

Spätestens jetzt war der Moment gekommen, in dem ich mich hätte umdrehen und gehen sollen. Das hier stand sicher nicht in meinem Vertrag. Ich blieb aber stehen und wartete, bis Cian sich von ihr löste. Seine Aufmerksamkeit blieb an der älteren Frau hängen.

»Ich hoffe, du verstehst es.« Sein Ton war kalt.

Einschüchternd.

Es war nicht der Cian, mit dem ich normalerweise in einem Raum war. Dieser Mensch war jemand, der genau wusste, welche Macht er besaß. Vielleicht konnte er sie nicht feuern, weil seine Mutter für das Personal zuständig war. Doch war er in der Lage, ihr Leben zur Hölle zu machen.

Manchmal vergaß ich, wer er war. Mit welchen Menschen ich unter einem Dach lebte.

»Solange du sie mir unverletzt zurückbringst«, murmelte sie und fasst ihn ins Auge. »Sie ist ungeschickt. Ich würde deshalb besonders aufpassen.«

»Versprochen.« Er drehte sich zu mir und nickte zur Verandatür. »Auf was wartest du, Darcy?«

Er befreite mich mit dem Klang meines Namens aus der Starre, wobei ich einen Satz nach vorn machte. Pernille betrachtete mich nicht weiter, sondern starrte zu Boden. Ich versuchte etwas aus ihrer Miene zu lesen. Leider erkannte ich nichts. Wahrscheinlich war es sogar besser so.

Ich trat nach draußen, schlang sofort die Arme um mich. Ein kalter Wind fegte über das Land. Der eisige Geruch kroch in meine Nasenflügel, während sich eine Gänsehaut über meine Haut zog.

Möglicherweise hätte ich eine Lage mehr anziehen sollen.

Cian stieß zu mir und stellte sich neben mich. Er sagte

nichts, sondern sah auf den dunklen Waldrand, der einige Meter von uns entfernt war.

»Was hast du ihr gesagt?«, fragte ich, doch würdigte er mich keines Blickes. »Irgendwie hat sie besorgt ausgesehen. Wenn du ihr —«

»Mach dir keine Sorgen um sie. Unter anderen Umständen hätte sie mich mit einem Kochlöffel in mein Büro gescheucht und dich zum Putzen beordert.« Fragen über Fragen lagen auf meiner Zunge, doch er warf mir ein Lächeln zu, das alle verschwinden ließ. »Jetzt komm, ich habe auch nicht ewig Zeit.«

Cian sprang die Treppen hinab und begann zu joggen. Ich blieb einen Moment stehen, sodass ich rennen musste, um wieder neben ihm zu sein.

Das unebene Gelände gepaart mit seinen längeren Beinen machte es verdammt anstrengend, mit ihm Schritt zu halten. Und als Cian uns in den Wald führte, wimmerte ich.

Lachend musterte er mich. »Nicht übertreiben, Darcy.«

»Langsamer«, sagte ich, blieb stehen und hielt meine stechende Flanke. Mein Atem ging abgehackt. Nur noch durch wenige Äste konnte man das Anwesen sehen. Wir waren noch nicht weit gekommen. Überhaupt nicht. »Wie kann man das freiwillig machen?«

»Es beruhigt mich; in einer gewissen Weise.«

»Du bist ein Psychopath, Cian.«

»Danke.«

»Das war kein Kompliment!«

Er zuckte mit den Schultern. Seine Laune hatte sich um hundertachtzig Grad gedreht, im Gegensatz zu der in der Küche. Dieser Mann würde für mich immer ein Mysterium bleiben.

»Ein Langweiler zu sein ist schlimmer, oder nicht?«

»Wenn du das sagst.« Mein Puls beruhigte sich wieder; auch das Pochen in meinen Ohren wurde weniger. Trotzdem war mir bewusst, dass mein Herzschlag bald wieder in die Höhe schnellen würde. Dafür reichte der Anblick des dunklen Waldes mit den dicken, hervorstehenden Wurzeln auf dem Boden. »Wollen wir nicht lieber auf einen Weg, der ... für das Laufen gedacht ist?«

»Nein. Ich will dir was zeigen.«

»Ach, tatsächlich?«

»Ja, aber dafür musst du mit mir gehen.«

Die Neugier in mir regte sich. »Gehen? Rennen trifft es besser.«

Das bestritt er nicht.

»Können wir jetzt weiter?«

»Habe ich denn eine Wahl?«

»Jetzt hast du noch die Möglichkeit umzudrehen. Aber dann wirst du niemals erfahren, wohin ich mit dir wollte.«

Ein entnervtes Stöhnen entfuhr mir, wobei ich mich wieder in Bewegung setzte. Das Stechen und die schweren Beine kamen zwar sofort zurück, dennoch war Cians Tempo nun langsamer.

Er passte sich mir an.

Für ihn war es bestimmt nicht befriedigend, in einem langsamen Trab neben mir zu laufen; doch immerhin war er es gewesen, der mich in diese Situation gebracht hatte. Es sollte ihn deshalb nicht stören.

Zudem brachte es noch was mit sich.

Er besaß genügend Luft in den Lungenflügel, was ihn zum Reden verleitete.

»Ich hatte noch nie Gesellschaft beim Laufen. Für mich ist diese Erfahrung auch neu.«

»Wirklich?«, presste ich hervor, konzentrierte mich auf den mit Nadeln überhäuften Boden. Wir befanden uns auf einer

Art Weg, bei dem ich das Gefühl hatte, jeden Moment umknicken zu können.

»Acair weigert sich vehement mich zu begleiten und auch Alec stemmt lieber Gewichte in dem kleinen Fitnessstudio im Keller.« Von dem wusste ich nichts, dennoch fragte ich nicht nach. Stattdessen lauschte ich seiner Stimme, die uns durch den Wald begleitete.

Cian redete über banale Dinge.

Über seine Arbeit.

Das Wetter – da es ungewöhnlich war, dass es noch nicht geschneit hatte.

Solche Themen eben.

Ich war froh, denn es bedeutete, dass ich mich voll auf meinen stockenden Atem konzentrieren konnte. Die Kälte war schon lange kein Problem mehr. Jetzt waren es meine brennenden Muskeln. Ich hätte in den letzten Jahren wirklich mehr Sport treiben sollen.

Ich hatte es jedoch vorgezogen, eine Stunde länger zu schlafen, anstatt die verdreckte Luft Londons einzusaugen.

Die Stämme um mich herum wurden immer dichter und dicker. Das Moos an den Seiten des getrampelten Weges war nun nicht mehr so fleckig wie am Waldrand. Man konnte nicht länger das Anwesen sehen.

Ich bezweifelte, dass ich ohne Cians Hilfe zurückfinden würde. Wir hatten einige Abbiegungen genommen, an die ich mich nicht mehr genau erinnern konnte.

Plötzlich blieb er aber stehen.

Dankbar stützte ich mich auf meine Oberschenkel und rang nach Luft. Allein das ließ meine Lungen Feuer fangen. Er hingegen stand aufrecht und lächelte auf mich hinab.

Cian genoss es, mich leiden zu sehen.

Ich brauchte einen Moment, bevor ich mich fasste und aufrichtete. »Wieso bist du stehen geblieben?«

»Anscheinend hast du es gebraucht.«

»Ja, aber das war nicht der Grund.«

»Hältst du mich für so grausam?« Meine Augenbrauen schossen in die Höhe, was ihm als Antwort zu genügen schien. Er nickte abseits des Weges zu dicht bewachsenen Pflanzen. »Wir sind da.«

Mein Blick schweifte umher. »Hier ist nichts, außer Holz und Blätter.«

»Komm mit.«

Cian umfasste meine Hand. Sie war warm; um einiges größer als meine. Der Druck war sanft. Ich könnte mich leicht lösen.

Was ich nicht tat.

Stattdessen ging ich mit ihm vom Weg ab, direkt zu der Stelle, auf die er gedeutet hatte. Über uns zwitscherten Vögel, die ich erst jetzt wahrnahm. Auch das entfernte Knacken von Ästen, das auf ein Kleintier hindeutete.

Es war die Melodie des Waldes, der niemals vollkommene Ruhe fand.

Er lief mit mir die Linie an Büschen entlang, bis sich eine Lücke auftat. Ich konnte nicht erkennen, was sich dahinter befand, was mich nicht davon abhielt, Cian dorthin zu folgen.

Das bemerkte er.

»Kein Stehenbleiben und die Frage, wohin ich mit dir gehen will?« Seine goldenen Augen nahmen mich ins Visier, die selbst den düsternen Baumkronen trotzten.

»Du würdest es mir sowieso nicht sagen.«

»Du lernst schnell.«

»Hoffentlich auch, wie ich deinen dummen Aufgaben entkommen kann.«

»Dann werde ich alles daransetzen, dass du das nicht schaffst.«

Ich wollte antworten, als wir von dem engen, von fast

nackten Ästen flankierten Weg ausgespuckt wurden. Beim Anblick, der sich mir eröffnete, verstand ich, wieso Cian mir das zeigen wollten.

Es war ein kleiner, klarer See. Eine Quelle versorgte ihn selbst in dieser Jahreszeit mit frischem Wasser. Eigentlich hätte ich sie vorhin hören müssen, denn nun schlich sich das fließende Geräusch in mich. Es hatte etwas Beruhigendes an sich.

Es war, als hätte die Vegetation um uns herum diesen Ort beschützt ...

Ich wagte mich zum – mit Steinen ausgekleideten – Ufer, löste mich damit von ihm. Und wurde von der glatten Oberfläche des Sees eingenommen. Sie war hypnotisierend. Wunderschön. Alles wirkte unberührt, fügte sich perfekt in den Wald ein.

»Hat deine Familie ihn angelegt?«, fragte ich, wobei Cian neben mich trat.

»Keine Ahnung.«

»Wie hast du ihn gefunden?«

Einer seiner Mundwinkel zuckte nach oben, wobei sein Blick auf dem ruhigen Wasser lag. »Als Kind habe ich einmal den ganzen Sommer hier verbracht. Allein. Dann kam der Winter und danach habe ich ihn nicht mehr gefunden. Erst vor kurzem bin ich durch Zufall wieder hierhergekommen.«

Es klang nach einer Geschichte, die er sich ausdachte. Die Sanftheit in seinen Zügen zeugte vom Gegenteil.

»Wieso hast du mich mitgenommen?«

»Niemand hat mir damals geglaubt, dass das hier existiert. Vielleicht deswegen.« Er wandte sich mir zu; war mir dabei unglaublich nah. »Vielleicht aber auch, weil ich ungestört mit dir reden will. Ohne, dass du davonläufst.«

Etwas in seiner Stimme änderte sich.

All meine Muskeln spannten sich an. »Wieso sollte ich weglaufen?«

Seine Miene verzog sich, wobei er schnaubte. All das, was noch vorhin in ihm gesteckt hatte, war verschwunden.

»Weil ich nicht glaube, dass du darüber reden willst.«

Schluckend machte ich einen Satz zurück. Mir war sogar sehr bewusst, dass ich keinen Ausweg finden würde. Ich war willentlich mit ihm in seine Falle gelaufen.

»Wieso?«

»Weil ihr daraus ein Versteckspiel macht.« Er wusste es. »Daraus, dass du mit meinen Brüdern fickst.«

KAPITEL 29

Darcy

Die ruhige Fassade bröckelte bei jeder verstreichenden Sekunde von ihm. Übrig blieb der Zorn, der in ihm loderte.

»Ich habe keine Ahnung, von was du redest«, sagte ich. Ruhig. Emotionslos.

Ich hätte wissen müssen, dass er mir nicht nur diesen Ort zeigen wollte. Außerdem hatte er es geschafft, dass ich meine Fragen herunterschluckte. Letztendlich sollte ich mich nicht wundern. Es war Cian. Der Glaube, etwas vor ihm verstecken zu können, war töricht. Und dumm.

»Ach, nicht?« Er trat auf mich zu, während ich immer weiter zurückwich. »Du willst mir also sagen, dass du nicht mit Alec und Acair schläfst? Interessant.«

»Wie kommst du darauf?«

»Denkt ihr wirklich, ich bekomme nicht mit, was in diesem Haus passiert? Als du weg warst, sind Alec und Acair in einem Raum verschwunden, den wir schon ewig nicht mehr benutzt haben.«

»Was hat das mit mir zu tun?« Äste berührten meinen Rücken. Ich stand zwischen einer Wand aus Blättern und Holz und ihm; hatte keine Möglichkeit weiter auszuweichen.

»Bist du nicht neugierig, von welchem Zimmer ich überhaupt spreche?« Seine Selbstsicherheit wurde mit jedem Atemzug deutlicher. »Anscheinend nicht, da du genau weißt, welches ich meine.«

Ich machte mir nicht mehr die Mühe ihm zu widersprechen. »Sag Amy, dass sie mich mal kann.«

»Sie war es nicht, die es mir gesagt hat.«

»Pernille?«

»Nein.« Er kam immer näher, bis er dicht vor mir zum Stehen kam. Cian beugte sich zu mir hinab, streifte mit seinen Lippen meine Ohrmuschel. Diese winzige Berührung reichte aus, damit sich mein Magen zusammenzog. All meine Nerven konzentrierten sich auf nichts anderes außer ihn. »Ihr habt euch selbst verraten. Es ist nicht besonders schlau, dich von Acair in einen Abstellraum ziehen und durchzuvögeln zu lassen. Ihr drei seid im Geheimhalten echt scheiße.«

»Woher kam dein Verdacht?«

Er pustete an mein Ohr, sodass einige Strähnen aufgewirbelt wurden, bevor er sich zurücklehnte. Seine Augen starrten mir entgegen; strotzten dabei vor Genugtuung. Ihm gefiel es, die Kontrolle über die Situation zu haben.

»Seitdem du bei uns bist, benehmen sie sich wie zwei Männer, die ich schon lange nicht mehr in ihnen gesehen habe. Ich wusste, dass jemand es bei dir versuchen würde. Allerdings habe ich nicht geglaubt, dass es beide sein würden.« Mein Mund verwandelte sich zu einer dünnen Linie. Der Hohn war deutlich in seinen Zügen erkennbar. »Eigentlich habe ich dich nicht für eine Frau gehalten, die sich von ihnen gleichzeitig bumsen lässt. Da habe ich mich wohl getäuscht.

Wissen deine Mutter und dein Vater davon, welche Frau in der unschuldigen Geschichtsstudentin steckt?«

In mir brach etwas. Vielleicht lag es an seiner schmutzigen Wortwahl. Vielleicht daran, dass er meine Familie in diesem Bezug erwähnt hatte.

Mit neu aufflammender Kraft schubste ich ihn. Er stolperte zurück, da er nicht darauf vorbereitet gewesen war. »Fick dich, Cian!«

Auch er legte seine ruhige Fassade ab.

»Ich habe dich vor Alec gewarnt, Darcy. Stattdessen gehst du mit meinen beiden Brüdern ins Bett«, brüllte er und nahm eine abwehrende Haltung ein. Es machte mir aber keine Angst. Im Gegenteil, ich freute mich schon auf das Wortgefecht.

»Was geht dich das an? Du verbringst dein Leben vor langweiligen Unterlagen. Acair und Alec eben nicht.«

»Du hast keine Ahnung. Von nichts.«

Ein stummes Lachen umspielte meine Lippen, während sich ein bitterer Geschmack auf meiner Zunge ausbreitete.

»Du bist nicht allwissend, Cian. Leider glaubst du das. Muss wohl an deinem kranken Gottkomplex liegen.« Ein tiefes Knurren drang aus seiner Kehle, aber ich war noch nicht am Ende. Noch lange nicht. »Kümmere dich um deinen eigenen Kram und lass mich in Ruhe. All die Menschen um dich herum.«

»Darcy –« Mein Name aus seinem Mund war dunkel; eine Drohung.

Ich war nicht mehr aufzuhalten. Unüberlegte Worte sprudelten aus mir.

»Ich weiß von Leandra. Von ihr, Alec und Acair. Und, dass du auch mit ihr geschlafen hast.«

Bei dem Klang ihres Namens wich all das Blut aus seinem

Gesicht. Ich hingegen legte den Kopf schräg und konnte das Grinsen nicht unterdrücken.

Damit hatte dieses Arschloch nicht gerechnet.

Er zog rasselnd die Luft ein und stieß sie kraftvoll aus. Gerade war es Cian, der keine Kontrolle über diese Situation hatte. Ich besaß sie auch nicht ...

»Sie haben dir von ihr erzählt?«

»Nein. Es war Pernille.«

»Wissen meine Brüder denn davon?«

»Das ich von ihrer Geschichte weiß?« Kopfschüttelnd ebbte das Adrenalin in mir ab, während ich versuchte, seinen Blick auf mich zu ziehen. Er war auf den Boden gerichtet; seine Hände waren zu Fäusten geballt. »Nein. Ihr Name ist nicht einmal zwischen uns gefallen.«

»Wieso sprichst du sie nicht darauf an?«

»Es ist nur Sex, Cian. Letztendlich geht es mich nichts an. Und so wie du dich aufführst, war es mehr zwischen euch allen.«

»Sie ist tot. Das Vergangene ist nicht mehr relevant.«

»Dein Verhalten sagt mir etwas vollkommen anderes.« Endlich legte sich seine Aufmerksamkeit auf mich. Er wirkte für eine Sekunde kraftlos, ehe eine kalte Maske über seine Miene glitt. Ich hatte jedoch die Wahrheit gesehen. »Du willst nur deine Brüder schützen. Das ist mir klar, aber ...«

»Aber, was?«

»Verdammt, Cian.« Ich machte einen Schritt auf ihn zu. Er wich mir nicht aus. Nun verglühte auch der letzte Funke Argwohn in mir. »Denkst du, ich bin mit dem Ziel hierhergekommen, etwas mit einem von euch anzufangen? Es ist passiert. Ich kannte diese Frau zwar nicht, aber ich bin nicht wie sie. Hier ist keine Liebe im Spiel.«

Schnaubend schüttelte er den Kopf. »Du verstehst das nicht.«

»Pernille hat mir von Alecs Überdosis berichtet.«

Cian fuhr sich durchs dunkle Haar. »Sie hätte dir das alles nicht sagen dürfen.«

»Wer anderen Leuten nicht das Privileg gibt Geheimnisse zu haben, sollte dieses nicht für sich beanspruchen.«

Seine Mundwinkel verzogen sich, wobei er mit den Schultern zuckte. »Womöglich.«

»Kann ich dir eine Frage stellen?«

»Ja. Aber ich entscheide, ob ich sie dir beantworten werde.«

Erneut trat ich näher. Dabei suchte ich mir meine Worte zurecht. Denn die Vergangenheit dieser Brüder war durchaus interessant. Da Alec und Acair keine Ahnung von meinem Wissen hatten, blieb nur noch Cian übrig. Da er hier war und in mir die Neugier schlummerte ... Nun ja, wie hätte ich nicht eine Frage dazu stellen sollen?

»Wie ist es dazu gekommen, dass ihr drei etwas mit ihr hattet?«

Er zögerte, drehte sich zum Spiegelglatten See neben uns. Ein Blatt segelte auf die Oberfläche, zerstörte das ruhige Bild, ehe das Wasser wieder still wurde.

Ich blieb geduldig, drängte nicht auf eine Antwort. Bei einem Menschen wie Cian war das nicht das richtige Mittel.

»Leandra war die beste Freundin meiner Schwester. Sie war oft bei uns zu Hause gewesen. Manchmal auch ohne Grace; praktisch war es ihr zweites Heim, da ihre Eltern sich kaum für sie interessiert haben. Leider wurden wir irgendwann älter und unsere,« ihm entfuhr ein bitteres Lachen, »*Interessen* habe sich verändert.«

Das beantwortete meine Frage nicht, dennoch war ich froh, dass er darüber redete. »Hat deine Schwester von eurer ... Affäre gewusst?«

»Keine Ahnung. Mich würde es überraschen, wenn nicht.

Vor allem am Ende war es eine unausgesprochene Tatsache. Dazu muss man auch sagen, dass sich Leandra und Gracy irgendwann auseinandergelebt haben. Meine Schwester ist ins Ausland, weil sie die Welt sehen wollte. Leandra hingegen ist bei uns geblieben. Ich habe sowieso nie verstanden, was beide aneinander gemocht haben.«

»Waren sie so unterschiedlich?«

»Nein.« Er lachte – es war jedoch eines, das mir Sorgen bereitete. »Im Gegenteil, sie waren sich fast zu ähnlich. Leider ist das für beide kein Kompliment.«

»Wieso?«

»Acair beschrieb Leandra als Miststück. Und ich habe ihm nicht viel zu widersprechen.«

»Und doch habt ihr drei mit ihr geschlafen?«

»Das eine schließt das andere nicht aus.« Ich sog tief Luft ein. Auch er löste sich aus der Starre. »Wir sollten jetzt wieder zurück. Sonst wirst du noch krank.«

»Wenn du meinst.«

Wir liefen durch den schmalen Pfad, zuvor warf ich noch einen Blick auf den See zurück. Es war ein idyllischer Ort. Im Sommer war er wahrscheinlich traumhaft. So gern ich ihn in dieser Jahreszeit sehen würde, hoffte ich, dass es nie dazu kommen würde.

Zusammen *gingen* wir. Zudem redeten wir nicht viel, dennoch war die Anspannung zwischen uns nicht mehr spürbar.

»Was hast du Pernille vorhin überhaupt in der Küche gesagt?«, fragte ich, während das Haus durch einzelne Äste sichtbar wurde. »Muss ich mir um sie Sorgen machen?«

»Ich habe ihr nur gesagt, dass ich weiß, dass du mit meinen Brüdern schläfst. Vielleicht war meine Wortwahl nicht besonders schön gewesen, aber ich wollte mich nicht lange aufhalten lassen.«

Ich strich meinen Zopf über eine Schulter und sah zu ihm auf. »Wieso hast du mich nicht einfach gefragt? Stattdessen hast du mich durch den halben Wald laufen lassen. Ich hätte dir letztendlich auch in deinem Büro die Wahrheit gesagt.«

Seine dunklen Augenbrauen hoben sich. »Hat dir unser kleiner Ausflug nicht gefallen?«

»Das Ziel war schön, der Rest sicher nicht.«

»Macht es das nicht umso besser?«

»Nein, nicht wirklich.«

Amüsiert schüttelte er den Kopf und wir traten auf den Kiesweg. Von hier aus konnte man das Gewächshaus und die Werkstatt sehen. Alec schlief wahrscheinlich wieder, Acair währenddessen ...

Er war gerade unterwegs in seinen Glaspalast, als er uns erkannte. Ein leichter Wind fuhr durch sein Haar und wirbelten es auf, während er uns anstarrte. Selbst von hier erkannte ich die Fragezeichen in seinem Kopf.

»Was soll ich ihm sagen?«, murmelte ich, denn er schritt geradewegs auf uns zu.

»Die Wahrheit.« Cian zuckte mit den Schultern und schenkte mir ein anzügliches Lächeln. Er genoss diese Situation. Umso unverständlicher, dass er solch einen Aufstand zu Beginn daraus gemacht hatte. »Sonst könnte er noch denken, dass wir im Wald andere Dinge gemacht haben.«

Meine Miene verzog sich. »Und wegen Leandra?«

»Lieber nichts. Besonders für Alec ist das ein heikles Thema.«

Nickend sah ich zu, wie er sich entfernte und Acair mit schnellem Schritt zu mir kam. Er ignorierte Cian und stoppte mit einem fragenden Gesichtsausdruck vor mir.

»Er weiß es«, sagte ich.

Acairs Lippen formten einen stummen Fluch, ehe er einen

Arm um mich schlang und mich zur Veranda führte. »Wie hat er es herausgefunden?«

»Das sage ich dir später. Ich will jetzt erstmal rein und einen Tee trinken. Es ist nämlich verdammt kalt.«

KAPITEL 30
Darcy

Die Vorbereitungen für Cians Geburtstag liefen auf Hochtouren.

Seit dem Tag, als er mit mir Laufen gegangen war, hatte mich Pernille vollkommen in Beschlag genommen. Mein Weg führte mich in der Früh nicht mehr zu dem besagten Mann, sondern ich bereitete Schlafzimmer vor oder putzte mit anderen Hausmädchen den großen Saal.

Pernille hatte kein Wort mehr über den Vorfall mit Cian verloren. Sie ignorierte es, während sich Alec und Acair darüber ärgerten, dass er von unserer ... Angelegenheit wusste.

Ich rieb mir die Müdigkeit aus den Augen. Gähnend starrte ich auf das bisschen Schokoladenporridge vor mir, das noch in meiner Schüssel übrig war. Es waren stressige Tage gewesen, weshalb ich umso glücklicher war, dass es bald wieder ruhiger zuging.

»Geht es dir gut?«, fragte Jason, der neben mir saß. Wir hatten in den letzten Wochen nicht viel miteinander geredet, doch hegte nur noch ein kleiner Teil in mir Wut gegen ihn.

»Sehe ich so scheiße aus?«

Einer seiner Mundwinkel schoss nach oben, wobei ein entschuldigender Ausdruck in seinen hellen, grünen Augen lag. »So würde ich es nicht ausdrücken, aber –«

»Ich verstehe schon. Mein Rücken tut nur weh.« Und meine Knie. Zudem waren meine Hände ausgetrocknet.

Es lag auch an den beiden Männern, die jede freie Zeit von mir raubten. Ich hatte nichts dagegen – im Gegenteil – ich freute mich auf jede Sekunde, die ich mit ihnen verbrachte. Denn in meinem kleinen Zimmer war ich einsam; das änderten auch all die Bücher nicht.

Heute waren wir verabredet. Zum Essen in dem Raum, in dem wir seit unserem ersten Mal nicht mehr miteinander geschlafen hatten. Es wurde zu einem Ort, an dem wir reden konnten. Auch diese Zeit war schön. Obwohl es bedeuten könnte, dass es vielleicht nicht ›nur Sex‹ war ...

Jason nickte. »Mutter übertreibt mal wieder.«

»Es kommen morgen viele Leute. Komisch, dass sie noch keinen Nervenzusammenbruch hatte.«

Er presste seine Lippen aufeinander, versuchte, sein Lachen zu unterdrücken. Es gelang ihm bedingt, leider trugen meine Worte auch für mich Konsequenzen mit sich.

Eine Hand legte sich auf meine Schulter.

Ich wusste sofort, zu wem sie gehörte.

Pernille.

»Tut mir leid«, murmelte ich und nahm hastig den Löffel in die Hand, um den Rest zusammenzukratzen.

»Richtige Antwort.« Sie trat neben mich, damit ich sie ansehen konnte. »Cian will mit dir sprechen. Jetzt. In seinem Büro.«

»Was ist denn jetzt schon wieder?«

Sie zuckte mir den Schultern. »Das musst du selbst herausfinden.«

Meine Augenbrauen zogen sich zusammen. Sie wusste,

wieso ich zu ihm sollte, wollte es mir aber aus irgendeinem Grund nicht sagen. Das zeigte mir ihre Miene, die auf keinerlei Neugier oder Überraschung deutete.

»Okay«, sagte ich und schob den Stuhl zurück. Dabei ließ mich Jason keine Sekunde aus den Augen.

»Wenn er mit dir fertig ist, komm bitte in die Waschküche. Ein paar Vorhänge müssen noch gewaschen werden.«

Verwirrt stand ich auf und machte mich auf den Weg zu Cian. Wir hatten uns in den vergangenen Tagen ausschließlich flüchtig auf dem Flur gesehen. Deswegen war es umso überraschender, dass er mich sprechen wollte. Wahrscheinlich war es wegen der Tage nach seinem Geburtstag – wann und ob ich wieder bei ihm putzen sollte.

Eine andere Erklärung gab es nicht.

Es dauerte nicht lange, da trat ich vor die Tür und klopfte daran. Keinen Moment später wurde sie aufgerissen. Nicht Cian stand vor mir, sondern der alte Mann der Schneiderei. Der, der damals gemeinsam mit einer Frau Cian abgemessen hatte.

»Hallo«, sagte ich mit rauer Stimme, die meine Überraschung nicht verdeckte.

Mit wachen, großen Augen sah er auf mich hinab und nickte mir mit einem breiten Lächeln zu, ehe er sich an mir vorbei schob und ging. Ich blickte ihm hinterher, bis er verschwand.

Kopfschüttelnd trat ich in das Büro.

Cian saß in seinem Stuhl mit ungemachtem Haar und falsch geknöpftem Hemd. Als wäre er gerade erst aus dem Bett gefallen. Seine Augen waren auf den Tisch gerichtete, wobei er den Kopf mit der Hand stützte.

»Na, wieso bist du nicht schon im Wald?«, fragte ich und ließ mich auf den Sessel ihm gegenüber fallen. Ihn so zu sehen gab mir die Energie zurück, die mir heute beim Frühstück gefehlt hatte.

Sein Kopf zuckte nach oben. »Ich habe die ganze Nacht gearbeitet.«

»Lass mich raten«, ich lehnte mich zurück und verschränkte die Arme vor der Brust, »weil du morgen Geburtstag hast, die Feier stattfindet und dir damit Zeit dafür fehlt?«

Es sollte ein Witz sein, trotzdem nickte er.

»Wenn du etwas mit Wirtschaft studiert hättest, könntest du mir vielleicht sogar bei ein paar wenigen Dingen unter die Arme greifen. Aber leider ist es für mich nutzlos, wenn du mir die britische Thronfolge in der richtigen Reihenfolge aufzählen kannst.«

»Dann bin ich umso glücklicher, dass ich mich für den historischen Bereich entschieden habe.«

Einer seiner Mundwinkel hob sich, während er sich eine dunkle Strähne aus dem Gesicht schob. Er sah entspannt aus – bestimmt lag das an seiner Müdigkeit.

Egal, welcher Grund es letztendlich war, diese Version hatte etwas anziehendes. Der Mann in seinem Bürosessel; die Papiere um ihn herum. Als würde ihm die Welt zu Füßen liegen.

Dieses Bild rief Vorstellungen in mir hervor, die mich selbst schockierten. Jene sollten nämlich nicht ihm gehören, sondern seinen Brüdern. Auch wenn niemals das Wort ›Exklusivität‹ zwischen uns gefallen war.

Dennoch war er ihr Bruder ...

Räuspernd konzentrierte ich mich darauf, weshalb ich hierhergekommen war. »Du wolltest mich sprechen?«

»Ja. Du müsstest für mich noch eine Einladung schreiben. Für meinen Geburtstag.« Er schob mir einen Stift und das schwere Papier mit dem roten Band entgegen. Ein Papier, das bereits mit dem Text bedruckt war. Ausschließlich der Name der Person fehlte. Zudem hatte er es bereits unterschrieben.

»Du willst mich verarschen, oder?« Deswegen hatte er mich in sein Büro bestellt? »Kannst du nicht den Namen selbst eintragen?«

Er vorzog die Miene und warf die zusammengefaltete Namenliste vor mir auf den Tisch. »Nein, sonst würde sie nicht mit den anderen zusammenpassen. Darauf lege ich sehr viel wert.«

Das ergab keinen Sinn. Ich schluckte diesen Kommentar aber herunter. »Wird sie denn noch rechtzeitig ankommen?«

»Ich werde persönlich dafür sorgen, dass die Person sie bekommt.«

»Muss wohl ziemlich wichtig und spontan sein.«

»Ja, ein bisschen. Ich habe den Namen unten zur Liste hinzugefügt.«

Schnaubend nahm und entfaltete ich sie. Mein Blick glitt über all die Buchstaben, die ich über unzähligen Minuten hinweg auf Einladungen geschrieben hatte. Bis ich an dem einen hängen blieb, den er meinte.

Sie waren in roter, geschwungener Schrift geschrieben – seiner Schrift. Sie war gut leserlich. Ich brauchte einen Augenblick, um zu realisieren, was dort stand. Besser gesagt welcher Name.

Meiner.

Darcy McAllister.

»Cian ... Du ...« Ich biss mir auf die Lippen; mein Blick glitt zu ihm. Er sah mich abwartend an. Ein Glitzern lag in seinen Iriden, während ich nach Worten rang. »Ich ... kann nicht.«

»Wieso?«

»Ich muss arbeiten, schon vergessen?« Es war vollkommen

idiotisch. Ich passte in diese Welt nicht hinein. Das wollte ich auch gar nicht.

»Es ist alles mit Pernille abgesprochen.« Deswegen war sie heute Morgen so komisch. Weil sie es gewusst hatte. Und sie war damit einverstanden? »Es ist als Entschuldigung gedacht.«

»Für was?«

»Ich hätte nicht so sein dürfen – letztens im Wald. Es war eine dumme Aktion, leider ist mir das zu spät aufgefallen. Nimm es an. Verbring einen guten Abend mit meinen Brüdern. Den Tag danach hast du bis zum Nachmittag frei. Alles ist geregelt.«

Mir entfuhr ein stummes Lachen. Ich schüttelte dabei den Kopf.

Cian wollte mich auf den Arm nehmen, eine andere Möglichkeit gab es nicht. Sein Blick war mit Ernsthaftigkeit erfüllt.

»Tja, ich muss dennoch ablehnen. Ich habe nämlich nichts zum Anziehen«, sagte ich, warf die Namensliste vor ihm hin und stand auf. »Wenn du mich also entschuldigen würdest, ich muss zurück an die Arbeit.«

»Warte.« Auch er erhob sich und fasste mich ins Auge. »Geh in dein Zimmer und such etwas heraus. Wenn du nichts findest, was dir gefällt, kommst du wieder zu mir.«

»Cian –«

»Mach es.« Sein Ton wurde fordernd, rief in mir eine Mischung aus Frustration und Wut hervor. »Wenn du willst, kann ich dich begleiten. Dann können wir zusammen nachsehen.«

»Nein, danke.«

Ich drehte mich auf dem Absatz um. Ehe ich nur einen Fuß über die Türschwelle setzen konnte, hörte ich noch sein leises Lachen. Es ließ mich an dieser ›Entschuldigung‹ zweifeln.

Es musste ein dummer Witz von ihm sein. Doch dann war da das Verhalten von Pernille ...

Die Versuchung war groß, mich jetzt einfach meinen Aufgaben zu widmen. Etwas an seinen Worten brachte mich jedoch dazu, den Weg in mein Zimmer zu finden. Es war dumm, denn ich wusste, dass ich kein Ballkleid besaß. Wieso auch? Ich war nicht mit der Erwartung nach Schottland gereist, dass mich jemand zu einem solchen Abend einlädt.

Als ich die Tür aufriss, gefror ich in der Bewegung.

Auf meinem Bett lag ein schwarzer Kleidersack mit einem edlen, goldenen Logo. Darauf lag eine Karte. Dinge, die noch nicht auf der Matratze waren, als ich den Raum heute Morgen verlassen hatte.

»Dieser Idiot«, flüsterte ich und lief darauf zu. Mit zitternden Fingern nahm ich das schwere Papier in die Hand; erkannte sofort die geschwungene Schrift, in der auch mein Name auf der Liste geschrieben war.

Ich hoffe es gefällt dir.

CC.

PS.: Komm gar nicht erst zu mir ins Büro und sag, dass du es nicht annehmen kannst. Es ist bezahlt, daran kannst du nichts mehr ändern, Darcy.

Bei dem Nachtrag wanderte ein dämliches Lächeln über meine Lippen. Wahrscheinlich hätte ich genau das gemacht. Entweder war ich wirklich leicht zu durchschauen oder er kannte mich besser, als ich glaubte.

Ich legte die Karte neben den Sack und zog den Reißverschluss auf. Das Geräusch kratzte an meinen Nerven, machte mich noch gespannter, was für ein Kleid darin war.

Ein kleiner Teil von mir wollte es nicht wissen; wollte, dass ich es zu ihm hochbrachte, sodass ich mich gar nicht der Vorstellung hingeben konnte, wie ich darin aussehen würde. Für mich war es nämlich immer noch selbstverständlich, dass ich morgen Getränke und Häppchen für die Gäste ausgeben würde. Nicht, dass ich auf der anderen Seite sein würde.

Als ich aber den dunklen Stoff beiseiteschob, geriet das Bild von mir in einem schwarz-grünen Outfit gewaltig ins Wackeln.

Es war wunderschön.

Weißer Stoff war eng geschnitten, dem durch goldene Stickereien mehr Silhouette gegeben wurde. Erst auf dem zweiten Blick, erkannte ich, was sie darstellten.

Efeuranken.

Sie schlangen sich über das Oberteil, wurden sowohl an den Brustkonturen als auch an der Hüfte dichter und liefen nach unten hin aus. Auch der Stoff verlor nach unten hin seine Blickdichtigkeit.

Das Kleid war ärmellos, doch lagen dabei lange, weiße Handschuhe, die auch mit dem goldenen Faden bestickt waren und mir bis zur Mitte des Oberarms reichen würden.

»Das kann er doch nicht ernst meinen«, flüsterte ich und fuhr mit einem Finger drüber.

»Das tut er.« Ich wirbelte herum und erkannte Pernille, die im Türrahmen stand. In ihren Händen hielt sie eine größere Schachtel. »Da drin sind deine Schuhe für morgen. Cian hat an alles gedacht.«

Anscheinend hatte er das.

Ich biss mir in die Innenseite meiner Wange, während wir uns gegenseitig in Betracht nahmen. »Kann ich das überhaupt annehmen. Ich meine ... Eigentlich nicht, oder?«

»Du hast keine Wahl. Immerhin hast du es hier mit Cian Creswell zu tun. Er ist sturer als sein Vater; und eigentlich ist das unmöglich.«

»Aber ...«

Pernille stellte die Schachtel neben meine anderen Schuhe und deutete mit dem Kopf in Richtung Gang. »Kein ›Aber‹. Und jetzt musst du an die Arbeit. Morgen kannst du Cinderella spielen.«

Augenverdrehend zog ich den Reißverschluss wieder zu und ging an ihr vorbei.

»Wobei, Cinderella trifft es nicht ganz. Sie hatte nämlich einen Prinzen.«

Pernille warf mir aus dem Augenwinkel einen Blick zu. »Na ja, so wie es aussieht, hast du drei.«

Ich nahm einen Schluck meiner Cola und sah dabei zu, wie Acair mir den Burger auf den Teller legte. Ich mochte Pernilles Essen zwar, aber allein bei dem Anblick des Fast Foods lief mir das Wasser im Mund zusammen.

»Er scheint dich zu mögen«, sagte Alec, der sein Whiskyglas schwenkte. Seitdem ich ihm von Cians Einladung erzählt hatte, wirkte er nachdenklich.

»Es ist nur eine Entschuldigung.« Auch Acairs Aufmerksamkeit legte sich auf mich, als er sich schließlich neben mich setzte. Sein Blick war stechend, machte mich nervös. Normalerweise würde er mir nun eine Strähne hinter das Ohr stecken – eine Angewohnheit von ihm – heute behielt er seine Hände bei sich. Er wollte mich nicht ablenken. »Er hat mich durch den halben Wald laufen lassen, sodass ich nicht wegkonnte, als er mich zur Rede gestellt hat.«

»Und dafür muss er dir ein Kleid anfertigen lassen.« Alec

rümpfte die Nase; machte nicht mal den Anschein, sich seinem Essen zu widmen. »Woher kennt er überhaupt deine Kleidergröße?«

War er ... eifersüchtig?

Das war allein betrachtet ein dummer Gedanke, aber so wie er gerade neben mir saß, ergab es irgendwie Sinn. Und es war süß. Auch wenn es das nicht sein durfte.

Ich legte eine Hand auf seinen Oberschenkel, sodass er mich ansah. »Meine Maße stehen in meiner Akte. Immerhin wurde auch meine Arbeitskleidung angefertigt.«

Alec presste die Lippen zusammen und nickte. »Stimmt. Das habe ich ganz vergessen.«

»Ich freue mich schon darauf, euch im Anzug zu sehen.« Mein Kopf fuhr zu Acair, der ein Schnauben von sich gab. Währenddessen ließ ich nicht von seinem Bruder ab. »Besonders dich. Irgendwie kann ich es mir nämlich nicht vorstellen.«

Ich liebte seine Stoffhosen und die Leinenhemden. Dennoch war das Bild von ihm verlockend, das er morgen abgeben würde.

»Das ist auch besser so. Es sieht nämlich lächerlich aus.«

»Solange du trotzdem Spaß haben kannst.« Ein gequälter Ausdruck legte sich über sein Gesicht, was Alec ein Lachen entlockte. »Was?«

Alec fing sich schnell wieder, legte nun eine bessere Laune an den Tag. »Es wird hauptsächlich nur steif getanzt, bis genug Alkohol geflossen ist, damit sich alle ein wenig lockern. Dort sind eigentlich nur Menschen ohne Humor, mit Ausnahme ein paar weniger Leuten.«

»Hoffentlich bekomme ich von euch einen Tanz. Obwohl ich es selbst nicht kann«, sagte ich und wandte mich endlich meinem Essen zu. Ich schob mir eine Fritte in den Mund, wobei mein Blick zwischen ihnen hin und her glitt.

Zwei verschiedene Gesichter starrten mich an.

Alecs war mit Vorfreude gezeichnet, während in Acairs Unsicherheit steckte.

Allein war Acair mit mir eine Naturgewalt, unter Menschen jedoch ... Dort fühlte er sich nicht wohl. Als würde ihm dort die Kontrolle entgleiten. Er brauchte sie genauso wie sein älterer Bruder.

»Werden wir sehen«, murmelte er und beendete damit das Thema.

Wir redeten während des Essens über andere Dinge; planten sogar einen weiteren Ausflug ins Dorf. Dabei kam nie wieder Cian zur Sprache. Wir mieden dabei sogar den morgigen Tag, auch wenn mir der genaue Grund nicht bekannt war.

Daran verschwendete ich wenige Gedanken. Das verhinderten die beiden Männer, mit denen ich zu Abend aß und danach noch eine Weinflasche leerte.

Draußen spannte sich längst der Nachthimmel über den Horizont, doch waren die Wolken in den vergangenen Stunden mit ihnen verschwunden.

Eine Hand legte sich in meinen Nacken, sodass ich mich tiefer in den Sessel, in den ich mich nach dem Essen gesetzt hatte, sinken ließ. Es war Acair, der mich streichelte. Auf der Couch neben mir lag nämlich Alec, der eingeschlafen war.

»Morgen wird ein langer Tag«, sagte er und glitt mit den Fingern durch mein Haar. »Ich bring dich in dein Zimmer, Darcy.«

»Gute Idee.« Meine Stimme war ein Flüstern, meine Augen auf seinen Bruder gerichtet. Seine Züge waren sanft, als würde er in weichen Träumen schweben.

Ich stand auf und beugte mich zu ihm hinab.

Kein Wort drang aus mir, dafür hauchte ich ihm einen Kuss auf die Wange und fuhr durch seine weichen Strähnen.

Acairs Blick lag währenddessen auf uns. Um das zu

wissen, brauchte ich mich nicht mal umdrehen. Ich *spürte* es. Er war ein Grund, weshalb ich mich nicht neben Alec legte und mich dem Bedürfnis hingab, neben ihm einzuschlafen. Obwohl wenige Meter neben uns ein riesiges Bett stand.

Jedoch löste ich mich und trat zu Acair, der einen Arm um meine Schultern schlang. Zusammen gingen wir aus dem Raum, in den nur noch spärlich beleuchteten Flur.

Es war bereits spät. Als wir aber an Cians Büro vorbeigingen, erkannte ich durch den Schlitz unter der Tür, dass noch Licht brannte. Er war noch wach.

Wahrscheinlich arbeitete er. Oder ... was auch immer.

Kopfschüttelnd vertrieb ich die Gedanken an ihn, konzentrierte mich dafür auf den Mann neben mir, der erst stehen blieb, als wir vor meiner Zimmertür angekommen waren.

Ich lehnte mich dagegen, verhinderte, dass er sie öffnete.

»Was ist los?«, fragte er und stützte sich am Rahmen ab. Dabei kam er meinem Gesicht so nah, dass ich die Einzelheiten besser betrachten konnte. Leider verweigerte mir die Dunkelheit alle Details zu sehen. »Sag mir jetzt nicht, dass du nicht müde bist.«

»Wenn das aber so ist?«

Acair trat näher zur mir. »Geh ins Bett.«

»Nur, wenn du mir versprichst, dass du mir morgen einen Tanz schenkst.«

»Du hast keine Ahnung, in welche Situation du dich dabei begibst«, murmelte er und kam mir immer näher. »Ich bin darin nämlich eine Niete. Du würdest dich mit mir nur blamieren.«

Meine Hand legte sich auf seine Brust. Ich fühlte, wie er tief die Luft einsog, während ich ihm gefährlich nah kam. »Solange wir es zusammen machen.«

Er zupfte am Kragen meines Kleides, während sein Blick zu meinem Mund schweifte. »Was machst du nur mit mir?«

»Dich zu etwas überreden?«

»Das meine ich nicht.«

»Ich –«

Acair erstickte jeden weiteren Laut in einem Kuss.

Stöhnend presste ich meinen Körper an seinen, doch schob er uns sofort gegen die Tür. Meine Hände vergruben sich in seinem Haar, während seine Zunge meine Lippen teilte.

Ich schmeckte den süßen Wein, was meine Sinne – mit der Mischung seiner Berührungen auf meinem Körper – vollkommen vernebelte. So wie immer, wenn er mit mir zusammen war.

Es war unmöglich, sich zwischen diesen Brüdern zu entscheiden.

Er stahl sich unter den Rock meines Kleides bis hinauf zum Bund meiner Strumpfhose. Dabei hinterließ er eine Brandspur, die meinen gesamten Leib versengte.

Mehr brauchte es nicht.

»Acair«, keuchte ich, brach damit den Kuss. »Wir sind mitten auf dem Gang. Wenn uns jemand sieht ...«

Der Schelm glitzerte in seinen Augen, als er mich musterte. »Solange wir es zusammen machen.«

Erneut beugte er sich nach vorn, fuhr diesmal meine Wange entlang. Dabei hakten sich seine Finger in meine Strumpfhose. Er zog sie aber nicht herunter, sondern spielte nur damit – mit mir.

»Wieso so ein langes Vorspiel? Du zierst dich doch sonst nicht so.« Meine Hand fuhr über seinen Bauch, bis zu seinem Schritt, der bereits seine Lust abzeichnete.

Knurrend setzte er nun seine Zähne ein, schabte mir damit über die dünne Haut unter meinem Ohr. »Weil ich dich am liebsten hier durch meinen Schwanz zum Schreien bringen würde. Jeder soll wissen, dass du jede freie Minute mit mir zusammen bist. Aber ...«

Acair schüttelte den Kopf, griff nach dem Türknauf und drehte ihn. Hastig schob er uns in mein Zimmer und schlug sie hinter sich zu.

Er musste die Gründe nicht aussprechen, wieso er es nicht machte. Sie waren mir bekannt.

Für einen Mann, der sich sträubte mit mir umgeben von dutzenden Gästen zu tanzen, wäre es nicht passend, sich von Angestellten beim Sex erwischen zu lassen. Es war einfach nicht sein Stil. Zudem stimmten seine Worte nicht. Ich verbrachte nicht all meine Zeit mit ihm. Denn da war noch sein Bruder.

Er zog mich bereits wieder an sich, als sein Blick hinter mich fiel. Auf mein Bett, auf dem noch der Kleidersack von heute Morgen lag.

»Ist das dieses besagte Kleid?«, fragte er, wollte sich von mir lösen, aber ich hielt ihn fest. Prompt hob sich einer seiner hellen Augenbrauen. »Darf ich mir nicht ansehen, wie sich Cian dich in seinen Träumen ausgemalt hat?«

»Eifersüchtig oder einfach nur verbittert, dass du nicht auf die Idee gekommen bist, mir etwas zu schenken?«

»Weder noch.« Er legte den Kopf schief, sodass ein paar blonde Strähnen über seine Wangen glitten. Die Deckenlampe war nicht eingeschaltet, verlieh ihm somit eine düstere Aura. »Es ist einfach nur ein Gedanke.«

Ich trat näher an ihn, zog seine gesamte Aufmerksamkeit endlich wieder auf mich. »Selbst wenn er der Realität entspricht, bin ich eher auf Alecs und deine Meinung gespannt.«

»Ich darf es also nicht sehen?«

»Nein. Erst morgen, wenn ich es angezogen habe.«

»Und eigentlich freut man sich, wenn man die Verpackung abreißt.«

»Du weißt doch schon längst, was darunter liegt.«

»Es wird aber nie langweilig.«

Meine Nägel vergruben sich in seinem Hemd und zogen ihn zu mir hinab. Willentlich ließ er es geschehen, bis seine Lippen wieder mit meinen vereint waren.

Stöhnend packte er mich und ging mit mir zur Kommode, bis mein Hintern gegen das Holz stieß. Acair hob mich nicht hoch, drehte mich stattdessen um, sodass wir uns gegenseitig im Spiegel betrachten konnte. Die Sterne spendeten uns dafür genug Licht.

»Was willst du jetzt machen?«, fragte ich, sah dabei in die leuchtenden Augen seines Spiegelbildes.

»Mein Geschenk auspacken.«

Diese Worte hauchte er gegen meinen Nacken, zog mit roher Gewalt den Reisverschluss meines Kleides nach unten. Allein dieses Geräusch erweckte all meine Nerven, machte meine Spalte feucht.

Er schob den Stoff über meine Schultern, bahnte sich dabei mit Küssen einen Weg von meinem Haaransatz zwischen meinen Schulterblättern. Das Kleid fiel von mir, entblößte meine nackten Brüste und den schwarzen String.

Auch diesen zog er mir aus.

Ich stand nun nackt vor ihm, während er noch völlig bekleidet war.

Erneut fuhr er mit den Lippen über meinen Hals, drängte sich dabei von hinten fest an mich. Automatisch kreisten meine Hüften, rieben sich an seiner harten Länge, die sich unter seiner Hose abzeichnete.

Seine Finger spielten mit meinen Nippeln, wobei er mich fester gegen das Möbelstück drückte. Ich konnte meine Beine kaum noch bewegen. Genau das war auch sein Plan.

Acair wollte diese Kontrolle.

Und ich war mehr als bereit, sie ihm zu geben.

Seine Hand umfasste meine Kehle und drückte meinen

Kopf nach oben, sodass ich uns nicht mehr sehen konnte. Meine Klit pulsierte, bettelte nach ihm.

»Ich brauche dich«, flüsterte ich. Meine Stimme war gequält, mein Körper suchte nach seinen Berührungen.

»Lüg mich nicht an, mein Mädchen. Du willst gerade einfach nur deinen Orgasmus haben.« Acair hielt mich weiterhin in dieser Position gefangen, doch hörte ich das Reiben von Stoff.

»Du doch auch.«

»Mhm.« Er biss in mein Ohrläppchen, entlockte mir damit ein Keuchen, das sich in einen lustverzerrten Laut verwandelte. »Ich will aber auch fühlen, wenn sich deine Pussy um meinen Schwanz zusammenzieht und du dabei meinen Namen schreist.«

»Wieso zögerst du das dann alles in die Länge?«

»Weil noch etwas zu klären ist. Wegen morgen.«

»Das wäre?«

Er schob seine Hose nach unten, sodass seine Erektion meinen unteren Rücken streifte. Er machte nicht das, was er sonst machte – mich vögeln, bis ich nicht mal mehr meinen eigenen Namen kannte.

Nein, er redete weiter.

»Du hast Alec und mir noch nicht gesagt, mit wem du morgen die Nacht verbringen willst.«

Deswegen ließ er mich warten? Weil er wissen wollte, mit wem ich nach der Feier ins Bett gehen würde?

Doch als ich weitere Gedanken an seine Frage verschwendete, wusste ich sie ganz genau.

Für meine Antwort lockerte Acair sogar seinen Griff um meine Kehle, sodass wir uns gegenseitig in die Augen sehen konnten. In seinen Stand pures Verlangen.

»Ich will euch beide. So wie damals. In dem großen Bett.«

Seine Mundwinkel hoben sich, wobei er nach seinem

Penis griff, um ihn zwischen meine Beine zu positionieren. Instinktiv versuchte ich meinen Schritt breiter zu machen, was er sogar zuließ. Keinen Wimpernschlag später drängte er mich erneut gegen die Kommode.

Seine Eichel teilte meine Schamlippen.

Ein Stoß genügte und er würde bis zum Anschlag in mir sein.

Leider wartete er weiter – ließ mich den Verstand verlieren.

»Als ich dich zum ersten Mal gesehen habe, hätte ich niemals gedacht, dass solch eine Frau in dir steckt, Darcy.«

Meine Hüfte stieß gegen ihn, suchte Druck, was ihn zum Lachen brachte.

»Hast du ein Problem damit?«, wimmerte ich. Diesen kläglichen Laut genoss er.

Wieso hielt er mich – uns – so hin?

»Nein. Im Gegenteil, ich will dich genau deswegen umso mehr ficken.«

»Dann –«

Acair versenkte sich mit einem Stoß vollkommen in mir.

Aus meiner Kehle löste sich ein Schrei, doch ehe er nach außen drang, hielt er mir den Mund zu. »Du willst doch nicht, dass die anderen wach werden? Denn dann hätten wir es auch vor dem Zimmer treiben können.«

Und dann vögelte er mich.

Hart.

So, wie er es brauchte.

So, wie ich es von ihm liebte.

KAPITEL 31

Darcy

»Ich sehe lächerlich aus«, sagte ich und betrachtete mich im Spiegel.

Das Kleid saß perfekt, es passte aber nicht zu mir. Jedes Detail war zu edel. Zu hochwertig. Wie die goldenen Efeuranken sich über meinen Körper zogen und mir damit sogar ein wenig Figur verliehen. Wie der weiße Stoff sich an meinen Leib schmiegte, dabei an keiner Stelle zu locker oder zu eng saß.

Ich kam mir vor wie eine Hochstaplerin.

»Hör auf.« Pernille schob meine Finger weg, die an den goldenen Stickereien zupften. »Sonst reißt du die Nähte auf.«

»Tut mir leid.« Ich hatte gar nicht gemerkt, dass ich es gemacht hatte. Es war keine Übertreibung, wenn man sagen würde, dass ich nervös war.

Die ältere Frau ging zu der Schuhschachtel, die sie erst gestern dort abgestellt hatte. In den vergangenen Stunden hatte sie mir geholfen mein Haar in sanfte Wellen zu verwandeln und mich anzuziehen. Sie wirkte entspannter im Gegensatz zu dem Tag, an dem Callum und Magdalena Creswell zurückgekommen waren. Es ergab zwar wenig Sinn, da heute viel mehr Leute kommen würden, ich stellte aber keine Fragen.

Meine Gedanken waren nämlich viel zu sehr auf den heutigen Abend fixiert.

Ich nahm die Handschuhe und streifte sie mir über. Auch das fühlte sich falsch an. Als Pernille die Box öffnete, verschwand auch dieses Thema aus meinem Kopf.

Auf einem schwarzen Samtbett lagen weiße, hochhackige Schuhe, die einen goldenen Absatz besaßen. Sie waren schlicht, wodurch sie aber umso schöner wurden. Normalerweise hätte ich sie länger betrachtet, doch wurde meine Aufmerksamkeit von ihnen gerissen. Durch eine schwarzgoldene Schatulle, die neben ihnen lag.

»Was ist das?«

Pernille zuckte mit den Schultern. Sie trug ein schwarzes Kleid mit Perlenbesatz und die altbekannten Lackschuhe. Es würde nämlich nur wenige Minuten dauern, bis die ersten Gäste kamen. »Keine Ahnung, ich habe von Cian gestern Morgen nur die Schachtel in die Hand gedrückt bekommen.«

Interessiert nahm ich die Schatulle und öffnete sie.

Zum Vorschein kam eine Kette.

Sie hatte goldene Glieder, die mit funkelnden, klaren Steinen besetzt waren. Ich kannte mich nicht mit Edelsteinen aus, doch wenn ich nur daran dachte, dass ... »Ich glaube, mir wird schlecht. Bitte, sag mir, dass das nicht das ist, was ich vermute.«

»Zirkonia Steine sind es auf jeden Fall nicht. Leg sie einfach um, darauf besteht er.«

»Du weißt, dass dieses ganze Theater zu viel ist.«

»Vielleicht macht er es genau deswegen«, vermutete sie und platzierte das Paar Schuhe auf dem Boden. »Cian weiß, dass du das unter anderen Umständen niemals annehmen würdest.«

»Das ergibt überhaupt keinen Sinn.«

Seufzend schüttelte sie den Kopf und nahm das Schmuckstück vorsichtig aus seiner Verpackung. »Das trifft auf diese gesamte Familie zu. Und jetzt dreh dich um, ich habe nicht den ganzen Abend für dich Zeit.«

Wortlos machte ich, was sie von mir verlangte, sodass sie mir die Kette umlegen konnte. Ich strich mein Haar aus dem Nacken, sah dabei mein Spiegelbild über der Kommode an.

Gestern Nacht erst hatte mich Acair dort genommen. Danach war er geblieben, aber verschwunden, als ich am Morgen die Augen aufgeschlagen hatte. Und nun stand ich in einem Ballkleid hier; nicht mehr entblößt. Nicht mehr den Mann hinter mir, dessen Berührungen ich jetzt noch auf meiner Haut spürte.

Das leise Klicken des Verschlusses riss mich aus der Erinnerung. Mein Verstand gehörte wieder der Gegenwart. Es waren jetzt Pernilles grüne Augen, die mich im Spiegel betrachtete – nicht Acairs.

»Benimm dich, Darcy. Ich will nicht deiner Mutter erklären, wie du mit einer Alkoholvergiftung im Krankenhaus gelandet bist.«

Augenverdrehend wandte ich mich zu ihr um und verschränkte die Arme vor der Brust. Ich wusste, auf was – auf welchen Tag – sie anspielte. »Ich habe heute Frühstück und Mittag gegessen. Es sollte nichts passieren.«

Ein fades Lächeln umspielte ihre Mundwinkel. »Meine Bowle hat es in sich. Nur als kleine Vorwarnung.«

Ich wollte bereits zu einer Frage ansetzen, als es an der Tür klopfte. Derjenige wartete nicht auf eine Antwort, sondern trat ungefragt ein.

Jason stand vollkommen in einer schwarzen Anzugshose und einem dunkelgrünen Hemd da und starrte uns an.

Na ja, besser gesagt mich.

Sein Blick wanderte an mir hinab; über meine Miene, meine nackten Schultern, das Kleid ... bis er wieder zu meinem Gesicht zuckte.

Schluckend riss er seine Aufmerksamkeit zu seiner Mutter. »Die ersten Gäste sind gerade angekommen.«

Pernille nickte. Ehe sie ging, drückte sie noch einmal meine Schulter. Sie hatte mit Sicherheit meine Anspannung in den vergangenen Stunden gespürt. Verdammt, man sah sie mir an.

Ihr Sohn blieb im Raum stehen.

»Du siehst gut aus«, sagte er, fuhr sich durch das hellrote Haar.

»Danke.«

Er wich meinen Augen aus, nahm stattdessen mein Zimmer in Betracht. »Ich reise übrigens bereits morgen ab. Nach Cambridge. Mein Plan ist es schon ein bisschen früher dort zu sein. Du musst dich also nicht wundern, wenn ich nicht mehr hier bin. Falls es dir überhaupt aufgefallen wäre.«

»Das wäre es, Jason.« Freundschaft war nicht der passende Begriff unserer Beziehung, dennoch war er eine wichtige Person für mich in diesem Haus. Auch wenn es nicht immer einfach war. »Danke, dass du es gesagt hast. Ich wünsche dir viel Glück, falls wir uns morgen nicht mehr sehen sollten.«

Ich schlüpfte in die Schuhe, die bequemer waren, als sie aussahen. Dennoch würden meine Füße nach diesem Abend bestimmt schmerzen.

»Sie warten übrigens in der Eingangshalle«, sagte er und sah mich endlich wieder an.

»Wen meinst du?«

»Alec und Acair.«

Bei der Vorstellung daran wurde meine Brust enger. Ich wollte sie sehen. Doch da war noch etwas – noch jemand.

»Und Cian? Ist er auch dort?«

Er schüttelte den Kopf. »Ich weiß nicht wieso, aber er ist oben am Absatz der Treppen in den Schatten. Er beobachtet die Gäste und kommt erst nach unten in den großen Saal, wenn fast jeder hier ist.«

Es überraschte mich nicht. Und es entlockte mir ein Lachen.

Dieser Mann ...

»Wann werden wir uns das nächste Mal sehen?«

»Im Sommer, falls du dann noch da bist.«

Ich hoffte nicht, was nichts mit ihm zu tun hatte, doch bezweifelte ich es. Es würde dauern, bis *Athair* wieder gesund war. Falls dieses Szenario überhaupt existierte.

»Ich freue mich schon darauf.«

»Treib sie nicht zu sehr in den Wahnsinn.«

Ich wollte fragen, was er meinte. Jedoch nickte er mir zu und ging, ehe ich Worte formen konnte.

Zu wissen, dass er nicht mehr beim Frühstück neben mir sitzen würde, machte mich traurig. Auch wenn bei seinem Anblick immer noch Enttäuschung in mir schwang, sank die Vorfreude auf diesen Abend gerade ein wenig. Weil ich wusste, dass er danach nicht mehr hier war.

Vielleicht war ich mit ihm zu hart ins Gericht gegangen.

Vielleicht würden die Monate, die wir uns nicht sahen, die Dinge wieder zwischen uns kitten.

An diese Hoffnung klammerte ich mich, als ich nach draußen in den Flur trat. Zudem hob sie meine Laune. Meine Beine trugen mich nicht in Richtung der Eingangshalle, stattdessen schlüpfte ich in einen der Dienstbotengänge. Ich wusste genau, was hinter dieser Tür lag.

Eine Treppe, deren Stufen ich hastig hinaufstieg, sodass sogar der Stoff an mir raschelte.

Ich machte es, ohne nachzudenken. Der Grund war mir mehr als bekannt.

Cian.

Immerhin war es sein Geburtstag. Ich hatte ihn heute noch nicht gesehen, also war es nichts Komisches, dass ich zu ihm gehen wollte. Auch wenn es sich merkwürdig anfühlte, seine beiden Brüder warten zu lassen.

Keine Seele lief mir über den Weg. Als ich aber erneut auf den offiziellen Gang trat, sah ich ihn bereits.

Er lehnte an der Wand, sah auf die Menschen unter ihm hinab. Ihre Stimmen drangen bis zu uns, doch verwandelten sich die Worte in unverständliches Gemurmel.

Cian bemerkte mich nicht, sodass ich mir das Recht herausnahm, ihn zu mustern.

Ein Anzug hing an seinem Leib. Edler als sonst. Eine dunkelblaue Krawatte, die ich noch nie an ihm gesehen hatte, zierte seinen Hals. Und doch glitt mein Blick zu seinem Gesicht, das mich an ihn fesselte.

An seinen markanten Kiefer.

An sein elegantes Profil.

An seinem Haar, das selbst durch das fade Licht seiner Position seinen Glanz nicht verlor.

»Bist du jetzt in deiner Bösewicht-Ära angekommen, oder was?«, fragte ich und trat einen Schritt auf ihn zu. Er wirbelte sofort in meine Richtung; Überraschung in seiner Miene. »Oder wieso stehst du sonst an deinem Geburtstag hier oben, während die Gäste unten in der Eingangshalle sind?«

Es war, als würde alles stehen bleiben – zu einer Nichtigkeit werden.

Alles, außer wir.

Sein Blick glitt an mir hinab, nahm jedes Detail von mir wahr. Es fühlte sich an, als würde er mich berühren.

An meinem Hals. Der leichten Kontur meiner Brüste. Meiner Hüfte.

Überall.

Wie er mich ansah, war anders als Jason. Denn jetzt fuhr ein Schauer über meine Wirbelsäule. Gleichzeitig entfachte ein heißes Prickeln unter meiner Haut. Es drängte mich dazu, noch einen Schritt auf ihn zu zumachen, was ihn aus seiner Starre befreite.

»Woher wusstest du, dass ich hier bin?«

»Jason hat es mir gesagt.«

»Wieso sollte er das?«

»Weil ich danach gefragt habe.«

Er legte den Kopf schief, ließ mich dabei keine Sekunde aus den Augen. Es war befriedigend, ihn für einen Moment sprachlos zu sehen. »Lässt du *mich* etwa beschatten?«

»Nein.« Ich war nun so nah bei ihm, dass ich auch nach unten in die Eingangshalle spähen konnte. Sofort erkannte ich Alec und Acair, die beide in einem Anzug gekleidet dastanden und warteten. Auf mich. Meine Aufmerksamkeit schwang gleich wieder zu Cian. »Vielleicht wäre es gar nicht so dumm gewesen, dich in diesem Glauben zu lassen.«

»Wie kommst du denn auf diese Idee?«

»Um dir einen Geschmack deiner eigenen Medizin zu geben.«

Ein breites Grinsen zeichnete sich auf seinen Lippen ab, wobei seine Augen dunkler wurden. Die schwarzen Pupillen verschluckten beinahe all das grelle Bernstein. »Die Idioten warten auf dich; ich hoffe, das weißt du.«

»Auf die paar Minuten kommt es auch nicht mehr an.«

Mein Körper reagierte selbst auf die kleinste Bewegung seines verdammten Körpers.

Während er den Blick über die hereintreten Menschen schweifte, strafften sich meine Schultern. Als er sich über sein Kinn strich, wurde meine Kehle trocken.

Mir war bewusst, dass es ihm auffiel. Dass ihm diese Macht über mich gefiel. Doch war es nicht einseitig, sonst würde ich jetzt nicht in diesem Kleid vor ihm stehen. Mit einer Diamantkette um dem Hals.

»Danke«, sagte ich und nahm meine Unterlippe zwischen die Zähne. Meine Fingerspitzen kribbelten, hatten das Bedürfnis über seinen Kragen zu fahren.

»Für was?«

»Das Kleid. Die anderen Dinge. Dass ich hier sein darf. Einfach für alles.«

Er zuckte mit den Schultern. »Ich hoffe, du hast Spaß mit meinen Brüdern.«

»Ist das alles, was du zu sagen hast?«

Er nickte, doch zeichnete sich Zögern in seiner Miene ab. Gepaart mit einem schelmischen Glitzern in den Augen. »Na ja, da gibt es eine Frage, die ich dir gern stellen würde.«

»Dann mach es.«

Er trat einen letzten Schritt auf mich zu, sodass er dicht vor mir stand. »Es könnte dich möglicherweise verärgern.«

Mein Kopf legte sich schräg. »Das kümmert dich doch sonst auch nicht.«

»Stimmt.« Sein Lächeln wurde dreckiger. Seine Brust hob sich schwer, wobei er mir eine Strähne aus dem Gesicht strich. Dabei streifte er meine Haut, erweckte jeden Nerv in meinem Körper. »Wer von meinen Brüdern wird dir mein Kleid heute ausziehen?«

Hatte ich seine Worte richtig verstanden? Denn ich wusste nicht, ob ich das Problem oder er einfach unverfroren war. Egal was es war, es machte mich für einen Moment sprachlos. Aber dann fiel mir ein, wer vor mir stand.

Ein Mann, der mich schon oft an die Grenzen meiner Selbstbeherrschung getrieben hatte. Und heute – in diesen Stunden – war ich keine Angestellte. Zumindest fühlte ich mich nicht so.

»Wieso willst du das so genau wissen?«, flüsterte ich und reckte ihm mein Kinn entgegen.

»Weil sie da unten wie Idioten auf dich warten. Beide. Und bei deinem Anblick würde einer wahrscheinlich das Gefühl haben, leer auszugehen.«

»Du musst echt ein langweiliges Leben haben, wenn du an meinem Sexleben interessiert bist.«

»Das beantwortet meine Frage nicht.«

Nun handelte ich, ohne nachzudenken.

Meine Hand schnellte nach vorn, schloss sich um seinen Krawattenkragen und zog ihn zu mir hinab. Sein Gesicht war mir so nah, dass sein frischer Atem sich auf meine Lippen legte. Cian löste sich nicht, obwohl er die Möglichkeit dazu hätte.

»Da taut wohl jemand langsam auf«, stellte er mit glitzernden Augen fest. »Hat ja lange genug gedauert.«

Cian war ein Arschloch – ein hübsches – und das wusste er. Ich ging aber nicht weiter auf seine Spielchen ein, denn ich hatte Begleitungen, die auf mich warteten.

Meine Stimme senkte sich, nahm dabei einen rauchigen Ton an, den ich so nicht kannte. »Wer hat gesagt, dass ich jemanden von ihnen vertrösten werde? Es ist nicht so, dass wir es nicht schon getan haben. Zusammen.«

Seine Augen weiteten sich unmerklich; meine Mitte zog sich zusammen. Es lag an meinem Gesagten, allerdings auch an seiner Gegenwart.

Dass ich mit ihm darüber redete, war absurd.

Ich stieß ihn von mir weg und strich mit meinen behandschuhten Händen über meine Taille. Sein Mund war einen kleinen Spalt geöffnet, es kam aber kein Konter. Ich hatte ihn sprachlos gemacht, was mich mit Stolz erfüllte.

»Wenn du mich entschuldigst«, sagte ich und ging ohne ihn noch einmal anzublicken an ihm vorbei zur Treppe.

Ich befand mich in keinem Film, in dem sich nun all die Aufmerksamkeit der Gäste auf mich legte. Selbst Alec und Acair sahen in die Richtung eines Ganges, wo sie vermuteten, dass ich herkommen würde. Also stieg ich mit bedächtigen Schritten die Stufen hinab und huschte durch den großen Raum.

Jetzt zog ich einige Augenpaare auf mich.

Frauen waren in wunderschöne Kleider gehüllt – manche farblos, andere mit bunten Mustern besetzt. Auch bei den Männern sah das Bild ähnlich aus, obwohl der Großteil natürlich schwarz trug.

So wie die Zwillinge, die mir beide ihren Rücken zuwandten.

»Ihr solltet an eurer Beobachtungsgabe arbeiten«, sagte ich, wobei beide herumwirbelten.

Sie musterten mich, genauso wie ich sie.

Alecs Haar war ordentlich zurückgegelt, Acairs war in einen Zopf gebunden. Ihre Krawatten waren im Gegensatz zu Cians dunkelgrün.

Mein Blick kehrte schnell zu ihren Gesichtern zurück. Sie brauchten einen Moment länger. Es machte mich nervös und vorfreudig zu gleich. Ihnen gefiel, was sie sahen.

Alec räusperte sich und straffte seine Schultern. »Woher bist du gekommen?«

»Von oben. Ich musste«, ich biss mir auf die Lippen, wobei sich nun auch Acairs Augen auf mich legten, »noch etwas erledigen. Nur eine Kleinigkeit, die ich in den letzten Tagen vergessen habe.«

Ich fand den Mut nicht dazu, ihnen die Wahrheit zu

sagen. Auch wenn sich in mir bei dieser kleinen Lüge ein schlechtes Gewissen ausbreitete. Ich hätte ihnen sagen können, dass ich bei Cian war. Immerhin war er der Grund, weshalb diese Veranstaltung überhaupt stattfand. Und dass ich hier war.

Trotzdem beschlich mich das Gefühl, dass es keine gute Idee war. Leider hatte ich keine Ahnung, wieso.

Es nagte an mir.

Acair nickte, jedoch zeigte mir seine Miene, dass er meinen Worten nicht vollkommenen Glauben schenkte. »Du siehst gut aus.«

»Danke. Ihr auch.«

»Na dann, mischen wir das steife Publikum mal auf.« Auf Alecs Lippen zeichnete sich ein breites Grinsen ab. »Für Acair wird es zwar die Hölle, aber dann bleibt noch mehr Spaß für uns übrig.«

Sein Bruder schnaubte und deutete mit dem Kopf in die Richtung, die zum großen Saal führte. »Kommt jetzt. Darcy will bestimmt etwas trinken.«

»Pernille hat mir von ihrer Bowle erzählt.«

»Mal sehen, wie viel du davon verträgst.«

Wir gingen.

Ehe ich aus der Halle trat, drehte ich mich ein letztes Mal um und sah nach oben. In die Schatten, wo sich Cian herumtrieb. Und ich wusste, obwohl ich ihn nicht erkannte, dass auch er mir entgegenblickte.

KAPITEL 32

Cian

Die ältere Frau drückte mir zwei kurze, feuchte Küsse auf die Wangen, ehe sie mich mit einem strahlenden Lächeln verließ. Vielleicht hasste ich meinen Geburtstag aus genau diesem Grund – jeder wollte mit einem sprechen, einem gratulieren, und rückte einem dabei unnötig auf die Pelle.

Durch den großen Saal ertönte klassische Musik eines kleinen Live-Orchesters, das ihre Instrumente auf einem Podest am Ende des Raumes hatte. Es war schön, aber ich brauchte es eigentlich nicht.

Alles hier.

Mutter bestand darauf.

Sie stand abseits der Tanzfläche und unterhielt sich mit einigen Leuten. Freunde, wie sie diese immer nannte, jedoch kannte ich nur von der Hälfte die Namen. Vielleicht würde ich sie zuordnen können, aber ich hatte sie nicht auf die Einladungskarten geschrieben. Das hatte für mich eine andere Frau übernommen.

Ich ging zu einer Wand und lehnte mich dagegen. Es war mein erster ruhiger Moment des schon Stunden alten Abends.

»Jason.« Ich umfasste den Arm des jungen Mannes, der an mir vorbeilaufen wollte. »Kannst du mir bitte ein Glas Whisky bringen? Und wenn du Connor siehst, sag ihm, dass ich jetzt mit den Formalien am Ende bin.«

Nickend und wortlos wandte er sich ab.

Er wusste ganz genau, was ich meinte. Jeder meiner Geburtstage verlief gleich – ein paar Stunden auf dem Ball meiner Mutter verbringen und dann mit den paar alten Freunden aus Oxford in den Keller gehen und das ein oder andere Glas Alkohol zu viel trinken.

Zuerst wollte ich zur Ruhe kommen, was gar nicht so leicht war. Denn obwohl niemand mehr zu mir kam, war jeder Nerv in meinem Körper aufmerksam. Und das lag nicht an den lachenden Menschen um mich herum, sondern allein an einer Frau.

Darcy – die in diesem verdammten Kleid steckte – hatte ihre Arme um den Nacken von Alec gelegt und tanzte mit ihm. Ein Lächeln lag auf ihren Lippen, während sie in seinen Augen versank.

Sie sahen aus wie ein Paar. Wenn ich nicht das gesamte Werk kennen würde, würde selbst ich auf dieses Bild hereinfallen. Jedoch bemerkte ich Acair, der mit starrer Miene an der Bar stand und seinen Blick stets auf die beiden gerichtet hatte. An seinem Mund hing ein Glas Whisky.

Wahrscheinlich nicht sein erstes.

Er war eifersüchtig.

»Hier.« Jason riss mich aus meinen Gedanken heraus und drückte mir den Alkohol in die Hand. »Brauchst du noch etwas?«

»N–« Ich presste die Lippen aufeinander, dachte nach. Und das, was ich als nächstes aussprach, war keine gute Idee.

Denn es bestätigte nur, was ich seit Tagen bestritt. »Sag auch meinen Brüdern Bescheid.«

»Ich denke nicht, dass sie kommen werden. Sie sind mit Darcy hier.«

»Wenn sie will, kann sie mitkommen. Ich kann mir vorstellen, dass ihr bald die Füße vom Tanzen wehtun könnten. Im Poolzimmer gibt es bequeme Sessel, dort kann sie sich ausruhen.«

In seinen hellen Augen glitzerte Misstrauen.

Es war berechtigt, im gleichen Moment war es mir egal. Diese Angelegenheit war nichts, dass ihn interessieren sollte.

»Du kannst jetzt gehen. Und viel Glück in Cambridge. Ich habe gehört, du gehst morgen.«

»Ja, und danke.« Damit befolgte er das, was ich ihm befohlen habe. Erst als Jason bei Acair war, riss ich mich von ihm los.

Ich nahm einen Schluck des Whiskys und sah wieder zu Alec und Darcy. Sie redeten nun miteinander, das sah man an ihren Lippen. Hören konnte man nichts, da sie zu weit weg waren und es sowieso von den anderen Menschen und der Musik übertönt wurde.

Sie sah schön aus; übertraf sogar meine Vorstellungen. Es war Darcy, die es mit Leben erfüllte. Der Kontrast zwischen dem Stoff und ihrem dunklen Haar war anziehend.

Sie brauchte es nicht, es brauchte sie.

»Ich sage nicht, dass ich mir Sorgen um dich mache, aber langsam ist der Punkt gekommen.«

Mein Kopf schwang herum, sodass ich einen hochgewachsenen Mann ins Auge fasste. Er trug ein nicht bis nach oben zugeknöpftes, weißes Hemd und eine schwarze Anzugshose. Er stach durch seine legere Art heraus, sodass er mir auch so aufgefallen wäre, wenn ich ihn nicht schon jahrelang gekannt hätte.

»Maxen, du bist spät dran.«

»Ja, das bereue ich ein wenig. Ich hätte dich gerne leiden sehen, wenn die alten Frauen dir Küsschen geben.« Ein breites Grinsen breitete sich auf seiner Miene aus, während er sich neben mir an die Wand lehnte. Sein dunkles Haar zurückgekämmt, doch hing eine Strähne vor seinen blauen Augen. »Weißt du, ich habe dich schon gesehen, als ich in den Saal gekommen bin. Du hast vor dich hingestarrt. Ich habe mich nach dem Grund gefragt, weil du wie gefesselt warst. Aber jetzt, wo ich neben dir stehe, sehe ich ihn. Oder besser gesagt sie.«

Ich hasste ihn.

Nicht wirklich, aber normalerweise war ich immer der Älteste. Von meinen Geschwistern. Von meinen Freunden aus der Uni. In unserer Konstellation war es allerdings er. Und das zeigte er mir auch – jedes Mal, wenn wir uns sahen.

»Ich habe keine Ahnung, was du meinst.«

»Ach, nein?«

Ich warf ihm aus dem Augenwinkel einen Blick zu, sah, wie er Darcy förmlich mit den Augen auszog. Sofort spannten sich all meine Muskeln an, selbst mein Kiefer.

Kopfschüttelnd vertrieb ich diesen Instinkt.

»Lass es, Maxen.«

»Wer ist sie denn? Ich habe sie noch nie gesehen.«

»Da ist dir deine Schwester schon einen Schritt voraus.« Dabei handelte es sich um Katie, die eine Gaststätte im Dorf leitete. »Sie hat dabei zugesehen, wie sie sich von Alec abfüllen lassen hat.«

»Ist sie seine Freundin?«

»Nein, sie ...« Ja, was war sie? Ich hatte selbst nicht die Antwort dafür. Und obwohl es ihn nichts anging, war es befreiend, darüber mit jemanden zu reden. »Sie hat etwas mit meinen Brüdern.«

Endlich schwang seine vollkommene Aufmerksamkeit wieder zu mir. Überraschung lag in seinen Zügen.

Ich konnte es ihm nicht verübeln.

»Wissen sie davon, dass ...« Er legte den Kopf schief, suchte nach dem richtigen Begriff. »Dass sie beide die gleiche Frau ficken. Ich meine nach der Geschichte mit Leandra ...«

»Sie wissen es. Außerdem kannst du sie nicht mit ihr vergleichen.«

Seine Augenbrauen schossen in die Höhe. »Ich will mehr wissen.«

»Natürlich willst du das.«

Maxen zuckte mit den Schultern, wobei ich meinen Kopf an die Wand legte. »Wie kannst du mir sowas erzählen und nicht mit weiterer Neugier rechnen? Vor allem, wenn du sie auch die ganze Zeit ansiehst.«

»Das mache ich nicht.«

»Damit würdest du nicht durch einen Lügendetektortest kommen, Cian.«

»Halt die Klappe.«

Lachend stieß er gegen meine Schulter. »Also? Ich warte.«

Dieser nervige Bastard. In Momenten wie diesen stellt sich mir immer wieder die Frage, weshalb ich mich mit ihm abgab.

»Sie hat vor ein paar Wochen bei uns als Hausmädchen angefangen. Sie vertritt ihre Mutter, die sich um ihren kranken Vater kümmern muss.«

»Wenn sie eine Angestellte ist, wieso ist sie dann auf der Tanzfläche.«

»Weil ich sie eingeladen habe.« Ehe er eine weitere Frage stellen konnte, fuhr ich bereits fort. »Ich habe mich ihr gegenüber in den letzten Wochen nicht gut verhalten. Als Wiedergutmachung habe ich sie eingeladen. Auch wenn Acair sie wahrscheinlich lieber hinter der Bar stehen hätte, wo er mit ihr reden kann.«

Er sah hinter mich, zu meinem besagten Bruder. »Kann ich verstehen. Er ist ein miserabler Tänzer.«

»Du hast ihn nur einmal tanzen sehen. Und da war er betrunken.«

»Na, und? Ich habe genug gesehen, um zu wissen, dass er es im nüchternen Zustand nicht besser hinbekommt.«

Womöglich hatte er dabei sogar Recht. »Willst du noch etwas wissen?«

»Am liebsten alles, aber das werde ich sie selbst fragen. Sie kommt nämlich zu uns.«

Was?

Mein Blick zuckte zu der Stelle, an der sie und Alec zuvor noch gestanden hatten. Dort war sie aber nicht mehr, lief stattdessen zu mir, während mein Bruder zu Acair ging.

»Benimm dich«, warnte ich Maxen, der mich dreckig angrinste.

Darcys Blick glitt zwischen mir und ihm hin und her. Er war fragend; hielt sie aber nicht davon ab, zu mir zu kommen. Sie kam vor uns zum Stehen, biss sich dabei in die vollen Lippen.

Dabei schoss mir etwas durch den Kopf, was zu unzüchtig war, um es laut auszusprechen.

»Ist alles in Ordnung?«, fragte ich und nahm einen weiteren Schluck vom Alkohol, sodass das Glas leer war.

»Acair hat Alec zu sich gewunken. Als ich das letzte Mal zu dir gesehen habe, warst du noch allein. Ich wollte dir ein bisschen Gesellschaft leisten, aber da das nun nicht mehr notwendig ist ...« Ihre Wangen wurden feuerrot, wobei sie schluckte. »Ich sollte einfach wieder zu ihnen gehen.«

»Nein, Acair sagt ihm nur, dass wir uns gleich im Poolzimmer treffen. Mit meinen Freunden aus der Uni.«

Ihr Gesicht verzog sich. »Ich weiß nicht, ob ich dir das Glauben kann. Jemand, der zu jeder freien Minute an seinem

346

Schreibtisch sitzt, kann keine zwischenmenschlichen Beziehungen haben.«

Maxen entfuhr ein Kichern, woraufhin er von mir einen mahnenden Blick abbekam. »Wir führen doch eine.«

»Manchmal würde ich es als Belästigung beschreiben. Aber in einer gewissen Weise muss ich dir zustimmen.«

Mir gefiel dieser Schlagabtausch viel zu sehr. Sie hatte sich in der Zeit hier verändert – vielleicht lag dieser Mensch einfach auch unter ihrer eigentlich schüchternen Art. Egal, was es war, ich genoss es. Auch wenn ich es nicht tun sollte.

»Ich bin übrigens Maxen. Einer von Cians Freunden«, sagte der Mann neben mir und reichte ihr die Hand. Sie nahm sie entgegen. Er schüttelte sie aber nicht einfach, sondern zog sie an seinen Mund und hauchte einen Kuss auf den Handrücken.

Er wusste genau, was er tat.

»Wenn du das meinst.« Meine Stimme war ein genervtes Murmeln.

»Darcy«, entgegnete sie und zog ihren Arm wieder neben ihren Körper. »Habt ihr euch in der Universität kennengelernt?«

»Nein.« Er verschränkte die Arme vor der Brust und musterte sie. »Ich komme aus dem Nachbardorf. Ich habe gehört, du bist meiner Schwester schon einmal begegnet. Katie.«

Ihre Augen weiteten sich. »Du bist ihr Bruder?«

»Mit Leib und Seele.«

»Dann hoffe ich, dass du so schlau bist und ihr Essen nicht kritisierst.«

»Du kennst also die Geschichte von ihr und Acair.«

»Ja, Cian hat sie mir erzählt.« Ihre Aufmerksamkeit wanderte zu mir. Ein Lächeln zupfte an ihrem Mundwinkel. »Und was macht ihr im Poolzimmer?«

»Trinken.«

»Jetzt?«

»Ja.«

»Willst du nicht tanzen? Es ist immerhin dein Geburtstag.«

»Nein. Wie Acair vermeide ich es«, sagte ich und sah zu der Bar, an der ich meine Brüder vermutete. Allerdings waren sie nicht mehr dort. »Du solltest Alec und ihn suchen. Und dann kommt ihr in den Keller. Immerhin muss ich dir anscheinend beweisen, dass ich Freunde habe.«

Sie folgte meinem Blick, erkannte auch, dass sie verschwunden waren.

»Du wirst überrascht sein, Darcy.« Maxen fixierte sie auf sich. »Er hat wirklich welche.«

»Wenn du das sagst.« Ohne mir weitere Beachtung zu schenken, ging sie an mir vorbei und schließlich aus dem Saal.

»Ich kann deine Brüder verstehen.«

»Soll ich dich rauswerfen lassen, Maxen?«

»Das würde deine Mutter nie erlauben. Sie liebt mich.« Sein Grinsen wurde noch dreckiger, dass diesmal ehrliche Wut in mir aufflammte. »Ich frage mich jedoch, was Alec und Acair davon halten, dass du ihre Geliebte auch vögeln willst.«

Meine Hände ballten sich zu Fäusten, doch ersparte ich mir einen Kommentar.

Es war für alle Parteien besser.

KAPITEL 33

Darcy

Verdammt, wo waren sie?

Ich ging durch einen leeren Gang, während die – durch die Wände gedämpfte Musik – mich verfolgte. Zudem war ich mir nicht mal sicher, wo ich genau war. Dieses Haus war einfach zu groß.

Selbst als Cian von einem Poolzimmer gesprochen hatte, wusste ich nicht, wovon er redete. Doch im Abstellraum, wo die Putzsachen waren, hing ein Grundrissplan des Anwesens, auf dem ich diesen Namen bereits gelesen hatte.

Ich wollte bereits zurückgehen, als Callum Creswell um die Ecke bog und direkt vor mir zum Stehen kam.

Er knöpfte gerade seine Hose zu.

Ich wusste jedoch, dass hier in der näheren Umgebung keine Toilette war. Und auch Magdalena hatte ich, als ich aus dem Saal gegangen war, mit einem Gast reden sehen.

»Mr. Creswell«, sagte ich und trat einen Schritt zurück. »Guten Abend. Wir haben uns heute, wie ich glaube, noch nicht gesehen.«

»Du mich nicht, ich dich aber schon. Immerhin hast du all die Blicke im Saal auf dich gezogen.«

Etwas verspannte sich zwischen meinen Schulterblättern, während sich ein gepresstes Lächeln auf meine Lippen legte. »Mit Ihrer Beschreibung würde ich zwar nicht mitgehen, aber ich interpretiere es als Kompliment.«

»Oh ja, das ist es.« Er bemerkte meine Rastlosigkeit. »Ich habe dich aber in einer anderen Rolle erwartet.«

»Cian hat mich eingeladen. Er war in der letzten Zeit ein wenig ... neben der Spur und hat mir Aufgaben erteilt, die nicht in meinen Bereich fallen. Es ist also eine Art Entschuldigung.«

Er nickte, dabei sichtlich nachdenklich.

Meine Worte konnten auch falsch interpretiert werden, was mir erst im Nachhinein auffiel, dennoch stellte er keine Fragen über seinen ältesten Sohn. »Wohin willst du überhaupt? Die Veranstaltung ist in der anderen Richtung.«

»Ich bin –«

»Darcy, wo bist du?« Es war Alecs Stimme, die durch den Gang hallte.

Erleichterung durchströmte mich.

»Auf der Suche nach ihrem Sohn«, beendete ich meinen Satz und wandte mich um. In diesem Moment kam Alec in mein Sichtfeld gelaufen.

Beim Anblick seines Vaters und mir, weiteten sich seine Augen. Zudem wurde sein Schritt schneller. »Ich hätte gedacht, du bist schon vorgegangen. Aber anscheinend wurdest du aufgehalten.«

»Nein, ich habe nach dir gesucht. Dabei bin ich Mr. Creswell über den Weg gelaufen.«

Alec kam neben mir zum Stehen, den Kopf dabei schief gelegt. »Dann sollte ich eher die Frage stellen, was du hier willst, Vater.«

»Es ist mein Haus, Alec. Ich darf herumlaufen, wo ich will.«

»Mhm.« Seine gute Laune von der Tanzfläche war verschwunden. »Na ja, wir müssen jetzt gehen. Die anderen warten sicher schon auf uns.«

Er schlang einen Arm um meine Schultern und zog mich mit sich. Weg von Callum.

»Ihr scheint euch nicht besonders zu mögen«, stellte ich fest und versuchte, mit seinen langen Schritten mitzuhalten.

»Ja, aber gerade hat mich ausschließlich die Art angekotzt, wie er dich angesehen hat.«

»Alec ...«

Wir gingen durch eine Tür, die zu einem Dienstbotengang mit einer Treppe führte. Er stieg mit mir aber nicht die Stufen hinab, sondern presste mich fest gegen die raue Wand.

Er sah mich mit wilden Augen an, die durch das spärliche Licht dunkler wirkten als sonst. »Kennst du das Gefühl, wenn man eine Person seit Stunden küssen will, aber nicht darf? So geht es mir nämlich. Es geht leider nicht, weil du meinen Bruder vögelst.«

Meine Augenbrauen hoben sich, doch machte ich mir nicht die Mühe, mich zu befreien. »Wessen Idee war das?«

»Ja, aber das bedeutet nicht, dass mein Vater dir an die Wäsche gehen darf.«

»Ob du mir glaubst oder nicht, ich bin dir dankbar, dass du gekommen bist. Ich fühle mich unwohl, wenn er mit mir spricht.«

Alles an ihm wurde sanfter. Er sagte nichts mehr, küsste mich stattdessen.

Alec schmeckte nach Alkohol; nach der fruchtigen Bowle von Pernille. Es war ein süchtig machender Kuss. Von der Süße hinweg zu seiner Stärke, die mich hielt. Jedoch wussten wir beide, dass wir nicht ewig in diesem Moment schwelgen konnten.

Sein Mund streifte meinen Mundwinkel, ehe er von mir abließ. Es fiel ihm nicht leicht; das zeigte sein schwerer Atem und die geröteten Wangen.

Alec strich mir eine Strähne hinter das Ohr, wobei ich seiner Bewegung entgegenkam.

Mein gesunder Menschenverstand sagte mir immer noch, dass es nicht möglich war, sich von zwei Männern gleichzeitig derart angezogen zu fühlen. Mein dummes Herz aber ... Ich konnte nicht anders, als mich ihnen hinzugeben.

Körperlich.

»An was denkst du?«, fragte er, ließ seine Hand meinen Arm hinabwandern, bis seine Finger meine streiften. Durch den dünnen Stoff konnte ich zwar nur wenig spüren, doch verschränkte ich sofort meine mit seinen.

»Unendlich vieles.« Es war keine Lüge, da ich nicht wusste, mit was ich beginnen sollte.

Ihm?

Acair?

Callum?

Cian ...

Es herrschte gigantisches Chaos in meinem Kopf.

»Wenigstens musst du nicht viel nachdenken, wenn wir im Poolzimmer sind.«

»Wieso das denn?«

»Cians Freunde – wie soll man das am besten ausdrücken? – sind nicht besonders intellektuell, wie man es von Oxford Studenten glauben mag. Besonders, wenn sie angetrunken sind.«

»Ach, nein?«

Er ging mit mir die Treppe hinab, hielt mich dabei die ganze Zeit fest. »Nicht wirklich. Die meisten von ihnen sind wie Acair und ich – in eine reiche Familie hineingeboren, müssen aber später nicht die Firma übernehmen.«

»Wieso haben sie dann überhaupt studiert?«

»Es hat etwas mit Prestige zu tun, in Oxford zu studieren.«

Ja, das hatte es. »Und dieser Maxen?«

Er warf mir aus dem Augenwinkel einen fragenden Blick zu. »Ihr habt euch bereits kennengelernt?«

»Kurz. Als du nach dem Tanzen zu Acair gegangen bist, habe ich mich nach Cian umgesehen. Er hat den Abend über allein gewirkt, aber Maxen war bei ihm. Er hat mir erzählt, dass er der Bruder von Katie ist.«

»Er ist wenige Jahre älter als Cian. Aber immer, wenn wir im Dorf waren, haben sie sich gut verstanden. Schon als Kinder. Ihre Freundschaft ist ein wenig auseinandergegangen, als er auf eine private Akademie gegangen ist, aber ihr Kontakt ist nie wirklich abgerissen.«

»Es ist schwer, sich ihn als Kind vorzustellen.«

»Wen?«

»Cian.«

Ein Lächeln huschte über seine Lippen, wobei er nickte. »Er war nicht immer so verspannt. Aber Mutter behauptet das auch von Vater, also liegt es wahrscheinlich einfach in der Familie.«

Ob es wegen Leandra war?

Ob sie ihn zu diesem Mann gemacht hatte, der er heute war?

Die Antwort ergab sich von allein. Jeder der drei Brüder trug Spuren von ihr an sich. Leider wusste ich nicht, wie sie genau aussahen.

Bei dem Gedanken an die unbekannte Frau musste ich auch an jemand anderen denken.

»Wo ist überhaupt eure Schwester?«

Er zog scharf die Luft ein. »Gracy ist in der Schweiz

geblieben. Sie macht Skiurlaub mit ihrem neuen Freund in den Bergen.«

»Hast du mir nicht erzählt, dass sie studiert?«

»Ja, aber sie nimmt das alles nicht so ernst.«

Das Wissen, dass sie lieber Urlaub machte, als zum Geburtstag ihres Bruders zu gehen, hinterließ einen bitteren Geschmack auf meiner Zunge. Außerdem empfand ich Mitleid.

Gegenüber Cian.

»Ich war noch nie im Keller«, stellte ich fest, als wir am Absatz der Treppe angekommen sind. Wir gingen in einen Gang, in dem es sofort heller wurde. Er sah genauso aus, wie die übrigen. Ich wusste allerdings, dass ich auf kein Fenster treffen würde.

»Hier sind Abstellräume, Archive, ein Fitnessstudio. Solche Dinge eben. Wir sind nicht Mal am tiefsten Punkt.«

»Nicht?«

Kopfschüttelnd drückte er meine Hand, sodass meine Brust enger wurde. »Nein. Es wird hässlicher, je tiefer man geht. Manche unserer Vorfahren haben sich nicht darum geschert, wie sie aussahen.«

Ich konnte mir nicht vorstellen, was er damit meinte. »Irgendwann solltest du mich trotzdem mit nach ganz unten nehmen. Du hast mich neugierig gemacht.«

Ein schnaubendes Lachen entfuhr ihm, während von irgendwoher gedämpfte Musik zu uns drang. Keine klassische, sondern eine mit einem schnellen Beat.

»Aber zuerst bleiben wir eine Stunde oder zwei bei Cian und den anderen und gehen dann mit Acair in unser Zimmer.«

Unser Zimmer ...

Vielleicht war es das. Die Art, wie er es aussprach, versetzte mich mit Vorfreude. Und Ungeduld. Am liebsten würde ich ihn wieder berühren; seine Zunge in meinem Mund fühlen. Das alles, während Acair von hinten den Reisverschluss meines Kleides öffnete.

»Ich kenne diesen Blick«, sagte Alec mit rauchiger Stimme, wobei sein Tempo schneller wurde. Es hatte zur Folge, dass die Musik nun stetig an Lautstärke gewann. »Lass diese Gedanken. Denn ich kann nicht versprechen, dass wir in diesem verfickten Raum ankommen, wenn du mich weiter so ansiehst.«

»Wie sehe ich dich denn an?«

»Du hast diesen ›Ich-will-ficken‹-Blick.«

»Und wie genau sieht dieser aus?«

»Darcy ...« Es war eine Warnung, die einen Schauer über meine Wirbelsäule jagte. »Du bist unglaublich ungeduldig.«

»Sagt der, der mich in einen Dienstbotengang geschleift hat, nur weil er es nicht länger aushalten konnte, mich nicht zu küssen.«

Ein Grinsen glitt über seine Lippen, wobei er vor einer Tür zum Stehen kam. Dahinter befand sich das Poolzimmer. Selbst wenn die Musik jetzt nicht ihren Höhepunkt erreicht hätte, hätte ich es ahnen können. Denn ein leichter Chlorgeruch drang in meine Nase.

»Du treibst mich in den Wahnsinn, weißt du das.«

Ich strich ihm ein Haar hinter das Ohr, genoss den winzigen Moment, den wir gerade noch hatten.

Ja, vielleicht wusste ich das.

Jedoch beruhte es auf Gegenseitigkeit.

»Lass uns rein. Sonst wird Cian noch ungeduldig.«

Er verdrehte die Augen. Wenn ich meine Gedanken mit ihm geteilt hätte, war ich mir nicht sicher, ob wir in den Raum getreten wären.

Ich hatte mir vorstellen können, was sich dahinter befand. Jetzt, als sich das Bild vor mir eröffnete, war ich dennoch überrascht.

Ich hatte eine kleine Gruppe junger Männer erwartet, die steif auf Sofas saßen. So wie Cian eben. Allerdings tanzten Frauen wie auch Männer. Manche unterhielten sich auch, andere tranken.

Selbst Acair wirkte lockerer, der hinter der Bar stand und Portwein in ein paar Gläser goss.

Niemand schenkte uns großartig Beachtung, weshalb ich meinen Blick umherwandern ließ.

Es war ein heller großer Raum, der ganz am Ende einen Pool hatte. Dieser sah mehr danach aus, als wäre er zum Entspannen und nicht um darin Bahnen zu schwimmen. Er besaß sogar eine Runde Ausbuchtung, die einen Jacuzzi darstellte.

»Betrunkene Menschen und Wasser. Keine gute Kombination«, murmelte ich und sah auf ein Paar, das viel zu nah am Rand des Beckens stand und sich gegenseitig neckte.

»Du hast Recht.« Meine Aufmerksamkeit legte sich auf Maxen, der vor uns aufgetaucht war. »Bisher ist aber noch nie jemand hier ertrunken. Du musst dir also keine Sorgen machen.«

Der Mann warf Alec ein breites Grinsen zu, das er nicht entgegnete. »Mich wundert es, dass du es geschafft hast.«

»Ich lasse mir doch nicht den 28. Geburtstag von Cian entgehen. Und wie ich sehe, haben sich ja auch einige Dinge geändert – im Gegensatz zum letzten Mal, als ich hier war.«

Er fasste mich ins Auge.

Natürlich sprach er von mir. Wahrscheinlich hatte ihm Cian sogar gesagt, in welcher Verbindung ich zu Alec und Acair stand. Sonst würde er mir nicht diese Aufmerksamkeit schenken.

Ich ging jedoch nicht darauf ein, lenkte das Thema stattdessen auf ihn.

»Wieso hättest du nicht kommen sollen?«

Er machte eine Geste in Richtung einer Sitzecke, woraufhin Alec und ich ihm folgten und uns auf die braunen Ledermöbel setzten. Cian war nicht weit von uns weg, unterhielt sich mit einer großen, blonden Frau. Sein Blick schweifte währenddessen immer wieder zu uns.

»Ich betreibe Ahnenforschung. Zuletzt in Edinburgh. Eigentlich wäre ich noch eine Woche dortgeblieben, aber ich bin früher fertig geworden.«

Meine Überraschung konnte ich nicht verstecken. Ich machte mir keine Gedanken darüber, als was er arbeite. Doch hatte ich sicher nicht erwartet, dass es so interessant war. »Und wo bist du als nächstes?«

»Manchester. Einige Professoren wollen mit mir zusammenarbeiten. Aber irgendwann will ich wieder hier her und meine ganz eigenen Forschungen betreiben. Hier in Nordschottland.«

Auf meiner Zunge lagen weiter Fragen, doch kam in dieser Sekunde Acair zu uns. Er überreichte mir ein Glas des dunkelroten Alkohols und setzt sich neben mich. Ich wurde von den Zwillingen flankiert, während Maxen mir gegenüber auf einem Sessel saß.

Er musterte uns mit großem Interesse.

Ja, er wusste definitiv Bescheid.

»Na, dann hoffen wir mal auf einen lustigen Restabend«, sagte er und nickte uns zu.

KAPITEL 34

Darcy

»Ich kann sie nicht hierlassen«, sagte ich und sah die beiden Männer an. Acair und Alec saßen auf dem Sofa – aneinander gelehnt und vollkommen betrunken.

So hatte ich mir das Ende des Abends sicher nicht vorgestellt.

Cian nahm einen Schluck aus einer Flasche Wasser und folgte meinem Blick. Maxen machte es ihm gleich, der auch das ein oder andere alkoholische Getränk zu sich genommen hatte, aber wenigstens noch stehen konnte. Im Gegensatz zu den anderen.

Wir waren die letzten.

Die Freunde hatten sich längst verzogen – obwohl ich mir bei manchen nicht sicher war, ob sie ihr zugewiesenes Zimmer im Anwesen finden würden.

»Ich aber.« Cian zuckte mit den Schultern. »Sie schlafen. Was soll ihnen großartig passieren?«

»Ich lasse sie sicher nicht in einem Raum zurück, in dem ein Pool ist.«

Er sah mich an, verdrehte dann die Augen. »Weißt du, wie anstrengend es wird, die beiden in ihr Zimmer zu bekommen?«

»Heißt das also, ihr zwei helft mir?«

Auch Maxen blickte gequält drein, hatte aber keine Widerworte. Cian ließ sich zu einem Schnauben hinreisen, ging trotzdem zu seinen Brüdern und hievte Acair auf. Dieser murmelte etwas Unverständliches, wobei sein Kopf nach unten hing.

»Wehe, du kotzt mir auf die Hose«, knurrte er, da Acair kurz hustete. Er versuchte sich aufzurappeln und scheiterte daran kläglich.

Genauso wie Alec, der von Maxen aufgerafft wurde.

Ich stand diesen vier Männern gegenüber, konnte mir ein Lächeln nicht verkneifen. Fast hätte sich sogar ein Lachen an die Oberfläche gekämpft. Nicht, weil ich selbst angetrunken war. Nein. Es war einfach lustig.

»Willst du nicht helfen?«, fragte Cian und schleifte Acair zu mir.

»Ich würde nur im Weg stehen.«

Seine Lippen verwandelte sich zu seiner schmalen Linie, woraufhin er den Kopf schüttelte. Er sparte sich seinen Kommentar. Was besser so war, sonst hätte einer der Zwillinge wirklich noch seinen Mageninhalt auf dem Boden verteilt.

Auf dem Weg nach oben herrschte Schweigen. Nur das gelegentliche, gequälte Stöhnen von Alec und Acair durchschnitt die Stille.

Wir begegneten keiner Menschenseele. Viele würden sicher schon in ihren Betten liegen und schlafen. Vielleicht tanzten auch noch ein paar im großen Saal.

Die Bewegung tat mir gut, verhalf mir zu klaren Gedanken. Was nicht nur für mich galt. Auch Maxen und Cian schüttelten die Trägheit des Alkohols ab. Dennoch schafften wir es nicht in den dritten Stock.

»Hör auf so zu wackeln«, murmelte Alec, der sich aus Maxens Griff zu befreien versuchte. »Ich kann allein laufen.«

»Das bezweifle ich.« Der Mann mit den blauen Augen sah auf ihn und dann zu der langen Treppe, die sich vor uns eröffnete. Währenddessen wurde die Rastlosigkeit in Alec größer. »Können wir sie nicht hier in irgendein Zimmer legen? Sonst stößt er uns aus Versehen die Stufen bei seinem Gerangel hinab.«

Bei dem Vorschlag sah mich Cian erwartungsvoll an. In seinem Gesicht stand eine stumme Frage, die ich sofort verstand.

Welche der Räume sind frei?

»Die Zimmer im zweiten Stock sind beinahe alle belegt. Ich müsste erst den Plan ho–« Ich verstummte. Es gab *ein* Bett, das sicher leer war. Eines, in dem die beiden und ich eigentlich schon längst liegen müssten. »Das alte Wohnzimmer von euch dreien. Dort steht ein großes Bett, in das wir sie legen können.«

Erleichterung zeichnete sich in jeder Faser von Maxen ab.

Zusammen liefen wir durch den kaum beleuchteten Flur, bis ich vor dieser einen bestimmten Tür angekommen war. Auch sie war mit der Schnitzarbeit von Joanne Creswell versehen.

Efeuranken. Dichter, als es bei den Türen war, die zu den privaten Räumen der Brüder führte. Ich war mir aber sicher, wenn man sie nebeneinander betrachtete und sie miteinander fusionieren würde, genau diese Anordnung entstehen würde.

Es war ihr Raum – war es schon immer gewesen und wird es auch immer sein.

Ich drehte den Knauf und machte einen Schritt hinein. Auch wenn ein kleiner Funken Enttäuschung in mir glühte, dass dieser Abend so verlaufen war, besänftigte sich mein Gemüt, als seichtes Mondlicht durch das Fenster schien.

Die Männer folgten mir. Maxen konnte es nicht abwarten,

Alec endlich auf das Bett zu legen. Besser gesagt zu werfen. Cian hingegen blieb stehen, sah sich um.

Wie lange er wohl nicht mehr hier gewesen war?

Nach seinem Interesse zu urteilen eine lange Zeit. Doch auch er löste sich irgendwann von diesem Anblick und legte Acair neben seinen Bruder, der mittlerweile still geworden war.

Beide schliefen.

Maxen rollte seine Schultern und verzog das Gesicht. »Manchmal unterschätze ich, wie viel Alec wiegt.«

»Danke«, sagte ich und faltete meine Hände ineinander, da ich keine Ahnung hatte, was ich mit ihnen anstellen sollte. Meine Handschuhe lagen irgendwo im Poolzimmer. »Sie werden es zu schätzen wissen, wenn sie morgen hier aufwachen und nicht auf einem Boden oder so.«

Cian kam zu uns. »Da bin ich mir nicht so sicher.«

»Na ja.« Maxen warf uns ein Lächeln zu. »Ich glaube, ich gehe jetzt auch schlafen. Es war ein aufschlussreicher Abend.«

Diese Worte waren nicht für mich gedacht. Das zeigte mir Cians Miene, die angespannter wurde.

Er ging, ließ mich und die Brüder allein in diesem Raum.

»Soll ich dich nach unten begleiten?«, fragte Cian, nickte in den Flur.

»Nein, das schaffe ich schon allein. Außerdem bin ich noch nicht müde. Mein Weg geht jetzt erstmal in die Küche. Pernille hat sicher noch ein paar Häppchen im Kühlschrank. Ich hatte wegen des Tanzens keine Möglichkeit gehabt, sie zu probieren.«

»Du willst noch nicht schlafen?«

»Nein.« Ein nachdenklicher, zögerlicher Ausdruck schlich sich in seine Züge. »Wieso?«

Schulterzuckend wandte er den Blick ab. »Vergiss es. Ich hatte nur einen dummen Gedanken.«

»Sag schon.« Ohne dass es mir bewusst war, legte sich meine Hand auf seine Schulter.

Sofort zuckte seine Aufmerksamkeit wieder zu mir. Ich ließ nicht von ihm ab.

»Ich habe mich gefragt, ob ich mit dir kommen kann. Weil ...« Ein kurzes Lächeln legte sich auf seine Lippen, seine Wangen gewannen an Röte. Er war von Scham erfüllt. In meiner Brust jedoch fing mein Herz an schneller zu schlagen. »Ich bin auch noch nicht müde. Also anstatt allein zu sein, könnten wir den Rest des Abends einfach zusammen verbringen. Aber du musst nicht –«

»Und wenn ich es will?«

Seine Augen weiteten sich. Damit hatte er nicht gerechnet. Aber ich wollte jetzt nicht einsam in der Küche sitzen und mir Essen in den Mund schieben. Sonst hätten mich Gedanken eingeholt, die an diesem Abend keinen Platz finden durften.

»Wirklich?«

»Solange ich dich nicht bedienen muss.«

Er lachte. Herzhaft, sodass hinter uns ein Laut erklang.

»Leise, bitte.« Es war Alec. Acair hingegen rührte sich keinen Zentimeter. Seine Brust hob sich noch, was ein gutes Zeichen war.

»Na, dann. Gib meinen Brüdern noch einen Gutenachtkuss. Das würden sie erwarten.«

Vielleicht war es doch keine gute Idee, meine Zeit mit ihm zu verschwenden. Im selben Moment konnte ich kaum abwarten, mit ihm allein zu sein.

Insgeheim genoss ich es.

Augenverdrehend trat ich auf ihn zu und drängte ihn aus dem Zimmer. »Sie kommen schon damit klar, wenn ich nicht an ihrer Seite sitze, bis sie wieder aufwachen.«

»Du bist ein grausames Mädchen, Darcy McAllister.«

Mein Kopf legte sich schräg. »Wenn das so ist ... Nimm dich in acht vor dem Tag, an dem ich *dich* durch den Wald jage. Denn er wird kommen.«

»Leider bin ich schneller als du.«

Wortlos lief ich voraus. Er braucht nur wenige, lange Schritte, um wieder auf meiner Höhe zu sein.

»Danke, dass du mich eingeladen hast«, sagte ich und stieg die Stufen hinab. Mittlerweile kannte ich mich gut in diesem Teil des Hauses aus. Immerhin verbrachte ich viel Zeit hier. Egal, ob ich mich mit Acair und Alec traf oder für Cian putzen musste.

»Wie es aussieht, warst du nicht die Einzige, die es genossen hat.«

Er sprach von seinen Brüdern.

Ihn amüsierte es, dass meine geplante Nacht ins Wasser gefallen war. Das sagten mir seine glitzernden Augen, die mich die gesamte Zeit ansahen, als wir in die Küche gingen.

Ehe wir in den Flur traten, der zu meinem Ziel führte, hielt er inne.

Ich wandte mich zu ihm. »Hast du es dir anders überlegt?«

»Nein, aber lass uns draußen auf der Terrasse essen.«

»Bist du verrückt?«, lachte ich; bemerkte schnell, dass er keine Witze machte. »Du weißt, dass es verdammt kalt ist, oder?«

»Dafür gibt es Jacken. Warte kurz hier.«

Verdattert stoppte ich, während er aus meinem Sichtfeld verschwand. Mir blieb nichts anderes übrig als zu warten. Auf ihn.

Es dauerte nicht lange, da kam er wieder um die Ecke – mit zwei Mänteln in der Hand.

»Woher hast du die denn?«, fragte ich, als er mir einen entgegenstreckte. Das dunkle Innenfutter war weich, würde mich von den eisigen Temperaturen schützen. Er würde mir viel zu groß sein.

»Aus einem Schrank.«

Schnaubend legte ich ihn um meine Schultern und ging mit ihm in die Personalküche. Als wir eintraten, stoppten wir nochmals.

Einige Angestellten saßen am Tisch und sprachen ausgelassen miteinander. Bei unserem Anblick verfielen sie in Stille. Ihre Blicke waren auf den Mann und mich gerichtet.

Sie würden sich die Münder darüber zerreißen, wenn wir draußen saßen. Da war ich mir sicher.

»Wir holen uns nur etwas zum Essen.«

»Im Kühlschrank sind noch ein paar Häppchen«, sagte ein Mädchen, das nicht älter als ich sein konnte.

Nickend holte ich ein paar hervor und legte sie auf einen Teller, während Cian zwei Gläser und eine Weinflasche suchte.

Die Stille gemischt mit dem Klappern von Glas und Porzellan zerrte an meinen Nerven. Zum Glück dauerte es nicht lange, die Dinge zusammenzusuchen, sodass wir wenige Minuten später auf die Veranda traten.

»Sie denken bestimmt, dass ich etwas mit dir habe«, murmelte ich, als die Tür hinter uns ins Schloss fiel. Ich wollte bereits meine Gedanken weiter ausführen, als sich mein Blick auf den Tisch legte. Darauf standen zwei kleine Gläser und eine angebrochene Portweinflasche. Sie kam mir bekannt vor.

»Trinkt diesen nicht deine Mutter immer?«

»Möglich. Aber ich will jetzt nicht über sie sprechen.«

Cian setzte sich auf einen Stuhl. Ich machte es ihm gleich und stellte den Teller zwischen uns.

»Über was sonst?«

Er zuckte mit den Schultern und schob sich ein Häppchen

mit geräuchertem Schinken und schwarzem Kaviar in den Mund. »Ich weiß nicht. Unterhalte mich, Darcy.«

»Wie denn?«

»Lass dir was einfallen.«

Ich beobachtete, wie er uns den dunkelroten Wein in die bauchigen Gläser goss.

»Findest du es nicht komisch, dass es noch nicht geschneit hat?«

Seine Miene verzog sich. »Das Wetter? Ernsthaft McAllister?«

»Das ist das einzige, was mir einfällt.«

Er schnaubte, nahm einen Schluck vom Alkohol. »Du hast aber Recht. Bis Weihnachten wird sicher Schnee liegen. Ich habe noch keines erlebt, bei dem das nicht der Fall war.«

»Dann hoffe ich, dass er über die Feiertage liegen bleibt.«

»Wie meinst du das?«

»Ich werde ein paar Tage zu meinen Eltern fahren. Ich weiß zwar nicht, wie lange, aber ...« Ich presste meine Lippen aufeinander und zuckte mit den Schultern. »Ich hoffe, das wird irgendwie möglich sein.«

Cians Blick tastete meine Züge ab. Sorge stand in ihm. Seine Hand legte sich auf meine, sein Daumen strich über meinen Handrücken. Vertrieb die aufkommenden, dunklen Gedanken in mir. »Dafür werde ich sorgen, Darcy.«

Meine Brust wurde eng und warm zugleich.

»Danke.«

»Du musst dich nicht dafür bedanken.«

»Irgendwie habe ich trotzdem das Gefühl, das tun zu müssen.«

Er ließ nicht von mir ab. Ein kleiner Teil von mir wollte das auch gar nicht. Einer, der am liebsten meine Finger mit seinen verflochten und seine Stärke gefühlt hätte.

Das war nicht richtig.

Räuspernd zog ich meine Hand zurück und verschränkte sie mit meiner anderen in meinem Schoß. Ich konnte weiterhin seine Berührung auf meiner Haut spüren. Die Wärme, die von dieser Stelle nicht verschwand.

Seine Brust hob sich schwer. »Selbst wenn ich mich nicht darum kümmern würde ... Du musst deinen Wunsch nur an Alec oder Acair stellen. Sie würden es auch in die Wege leiten.«

»Wahrscheinlich, ja.«

Stille breitete sich zwischen uns aus. Eine, die sich wie ein kalter Wind anfühlte. Unangenehm.

Ich suchte nach einem Thema, das uns von dem seiner beiden Brüder ablenken konnte, als die Tür zur Personalküche geöffnet wurde. Eine junge Frau stand im Türrahmen. Ihre Augen zuckten zwischen dem Mann und mir hin und her. Auf ihren Lippen lag ein betretenes Lächeln.

»Tut mir leid, dass ich euch störe, aber ...«, ihr Kopf schwang zu mir, »weißt du, wo Pernille ist? Die Band geht in einer halben Stunde. Zuvor muss sie ihnen aber noch den Rest ihrer Gage zahlen.«

»Ich habe sie heute nicht oft gesehen.«

»Okay. Dann muss ich wohl nochmal auf die Suche gehen.«

»Falls sie nicht auftaucht, auf dem Kühlschrank ist eine Büchse mit Geld.«

Nickend und wortlos verschwand sie.

»Ich kann es auch übernehmen«, brach Cian die Stille, woraufhin ich den Kopf schüttelte. »Das ist kein Problem für mich.«

»Wie gesagt, es ist Geld da. Nur Pernille nicht. Aber –« Ich riss ab, da ein Gedanke in meinen Kopf schoss. Ein irrsinniger. Doch ein verlockender zugleich. »Ich habe eine Idee.«

Misstrauen schlich sich in seine Miene. »Wieso habe ich

das Gefühl, dass nichts Gutes dahinterstecken kann, McAllister.«

»Vertrau mir.«

»Habe ich eine andere Wahl?«

Ohne eine Erklärung nahm ich seine Hand und zog ihn auf die Füße. Wir liefen wieder rein und entledigten uns der Mäntel. Jetzt waren die Angestellten verschwunden und konnten uns nicht mit ihren Blicken taxieren.

»Wohin willst du?«, fragte er, konnte meine Geschwindigkeit problemlos halten.

»In den großen Saal.«

»Warum?«

»Um etwas zu tun, vor dem du dich den ganzen Abend gedrückt hast.«

Ein fragender Ausdruck glitt über seine Miene, der Sekunden später vom Wissen abgelöst wurde. Und von Qual. »Darcy, nein. Das ist nicht mein Ding.«

»Und mein Ding ist es nicht, deine persönliche Haushälterin zu spielen. Man bekommt eben nicht immer das, was man im Leben will. Komm schon. Schenk mir wenigstens einen Tanz. Sei nicht so wie Acair.«

Cian entzog sich mir nicht, sodass die Freude in mir wuchs. Ich wollte ausnutzen, dass die Band noch eine halbe Stunde hier war.

»Außerdem habe ich mich nicht davor gedrückt. Die Situation hat sich einfach nicht ergeben.«

»Sicher.« Wir traten in den riesigen Raum mit den absurd hohen Wänden. Nur noch wenige waren hier. Eine Handvoll Paare, die sich zu der langsamen Musik engumschlungen hin und her wiegten. Ein Mann, der auf einem der Sofas saß und sich anstrengte, nicht auf der Stelle einzuschlafen. Wenige Angestellte, die benutzte Gläser wegräumten. »Wie viel Alkohol heute wohl geflossen ist?«

»Für mich definitiv nicht genug.«

Ich stieß ihn mit den Ellenbogen in die Seite, was ihm ein leises Lachen entlockte. »War nur Spaß.«

»Also, tanzt du jetzt mit mir, Cian Creswell?«

»Ich muss mich wiederholen, habe ich eine andere Wahl?«

Die hatte er. Dennoch stellte er mir diese Frage, als wäre ich die einzige Person, die die Zukunft verändern konnte. Als würde er all die Macht – die Entscheidungen – in meine Verantwortung geben.

»Nein.«

»Na dann.« Er führte mich in die Mitte des Saals, legte seine Hände auf meine Hüfte und zog mich dicht an sich. Instinktiv schlang ich die Arme um seinen Nacken und sah zu ihm empor. Auch er blickte mir entgegen. Wir befanden uns in der gleichen Position wie Alec und ich nur Stunden zuvor. Mit dem Unterschied, dass seine Züge mit Ernsthaftigkeit durchzogen waren. Und Anspannung. »Ich muss dich warnen, ich bin kein guter Tänzer.«

»Ich auch nicht.«

Zudem konnte man unsere Bewegung nicht so beschreiben. Wie die restlichen Personen wiegten wir uns hin und her, kamen uns mit jeder Sekunde näher.

Sein Körper war warm und stark. Er umgarnte meine Nerven, die bei jeder seiner Berührungen sangen und nach mehr forderten. Mein Kopf lag auf seiner Brust, wobei das Geräusch seines pochenden Herzens in mein Ohr drang.

»Weißt du, was mir aufgefallen ist, Cian?«

»Erzähl es mir.«

Ich hob den Blick und sah in seine strahlenden Iriden. »Ich habe dir gar nicht zum Geburtstag gratuliert.«

»Es ist schon nach Mitternacht.«

»Dann alles Gute nachträglich.«

Eine seiner Hände löste sich von meiner Hüfte, fand sich

in meinem Gesicht wieder. Er strich mir eine Strähne hinters Ohr und verlor sich in meinem Haar. Dabei sah er mich die gesamte Zeit an.

Noch nie waren wir uns so nah.

Noch nie hatten wir uns eine Welt aufgebaut, in der wir scheinbar allein waren. Bis jetzt. Denn mir waren die anderen Paare egal. Mir war das kleine Orchester egal, das weiterhin die sanfte Melodie erzeugte.

Allein *er* war von Bedeutung.

Das Schweigen zwischen uns brachte diesmal eine Spannung mit sich, die uns enger zueinander trieb.

Seine Lippen bewegten sich stumm. Formten Worte, die nur er kannte.

Das war aber nicht von Bedeutung. Denn da beugte er sich zu mir hinab und küsste mich.

Der Druck seines Mundes war leicht. Er schwebte beinahe über meinem.

Es war Zurückhaltung. Etwas, dass ich ausnutzen sollte, um mich von ihm zu lösen. Denn obwohl ich seinen Brüdern nie ein Versprechen gegeben hatte, war es nicht richtig.

Das konnte es nicht sein.

Und doch entfernte ich mich nicht von ihm. Denn ich wollte es. *Ihn.*

Ich kam ihm entgegen, zog ihn näher zu mir. Die unsichtbaren Fesseln brachen damit auch endgültig bei ihm. Seine Zunge glitt in mich – kostete mich – während ich meine Finger in seinem weichen Haar vergrub. Seine Berührungen waren überall. Auf meiner Hüfte. Meiner Taille. Meinem Hals.

Cian steckte meinen Körper in Flammen.

Schenkte uns etwas, das zwischen uns insgeheim schon lange überfällig war.

In diesem Moment existierte nichts außer er und ich.

Keuchend riss er sich von mir und stolperte einen Schritt

zurück. Ich blinzelte ihm entgegen, wobei sich auch meine Brust schwer hob und senkte. Seine Augen funkelten von Verlangen. Jedoch zeichnete sich auch Schock ab.

»Cian –«

Kopfschüttelnd wich er weiter vor mir zurück und raufte sich das Haar. »Es tut mir leid. Du ...«

Er beendete seinen Satz nicht, drehte sich stattdessen auf dem Absatz um und verschwand aus dem Saal. Ließ mich allein. Mit den anderen Menschen, die uns keine Beachtung schenkten. Die Welt, die wir uns aufgebaut hatten, war zerstört.

Nichts war davon übrig.

Ich sollte dankbar sein, dass er sich von mir gelöst hatte. Dass er uns davor bewahrt hatte, eine unsichtbare Linie zu überschreiten.

Hatten wir das nicht aber schon längst? Selbst vor dem Kuss? Was auch immer zwischen uns lag, hatte sich nicht heute Abend geformt. Das war über Wochen hinweg passiert.

Meine Lider schlossen sich, wobei alles um mich herum leise wurde. Selbst in mir, als ich nach einer Antwort auf Fragen suchte, die ich allerdings selbst nicht kannte.

Ich sollte in mein Zimmer gehen. Schlafen und den Kuss vergessen.

Das war aber unmöglich.

Das Prickeln auf meinen Lippen bei der Erinnerung an ihn weckte die Nerven in meinem Körper. Sie forderten nach ihm, überschatteten meinen Verstand.

So merkte ich nicht mal, dass ich mich in Bewegung setzte. Erst als ich auf den Gang trat, drang mein Vorhaben in mein Bewusstsein. Und, verdammt, ich machte nicht mal einen Versuch, mich davon abzuhalten.

Stattdessen setzte ich einen Fuß vor den anderen, stieg

Treppenstufen hinauf, bis ich im dritten Stock angekommen war. Im Nord-Ost-Flügel.

Acair und Alec schliefen eine Etage unter mir.

Hoffentlich friedlich. Während ich mich nach einer Sünde sehnte.

Es machte mich zu einem schlechten Menschen. Und ich wusste, dass mich morgen mein Gewissen einholen würde – egal, ob ein Versprechen zwischen mir und den beiden bestand.

Meine Beine trugen mich zu diesem einen bestimmten Zimmer. Zu oft war ich in den letzten Monaten diesen Weg gegangen. Er hatte mich mit seiner Art in eine Falle gelockt, in die ich nur zu gern tappen wollte.

Ohne zu klopfen, riss ich die Tür auf.

Cian stand mit einem Glas Whisky am Fenster und sah in die wolkige Nacht hinaus. Er bemerkte mich. Meine Gestalt spiegelte sich im Fenster, er drehte sich jedoch nicht um.

»Wieso bist du gegangen?«, fragte ich und schloss die Tür. Ich hatte keine Absicht zu gehen.

Keine Reaktion von ihm. Frust machte sich in mir breit.

»Cian. Sprich wenigstens mit mir.«

Endlich drehte er sich um. Verzweiflung und Zerrissenheit starrten mir entgegen, was mir den Wind aus den Segeln nahm. Es war, als würde er seine Gefühle auf mich übertragen.

»Was soll ich sagen, Darcy? Dass ich dich will? Willst du das hören?« Er kam mir entgegen, stellte den Alkohol auf einen Beistelltisch. »Sag es mir.«

Schluckend wich ich seinem Blick aus. »Ich weiß es nicht.«

Plötzlich legte sich seine Hand um mein Kinn und drehte es in seine Richtung. Nun musste ich ihn ansehen. In seine bernsteinfarbenen Augen, die unendlich viele Dinge in mir auslösten.

»Wieso bist du hier?« Ich antwortete nicht, obwohl ich sie kannte. »Was willst du?«

Ihn.

Länger, als ich mir selbst eingestehen wollte.

Ich umfasste sein Handgelenk und riss ihn von mir los. Nicht, um zu fliehen. Nein, ich überbrückte die letzte Distanz zwischen uns und küsste ihn.

Diesmal war nichts leicht.

Nichts sanft.

Seine Hände fassten in mein Haar, meine Finger krallten sich in seinen Hemdkragen. Unsere Zungen fochten einen Kampf aus, der nur in einem enden konnte.

Uns.

Zusammen.

»Wie hast du das geschafft?«, murmelte er und zeichnete mit seinen Zähnen einen Weg zu meinem Hals. »Was hast du mit uns gemacht, dass wir dir alle zu Füßen liegen?«

Stöhnend fiel mein Kopf in den Nacken. Er hielt mich – ich war mir nicht sicher gewesen, ob ich ohne ihn in der Lage wäre zu stehen. Alles in mir konzentrierte sich auf ihn, selbst mein verschwommener Blick.

»Nichts.« Meine Stimme war ein Hauch.

»Das glaube ich dir nicht.«

»Das musst du wohl.«

Cian suchte wieder einen Weg zu meinem Mund, vertiefte sich aber nicht in einem Kuss. Er schwebte über meinen Lippen, ließ mich zappeln.

»Das kann ich nicht.«

Meine Hände fuhren über seinen starken Nacken, während sich sein warmer Atem mich streifte. »Du weißt, dass das irgendwann zwischen uns passiert wäre. Und daran bin ich nicht die Alleinschuldige.«

»Du hättest dagegen ankämpfen können.«

»Genau wie du.«

Ein leises, raues Lachen entglitt ihm, woraufhin ich meine Nägel tief in sein Fleisch schlug. Meine Spalte zog sich bei diesem zusammen.

Pures Verlangen durchfloss mich.

»Was soll solch ein schwacher Mann gegen dich ausrichten, Darcy? Seit unserer ersten Begegnung gehst du mir nicht mehr aus meinem verdammten Kopf.«

Ein Lächeln huschte bei seinen Worten über meine Züge. Ich genoss die Macht; eine, die ich in Wahrheit gar nicht besaß. Niemand von uns hatte sie. Wir hatten den Zeitpunkt beide verpasst, sie an uns zu reißen und nie wieder loszulassen.

»Dann nimm mich.«

»Du –«

Er verfiel ins Schweigen, während ich mich zurücklehnte und ihn in Betracht nahm. Seine Pupillen waren geweitet, sein Gesicht gerötet.

Alles an diesem Mann schrie nach Sex.

»Nimm mich«, wiederholte ich.

Und diesmal sagte er nichts mehr.

Cian ließ endlich all die Zurückhaltung hinter sich. Er presste seine Lippen auf meine und drängte seine Zunge in mich. Es war kein Spiel, sondern ein stummes Versprechen.

Eines, das mich in Flammen versetzte.

Seine Hände wanderten zum Reißverschluss meines Kleides, nestelten daran herum, bis er ihn vollkommen geöffnet hatte. Es fiel von mir ab, entblößte mich.

Cian riss sich von mir und machte einen Schritt zurück.

Sein Blick wanderte an mir hinab.

An meinem Körper hing nur noch ein Slip. Schwarz. Aus Spitze. Ich hatte ihn heute Nachmittag für zwei bestimmte Männer angezogen. Nun stand ihr Bruder vor mir, der mich mit gierigen Augen betrachtete.

Meine Brüste.

Die rosigen Nippel.

Meinen flachen Bauch.

Mich.

Hitze pulsierte in meinen Adern, die sich zwischen meinen Beinen sammelte. Feuchtigkeit breitete sich in meiner Mitte aus.

»Diese glücklichen Bastarde«, flüsterte er, wobei sich seine Brust schwer hob. »Wie soll ich mich je wieder auf meine Arbeit konzentrieren können, wenn du in meinem Büro bist, Darcy.«

Er sah zu, wie ich die Schuhe von meinen Füßen kickte und ihm entgegenkam. Meine Hand legte sich auf die Knopfreihe seines Hemdes und fuhr nach unten zum Bund seiner Hose. Tiefer wanderte ich nicht.

Noch nicht.

»Dann hast du zwei Möglichkeiten. Entweder, du arbeitest nicht und siehst mir zu, wie ich Fenster putze oder deine Vorhänge entstaube. Oder du bist fokussiert und gibst mir keine unnötigen Aufgaben mehr.«

»Mhm.« Auch er berührte mich wieder. An meiner Hüfte, wo mein Slip saß. Cian zog ihn mir nicht aus, strich dafür züchtig über den dünnen Stoff. »Eigentlich sollte es eine schwere Entscheidung sein, für mich ist sie jedoch klar.«

Ein Kommentar lag mir bereits parat, allerdings beugte er sich hinab und nahm unverwandt eine meiner Brustwarzen in den Mund.

Keuchend fasste ich in sein Haar, bog meinen Rücken.

Seine Zunge strich über die empfindliche Haut, ließ seine Zähne keinen Moment später folgen. Aus ihm drang ein gedämpftes Stöhnen, während meine Brust enger wurde. Cian schnürte mir den Atem ab.

»Ich genieße deinen angesäuerten Blick viel zu sehr, wenn

du in meinem Büro irgendwas machen musst«, murmelte er. Sein Grinsen war deutlich herauszuhören. Und wieder verhinderte er, dass ich darauf etwas sagte. Eine seiner Hände glitt nämlich unter den winzigen Fetzen Stoff an mir – direkt zu meiner Spalte. »Lieber denke ich stundenlang darüber nach, wie feucht deine Pussy ist, anstatt dich gar nicht in meiner Nähe zu haben.«

»Cian.« Sein Daumen kreiste über meine Klit, weswegen ich mich fester an ihn krallte. Alles in mir konzentrierte sich auf diese kleine Reibung.

Das alles konnte nichts anderes sein als eine riesige Sünde. »Fuck.«

Er drängte mich in eine Richtung, dabei ließ er nicht von mir ab. Nicht von meiner Mitte. Nicht von meinem Hals.

Ich bemerkte erst, wo wir waren, als ich mit den Waden gegen das Bettgestell stieß. Seine Hände verließen mich, sodass ich nach hinten fiel. Weich. Trotzdem keuchte ich.

Er stand vor mir und entledigte sich seiner Kleidung. Erst sein Hemd, dann seine Anzugshose. Seine Hände zitterten; waren Zeugen seiner Begierde. Nach mir. Nach meinem Körper. Und als seine schwarze, enge Shorts auf den Boden fiel, hatte ich endgültig meine Bestätigung.

Er war hart.

Ich stützte mich auf die Ellenbogen und sah diesen Mann an. Wie sich die Muskeln unter seiner Haut abzeichneten. Sein dunkles Haar, das ihm in die Augen fiel. Wie er mich betrachtete.

»Wieso ich?«, flüsterte ich, als er sich auf die Matratze kniete und einen Weg über mich suchte.

»Was meinst du, *Darcy*?« Er griff zu seinem Nachtisch, holte ein Kondompäckchen hervor, riss es auf und rollte es über sein Glied. Dabei konnte ich keine Sekunde meine Aufmerksamkeit von ihm reißen. »Sag es.«

Erst jetzt sah ich wieder diesen strahlenden Iriden entgegen.

»Du hättest jede Frau auf deinem Geburtstag haben können.«

»Ich begehre aber nur die, die jetzt in meinem Bett liegt.« Seine Hände fuhren zu meinem Slip und zogen ihn von mir. Instinktiv hob sich mein Becken, half ihm. Dabei wandte er nie die Aufmerksamkeit von meinem Gesicht. »Schon viel zu lange will ich dich. Und jetzt bist du endlich hier.«

»Dann nimm mich.«

Das ließ er sich nicht nochmal sagen.

Er umfasste seinen Schaft, führte seine Eichel zwischen meine Schamlippen. Bevor Cian in mich glitt, küsste er mich. Langsam. Innig.

Bereitete mich in keiner Weise auf den kraftvollen Stoß vor.

Stöhnend klammerte ich mich an seinem Rücken fest, während er innehielt. Er war bis zum Anschlag in mir, ließ mir Zeit mich an seine Größe zu gewöhnen. Sein Atem war abgehackt. Schwer.

»Ist alles okay?«, fragte er und presste seine Stirn an meine.

Meine Brust wurde bei seiner Frage eng. Die Zärtlichkeit in seinem Ton und den Berührungen verstärkte das nur. »Ja.«

»Gut.«

Er bewegte sich; zog sich zurück und versenkte sich wieder in mir. All das war mit Vorsicht erfüllt. Cian hielt sich zurück. Als hätte er Angst, dass ich unter ihm zerbreche.

Meine Hand wanderte zu seinem Nacken, zog sein Gesicht zu meinem. Unsere Lippen verschmolzen wieder miteinander. Diesmal war ich es, die die Führung übernahm. Meine Zunge schob sich in seinen Mund, spielte mit seiner. Es war nicht stürmisch, dennoch wurde er lockerer. Gab sich seinem Verlangen nach mir hin.

Das Tempo wurde höher, der Druck größer. Sein Zimmer erfüllte eine Mischung unseres Stöhnens, während er uns immer näher unserem Orgasmus entgegentrieb.

Wir wurden wild. Primitiv.

Meine Fingernägel zeichneten seinen Rücken. Sein Kopf vergrub sich in meiner Schulterbeuge, während seine Bewegung immer unkontrollierter wurde.

»Darcy.« Die Art wie er meinen Namen aussprach – dunkel, fast schon gequält – ließ mich in unzählige Einzelteile zersplittern.

Meine Mitte krampfte sich um seine Größe zusammen, während die Wellen der Lust über mir einstürzten. Hitze rauschte durch mich, versengte mich von innen. Nur er war da, an dem ich mich festhalten konnte. Der mir Sicherheit in diesem Moment gab.

Das Gleiche sah er in mir, während er kam.

Sein gesamter Leib zitterte. Cian umklammerte mich und stöhnte gegen meine überempfindliche Haut. Sein Beben übertrug sich auf mich, verlängerte damit meinen Orgasmus.

Erst als sich unser Atem wieder beruhigte, konnte ich ein Wort formen.

»Cian.« Meine Stimme war ein Flüstern. Ich hatte Angst, dass ich etwas zerstören würde, von dem ich selbst nicht genau wusste, um was es sich handelte.

Der Mann, der immer noch auf mir lag, hauchte kleine Küsse auf meinen Hals, ehe er seinen Kopf hob. Zwei goldene Augen ergriffen meine. Dieser Anblick war mir bekannt und doch war er so anders.

Er holte tief Luft, zog sich dabei aus mir zurück. Hinterließ eine Leere, die sich einen Weg in meine Seele schlug. Sein Schweigen machte es umso schlimmer.

Ich umfasste seinen Oberarm, da er aufstehen wollte. »Wohin gehst du?«

»Das Kondom in den Mülleimer werfen.«

Als hätte ich mich verbrannt, ließ ich von ihm ab und beobachtete, wie er in das Badezimmer ging. Kurz war das Rauschen von Wasser zu hören, bevor er wieder zu mir kam. So wie er mich verlassen hatte.

Nackt.

Ich riss meinen Blick von seiner Gestalt, bedeckte meine gleichzeitig mit der Bettdecke. Alles trug seinen Geruch an sich. Wahrscheinlich auch ich.

Was hast du getan, Darcy ...

»Geht es dir gut?«, fragte er und setzte sich auf die Kante der Matratze. Cian hielt Abstand. Ein Teil von mir war froh darüber, ein anderer wollte in den Arm genommen werden. Die Zeit genießen, bevor der Morgen und damit die Wirklichkeit über mir einbrach.

»Ja.«

»Willst du gehen?«

Mein Kopf schwang zu ihm. Meine Aufmerksamkeit lag nicht auf seiner Gestalt, sondern seinem Gesicht.

Dieser Mann war so unglaublich schön ...

»Wäre es für dich ein Problem, wenn ich noch für ein paar Stunden hierbleiben würde?«

Stumm schüttelte er den Kopf, kroch nun endgültig zu mir ins Bett. Unter die Decke, sodass sein Körper an meinem lag. Cian schlang einen Arm um meine Schultern, zog mich eng an sich.

»Schlaf jetzt, Darcy. Morgen ist genug Zeit, um sich von Gedanken einnehmen zu lassen.«

Er ahnte, wie es in mir aussah. Umso erleichterter war ich, dass er nicht darüber reden wollte. Für den Moment. Stattdessen begleitete er mich an einen Ort, der von sanften, unbekümmerten Träumen geprägt war.

KAPITEL 35
Darcy

Seine Finger strichen durch mein Haar.

Dadurch wachte ich auf.

Mein Kopf lag auf seiner nackten Brust, seine starken Arme hielten mich. Er wiegte mich in dem dünnen Nebel, der meinen klaren Verstand weiterhin verschleierte.

Ich regte mich, schmiegte meine Wange an seine samtige Haut. Unsere Beine waren miteinander verschlungen. Auch jetzt verschwendete ich keinen Gedanken daran mich von ihm zu lösen. Stattdessen wanderte ich mit meinen Fingern über seinen Unterbauch.

»Du bist wach«, stellte er fest, ließ aber nicht von mir ab.

»Du auch.« Ich zog tief seinen Geruch ein, wobei Erinnerungen vor meinem inneren Auge aufblitzen.

Wie wir getanzt hatten.

Uns geküsst – berührt – hatten.

Der Sex.

Und seine Brüder. Die, die wahrscheinlich noch in dem Zimmer schliefen, in dem sie mich das erste Mal genommen hatten. Unwissend von dem, was ich mit Cian getan hatte ...

Ich schlug die Augen auf und starrte ins Leere. Meine Hände suchten derweilen weiter seine Nähe. Um nicht der lauernden Panik vollkommen zu verfallen.

»Wieso fühlt es sich so an, als hätte ich sie betrogen?«, flüsterte ich, kuschelte mich enger an ihn. Um der Realität zu entfliehen, die viel zu schnell auf mich zu kam.

Gestern durften wir in unserer erschaffenen Welt bleiben. Heute war sie verschwunden.

»Seid ihr denn zusammen?« Cian hörte nicht auf, mich zu streicheln. Wir waren beide nackt; nicht der richtige Aufzug für solch ein Gespräch. Ich war dennoch froh, da mich seine Körperwärme beruhigte.

»Nein, aber ...« Ich presste die Lippen zusammen. Ja, aber was? »Ich habe viel Zeit mit ihnen in den letzten Wochen verbracht. Viel Sex, aber es gab auch Tage, da haben wir einfach miteinander geredet. Wie Freunde. Möglicherweise liegt es daran, dass ich es ihnen nicht gesagt habe. Dass sie im Unwissen sind.«

»Wenn das für dich Betrug ist, ist es in meinem Fall Hochverrat.«

Er war es, der sich löste.

Er kroch unter der Decke hervor und schwang die Beine von der Matratze. Sein Rücken war mir zugewandt, dessen dünne Muskeln mich in Unruhe versetzten. Dieser Anblick reichte aus, um den Nebel in meinem Kopf wieder dichter zu machen.

»Was meinst du damit?«

»Zwei Jahre nach Leandras Tod haben wir uns geschworen, dass wir nie wieder mit derselben Frau schlafen. Zumindest nicht ohne Einverständnis des anderen.«

Auch ich setzte mich auf, lehnte mich ans Kopfende und hüllte meinen entblößten Leib mit der Decke ein. Er sah mich keinen Moment an.

»Bereust du es?«

Er drehte sich mit zusammengezogenen Augenbrauen zu mir. »Was?«

»Dass du mit mir geschlafen hast.«

»Denkst du das denn?«

»Seitdem ich hier angefangen habe, weiß ich nicht, was ich denken soll.«

Cian kletterte erneut zu mir ins Bett, sodass ich zwischen seinen Beinen und sein Gesicht vor meinem lag. Ich wagte nicht, meinen Blick tiefer als seine nackte Brust wandern zu lassen. Sonst hätte ich vielleicht etwas dummes getan. Allein das Wissen, dass unsere Körper nur eine Decke trennte war ... Verlockend.

»Ich bereue vieles in meinem Leben, Darcy. Aber du bist kein Bestandteil davon.«

Er beugte sich zu mir hinab, hauchte mir einen Kuss auf den Mundwinkel. Es reichte aus, um meine Nerven aufzuwecken. Meine Klit pochte und wischten jeden Zweifel weg.

Wie schafften es die drei Brüder diese Reaktion in mir hervorzurufen?

»Cian ...«

»Sag meinen Namen nicht auf diese Weise.«

»Ach, wie denn?«

»Als wenn du gevögelt werden willst.« Bei seinen Worten durchströmte mich Hitze, während ich mich tiefer sinken ließ. Meine Finger schlossen sich um seinen Oberarm. »Ich würde es tun. Gott, mein Schwanz ist jetzt schon wieder hart. Aber wir dürfen nicht. Zumindest für jetzt.«

Wieder musste ich eine Frage stellen. »Für jetzt?«

Er lehnte sich zurück und strich mir durchs Haar. Ein leichtes Lächeln zog an seinen Mundwinkeln.

»Ich werde mit ihnen sprechen. Du hast keinen Fehler begangen. Ich schon. Und damit meine ich nicht, mit dir geschlafen zu haben. Das sicher nicht. Aber ich hätte zuvor mit Alec und Acair sprechen sollen.«

»Und wann?«

»Sobald wie möglich. Du sollst ihnen nicht begegnen und etwas verheimlichen.« Er zog sich weiter zurück, sodass er vor mir kniete. Mein Gesicht war weniger als einen Meter von seinem Schritt entfernt. Von seinem harten Glied.

Er fuhr sich durchs dunkle Haar, wobei sich seine Muskeln bewegten. Cian sah aus wie ein Gott. Eine passendere Beschreibung gab es nicht.

Wie konnte ein Mann so gut aussehen?

Mein Hals wurde trocken. »Ich will dich ja nicht aus deinem Bett treiben, aber du verlangst mir gerade all meine Selbstbeherrschung ab.«

Sein Lachen trat zwischen uns, dennoch stand er auf und ging in Richtung seines Badezimmers.

Und verdammt, er hatte einen süßen Hintern.

Stöhnend legte ich mich wieder hin und vergrub das Gesicht in den Kissen. Um die Hitze in meinem Gesicht zu verbergen – vor niemand bestimmtem, denn Cian war unter der Dusche verschwunden. Das verriet mir das rauschende Wasser.

»In was für einer Situation bist du?«, flüsterte ich zu mir. Die Distanz zu ihm brachte mir klare Gedanken, die Lust in mir schlummerte jedoch weiter. »Wie hast du das geschafft, Darcy.«

Ich drehte mich auf den Rücken und stand aus dem Bett auf. Neue Energie hatte mich erfasst, die mich auf die Füße trieb. Sie trugen mich nicht zu ihm – das hätte niemandem von uns geholfen, außer unserer Begierde –, sondern in seinen Wohnbereich. Davor schlang ich die Tagesdecke um meine Schulter. Ich wollte zu einem Barhocker, doch hielt ich am Fenster inne.

Vor mir eröffnete sich keine Natur aus einzelnen braunen Blättern und grün-grauem Gras mehr. Nein, alles war weiß. Die Felder. Die Äste der leeren Baumkronen. Die Restfarben der Natur wurden mit Schnee bedeckt. Er sammelte sich sogar in den Ecken des Sprossenfensters.

Ich streckte meine Hand aus und ließ meinen Finger darüber gleiten. Es war eisig, dennoch setzte sich ein Lächeln auf meine Lippen. Es war nur Schnee. Trotzdem wurde dadurch mein Wesen ruhiger.

Immer wieder strich ich über die Ansammlung der winzigen Kristalle, bis die Gedanken in mir vollkommen still wurden. Ich blendete auch meine Umgebung aus.

Bis sich eine Hand auf meine Schulter legte.

Ich wirbelte herum, fand Cian vor mir. Mit feuchtem Haar, aber Kleidung am Leib. Ich hatte gar nicht mitbekommen, dass er aus der Dusche getreten war.

»Es hat geschneit«, sagte ich, wodurch ich ihm ein Lächeln entlocken konnte. Sein Ausdruck spiegelte meinen wider.

Seine Hand legte sich auf meine Wange. Sofort schmiegte ich mich an sie.

»Ich suche die anderen und gehe mit ihnen in mein Büro.«

»Was willst du ihnen sagen?«

»Meinen Teil der Geschichte. Mehr kann ich nicht erzählen.«

»Und wie soll es dann weitergehen?«

Er ließ von mir ab und atmete tief ein. »Ich weiß es nicht.«

»Ich –«

Ich will euch nicht verlieren.

Das wollte ich sagen, verkniff es mir aber. Denn es war irrsinnig. Wie konnte man diesen Gedanken hegen? Welche Person auf der Welt konnte in dieser Weise über drei Männer – Brüder – denken?

Dennoch entsprach es der Wahrheit. Der Gedanke, Alec,

Acair oder ihn nicht mehr bei mir zu haben, war unmöglich. Und unheimlich selbstsüchtig.

»Was wolltest du sagen?«

»Nichts.«

Er glaubte mir nicht, ließ das Thema jedoch fallen. »Du solltest duschen und danach in dein Zimmer gehen. Jemand von uns wird dich später aufsuchen. Ich kann mir vorstellen, dass sie auch mit dir reden wollen.«

»Ja, dumm nur, dass ich nichts zum Anziehen habe, außer dem Ballkleid.«

»Ich lege dir ein paar Sachen heraus. Sie werden dir zwar viel zu groß sein, aber besser als nichts. Ich rate dir außerdem, die Dienstbotengänge zu meiden. Viele Angestellte benutzen sie, wenn viele Gäste im Haus sind.«

Keine schlechte Idee. Es würden Fragen aufkommen, wenn ich nicht in meiner Arbeitskleidung aus den oberen Stockwerken kam. »Danke. Es ist immer noch besser einer Person über den Weg zu laufen, die ich nicht kenne, anstatt jemandem, mit dem ich auch noch Wochen später zusammenarbeiten muss.«

Seine Hand fuhr zu meinem Mund, strich mit einem Daumen über meine Lippen.

Ehe einer von uns aber auf unanständige Gedanken kam, löste er sich und trat einen Schritt zurück. »Ich lege dir ein Shirt und eine Jogginghose auf das Sofa.«

Nickend tapste ich in die Richtung seines Badezimmers, drehte mich noch ein letztes Mal zu ihm um. Er stand einfach da und sah nach draußen in die vom Winter gezeichnete Landschaft. Dabei waren seine Hände zu Fäusten geballt, seine Schultern angespannt.

Die Situation fraß ihn innerlich auf.

Für dieses Wissen reichte sein Anblick.

Am liebsten wäre ich zu ihm gegangen. Hätte ihn geküsst.

Doch war es für jeden Beteiligten besser, wenn ich das nicht tat. Also folgte ich seinem Vorschlag und stellte mich unter das heiße Wasser.

Es wusch den dünnen Schweißfilm ab, die gestrige Nacht dafür nicht.

Nicht seine Berührungen.

Nicht mein Stöhnen.

Nicht unseren Höhepunkt.

Ich lehnte meine Stirn gegen das beschlagene Glas der Duschkabine, nahm mir noch einen Moment, ehe ich nach draußen trat. Rasch trocknete ich mich ab, wickelte das Tuch um mich und ging wieder nach draußen.

Er war nicht mehr da. Dafür die Kleidung, von der er gesprochen hatte.

Eine schwarze Jogginghose und ein weißes T-Shirt. Mein Slip von gestern Nacht war nirgends zu finden.

Perfekt, mein rotes Nachtkleid lag bei Acair und mein Höschen nun bei Cian.

Schwerfällig streifte ich mir die Klamotten über den Leib und musste feststellen, dass ich darin versank. Jeder würde sehen, dass sie nicht mir gehörten. An ihnen haftete sein Geruch, der meine Gedanken immer wieder zu ihm führte.

Sie minderten mein schlechtes Gewissen. Denn wie er, bereute ich den Sex nicht. Er war sogar der Vernünftigere von uns.

Er hatte keine Angst, seinen Brüdern gegenüberzutreten.

Im Gegensatz zu mir.

Ohne weitere Zeit zu verschwenden, ging ich aus Cians Zimmer und machte mich auf dem Weg in mein eigenes. Schlaf würde ich auf jeden Fall keinen finden. Dafür waren alle drei zu präsent in meinem Kopf.

Selbst wenn ich mich nach meinem Bett gesehnt hätte,

hätte sich dieses Vorhaben verzögert. Am Ende der Treppe, die zum zweiten Stock führte, kam mir jemand entgegen.

Ein Gesicht, das mir bekannt war. Jemand, der auch meinen Namen kannte.

Maxen.

Er blieb stehen und fasste mich ins Auge. Einige Momente verstrichen, ehe ein Grinsen über seine Miene kroch. »Na, sieh mal einer an. Mit dir habe ich nicht gerechnet.«

Ich stieg die letzten Stufen hinab und kam vor ihm zum Stehen. »Du erwartest, dass dir in einem Anwesen voller Gäste niemand über den Weg läuft?«

»Das habe ich nie gesagt. Ich habe von *dir* geredet.«

»Ich arbeite hier.«

»Das ändert nichts daran, Darcy.« Auf meiner Zunge lag bereits eine weitere Frage, als er eine Geste in die Richtung des Gangs neben uns machte. »Ich war auf dem Weg nach draußen. Zum Parkplatz. Ich gehe jetzt nämlich.«

Erst jetzt bemerkte ich, dass er eine Tasche in der Hand hielt. Darin musste seine Kleidung von gestern sein, denn diese trug er nicht mehr.

»Begleitest du mich?«, fragte er.

»Wie bitte?«

»Ich kenne Wege in diesem Haus, in denen niemand ist.«

»Soll das eine Drohung sein?«

Ein kurzes, raues Lachen entfuhr ihm. »Nein, ich helfe dir. Ich kann mir nämlich vorstellen, dass du nicht willst, dass dich so jemand sieht.«

»Mit nassen Haaren?«

»Nein, aber mit Cians Kleidung an dir.«

Meine Schultern verspannten sich. »Es ist ein einfaches weißes Shirt. Ich habe also keine Ahnung, was du meinst.«

»Du bist echt beschissen im Lügen. Sei froh, dass dich in diesem Aufzug Acair und Alec nicht sehen.«

Das Gewissen kämpfte sich in mir hoch. »Wie hast du es erkannt?«

»Ich habe euch gestern allein gelassen. Und ich wusste, dass er dich … gut findet. Sagen wir es so.«

»Ich rede von der Kleidung.«

»Weil es mir gehört. Gehört hat. Er hat mir das Shirt bei einem Urlaub geklaut.«

Viele Worte lagen mir auf der Zunge. Doch wusste ich nicht, was ich zuerst sagen sollte. »Es wäre glaubwürdiger gewesen, wenn du das mit dem Urlaub ausgelassen hättest. Dieser Mann lebt hinter seinem Schreibtisch.«

»Ich kenne ein paar Tricks, wie man ihn für kurze Zeit davon weglockt.« Erneut nickte er den Flur hinunter. »Ich muss jetzt aber los. Falls du sie hören willst, musst du mich nach unten begleiten.«

Ich konnte es nicht ausschlagen; auch wenn ich es hätte tun sollen.

Schnaubend ging ich voran. Er holte mich mit wenigen, langen Schritten ein. Maxen lief neben mir her und betrachtete mich mit einem schelmischen Lächeln auf den Lippen.

»Cian liebt den Frühling. In dieser Zeit hat er die beste Laune und lässt sich auf die ein oder anderen Dinge ein, die er zuvor vielleicht nicht getan hätte.«

»Hast du sie gekannt?«

»Wen meinst du?«

»Leandra.«

Bei ihrem Namen glitt Überraschung über seine Miene. »Du kennst die Geschichte von ihr und den anderen?«

»Nicht wirklich, aber … Ich weiß, dass sie etwas mit ihnen hatte. Und dass sie nicht mehr am Leben ist.«

Er schwieg. Ausschließlich unsere von den Wänden hallenden Schritte begleiteten uns. Ich erwartete bereits, dass er gar nichts darauf sagte, als er sich räusperte. »Ja, wir haben uns öfter gesehen.«

»Wie war sie so?«

»Wir sollten wirklich nicht darüber reden, weißt du.«

»Komm schon.« Ich stoppte, woraufhin auch er anhielt. Maxen sah mich mit einem verzweifelten Ausdruck an. »Alec und Acair wissen nicht, dass ich überhaupt von ihrer Existenz Bescheid weiß. Und Cian ... verdammt, wir sind uns gestern Abend zum ersten Mal nähergekommen. Ich habe keine Ahnung, was ich denken soll.«

»Mach dir um sie keine Gedanken. Diese Frau ist Vergangenheit.«

»Dafür ist sie aber noch ein ziemlich großes Thema zwischen den Brüdern. Ich will doch nur ein wenig mehr über sie wissen. Von jemandem, der nicht mit ihr ... du weißt schon.«

Er raufte sein Haar. Schluckte. »Sie war kein guter Mensch, Darcy. Verzogen. Hat alles bekommen, was sie wollte. Eins konnte sie aber gut: verführen.«

»Hast du auch mit ihr geschlafen?«

Lachend schüttelte Maxen den Kopf. »Nein, sie war niemals an mir interessiert. Ich bin nur ein einfacher Mann, der Ahnenforschung macht. Cian, Acair und Alec gehören zu einer der reichsten Familien Schottlands. Ich war für sie nicht reizvoll genug.«

»Haben sie sie geliebt?«

Seine Lippen verwandelten sich zu einem schmalen Strich, wobei er meinem Blick auswich. »Das kann ich dir nicht sagen. Selbst wenn ich es wüsste, ich würde es dir nicht erzählen. Das ist nicht mein Recht.«

Ich machte bereits einen Schritt auf ihn zu, als ein Wimmern zwischen uns trat. Es stammte weder von ihm noch von mir. Zudem klang es, als würde es von weiter wegkommen.

»Was war das?«, fragte er und sah um sich herum. Ich tat es ihm gleich. Niemand war mit uns im Gang.

Erneut erklang dieses Geräusch.

Wir sahen uns an, ehe er sich in Bewegung setzte. Schweigen breitete sich zwischen uns aus. Schweigend näherten wir uns den Lauten, die deutlicher wurden.

Es war ein weiblicher Klang. Einer, der mit Qual durchzogen war. Er nistete sich tief in mich ein, ließ meine Gliedmaßen kalt werden. Jeder meiner Muskeln versteifte sich, als Maxen vor einer Tür stehen blieb. Eine, die in einen Dienstbotengang mündete – das wusste ich.

Nun hörte man auch einen Mann. Ein Grunzen, das sich in ein Lachen verwandelte.

»Max...«, begann ich, doch er stieß bereits die Tür auf.

Was sich vor uns eröffnete, ließ mir die Galle die Kehle hinaufsteigen. Das Bedürfnis, mich wegzudrehen um dem Anblick nicht länger ausgeliefert zu sein, war enorm. Gleichzeitig hielt mich die Abscheulichkeit in dieser Position gefangen.

Vor uns an der Wand stand Callum Creswell. Sein Rücken war uns zugedreht. Das verschleierte aber nicht seine Tat. Seine Hose saß auf seinen Kniekehlen und vor ihm war eine Frau.

Von ihr stammten die leidenden Geräusche.

Callum bemerkte uns nicht, bewegte stattdessen seine Hüften erbarmungslos weiter, was sie weiter mit Schmerzen erfüllte.

Es war nicht Magdalena.

Nein, ich musste das Gesicht der Frau nicht sehen, die Callum vor uns vergewaltigte, um zu wissen, um wen es sich handelte.

Amy.

Maxen war der erste von uns beiden, der sich aus der

Starre löste. Er machte einen Satz nach vorn, packte Callum am Kragen und riss ihn zurück. Dabei stolperte der ältere Mann und fiel zu Boden. Sein Penis war hart, seine Augen wild und glasig.

Sein Opfer glitt währenddessen die Wand hinab und sackte in sich zusammen. Keine Sekunde später kniete ich neben ihr. Ich dachte nicht nach, wusste selbst nicht, was ich gerade tat.

Es war purer Instinkt.

»Was zum Teufel«, hustete Callum, was ihr einen angsterfüllten Laut entlockte. Er versuchte sich aufzurichten, doch hielt ihn Maxen davon ab.

Er schlug ihm mit der Faust ins Gesicht. »Du kleiner Bastard bleibst genau da, wo du bist. Hast du mich verstanden?«

Sein Blick war die gesamte Zeit auf Callum Creswell gerichtet; gab mir die Sicherheit, mich auf Amy konzentrieren zu können, die weiterhin vom Schock getränkt war. Auch sie konnte die Augen nicht von ihrem Peiniger wenden.

»Kannst du aufstehen?«, fragte ich und berührte sie an der Schulter. Sie zuckte zusammen und sah mich mit aufgerissenen Lidern an. Auf ihrer Wange zeichnete sich ein hellroter Fleck ab, der sich in den kommenden Stunden sicher blaugrün verfärben würde. Ihre Augen waren mit Tränen gefüllt, wobei einige von ihnen bereits ihr Gesicht hinabflossen.

Dann war da noch etwas. Scham?

Ja.

Sie glättete ihr Kleid und zog den Rock nach unten.

»Dar –« Sie verstummte, wobei sich ihr Blick hinter mich richtete. Sofort schwang mein Kopf in die Richtung.

Im Rahmen der Tür, durch die Maxen und ich erst wenige Minuten zuvor getreten waren, stand nun eine weitere Person. Es war Magdalena Creswell, in ein weißes Satinoutfit gekleidet. Ihr goldenes Haar floss in perfekten Wellen ihre Schultern hinab, während sie die sich dargebotene Szene betrachtete.

Sie blickte erst zu ihrem Mann, der immer noch entblößt dalag. Aus seiner Nase quoll rubinrotes Blut, auf seinen Lippen breitete sich aber ein selbstgefälliges Lächeln aus. Maxen stand vor ihm, sein Fokus lag nun aber auch auf der Frau.

Dann glitt ihre Aufmerksamkeit zu uns.

Sie wusste, was sich abgespielt haben musste. Das hätte jeder auf Anhieb erkannt.

Ihre Brust hob sich schwer, wobei sie mich ins Visier nahm. »Darcy, bitte geh in dein Zimmer. Ich werde mich um Amy kümmern. Du verlässt es nicht, bis ich zu dir gekommen bin. Hast du mich verstanden?«

Ja, gleichzeitig aber auch nicht.

»Lassen Sie mich helfen.«

Magdalena trat einen Schritt auf mich zu. »Das machst du am besten, wenn du jetzt verschwindest und auf meine Worte hörst.«

Ich sah zu Amy, dann zu Maxen.

Kopfschüttelnd stand ich auf und befolgte das, was sie sagte. Ich warf keinen Blick mehr zurück. Dieser wäre mir sowieso verwehrt gewesen, da die Tür lautstark ins Schloss fiel.

Nun war ich wieder von den hellen Wänden des breiten Ganges und den überall zu findenden Holzschnitzereien umgeben. Einem Ort, an dem man sich wohl fühlte. Meine Gedanken kehrten immer wieder zu dem Platz zurück, den ich eben erst verlassen hatte.

KAPITEL 36
Cian

Ich beobachtete, wie kleine Schneeflocken gegen die Fensterscheiben meines Büros fielen. Regungslos saß ich auf meinem Sessel, während die Erde sich weiterdrehte.

Meine Gedanken jedoch ... Immer wieder zeichnete sich ein Paar hellblauer Augen vor mir ab. Oder ein lustgezeichnetes Gesicht. Oder das Gefühl *ihres* Körpers unter meinem.

Seufzend fuhr ich mir über das Gesicht.

Am liebsten würde ich in diesem Moment mit Darcy in meinem Bett liegen. Sie halten. Küssen. Vielleicht sogar vögeln. Allein die Erinnerung ihrer hellen, weichen Haut, die sich an meinen überhitzten Leib presste, machte mich verrückt.

»Wie zur Hölle konnte das passieren?«, murmelte ich und lehnte mich zurück.

Darcy hatte recht gehabt, ich hätte gestern mit einer beliebigen Frau auf mein Zimmer gehen können. Diese hätte mir sicher Ablenkung verschafft. Nur für kurze Zeit. Aber, als ich Darcy geküsst hatte ... In diesem Moment war ich gefallen.

Und dass sie mir gefolgt war, hat mich keinen Halt finden lassen.

Zu lange hatte ich sie gewollt.

Zu lange hatte ich mich zurückgehalten und dabei zugesehen, wie meine Brüder sie umgarnten. Genossen.

Als hätte sie meine Gedanken gehört, traten genau diese in dem Moment in mein Büro. Kein Zufall, denn ich hatte Amy, als sie mir zufällig über den Weg gelaufen war, gesagt, dass sie beide in mein Büro schicken soll.

Acair war frisch geduscht. Alec trug noch die Kleidung von gestern – die Hose und das Hemd zerknittert.

»Seit wann lässt du uns in dein Arbeitszimmer beordern?«, fragte Acair und ließ sich auf einem der Sessel mir gegenüber fallen. Sein Zwillingsbruder tat es ihm gleich, wobei ihm ein herzhaftes Gähnen entfuhr.

Bei ihrem Anblick krampfte sich mein Magen zusammen.

Wenn der gestrige Abend normal verlaufen wäre, hätte Darcy mit ihnen geschlafen. Nicht mit mir. Vielleicht wäre es sogar besser gewesen. Obwohl es wahrscheinlich sowieso irgendwann passiert wäre.

»Ich muss mit euch reden.«

Acairs Miene wurde hart; seine Lippen schmal, sein Kiefer verspannt. »Ich höre zu.«

Mein Blick glitt zwischen den beiden Männern hin und her. Ich durfte keine vorsichtigen Worte wählen. Das würde uns alle nicht weiterbringen. Außerdem hatten sie es beide nicht verdient, dass ein Geheimnis daraus gemacht wurde.

»Ich habe mit Darcy die Nacht verbracht.«

Die Stille, die sich auf meine Worte hin ausbreitete, war erdrückend. Alec sah man an, dass er Zeit brauchte, mein Gesagtes zu verarbeiten. Acair jedoch wirkte kein bisschen überrascht. Im Gegenteil, ein bitterer Ausdruck wanderte über seine Züge.

»Wie meinst du das?«, fragte Alec und setzte sich aufrecht hin.

Es war unser Bruder, der mir die Antwort abnahm. Seine bernsteinfarbenen Augen fixierten mich, wobei ein Muskel seiner Oberlippe zuckte. »Er hat sie gefickt, Alec. Sei nicht so begriffsstutzig.«

»Acair«, warnte ich, doch entwich ihm ein kaltes Lachen.

»Wie war es denn?«

»Das müsstest du – ihr – am besten wissen.«

Er stand auf. Alec hingegen saß da und sah mich aus leeren Augen einfach nur an. Genau deswegen hatte ich gewollt, dass ich es ihnen sagte. Nicht Darcy. Sie hätte keine Ahnung gehabt, wie sie mit ihnen umgehen sollte.

»War das alles?«, fragte Acair und wartet geduldig. In ihm sah es aber anders aus. Das wusste ich.

»Nein. Und jetzt setz dich wieder hin.«

»Du hast mir nichts zu befehlen.«

»Wir haben uns vor Jahren ein Versprechen gegeben.«

»An das du dich nicht gehalten hast.«

Alec schwieg weiterhin, was mich im selben Maß wie Acairs Verhalten wahnsinnig machte. »Genau deswegen spreche ich jetzt mit euch. Das war alles nicht geplant gewesen.«

»Ach, komm schon, Cian.« Er strich sich sein langes Haar zurück und machte einen Schritt auf mich zu. Seine zornerfüllten Augen sahen auf mich hinab. Es sollte einschüchternd wirken. Prallte aber an mir ab. »Du hast ihr dieses Kleid geschenkt. Du lässt Darcy für dich seit ihrer Ankunft putzen. Steckt nicht schon die gesamte Zeit ein Plan dahinter? Es muss dich aufgefressen haben, dass Alec und ich dir zuvorgekommen sind.«

»Halt die Klappe.«

»Oh, nein. Ich –«

»Wie geht es ihr?«, fragte Alec, der endlich seine Stimme gefunden hatte. »Darcy.«

Beim Klang ihres Namens aus seinem Mund wurde meine Brust enger. Gepaart mit der Frage schmerzte sie beinahe. Während Acair und ich den Fokus auf uns legten, hatte unser jüngerer Bruder die Frau nicht vergessen, die der Auslöser war.

»Sie hat ein schlechtes Gewissen. Euch gegenüber.« Es nahm Acair all den Wind aus den Segeln. Er ließ sich wieder auf den Sessel sinken, wich aber meinem Blick aus. »Denkst du wirklich, ihr geht es dabei gut? Besonders, wenn man unsere Vergangenheit betrachtet.«

Alec zuckte mit den Schultern. »Sie weiß nichts von Leandra.«

Dieser Name in diesen vier Wänden ... Ich hatte ihn niemals laut ausgesprochen. Und niemand sonst hatte es gewagt, ihn hier in den Mund zu nehmen. Es schmerzte. Selbst nach vier Jahren noch.

»Darcy weiß, wer sie ist. Was zwischen uns und ihr passiert ist.«

Alec wurde bleich. »Du hast mit ihr darüber geredet.«

»Nein. Pernille hat es ihr gesagt.«

»Das hat sie uns nie erzählt.« Es war das Misstrauen, das aus Acair sprach. Ich konnte es ihm nicht verübeln.

»Ich habe sie darum gebeten. Damals, als ich sie über euch zur Rede gestellt habe, hat sie mir gesagt, dass alles nur Sex sei. Irgendwie glaube ich ihr das nicht. Und so wie ihr euch verhaltet, gilt das gleiche für euch.«

Darauf bekam ich keine Reaktion. Wahrscheinlich wussten sie es selbst nicht genau. Darin lag auch die Gefahr. Diese Frau hatte es binnen weniger Monate geschafft, ihre Klauen tief in meine Brüder zu schlagen. An mir kratzte sie.

Allerdings hatte sie etwas an sich, was mich sie noch näher

bei mir haben lassen wollte. Egal, welche Konsequenzen es möglicherweise mit sich bringen könnte.

»Und jetzt?«, fragte Alec und rieb sich die Augen. »Wie zum Teufel soll es weitergehen?«

»Tja«, murmelte ich und sah nach draußen. Der Schneesturm hatte an Kraft gewonnen; sich in eine dichte, weiße Wand verwandelt. »Ich habe keine Ahnung.«

KAPITEL 37
Darcy

Das machst du am besten, wenn du jetzt verschwindest und auf meine Worte hörst.

Das ergab keinen Sinn. Wieso hatte sie mich weggeschickt, obwohl Amy sicher Hilfe gebraucht hätte. Oder Maxen. Oder Magdalena selbst. Stattdessen laufe ich in meinem Zimmer auf und ab, wusste nicht wohin mit meinen Gedanken, auch die kurze Beschäftigung während des Umziehens, beruhigte mich nicht.

Ich sollte hierbleiben. So, wie sie es mir aufgetragen hatte. Die Wände schienen mich aber zu erdrücken. Sie waren mit den verschiedensten Bildern gefüllt.

Callum.

Amy.

Cian ... Seins brachte auch die von Acair und Alec mit sich.

Unzählige, widersprüchliche Gefühle erfüllten mich, die mich von innen heraus auffraßen. Sie machten mich rastlos. Trieben mich an den Rand meines Verstandes. Selbst der

Schnee, der immer dichter wurde und die Außenwelt in ein weißes Kleid hüllte, konnte mich nicht ablenken.

Ehe ich mich versah, lag meine Hand auf dem Türknauf und keinen Moment später stand ich auf dem Gang. Es war unmöglich, hier in diesem Raum zu bleiben. Ich wusste selbst nicht, wohin ich ging, bis ich vor Cians Büro stehen blieb.

Wieso mich meine Beine ausgerechnet zu ihm getragen hatten, wusste ich nicht. Welche Option wäre mir sonst übriggeblieben. Ich hatte keine Ahnung, ob Jason noch hier war. Und Alec und Acair ...

Mein Kopf drohte zu platzen.

Immer wieder blitzten die Szenen der vergangenen Stunden vor meinem inneren Auge auf. Ich musste mit jemanden darüber reden. Nochmal mit Cian; was wir getan hatten. Was ich vor einigen Minuten zwischen Amy und seinem Vater gesehen hatte.

Ich wollte die Tür bereits öffnen, als sie von innen aufgerissen wurde.

Sofort sank mein Herz.

Vor mir standen Acair und Alec. Beide sahen mich an. Keinerlei Emotionen standen in ihren Gesichtern. Sie wussten es. Sie wussten, was zwischen ihrem Bruder und mir passiert war.

Meine Kehle wurde enger. Es fühlte sich an, als würde ich keine Luft mehr bekommen. Aber was hatte ich erwartet? Ich war diejenige, die Cian nach dem Kuss hinterhergegangen war. Es war meine Entscheidung gewesen, mich von ihm nehmen zu lassen. Mit dem Wissen, dass ich zuvor nicht mit ihnen darüber gesprochen hatte.

Mein Mund öffnete sich, als laute Schritt hinter mir ertönten. Ich drehte mich um, wobei mich wieder das Gefühl von eiskaltem Wasser einnahm. Denn diesmal musste ich nicht nach der Quelle der Laute suchen.

Sie kam direkt auf uns zu.

Oder besser gesagt er.

Callum Creswell torkelte den Gang entlang, schaffte es kaum, sich auf seinen Füßen zu halten. Er hatte eine Hand auf seinen Bauch gepresst. Aus gutem Grund. Unter seinen Fingern quoll Blut hervor. Eine Flüssigkeit, die auch seine Mundwinkel hinablief.

Er röchelte.

Und dann fiel er zu Boden. Sofort breitete sich unter ihm eine Pfütze Blut aus, die den Teppich tränkte.

Hinter mir spürte ich seine drei Söhne, die nun auf den Flur traten. Niemand sagte etwas. Im Schockzustand gefangen starrten wir auf den regungslosen Leib uns gegenüber.

Auf Callum.

Niemand musste es aussprechen.

Wir wussten, dass er tot war.

Ende Band 1

Danksagung

Band 1 ist abgeschlossen und ich kann kaum erwarten, Darcy, Alec, Acair und Cian weiterzuverfolgen. Ich hoffe, euch geht es genauso.

Als ich mitten in der Dark-Ballet Reihe steckte, habe ich nicht gedacht, dass ich danach einen Reverse Harem schreiben würde.

Nun ja, jetzt bin ich hier. Und es hat mir unglaublich Spaß gemacht. Ich habe mich in diese drei Männer verliebt. Ihre Facetten entdeckt, indem ich mich noch tiefer in ihnen verloren habe. Bei Darcy und manchen Nebencharakteren geht es mir nicht anders.

Zuerst möchte ich mich bei dem Verlag bedanken, dass sie mir das Vertrauen entgegenbringen, indem sie auch diese Trilogie von mir verlegen. Danke, dass ihr mit mir das Beste aus Creswell Legacy herausholt und damit die Geschichte besser macht – Kristina, fühle dich angesprochen.

Danke, Nikolina, für das traumhafte Cover. Es passt einfach perfekt zur Geschichte, was ich auch schon von vielen meiner Testleserinnen gehört habe.

Und dann kommen wir auch schon zu ihnen. Danke, Mädels, dass ihr euch die Zeit genommen habt, die Rohfassung durchzugehen. Euer Feedback war super. Ich kann es kaum erwarten, was ihr zu Band 2 sagt.

Zuletzt möchte ich mich bei meinen Lesern bedanken. Ihr

seid dafür verantwortlich, dass ich diese Geschichte überhaupt geschrieben habe.

Ein besonderer Dank geht an Joy (@joysbookblog) und Debbie (@debbie_reads_). Eure Worte zu meinen Büchern sind mir unter die Haut gegangen.

Ich hoffe, viele von euch sind noch dabei, wenn es mit Darcy, Alec, Acair und Cian in die nächste Runde geht.

Eure Kylie.